剑雨青阳

野人天杨 著

中国出版集团
東方出版中心

图书在版编目（CIP）数据

剑雨青阳 / 野人天杨著. — 上海：东方出版中心，
2022.4
ISBN 978-7-5473-1976-5

Ⅰ. ①剑… Ⅱ. ①野… Ⅲ. ①长篇小说－中国－当代
Ⅳ. ①I247.5

中国版本图书馆CIP数据核字（2022）第040876号

剑雨青阳

著　　者　野人天杨
策划编辑　李　琳
责任编辑　韦晨晔　杨　帆
特约编辑　蒋小涵
装帧设计　棱角视觉

出版发行　东方出版中心
地　　址　上海市仙霞路345号
邮政编码　200336
电　　话　021-62417400
印 刷 者　上海颛辉印刷厂有限公司

开　　本　890mm × 1240mm　1/32
印　　张　14.75
字　　数　299千字
版　　次　2022年4月第1版
印　　次　2022年4月第1次印刷
定　　价　48.00元

剑雨青阳

目录

○一

不醉的刺客

繁星满天，弯月如钩。

付唐躺在花丛下喝酒，人微醉，眼睛却越来越明亮。

世上很难有人的酒量像他一样好，正如他的剑法。

只不过他的酒量和他的剑法，都埋没在江湖之中，不被人知道。

他第一次喝酒，在第一次杀人以后，躲在小镇里整整喝了三天三夜，呕吐的次数也记不清楚，最后被人拖出来的时候，他知道自己还很清醒。

酒可以醉他的眼，醉他的脸，醉他的身体，但是却无法醉他的心。

因为他是一个刺客。

江湖中最著名的刺客都已经变成了尸体。这个行业，出名往往意味着要么职业生涯到了尽头，要么生命到了尽头。

他虽已名动江湖，却无人相识。低调在他这样的年轻人身上，已经不能用实力来形容，而应该是一种幸运。

可他从来都不认为是自己的运气好。

“运气这东西，就好像人身上的衣服一样，多点和少点并不能证明健康。”他的师傅仇宿说，“一个刺客最重要的就是随时让自己的心和手里的剑一样冷，只有心足够冷的时候，剑才能足够的锋利。”

心越冷，才能越专注；剑越锋利，才能让成功的机会越大。

他的剑法快而精准，猛而狠辣。五岁到十七岁，他整整练习了十二年。但是这还不够，他又用了三年的时间来学习观察，寻找每一个精进的机会。

万事不能圆满，人人皆有弱点，哪怕是千年不动的泥菩萨，也可能有被蚊子咬一口的时候。

他的目的就是找到每一个人的缺陷，然后把它变成完美的机会。

他杀人最快的一次，只用了一天。

开封大豪郭普，不但家财万贯，自己还是河南少林俗家有名的高手。传说他十三岁就开始练开碑手，十六岁入少林，三十二岁坐稳开封黑道老大的位置。开封城里只要是还在赚钱的行业，就有他的股份在里面，你在开封城里花的每一分银子，就有一半要流进他的口袋，你能看到的漂亮女人，都有可能曾被他染指。

老大通常会比较怕死，郭普也不例外。他请了二十个护院，不但忠诚可靠，而且个个都是道上成名的顶尖高手；他有三十八个姬妾，却从不在任何一个女人房里过夜；每次外出的时候，身边都最少有五个高手护卫在旁。

他不信任任何人，也从不给任何人信任的机会。江湖上甚至传说他已经练成了少林武功中最难练的铁布衫功夫，浑身刀枪不入。

没有人妄想能杀死他，就算最恨他的仇敌也不敢这么想。

可他却是付唐名单上最快完成的任务。

这一天恰好是开封的庙会，也是付唐到开封的第一天。

郭普一般从不参加大型的聚会，这一天忽然心血来潮想去看看。在开封最繁华的那条大街上，他的车队相遇了知府的车队。

两个相识的老大于是走下马车，站在大街上把手言欢。这个时候，从旁边的楼上飞出一个酒杯，恰好落在郭普的头顶。

酒杯被郭普的护院一剑斩开，里面的酒洒落下来，淋在郭普的衣服上。像他这样地位的人，在熟人面前失态，就会生气，非常生气。

他生气的时候，护院们就已经争先恐后地蹿进酒楼里，要将那个该死的人从楼顶扔下来。

所有人的目光和郭普一样，都在看着楼顶上那个人。没有人意识到这个时机是多么的宝贵，但是付唐知道。当别人抬头的时候，他已经用衣襟遮掩住了脸，当那个倒霉的人被扔下的时候，他的剑已经刺到了郭普的胸口。

没有人能形容这一剑是多么快，就好像流星划过天际，白马跃过山隙，再看的时候剑已经消失，握剑的人已经退到十丈以外，然后消失在纷乱的人流中。

剑入胸口三分，一分入心脏，却已足够致命。

所以郭普就像个平常人那样死了，普通得不能再普通。传说他至死都不合拢双眼，没人知道他是因为不相信自己会死，还是不相信有这么快的剑。

而刚刚完成的任务费了付唐六个月，这也是他出道以来用时最长的一次，目标是华山派掌门岳绝。

岳绝本就是江湖最顶尖的剑客，一手回风护柳剑法毫无破绽，连天下第一剑客宋群都承认，这套剑法已经达到完美境界，连他都奈何不了。

岳绝生性稳重，不动如山，他极少出席陌生的场合，朋友都是交往十年以上的旧友，而且不喜欢女人，自从十五年前发妻过世以后，就一心痴迷武学，静心潜修。

不喜欢女人，往往意味着没有了欲望；没有欲望的男人，往往没有弱点。

要靠近他的身边，除了要冲过华山派前山重重守卫，战胜他的八大弟子——每一个都已经是剑术高手——最后还要破掉他的回风护柳剑法，才有可能取走他的性命。

对付这样的人就像对付一只躲在深水里的老乌龟，不但得会游泳，还必须知道怎样在水底下拔掉它的乌龟壳。

要做到这样的事情，简直已经是神，而不再是人。

付唐不是神，只是一个人。他先花了一个月的时间，仔细调查，找出每个潜在的破绽。回风护柳剑法的确是很完美的防御剑法，可是这套剑法太消耗力气，内力稍有不足，就不能完整地使完。于是他又花了一个月的时间，混进岳绝的府内做了个挑水的杂役，把岳绝的生活习惯都了解得清清楚楚。三个月后他升入内府，然后再用了一个月的时间，终于等到一个机会。

岳绝每天晚上睡觉之前都要练剑，作为他一生心血的倾注，回风护柳剑法无疑就是他的最爱，就好像酒鬼爱上珍酿，商人私藏珠宝一样，忍不住在无人的时候细细欣赏。

只不过那天晚上恰逢五十大寿，兴致太高，又喝了点酒，他独自一人在习武场舞剑三轮，停下来的时候，精神已经涣散，反应已经迟钝，气力已经用尽，所以被付唐一剑入喉。

尸体在第二天的清晨才被弟子发现，咽喉处一点殷红，出剑的人手法极快，鲜血尚未喷出，剑已拔出，所以只凝结成一道血疤。

这个案子成为江湖的悬案。华山派上下气愤填膺，誓要捉拿凶手，官府赏金一个月之内连续提高了三次，却依旧毫无线索。还有更多的江湖子弟到处寻找这个不知名的高手，只是希望能和他一较高下，看看究竟谁的剑快，谁的剑狠，谁的剑才能破天下第一防御剑法。

谁也想不到，付唐此刻却像乌龟一样躲在玉楼春里喝酒。

玉楼春是很普通的青楼，普通得和这世上千千万万的青楼一样，稍微有点身份的江湖人士，甚至都不屑于踏进它的门槛。

正是因为普通得无法再普通，它成了付唐最喜欢借酒浇愁的地方，躲在这里，他才感觉到安全，感觉到自己重新回归于尘埃，淹没在凡世当中。

只不过，酒喝得越多，付唐脸上的笑容就越少。

他当然不是恨自己默默无闻，也不是庆祝自己马到功成。他只感觉到无尽的痛苦，好像酒水一样慢慢将他淹没。

他不停地喝酒，只是希望自己能醉一次。

任何名声或成就都来自他人的倒下，这本就是江湖的残酷之处——江湖中不知道有多少年轻人渴望这样的成功。可是最近每一次任务结束以后，付唐都恶心、呕吐，甚至开始恐惧。

他恐惧明天，恐惧下一次，恐惧未知，甚至恐惧活着。

他确实不知道自己为什么活着。

这种感觉就像在无尽的痛苦中轮回。每一次变成刺客的时候，他是最毒的蛇、最冷的剑、世上最完美的杀人机器，但却绝不是一个人。

当他将剑刺入对方的心脏或者咽喉的时候，眼神冰冷，可是抽出之后，从心底泛起的苦楚穿肠破肚。

善于游泳的人往往死在水里，出色的猎人只会被猛兽所伤。可是他知道自己痛苦的根源却不是恐惧，而是厌倦。

厌倦就像一根针，钉在他的眼里、骨子里、血液里；厌倦就像一双鞋，不会再有将来，只会有磨损的过去。

只有一个将死的人才会感觉到生命是多么的美好，他看到每一张面孔临死前的绝望、失落、不甘，每一道眼神在熄灭之前，都会忽然迸发出对生命强烈的留恋和向往，这种光芒带给他的震撼，远远超过了他十八岁时徒手杀死的虎狼。

他杀了二十七个人，就见过二十七种同样的光芒。

有时候他会不禁地想：活着到底是为了什么？为了一刹那的死亡，还是为了下一刻的继续？是因为害怕活着的苟且，还是因为害怕死亡的黑暗？

有的人因为希望活着，有的人因为等待而活着，还有的人却只是因为活着而活着。

但是很少有人对活着产生质疑。

他只有拼命地喝酒，拼命地磨剑，倘若停下来，他实在不知道自己还能做什么。

就像一头被鞭子抽打着的驴，明明已经很疲累，却永远无法停顿。

他一直想不明白，为什么自己会变得这么痛苦？他二十岁接到第一个任务的时候，还高兴得就像要去念学堂的孩子，二十六岁以后，每接到一个任务，都恶心得像在吃昨天呕吐的饭菜。

每一次出发前，他一定把自己清洁干净，就像是最后一次沐浴一样。每一次结束任务之后，他就变得无法控制，要么找最廉价的女人欢娱，要么只想把自己灌醉，然后喝得像条死狗一样，躺在垃圾堆里等着醒来。

这条狗起码都还是活着的，还能继续喝酒、呕吐。

每一个人都有自己的命运，这就是他无法拒绝的命运。从他二十岁起，他的任务就由他的师傅仇宿派给他，而五岁前，没有仇宿，他只是一个流落在街头、随时可能饿死的小孩。

那是一个百姓流离失所的战争年代，街头随时能看到小孩的尸体，幸运的能被安葬，不幸的就被难民煮熟以充饥。

仇宿在一大堆孩子里面找到他，带着他来到街上最大的酒楼，买了十个大馒头用油纸包住，笑眯眯地问："想不想吃？"

他拼命地点头，对一个五岁的孩子来说，饥饿远远比死亡更让人恐惧，他接过馒头之后，眼泪就像春天里融化的冰水一样淌下来，从那时起，他就在心里发誓：一定不会辜负这十个馒头，一定要好好报答仇宿。

所以他一直很刻苦，一直很努力，也一直很能忍耐。

现在他已经极度厌倦，厌倦到不能想、不敢想，只要一想，就从骨子里都开始无力。他的剑刺进岳绝咽喉的时候，那种厌倦感让他的手、他的剑颤抖，就像一个老人会忽然间抖动得连筷子都要握不住。

他知道自己已经不再适合这一行，江湖里最辉煌的刺客，生涯都从不超过七年。一个杀手若是疲惫厌倦，就像妓女已经苍老，用再多的脂粉也无法掩盖岁月刻下的痕迹。

风吹过，隐约传来男女的浪笑声。

一个雄壮威武的男人声音忽然大声喝道："干！干了这杯酒！天涯无处不消愁！"

这个声音很年轻，仿佛有说不尽的豪迈之意，听到这个声音，好像春风吹过了水波，让他脸上露出了一丝笑容。

他当然知道这个人是谁。三年前他结束任务，在镇上不知名的酒馆里喝了一天一夜，后来被身边的人搀扶着带去客栈，他一直都清醒地知道在身边的这两个年轻人。

一个叫小武，一个叫小七。

从那一天起，他喝多了的时候，再也不用像死狗一样躺在垃圾堆里，这两个年轻人就成为他的酒伴、他的朋友。

朋友这两个字，有时候好像比金子还贵，有时候又好像比手纸还廉价。

声音很快就淹没在不可耳闻的轻声笑语当中，变得像沉入水里的石头。

付唐叹了口气，伸手再去摸酒，突然吃惊地发现，地上只剩下空空的酒坛。

酒已经喝光了。

〇二

最后的任务

酒既然已经喝光，他就闭上了嘴。

“我带了酒。”一个淡淡的、浑厚的声音传来，“没有酒，再好的风景和结果都不完美。”紧接着一个穿深色绸缎的精瘦老者从花丛后转过来，右手托着一坛酒，他的身材像标枪一样挺直，目光敏锐，左手却袖管空空，随风飘荡，但是当他走起来的时候，却步伐坚定，充满力量，绝不会引起任何一个人的轻视。

付唐又轻轻地叹了口气，他有时候情愿不喝酒，也不愿意听见这个声音，他坐了起来，露出一丝苦笑：“有时候我真的很奇怪，不管什么时候，不管我在哪里，你总是有办法能够找到我。”

这个老者就是仇宿。

仇宿淡淡地道：“因为你是我的手。没有人会不知道自己的手该放在哪里。”

他把酒放在地上，取碗，斟满，递了一碗给付唐，道：“这碗酒，庆祝岳绝的任务，我本以为你要用一年才能完成的，结果你只用了五个月十四天。”

这句话远胜赞扬，更能体现他的满意。

付唐苦笑着把酒喝干。

酒醇厚而猛烈，如一道火线烧进喉咙心头。

仇宿看着他喝完，面色一变，冷冷地道：“你又犯了错误。不管什么人的酒，喝之前一定要试试是否有毒。”

付唐道：“但是你不会，起码现在不会，因为我对你还有利用价值。”

仇宿皱了皱眉头，道：“只要是被利用的价值，就无时不刻在发生变化，这种判断不一定准确。”

付唐道：“那就要问问你找我的目的了，有新的任务？”

仇宿每一次找到他，当然不会跟他喝酒聊风月，也不可能跟他谈天聊心情。

仇宿眉头舒展开，点点头，道：“不错，坚信自己的判断是一个杀手保证成功率最好的方法。”

他接着道：“连岳绝这样的任务都可以完成，你的能力已经可以让很多人放心，所以这次的主顾出了个很理想的价钱，理想到可以让我们妄顾行业里的一些规矩。只要谁先完成，十倍的余款就付给谁。我接受了定金。”

十倍的余款几乎是个无法拒绝的诱惑。

“我们的时间不多，”仇宿道，“买家势在必得，因为除了我们之外，买家还找了‘七杀’和‘天狼’。”

七杀和天狼是江湖里最顶尖也是最隐秘的两个刺客组织，传言中他们接下的任务从来都没有失败过。

仇宿继续道：“所以要快。”

这种快当然也包括找到付唐。

付唐沉默地看着自己的手。

这只手看上去纤细而秀美，手指修长，指关节突出，但是手掌却宽厚有力。

这双手不但握着酒碗很稳，握着剑很稳，握任何东西都非常稳。

但是这双稳健的手上，每一道掌纹都藏着不同的鲜血和生命。

过了一会，付唐却答：“我可以不去吗？”

仇宿看了他一眼，然后断然道：“不行。”

他甚至懒得问原因，如果是一定要做的事情，问得再多都无用。

“可是我已经很累了，”付唐叹道，“你不知道，我把剑刺进岳绝脖子的时候，差点连剑都握不住。”

“岳绝的伤口我看过。普天之下，能超越那一剑速度的不会超过十个。更何况你的运气一直不错”。仇宿沉吟了一会儿，道，“你的优势一直都在。我提醒过你，不要喝太多酒，不要和人太亲近，刺客喝的酒多了，心就会暖，心如果暖了，剑就死了。”

他忽然笑笑，背着右手站起身来，看了看远处的房间，慢慢地道：“你或许应该让我出手来帮你磨磨剑，这样你的心才容易冷下来。”

他的笑和语气都很平淡，可是气场却慢慢变得强大起来，整个人忽然像一座山一样充满了压迫感。

付唐虽然不知道仇宿的武功有多厉害，却也知道他的武功绝不弱于他所能见到的任何人。他当然也明白仇宿的意思：这些年，他有了朋友，有了酒，心已经不像剑一样这么冰冷锋利，磨心有时候就像铁剑去锈一样，要消弭所有的干扰。

所以仇宿的方法就是斩尽杀绝，把付唐所有关联的人和关联的情都像除锈一样除干净。

“你最好还是莫要这样做，我已经不再是个五岁的孩子。”付唐一字一字地道，忽然又自嘲地笑笑，“我没有亲人，之前也没有朋友。虽然他们还不算朋友，但是他们毕竟陪了我几年的时间，像我这样的人，想找人陪着喝酒都是件比杀人还困难的事情。”

“你所谓的朋友在我看来，只不过是几个在寂寞的时候结伙寻乐子的酒友而已。”仇宿看了看他，略带讥笑，“我早就和你说过，刺客有了朋友，就像婊子想嫁男人，只是从一个火坑跳到另一个火坑。不要忘了，如果不是我，二十年前你就该被埋进垃圾堆里。”

他教过付唐，刺客有两大致命之伤，一是心软，二是多情。

付唐喉咙似已堵住，连酒都哽在喉头。每次仇宿说到过去，他都无言以对。

他实在不是一个忘恩负义的人，偏偏仇宿好像已经看透了这点。

他一直都想逃避这个问题。

这是不是就是命运？

“我真的累了。”付唐闭着眼睛重新躺下来，“不管你怎么说，这次我一定要休息一段时间，否则我去就只有送死。”

仇宿猛然抬头盯着他，他的目光慢慢变得深邃起来。

“你在拒绝我？你敢拒绝我？”他忽然又笑了笑，空臂无风轻轻地摆动起来，整个人又笼上了如山的阴影，“你应该很了解我的个性，这会让我很生气，你很有勇气。”

“如果没有勇气，我早就应该死在洛阳了。”付唐冷冷地道，“你不知道要逃脱二百个人、三百里路的追捕有多困难。”

仇宿盯着他，一句话也不说。

风忽然变得很冷。

付唐身子已经绷紧，他又叹了口气，斜坐起来：“我只是在陈述事实，我以现在这样的状态过去，确实跟送死没多大区别。”

仇宿脸色缓了缓，道：“我当然知道你为我做了很多事情，从洛阳武义豪那次开始，你就在想什么时候可以结束。我们之间该做个了结了。”

他停了一会，然后慢慢地道：“所以我打算满足你。这次任务做完以后，我们之间就再无纠葛，再无往来。”

付唐的眼睛忽然动了动。

“为什么？”他问。

仇宿只是静静地看着他，却并没有说话。

没有说话代表他已经没有必要解释，他的决定从没有解释的必要。

“其实我已经没有了选择，对吗？”付唐斟酌着问道。

“恰恰相反，这是你最好的选择。”仇宿说道，“其实太多选择并不是件好事情。年轻人就是因为选择太多，所以才总是无法正确选择。”

“好，我去，”付唐翻身坐起来，“这次是谁？”

仇宿从怀里掏出一张纸片递给他，付唐接过来，纸上很简单地写着：

青阳　　蒋玉庆　　无期

青阳城，蒋玉庆，无期就是没有期限的意思。

资料简单明了，跟以往的任务一样，没有任何多余的信息。这也是仇宿的风格，他认为对于真正好的刺客而言，只有自己琢磨出的信息才是有用、有价值的，外部的信息越多，往往越容易适得其反。

仇宿道：“买家没有限定时间，当然不是希望时间越长越好，而是越短越好。”

付唐沉思着问道：“其他呢？”

“青阳帮虽然不是江湖中最强最大的帮派，但是在江南十七省，特别是青阳城内，已经没有其他的帮派与之抗衡。”仇宿道，“据说蒋玉庆在二十八岁前还在军队效命，从普通士兵做到振威将军，之后退职从西北到江南创立青阳帮，三十五岁的时候，青阳帮崛起成为江南第一大帮，青阳城也成为江南第一大城。白手起家的人并不可怕，可怕的是二十年多以后，青阳帮在江湖中的地位依旧无人可以撼动，这足以证明他会比你之前所有的对手都更危险。”

这无疑是个很危险的人，买家通常都是最了解目标的人，出的价格往往就能说明这点。

付唐点点头，他接过纸片的时候，蒋玉庆在他眼里就已经是个死人。

不是他死，就是付唐亡。

对于死人而言，不管是谁都毫无区别。

“我还能给你创造一个身份，用这个身份，青阳帮里有人会给你方便。”

仇宿递过来另外一张纸片，上面写着：崔向阳，二十七岁，陇西崔氏七房第三子，十二岁练习剑法，师从昆仑向松子……

“陇西和昆仑那边都已经打点好了，向松子的剑路和你的剑路都以凌厉迅疾见长。不管谁派人去查，都会知道崔向阳在今年年初到青阳城里谋前程去了，这个身份精心安排过，不会有问题。”

付唐抬头问道：“买家是青阳帮里的人？”

仇宿看了他一眼，没有说话，他也不回答没有必要的问题。

付唐又一次翻过看纸片，不知道为什么，蒋玉庆这个名字忽然给他带来一种不祥的预感。

或许是因为他实在太累、太过于厌倦了，也或许是因为这是仇宿承诺的最后一次。

最后一次感觉总是有被诅咒的色彩。

“我会全力以赴，除非我死了，”付唐道，“但是也请你记住，这一次如果我能回来，就还我自由。”

“自由?”仇宿露出一丝讥诮的笑意，好像这个词是如此荒唐可笑，“你若能回来，当然不再受我的约束。我的承诺一向有效。”

他接着道：“我走了，酒留给你慢慢喝，记得要快。”

他转过身，离开，绕过花丛的一刹那，顺手甩出三道寒光。

这三道寒光来得又猛又急，付唐惊觉的时候，几乎近在咫尺，其中一道寒光射向胸口，另两道寒光直取腰腹。

躲避已经来不及，情急之下，付唐将手中的酒碗运足劲力，顺势将胸口那道寒光推送出去。“当”的一声，酒碗被击碎，但是寒光也偏离方向，落在地上。他的身子在万不可能的情况下，硬生生扭成平板，同时吸气收腹。

两道寒光贴着腰间上方半寸之间穿了过去。

一道寒光已经将衣裳划破了，差点伤到肌肤。

“哈哈，人在江湖，永无自由。”仇宿笑音未绝，但是人已经去得远了，远远传来他的话声，“这是你第一次拒绝我的代价。不要忘了，拒绝我的人，下场只会比你想象中的更坏。”

付唐缓缓地坐下来。他已经看清楚落在地上的是一颗铁蒺藜，在夜光下蓝汪汪地发亮，显然淬了剧毒。

仇宿当然知道他有把握躲开这一击，这种了解就好像从小把他看到大一样。

如果他躲不开这一击，那么躺在这儿的就是一具尸体。

他已经明白仇宿要告诉他的意思。

死人不值得怜悯，不会有任何意义，更不会有任何价值。

仇宿会用自己的方式来帮他冷静，他的方式一向很简洁，也很有效。

不管付唐如何去做，这种警告已经让他的眼神变得清澈冰冷。

这些年来，他的确酒喝得有点多，心情放松得太厉害，一个人若是太放松了，难免就喜欢胡思乱想，变得矫情。

矫情本就是刺客最致命的伤。

付唐的拳头已经握紧，目光已经变得锐利。

他站在风中静静地想了想，才把自己放松下来，向远处的房间走去。

〇三

小武和小七

灯光如豆，满屋酒香，人却已经大多躺倒在床上。

付唐走进房间的时候，一个年轻女子欢笑着、几乎赤裸着跑过来拥抱住他，媚眼如丝："你去哪里了？怎么整个晚上都没见到你？你不知道我们昨天晚上玩了些什么，有多开心！"

这是他买来的女人，但是他已经不记得花了多少银子了。昨天晚上他悄悄躲去花丛中喝酒的时候，他已经不想在这些女孩子身边多待一刻。

她们都还太年轻，还不懂得出卖自己的滋味到底如何，也不懂得醉过之后的悲哀到底是什么，只要眼前能放松快乐，就可以轻易地醉生梦死。

她们以为要牢牢抓住的青春本就应该如此。

这样的幼稚和虚伪忽然让他觉得恶心，或许就像他的从前，或许就像他的厌倦。

所以他冷漠地甩开了她，冷冷地道："我去哪里并不重要，重要的是你实在不该问我去了哪里。"

这句话让女孩满含泪水，呆呆地站在一边。

"你要这样对待女人的话，就会让我很生气。我一生气，说不定有人就要倒霉了。"一个低沉的声音冷冷地在旁边说道。

付唐慢慢地回头，看见一个矮胖得有点粗壮的中年汉子从床上坐起来冷冷地盯着他。

这个汉子粗壮、结实，脖子上戴着一条硕大的金项链，胸膛还有几处刀疤，显示他不但是个有实力的男人，而且在江湖混过，还混得很不错。

"我记得你，昨天我们在八仙楼拼桌喝酒，然后一起来这里叫的姑娘。"付唐淡淡地道，"我只是奇怪，才过了一个晚上，你怎么能对朋友如此无情？"

"只要是我享用过的女人，自然就是我的，朋友若是欺负我的女人，我当然就会不开心。”汉子仰头大笑，“你若是觉得不公平，就不妨拿起你的刀来。”

他已经顺手将旁边的钢刀抓在手里，手腕一转，刀花雪亮，刀把上的银环铛铛作响。能用这把刀的人武功一定不差，性格一定很凶狠，作风也一定很嚣张。

女孩子们已经吓得躲到了一边。

付唐盯着他，冷冷地问：“你杀过人？”

“若是你再看清楚些这把刀，就不会再问这么幼稚的问题，刀不见血，简直像男人不会喝酒。”刀在手，就像握住了整个世界，特别是两个健壮的同伴站到了他身边的时候，大汉目中露出骄傲之色，得意扬扬，“不认识这把刀的人，都被我砍了脑袋，江湖中不认识我董大鹏的人，就应该让他受受教训。”

房间里还有另外两个年轻人，他们也一声不吭地站到了付唐的身边。付唐忽然露出一丝奇怪的笑容，他继续问：“杀人是什么滋味？”

“比杀鸡杀狗还要容易些，你最好不要想着试一试，”董大鹏狂笑，“否则我不能保证你不后悔，就像有时候我控制不了这把无情刀一样。”

刀无情，人当然就得更无情，只有无情的刀，才是真正锋利的刀。

董大鹏当然也懂得这个道理，就好像大部分江湖中人一样，认为自己就算不是绝顶高手，却也懂得刀道的精髓。

真正的刀道就是至简无情。

付唐已经怒了。

杀人对他而言是件如此痛苦的事情，痛苦得以至于痛恨。

就如他痛恨毒蛇，痛恨黄蜂，痛恨肮脏与恶心。

他一怒，拳头就已经握紧，人已经往前冲上去。

董大鹏明明看见这个年轻人冲上来，明明手里还抓着刀，明明还想着可以躲开，但是反应却迟钝，动作跟不上思想。

因为这个年轻人实在太快，发动实在太突然。

他的胸腹之间最柔软的地方被拳头狠狠地击中，一种不可言说的疼痛传上来，变成咽喉间发出的一声惨叫。

他右手的刀刚刚举起，已经被付唐的左拳击中手腕，刀飞出落下，半边身子已经麻木，付唐再反肘向下，跟着又击在肋骨上。

他甚至能听到了身体内肋骨断裂的声音。

惨叫声还没发出就戛然而止，因为付唐的头已经顶住他的下巴，硬生生地将他门牙顶碎，让他闭嘴。

身体里的各种痛让他的脸扭曲着，然后眼前一黑，晕了过去。

在晕倒之前，他才忽然知道，原来痛苦是一件这么难以忍受的事情。

董大鹏左侧的大汉一声怒喝，抽出刀来。站在付唐身边的一个浓眉大眼的年轻人也已经冲了上来。

这个年轻人就是小武。

小武的速度看着也不快，但是却刚刚好比他快上一丝，他的刀刚刚举起来，小武的拳头就砸在他的脸上。当拳头可以砸在脸上的时候，小武从不让它砸到其他地方。因为他觉得这样做，不但手没这么痛，还特别容易让人晕过去。

大汉果然晕过去了。

董大鹏右边的大汉看到了这一切，这两个年轻人的武功不但高出他们太多，而且也比他们更快更凶更狠。

他只是在想为什么喝酒的时候没有看出来，惹这样的人当然很需要勇气，所以他不但后悔，还很迟疑。

站在付唐身边还有一个看着很斯文秀气的年轻人，带着笑容对他说："你不动，我就不打你。"这个笑容很温和，人也很温和，看上去说不出的懒散，却有一种不容拒绝的认真和自信。

大汉的手一软，悄悄握紧的拳头已经松开，竟然下意识地点了点头。

付唐拍拍手站起来，看了看一旁哆嗦着的大汉，忽然意兴阑珊，淡淡地道："滚。"

他的话非常有效。

•
•
•

屋子里顿时清静了，男人被打跑了，女孩子们也走了。

酒已经满上，烛光也重新点亮，夜色温凉如水。

三个年轻人围坐在桌子边，三碗酒下去，气氛已经像篝火一样燃烧起来。

刚刚的事情无论对谁来说，都是一件微不足道的小事情。

能在一起喝酒，当然也就能在一起打架；能在一起打架，当然也就能在一起拼命。

更何况他们在一起的时间已经不短。

浓眉大眼、脸型棱角分明的那个人是小武，一直在微笑、略显斯文秀气的人就是小七。

付唐看着他们，忽然心生感慨。

朋友带来的温暖，哪怕只像星光一样黯淡，却已让整个夜空不再黑暗。

小七见他若有所思，于是问道："你在担心董大鹏带人回来算账？"

付唐摇了摇头，道："他不会。"

小武笑："他若来了，只怕还得像刚刚这样滚出去。"

付唐淡淡地道："他绝不会再回来，因为像他这样聪明的人，并不喜欢自讨苦吃。"

他的判断一向准确，越恃强凌弱、喜欢虚张声势的人，就越容易看清形势，这三个年轻人的武功都不错，已经不必再为意气花代价，也不太值得。

小七问："那你在想什么？"

付唐道："我又要远行了。"

一年当中他总会消失一段时间，却没有人知道他去了哪里。

小武问道："要去哪里？"

付唐板起脸："你不觉得你问得太多了吗？我当然要去做我该做的事情。"

小武笑笑，毫不在意，他看看小七，接着道：“我忘记告诉你了，我和小七也决定也要远行。”

付唐问道：“为什么？”

小武举起他的手，攥紧了拳头，道：“因为我的拳头。”

他的拳头的确很大很硬。

小七在旁边笑着补充道：“我和小武决定出去闯荡江湖，像我们这样的年轻人，有不错的身手，又有点志气，只要运气不太差，总应该要有些成就。”

小武道：“运气这东西，你不去碰它，就永远不知道它会不会关照你。”

“如果连董大鹏这样的废物都能扬名立万，我们又为什么不能？”

他们的眼里已经充满了光芒，充满了憧憬。

付唐叹了一口气，道：“有人的地方就是江湖，有场面的地方也是江湖，有利益的地方当然也是江湖。你们其实已经在江湖之中了。”

小武道：“那当然不一样，因为还没有更多的人认识我们。”

付唐放下酒碗，又叹了口气，道：“你们还年轻，当然不知道名望就像美酒一样，你若上瘾了，总有一天会被毒死的。”

小武挺起胸，举起手中的碗：“若是这样的美酒，不妨就多来几碗。”

小七道：“就算是毒药，只要是自己选择的，就算吞下去也不至于后悔。”

小武击掌赞道："不错，不错，就是这个道理。"

付唐摇了摇头，却不再说话。

过了好一会儿，他才问道："你们打算去哪里？"

小武已经抢着回答："当然是江南最大的城——青阳城。"

九州胜华，莫过江南，江南胜华，莫过青阳。

付唐的眼角猛地一跳，仿佛阴影里有根针扎进了心口，他闷着把嘴里的酒咽下去，喃喃道："为什么要去那里？"

小七笑道："当然是越大的城里，机会越多。"

青阳城很大，人也很多，大到几个认识的人也许永远都无法相遇。

穿过房间的风静静地吹过，三个人的眼光都已经看向东方，那里正是青阳城的方向。

〇四

初见青羊符

江北，淮安，当阳街，虎威镖局。

总镖头秦振的眼光打量着一张名帖，上面写着几个字：至宝相托，价格任商。字迹苍劲有力，铁画银钩。

他沉吟着，没有说话。

站在他身边的二镖头小心翼翼地问道：“客人还在大厅，总镖头要不要去见面聊聊?”

秦振想了一会道：“你帮我回绝了吧，这单生意咱们不接。”

二镖头不解地问：“可是这确实是一单大生意，客人说价格好商量。”

秦振道：“二子，你知道咱们这么多年生意越做越顺的原因是什么吗?”

二镖头答道：“那当然是因为我们有能耐，每一次都能保证客人的镖平平安安的。”

秦振摇了摇头，道：“永远不要把自己看得多了不起，否则就一定会摔跟头。咱们这么多年平平安安，除了江湖上的朋友卖面子之外，就是因为咱不贪心，本分知足，接的苦差事，干的苦力活，不保重镖，不贪重利，来路不明、价值不明的镖咱们都不接。”

二镖头若有所思地点了点头，拿着名帖退了出去。可是没过多久，他又奔了回来，把名帖又递给秦振。

名帖上只是添加了四个字：飞虎连营。字迹还是铁画银钩，苍劲有力。

很奇怪的字，很奇怪的意思。

秦振脸色一变，问道：“人在哪儿？我去见他。”

一个个子不高、身材精瘦的老者站在会客厅的窗边，看着窗外的荷塘一动不动，秦振走近的时候，他都没转过头来。

秦振一眼就看到他的左臂袖管空空，齐肩而断，印象中自己并不认识这样的人，于是迟疑着问道：“不知是哪位朋友光临敝店？”

客人负起右手，依然没有回头，他忽然吟唱起来：“朔气传金柝，寒光照铁衣，将军十死生，壮士万里归。不恋生与名，不求王与候……”

这本来是改编自《木兰辞》的句子，但是这位客人用抑扬顿挫的语调吟唱出来的时候，却仿佛增添了一种苍茫古远的悲凉。秦振忽然身躯一震，渐而因为震惊而呆住了，慢慢地，他的眼睛湿润了，他低声接下去念道：“但求归故乡，故乡可安好？解我百战衣，温我平生酒，吾子正当幼，吾妻执我手，相看两不厌，无语泪自流……”

“秦营头毕竟是戎军之人。”客人哈哈一笑，回过头来，正是仇宿，他继续道，“只是烽火远去，壮士易老，十里连营号角的声音都应该忘得差不多了吧？”

“从过军的人，怎么能轻易忘记？”秦振不易察觉地擦了擦眼睛，“只是我对阁下面生得很，不知当时在哪个营里效力？”

江湖中知道他从过军的人并不多，这本就是秦振的秘密。

“当初我是卫队营副职，名叫仇宿，并不在虎豹前营，想来你应该没有见过我，九里坡战役之后，多少弟兄生离死别，再也不能相见了。”仇宿叹了一口气，“不过这都过去了，今日前来，是因为有生意要和你谈。”

“什么事情？”秦振问，“军营里的故人，不谈生意，只说事情。”

仇宿微微一笑，左手从怀里掏出一个锦匣，轻轻地放在桌上。

秦振问："这是……"

仇宿道："打开看看。"

秦振打开匣子，在黄色内衬的锦缎之上，有一个拳头大小的玉雕，晶莹剔透，更奇妙的是，以白玉为底座，上面雕刻着一只奋蹄昂首、栩栩如生的青色挂角山羊，底座是白玉，青羊是青玉，却天工相连，浑然一体。

无论是谁，光看到这块玉雕，就知道这是件难得的珍宝。

仇宿道："几十年来，江湖中一直流传一个传说，前朝青阳帝在国都破灭之时，将倾国的财富藏于隐秘之地，能找到这个隐秘之地的线索，就在他遗留下来的青羊符中。没有人知道青羊符在哪里，甚至也没有人见过青羊符到底是什么样子。这么多年过去了，所有的人都只当青羊符是个传说罢了。"

秦振端详着玉雕，过了一会才问道："难道它就是传说中的青羊符？"

仇宿摇摇头道："我不知道。"

秦振诧异地抬起头看看他。

仇宿道："我前些日子机缘巧合下得到这个玉雕，可是我却不知道这块玉雕是否就是青羊符，研究了几天，却毫无发现。虽然我无法判定它的真假，但是总有人能够做到。"

秦振沉思着，听着他继续说下去。

"青阳王的财富对我这个老人来说，已经没有多大意义，但是在青阳王的宝藏里，传说埋藏着天下第一名剑越王剑，能得到这把剑的人，就可以如虎添翼，实力大增。”

秦振问道：“你的打算是……”

仇宿笑笑，道：“所以我要把这块玉符委托贵镖局送给将军，因为将军就在青阳城。只有将军，才能知道这块玉符的真假，也只有将军，才有能力去找到青阳帝的宝藏。”

秦振略有迟疑，道：“无论真假，这块玉符都已太过贵重，你应该找更大的镖行……”

仇宿又笑笑道：“只要能保守秘密，维持信任，就比实力更重要，知道的人越少，风险就会越小，越大的镖行反而目标越大。”

秦振忍不住问道：“为什么要献给将军？”

仇宿转过脸，将目光重新投到外面的荷塘上，过了一会才仿佛不胜感慨地道：“只有接受过将军眷顾的人，才知道该怎么样感谢他。正如我跟你一样，会爱他、敬重他。”

爱他、敬重他！

这句话就像箭一样射中了秦振的心。

他思索了一会，道：“匹夫无罪，怀璧其罪，或许对将军来说，这并不是一件好事。”

仇宿露出一丝惨然的笑容，道：“可也总比在我身上好。”

秦振见他左袖空空，随风轻摆，忽然明白眼前人的辛酸和艰难之处。

他感觉有些惭愧，因为他一直在用老江湖的眼光质疑眼前这个人的诚心和向往之意。

仇宿再从怀里掏出一张银票："这是一千两银子，足以当得此次押送的镖费。"

一千两银子的确已经足够从淮北到青阳城两个来回的镖费了。

"我说过，这不是生意，更不是镖费的问题。"秦振一口拒绝，"再说我也近二十年没再见过将军，正好借这个机会前去拜会他老人家。"

他的言语已是应承了这次托镖之意。

"秦总镖头愿意亲自前往，就有十成十的把握了。不过银子是对镖行规矩的尊重，不关人情。"仇宿微微一笑，把银票放在青羊符旁边，点点头，飘然而去，远远传来他的声音："倘若见到将军，勿要忘了替我仇宿问他老人家好。"

"哎，镖书还没签订呢!"秦振叫道。

"不用!"远远传来仇宿的声音，"江湖一诺，远比文绉绉的一张纸更有效。"

秦振脸上露出了苦笑，看着银票和锦匣，颇有些无奈。

"爹爹，爹爹，我听到了，你要去见将军!"一个约莫二十岁的姑娘跑进来，娇俏地笑着道。她一眼看到桌子上的锦匣，好奇地问："这是什么呀?"

看到这个青春烂漫的姑娘，秦振的眼神变得温柔起来，他道："别动，那是一个朋友委托送给将军的东西。"

"那我也要一起跟着去!"姑娘央求道，"我这么大了，总得要出去闯荡江湖呀!"

"不行，"秦振板起脸，但是眼神中的温柔之意更浓，"秦足青，一个女孩子闯荡江湖做什么？再说，路途这么远，这是押镖，又不是游山玩水。”

“不要不要，我就是想出去走走。整天憋在家里，我感觉自己都快要生病了。”女孩一边摇着秦振的手臂，一边撒娇，“爹爹，求求你嘛！”

秦振沉思了一会，忽然露出奇怪的笑容，说道：“好吧，这次我带你去，但是你要听话、守规矩。将军有三个儿子，个个都是人中龙凤，这次过去，不妨跟他们交个朋友。”

“朋友？”秦足青白玉般的脸上泛起了红晕。她当然听得出朋友这两个字的意思是什么。

“没错，”秦振又板起了脸，“你再考虑一下，到底还要不要去？”

“我要去要去，再说，多认识几个朋友也是很不错的呀！”

秦振舒心地笑了。

“将军是个什么样的人呢？”秦足青好奇地问道，“我从小就一直听您提到他，可却从不知道他是个什么样的人。”

“将军呀！”秦振看了看窗外无比深邃湛蓝的天空，脸色变得严肃起来，“他是一个人，也是一个神，只要他在，就没有不能取胜的战役，没有打不败的敌人，也不会有遗弃的手足。他像是白日里的太阳，黑暗中的月亮。”

他的眼光转向看着南方，那里正是青阳城的方向，他的声音充满了敬意。

“他就是我们心中的军旗！”

〇五

不同的故事

丁老头从来不觉得自己的人生坎坷，像他这样任劳任怨、穷苦一生的人，对生活的要求从来都不是看到幸运。自从老婆难产去世，他既当爹又当妈，把唯一的儿子拉扯大。

现在儿子总算十八岁了，在清风山庄里做杂役，每个月有一两三分银子。银子虽然不多，却足以慢慢搭起未来的希望。所以他把每一分银子都存了下来，再有个两三年，就够儿子娶房媳妇了。

但是今天，他生活里最美好的希望破灭了，清风山庄的人把小丁抬回来的时候，孩子已经遍体鳞伤，奄奄一息。

送来的人说，小丁在山庄里偷四夫人的首饰，被徐二公子正好抓到，吊起来打了足足三个时辰，总算是徐家仁慈，没有送官。

清风剑徐老太爷不但在江湖中赫赫有名，而且在官府中也非常有情面，小女儿嫁给了京城的御史，所以一旦送官，结局只会更惨。

但是最惨的结果已经是这样了。丁老头默默地流着眼泪，在床边照顾小丁三天三夜，直到第四天，小丁才从昏迷中醒过来，告诉父亲，自己是被冤枉的。他是因为撞见了徐二公子和四夫人偷情，才被徐二公子先动手，打成重伤。

丁老头深深相信儿子的话，这个孩子他从小看着长大，像他一样本分老实，他们这样的穷苦人，有任何非分的想法都是一种罪孽。

更让他悲痛的是，小丁没撑过那一夜，天刚亮的时候就死去了。

他决定去找徐老太爷。徐老太爷不但是他的同乡，而且公平正直，一定会为他主持公道。

徐老太爷听了后，果然脸色铁青，勃然大怒，立马将徐二公子和四夫人叫出来，质问事情的真假。

“当然是假的!”徐二公子振振有词道，“天地良心，日月可鉴。”

四夫人一听就开始哭哭啼啼，一边哭一边说：“那个家伙偷……偷了我的金雀钗，还要……侮辱我的清白!”

她脸上委屈的表情就像遭受了奇耻大辱，不但愤怒，而且还有一种咬牙切齿的决绝。

一个低贱役工对她的污告，简直比强奸她还要让她觉得侮辱，觉得可耻。

徐老太爷一脸严霜，沉默了一会才追问道：“金雀钗呢?”

徐二公子恭谨地回答说：“从小丁身上搜到后，就交还给四夫人了。小三和小四都可以作证。”

“金雀钗市面上价值多少银子?”徐老太爷忽然问了一个莫名其

妙的问题。

“市价可以卖到十两银子，”徐二公子瞟了丁老头一眼，继续回答说，“十两银子对他们来说，可是一笔不小的数目啊，也难怪小丁会心动。”

丁老头大声道：“十两银子我也有，我不但有十两银子，还有五十两银子！”他从怀里掏出银子——这本来是他的所有积蓄——一边砸向徐二公子，一边哭喊道：“你把我儿子的命赔给我！”

“够了！”徐老太爷重重一拍桌子，怒声喝道，“你家儿子一时贪财心起，虽说事发突然，却也过错在先。”

丁老头忽然觉得眼前发黑。他想说“不是这样的，不是这样的”，徐老太爷应该追问儿子和夫人的奸情，而不是追问所谓的赃物。可是他浑身颤抖，嘴巴哆嗦着，这个老实人竟然连一句话都说不出来。

“虽然羽儿用的刑罚过重了些，”徐老太爷忽然叹了口气，“但是人死为大，不管怎么样，将人打死了终究不对。这样吧，小丁是因为偷盗金雀钗才丢了性命，四夫人你将金雀钗送给丁家，也算是个安慰。”

“至于你，”他回头厉声对二儿子喝道，“从现在起禁闭房中一个月，不得外出！这个月花度的二十两银子罚给老丁，当作伤人过度的赔偿。”

他很巧妙地用了伤人这个词，而不是杀人。

丁老头仿佛掉进了冰窖里，手指颤抖起来，连辩驳都已经没有力气。

他唯一的希望，最爱的儿子，就这样三十两银子卖掉了。

“老丁，我也难过，不过人死不能复生，”徐老太爷转过身和颜悦色地对他说，“羽儿下手过重，我也有管教不严的责任，就另外再补偿二十两银子给你。”

他挥了挥手，两个家丁走上前将丁老头拖着往外走。路过徐二公子身边的时候，二公子虽然还低着头，盯着自己的脚尖，却偷偷地对他歪了歪嘴巴笑了，仿佛在笑他不自量力。

丁老头失魂落魄地回到家里，银子散落在地上，他已经毫不在意。像他这样一个无权无势的孤老头子，只能像鱼肉一样任人宰割。但是他不甘心，他委屈，他愤怒，他要用他的死来告诉别人自己到底有多悲哀。

所以当他满心悲凉地在房梁上套上绳索、打好结，要把头伸进去的时候，他忽然想到一个人。

这个人在很小的时候也是他的乡里，但是长大从军后，就再也没有来往过。

小时候他叫庆儿，大一点的时候叫玉庆，再后来别人都叫他将军。

将军！

他知道这个人正直、仁义，只要他认为不公平的事情，就一定会找回公平。

这个名字仿佛就是深渊里出现的一点光亮，让他一下子有了力量。

他的眼睛已经看向北方，那里正是青阳城的方向。

•
•
•

春花烂漫，少女的脸红得比花朵还要娇艳，眼神干净得比露珠还要清澈。

张勇生的目光一直停留在少女的身上，觉得她一举目、一投手、一娇嗔，都有着说不尽的欢喜，说不尽的愉悦。

热恋中的少男少女都认为自己会是世界上最幸福的人，就像这春天里的气息一样，有着说不出的美好，也有着说不完的山盟海誓、甜言蜜语。

这个时候，山路上走过来十几个人，为首的胖子满脸横肉，魁梧雄壮，他一看到少女，眼神立刻就变得像恶狗看见了肉骨头。

于是这一伙人立马就围了上来，胖子大咧咧地说："爷叫彭横远。"

张勇生立刻知道了他是谁，附近方圆四五十里地几乎没有人不知道他。这是个出了名的恶霸，召集了一些浪子地痞组成了蜈蚣帮，还自封为帮主。

这条无恶不作的蜈蚣对普通人来说，简直就像一座大山。

"你们想干什么？"张勇生问。

"我一见到你，就喜欢上你了，所以我决定今天就要娶你。"彭横远没有理会张勇生，而是对少女说道，"以后就跟爷混，吃好的，喝好的。”

少女吓得躲到了张勇生的背后。

“她是我未过门的妻子，”张勇生挺起了胸膛，“你们不要太放肆！”

“既然未过门，那就不是妻子喽。”彭横远冷冷地说，“我告诉你，从现在开始，她就是我的第十房小妾！”

“小子，识相的话，就离帮主的女人远点，”一个随从在旁边挤眉弄眼地笑道，“帮主脾气很差，小心他阉了你。”

另外一个随从已经伸出手去拉扯少女，想把她拖到自己人这边来。

张勇生顿时目眦眶裂，怒气上涌，一拳砸在混混的脸上，把他打倒在地。

“哟！”彭横远冷笑道，“居然还敢先动手啊！兄弟们，给我往死里打，是哪只手先动手的，就把手筋砍掉，哪只脚先动的，就把脚筋砍掉！”

十几个人马上从腰间抽出短刀和长鞭，气势汹汹地围住张勇生，殴打起来。

半炷香以后，张勇生奄奄一息地躺在血泊中，不能动弹，身上的手筋和脚筋都已经被砍断了，流血的伤口还在一动一动地抽搐着。

“这还不算完，”彭胖子皱着眉头看了看，“为了保证以后他不再骚扰我的小妾，的确应该阉了他。”

他抬起脚，往张勇生裤裆间狠狠地踹了过去。

张勇生一声痛叫，然后整个人就昏死过去了。

不知道过了多久，张勇生才从昏迷中醒了过来，春天的风还轻轻吹着，轻柔得好像情人的呢喃，春天的气息还是那么迷人，就像恋人的芬芳。

但是他的人生却已经没有了希望。愤怒变成了迷惘，仇恨变成了绝望。他甚至不知道自己还能干什么。

他爬到大树底下，拼命撞头，过了一会儿，又忽然放声大哭，眼泪顺着脸庞流进大地。因为他发现自己的手脚连一点力气都没有，全身上下每一个地方都疼痛无比。

他连杀死自己都做不到，更不用提如何报仇。

张勇生已经不知道自己是怎么回到家中的。活下去还有什么意义呢？他拿起厨房里锋利的菜刀，就要往脖子上割的时候，眼光忽然看到墙角下的一堆黑乎乎的盔甲。

这是当过士兵的父亲去世前遗留下来的战甲，父亲告诉他：假如有一天，你遇到自己不能解决的麻烦，就去找将军，他一定会帮你解决。

不管是什么样的事情，只要他知道了，就一定会给你一个公道。

因为他的承诺就是公道，没有人会怀疑这一点。

将军！

这个名字就像黑暗中忽然亮起的灯火，密闭的房间里忽然打开的窗户。张勇生决定，不管如何，都要在死之前去见见这个人，向他诉说自己的委屈。

就像告诉他的父亲一样。

•
•
•

秦足青身着男装趴在半山腰上一片灌木丛后面，纤细如玉的手指已经深深地掐进了坚硬的泥土当中，一声都不敢吭。

刚刚她偷偷地溜出来，跑到半山腰上摘到这朵洁白的野花的时候，恰巧就看到在山道上行走的镖局队伍被一大堆人包围住了。

来的人很多，把镖局的队伍围得密密实实，他们身着黑衣，胸口画着诡异的龙卷云图案。当头的是一个尖嘴猴腮、凶气外露的中年人，却偏偏穿得锦衣玉服，一派富贵，就像在乡下田间看到的土财主。

土财主看人的眼神通常都不会太友善，就好像现在他看着秦振这帮人一样。

他带的人很多，气势汹汹，当拳头比别人硬、刀枪比别人多的时候，土财主通常都不会怀有善意。如果秦足青江湖阅历足够多，她就会知道黑云教本就是江湖中打家劫舍、手中沾满鲜血的劫匪。

秦足青看到她的父亲脸上已经露出苦笑，上前抱拳招呼。因为距离太远，她听不清他们到底在说什么，但是能感觉到气氛变得越来越紧张。秦振忽然提高了声音，话语在风中隐约传了过来。

“送给将军的东西也敢打主意吗？……只要有人逃出去，你们就要想想后果……”

秦足青伸手摸了摸胸口，一个小锦匣静静地躺在怀里，在出发之前，秦振将青羊符交给了她，并且叮嘱她：“不管什么时候，镖局的信诺永远要比任何东西都重要，宁可自己死，也一定不能失信。”

所以父亲把这件珍宝放在另一件珍宝的身上。

当她再望向山下的时候，两群人已经动起手来。

鲜血不断喷现，一条一条的生命被收割，秦足青看着平日里熟悉的伙伴被一个个砍倒在地，她的父亲手舞一把长缨大刀，一边抵挡后退，一边嘶着喉咙大叫：“逃……逃出去，逃去青阳城找将军！”

秦足青知道这是父亲在用自己的生命兑现信诺，也在帮她做最好的掩护，她眼睛里已经噙满了泪水，那朵美丽的野花被揉碎埋进土里。她一边趴着往后退，一边流着泪，然后转过身，头也不回地奔跑起来。

山下。

黑云教教主古风把短戟从秦振的胸膛处猛地抽出，鲜血飞溅，秦振眼睛瞪得大大的，不甘心地倒了下去。古风啐了一口，悻悻地道：“这老不死的东西，还真是不见棺材不掉泪。”

一个教徒上来道：“大当家的，一共二十八具尸体，但是没有找到青羊符。”

古风问：“没有一个活口吗？”

“没有，反抗得太厉害了，受伤的都自尽了，就好像他们知道迟早要死一样。”

古风沉吟了一会，道：“留下几个人掩埋现场，剩下的人去抄虎威镖局的家底。”

教徒扭头要走的时候，古风忽然把他叫住：“虎威镖局其他的人都不要留活口，但是听说秦振有个女儿，长得还不错，把她给我留下来。”

教徒提醒道：“教主不怕她是个麻烦吗？”

古风露出一丝淫魅的笑容，道：“我玩腻了当然会杀掉她。死人就不会再有麻烦了。”

“走！”

〇六

暮色青阳城

将军是个什么样的人？

有人说他是仁慈的神，被他看到的不幸，都能转变为今后的幸运；有人说他是地狱的恶使，犯过的罪业都无法逃避他的制裁。有的人把他当作至亲，恨不得为他献出一切，也有的人把他当作十世不遇的仇敌，粉身碎骨都想把他杀死。

他温柔的时候，可以在生病的孩子床前讲三天三夜的故事；他凶狠的时候，可以在七天的时间里踏平江南连环十三寨，亲手斩杀六十八个绝顶高手。据说那一战之后，鄱阳湖边的孩子只要听到将军的名字都吓得不敢再哭。

江湖中的人只知道他年轻时从军队退职，然后创立青阳帮，用短短十年，将其发展为江南最大的帮派，声望如日中天。跟随他的人称呼他为将军，不仅仅因为这个称呼沿用了军队的习惯，也因为只有这样才能表达足够的尊敬。

一个武功厉害的人，可以让人佩服，可要让人尊敬和信服，却绝非武功高强这么简单。

将军的武功，在三十年前，就被江湖中人誉为罕逢敌手，近十年来，江湖中已没人再见识到这一点，甚至都难以见到他本人。

这么多年来，将军已不再需要出手，因为他已经有了青阳帮。

青阳帮在江南七大帮派中位列第一，不仅仅是因为它在七大帮派中创建得最早，也因为它实力最强。据说青阳帮当初本名为金阳帮，随着青阳城不断发展，江湖中人只记得青阳城里的青阳帮，却把江南其余六大帮派——金枪派、猛龙帮、锦华帮、玲珑帮、名剑堂、朝凤门——给淡忘了。

其余六大帮派在武林中也是一等一的大帮派，不过跟青阳帮一比，就好像星星伴着圆月，萤虫遇见山火。

青阳帮刚刚创建的时候，人数并不多，其中最出名的是两条龙——“霹雳龙”唐猛以及“潜川龙”易经天。霹雳龙的刀法就跟他的脾气一样，粗暴、简单、直接，被他攻击的人，一定会怀疑是不是老天在降下惩罚。他的武功本是军队正面搏杀的刀法，但在武林中同样适用。唐猛交游广阔，塞北到江南都有结拜弟兄，就连陕甘云贵一带，也都有江湖中不曾闻名的朋友。易经天更是江湖中的传奇，他鲜少出手，很少人能见识到他武功的路数。除了一身好功夫之外，他还极擅谋划，青阳帮能从一个初创的小帮派成为江南第一大帮，易经天功不可没。但是当青阳帮基业稳固之后，他反而功成身退，隐匿江湖，江湖中已经很久没有他的消息了。

现在青阳帮又有了三只老虎，这三只老虎一只比一只凶猛，也让青阳帮越来越厉害。文武八面三只虎，其中两只是将军的儿子——“文虎”蒋承文，“武虎”蒋承武。

蒋承文年不及三十，思维缜密、计谋百出，是青阳帮中的智囊，但是认识他的人都知道，当他的智慧解决不了问题的时候，他的武功其实比智慧更加有效。蒋承武喜欢的方式却恰恰相反，他觉得这世界上没有什么事情是拳头解决不了的，拳头无疑要比智慧重要，消灭问题最简单的办法当然就是把人一起消灭，没有人的存在，问题就不会存在。

“八面虎”柳随风虽然不是将军的孩子，却是将军从战乱时期一手抚养带大的孤儿，他一直认真地学习，认真地做事，认真地把每一件事情都做好。当一个人慢慢地能把每一件交代给他的事情都做得滴水不漏、毫无破绽，能把任何事情都处理妥当、不犯错误，这个人就会很可怕，可怕得就像他的暗器一样从不虚发。柳随风的暗器已经排在高手榜的前五之列，所以近年来江湖中人听到他的名字，不免都要皱皱眉头。

现在，这“一龙三虎”分管了青阳帮旗下四大堂口，唐猛负责玄武堂，蒋承文负责青龙堂，蒋承武负责白虎堂，柳随风负责朱雀堂。每一个堂口都有不同的职能，青龙、白虎堂主司攻伐，玄武堂主司御备，朱雀堂主司刺探。每一个堂口都有足够的人手与力量，都能独当一面，有人甚至说，每一个堂口的力量都不逊于江南其他帮派，每一个堂口独立出来，就是江南第十大帮派。

所以这些年来，将军已经不用再多操劳，也几乎不抛头露面。江湖中有人推测，将军年事渐高，到了安享晚年的时候，所以已经退隐；也有人说，武功越高，受到的反噬就会越大，将军的武功已经不如巅峰时候的十分之一；甚至有人推测，将军可能身体不好，即将不久于人世。

传闻往往更能遮掩住真实的面目。如果是初入江湖的新人，对这些传闻可能会缺乏清晰的判断，心态可能会因此而变得很不稳定，但对付唐而言，这些传闻就像在道路上相遇的过客，有些会留在记忆里，有些会淡忘掉，也有些甚至都没有在脑海中存在过。

只有走进青阳城，才能知道青阳帮的弱点，只有观察到将军，才能知道他是怎样的一个人。

夕阳西下，暮色慢慢笼罩大地，干净寂寥的天空慢慢被黑暗掩盖。付唐站在山顶望着山下的青阳城，万户灯火渐次亮了起来，一眼望不到边的城际线在视野中慢慢模糊，最后在氤氲的苍茫中消失。

一个身材高瘦、身形隐于一身黑袍之中的中年男人背着一个长匣孤单地走进青阳城，长匣很大、很宽，看着很重，用布条一层层的包裹住，丝毫看不到里面是什么。

一个年轻女子搀扶着一个年老的长者，缓慢而沉默地跟随人群走进青阳城。女孩脸上神情冷漠，不带生气，身背一面大鼓、一把琵琶，老者的眼睛干枯凹陷，看似全盲，脸色死寂，仿佛活着是天底下最大的不幸。

两个杂耍人刚刚结束一天的表演，一个高大威猛，擅长硬气功和红缨枪；一个矮小佝偻，身高连三尺都不到。奇怪的是，他们两个从不对话，也从不和外人说话，就像那些看透世事的人一般沉默。真正的江湖人，都只是陌路人。

夕阳的余晖暗淡地打在一个老婆婆身上，好像还遗留着些许的温暖，又带着一丝不甘和遗憾，美人迟暮，英雄气短，她盯着夕阳呆呆出神，过了好一会，才缓慢而笨拙地收拾好货架，准备结束一天的生意。

付唐仿佛已经看到这座青阳城里，无数人有无数不同的命运和希望，也划出无数不同的轨迹，在这座城里碰撞交织，汇聚成一幅世人所看不到的画卷，没有悲哀，也没有欢喜，甚至不带太多的情绪。

他定了定神，走下山，走进青阳城。

苍茫大地，暮色青阳。

〇七

七杀的绝杀

七月初十，正午，青阳城，平安道。

付唐独自坐在酒楼二楼靠窗的位置，慢慢地喝着酒，静静地思索着所有关于将军的信息。

分析信息其实也是一件很专业的事情，否则他不会从回风护柳剑法中找到岳绝的破绽。

一个破绽就足以带来一个机会，一个疏忽就足以致命。

可是现在，他连将军是个什么样的人都不知道，高矮胖瘦、神色体态、武功兵器都一无所知，连最近一次和他交手的人都已经在十年前去世。

将军的故事虽然很多，但当一个人的认知只能来自道听途说的消息的时候，就可以判断这种消息不但没有价值，还可能误人视听。

付唐当然也懂得这个道理。

这已经是他来到青阳城的第二十四天。

酒好像又勾引起内心淡淡的焦灼感。

但他知道不能着急，焦灼的心态比敌人更可怕，一个人若是连自己的心态都控制不住，对其他的事情的控制就会更薄弱，自身就会变得更弱小。

所以他只是静静地等待。

太阳正好，初秋的阳光和煦而温暖，甚至开始让人觉得燥热。他坐的靠窗位置可以看到楼下喧杂热闹的城市生活，大街宽阔，两边是各式各样谋生的人，有弹琴击鼓的老者少女、舞枪弄刀的江湖艺人，还有不会吆喝、等着主顾上门的老阿婆……

每一种人的生活就像是一种色彩，镶嵌在青阳城平安道上。这条大道宽阔、敞亮，能并排行走十辆马车，横贯青阳城南北。作为江南的第一大道，在这里，你能买到天下所有能买的东西——甚至包括最讨巧的男人和最听话的女人；你能花掉一生的积蓄，也能享受到几辈子都不敢想的福，因为在青阳道的尽头，就是江南最大的风月圣地飞花楼。

这种最核心的地段，当然也是江湖消息聚集和流传最好的地方。

这个时候，天色好像忽然阴沉了下来，暗了一暗。付唐抬起头看了看，才发现不是因为天色，而是在北城门边慢慢走进来的五个人。

走在后面左侧的那个年轻人，虽然身材不高，但是却像只蓄满了力量的大象，每走一步都像要把地面踩碎似的，抬起腿的时候，又轻巧得像一只灵敏的豹子，看见他的人就像见到一把出了鞘的刀，会莫名其妙地觉得心里头多了一道阴影，略过一阵寒气。

一个人武功高不高，往往能体现在他的步伐之中，这个年轻人无疑是个高手，但是付唐从没有见过一个人会走得如此自信、如此张扬。

因为他实在太刚强、太有锋芒。

他的身边也是两个年轻人，一个安静沉稳，一个斯文儒雅。他们跟随在两个老者身后，一个脸上皱纹横生，却温和慈祥，穿着青布长衫，平易近人得就像街坊邻里；另一个却锦衣华服，姿态挺拔，神态轻慢，背负双手，走在这大街上，就像走在自己领地那样充满骄傲。

付唐马上知道这个锋芒毕露的年轻人是谁，在整个青阳城，只有一个人连走路都这样有气势，也只有一个人，不用眼睛看到就能感觉到他的到来。

武虎蒋承武。

他走过的大街，的确就像老虎走过的大路，空阔无人，旁边的人都避之不及，唯恐触犯到他。

如果连他都只能做两个老者的跟随，那么这两个老者又是谁？

这两个老者是不是就是将军和唐猛，另外两个并排的年轻人是不是就是文虎蒋承文和八面虎柳随风？

付唐思忖之时，这几个人已经走到平安道的中间。一丝阴影浮上付唐心头，他的眼光已经看向了道边弹琵琶的盲人老者和击鼓的如花少女。

天气依旧很好，阳光依旧灿烂。

少女从鼓鞭边取下一片一直悬挂着的柳叶片，轻轻放入嘴里。

柳叶青青，却像羌笛一样吹出充满幽怨的音调，几乎要淹没在大街的喧嚣中。老者的琵琶声响如常，却忽然四弦划拨，齐齐绷断。

“嗡”的一声轻响，琵琶当中的板箱骤然打开，射出一蓬乌黑的细雨，径直对准大街当中的那个慈祥老者射去。

老者手不停，手指翻飞，弦槽和山口的位置又再各射出一蓬乌黑的细雨。

付唐眼睛微微一凛，他已经看出这是湘西的疾风阴雨针，不但急速无比，而且每一根细针上都淬有剧毒，中者立时毒发，无药可医。

疾风阴雨针的发射机簧早已在江湖中绝迹，疾风阴雨针的制作更是湘西阴氏一族的不传之秘，近年来鲜有它的消息，谁也想不到这机簧此刻竟然隐藏在琵琶当中。

疾如风、密如雨，形影不离入骨针。

这句话虽然是很多年前的传闻，却足以看得出此暗器之恐怖。

疾风阴雨针的发射仿佛就是一个信号，所有潜伏的暗招忽然全部发动。

不远处的两个卖艺人已经结束表演，正在休息。中年壮汉高大威猛，旁边斜靠着的红缨枪油光发亮，好像汗水还在上面流淌。另一个人矮小佝偻，像个侏儒，却有两把大刀时刻准备着反握在手，没有人能再讥笑他的滑稽。

刀在他手里，就像是他的手。

疾风阴雨针刚刚发射的时候，他们就动了。

中年壮汉挺身跃起，伸手握枪；一枪在手，整个人的气势忽然就节节攀升，立马从一个卖艺的街头混混变成渊渟岳峙的枪术大家。

“咄!”

他双臂一抖，沉声低喝，疾步如趋，枪头挑出三朵红花，气势一往无前，径直刺向五人当中青衣老者的胸部。

这一招枪法赫然是关外杨氏枪法不传之秘的最后一招：三花聚心。

这一招也曾被江湖中人认为是最攻伐凌厉的一招。

无法躲避，只能迎战，一直战到枪势力尽为止。

年轻的侏儒手中的刀花一舞，滚地向前，满团的刀花在阳光下聚成一团白色，让人分不清是刀光还是阳光，原来他的身形正好适合江湖中最难练也是最难防的地趟刀法。在旁人还没反应过来的时候，这团刀光已经罩住身形，迅疾地沿地面一路砍向老者的下路。

在这一行人刚刚走过去五十步不到的客栈二楼，临街的小阳台隔着半人高的木挡板，倘若有人能上来二楼这个房间，就可以看到在阳台地板上一直闭目盘坐着一个身材高瘦、面色苍白的中年男人。他的脸色苍白得几乎透明，仿佛从没晒过太阳，但他的手掌却宽阔厚实，手指苍白细长，指节有力，看见这双手的人，会莫名地相信这双手能像金石一样牢牢抓住任何东西。

他的身边放着一张黄金大弓和三根尾羽翠绿的黑箭，散乱的布条和漆金的长匣摆在旁边。

他的耳朵一直在动，还像猎狗一样一直鼻翼翕动。当柳叶曲几乎以不可耳闻的声音传到的时候，他就动了。

他伸出手抓住旁边的大弓，站起身，引弓、搭箭、上弦，一气呵成。他的双眼一睁，现出猫一般碧绿的眼瞳，外廓巨大，瞳孔尖锐，几乎凝成一道直线。

他锐利的眼神径直射向五个人当中的青衣老者的背部。

三箭连发，间隔不过须弥，箭尖黝黑无光，通体乌亮。奇怪的是从第一支开始，射出的箭就毫无声息，仿佛射出的只是三道空气，而不是箭。这三支箭射出去后，这个男人仿佛用完了周身的力气，一脸疲惫。

黄金弓、绿羽箭，都是江湖中传闻已久的大杀器。

疾风阴雨针刚刚射出的时候，五个人上方的天空忽然出现两个淡淡的人影。

这两道人影悄无声息地分别从道边左右的楼顶跃上天空，身形一折，倒冲向下，宛如鱼跃雁行，姿势说不出的曼妙优美，手中的长剑映出一泓明亮，显然是削金断玉的利器。

这是两个年轻人，不但脸长得一模一样，就连使出的剑法、动作、出手的时间都完全一样，只不过一人在左，一人在右，拿捏的时间和动作都配合得巧妙无比。

他们的姿势说不出多么优雅，气机徐缓舒张，到高空之后竟立刻变得凌厉无比，就像直旋向下捕兔的雄鹰。

青衣老者就是雄鹰眼中的兔子。

这两道人影无声无息出现的时候，付唐才开始感到震惊。

因为他自幼练习的就是剑法。

好的剑法最重要的是什么？

招式不是最重要的，灵巧也不是最重要的，当然更不是力量，因为剑本身就不是以力量取胜的。

最重要的其实只有一个字：快。

天下剑法，唯快不破。

但是再锋利的剑、再快的剑也都是死的，还有一点比快更重要，那便是一往无回的气势。

长剑明亮，但是剑法却迅疾直接，毫不拖泥带水，也毫无眼花缭乱的招式，更重要的是持剑人一往无前、心无波澜、面无表情、目无情绪，丝毫不留退路，带着同归于尽的心态出剑。

一出剑，不是敌死，就是己亡。

这样的剑法和这样的人都是江湖里最可怕的存在。

天外飞仙，一击必中，更何况双剑合璧，联袂成杀。

就连付唐也惊觉自己不一定做得到这么快和这么凌厉地出剑。

当中的老者看上去已经必死无疑，再无逃脱的机会。

这是一个精心布置的局，没有人知道这些刺客等待了多久，又如何把握最完美的收网机会，这五个人，其实从踏入城门开始，就已经一步步走入天罗地网之中。

下路被地趟刀封死，中路有红缨长枪，背后是绿羽箭，在头顶还有落下的天外飞仙。

疾风阴雨针更是无数从暗处窜出的毒蜂，要把网里的人狠狠蜇死。

江湖中有谁可以从这个天罗地网里逃脱出来？

付唐已经肯定当中平凡的老者就是将军，青阳帮最核心的一条龙和三只老虎都恰好同时出现在这里。他同时悲哀地发现，原来组织在一起，永远比任何一个人单打独斗更厉害，哪怕这个人是一个神。

十个一成的概率加起来就是十成的成功。

江湖中只有一个组织会用这样的方法刺杀，用每一个几乎不可能逃开的行刺绝技组合在一起，从而保证任务完成的可靠性。

每一个执行这样任务的人，都是死士，组织里级别最高、也是最可怖的战士。

每一个人出手时，都抱着无法回头的信念。

那就是七杀。

江湖中最顶尖的刺杀组织，只要它出手，就没有不可能完成的任务。

〇八

完美的解局

当所有人都以为无人可以从这样的天罗地网中逃脱出来的时候，奇迹就偏偏发生了。

当疾风阴雨针开始发射的时候，将军淡淡地扫过一眼，已经把前方所有情况看在眼里，他声色未动，身边的人已经开始行动。

将军身侧的老者唐猛忽然伸出手，挡在疾风阴雨针的前方，双手连续虚抓，将大部分的细针都抓在手里。

他的手上戴着一双浅银色的手套，在阳光下几乎看不出来。但疾风阴雨针落在他的手套、手臂上的时候，传出轻微的“叮叮”的声响，这双手套居然丝毫不惧细针的剧毒和锐利。剩余的细针射进将军的衣服里，就像泥牛入海，再没有任何动静。

付唐目光微微凛然，他知道将军这件平凡的青衣布袍里面，一定有一件不平凡的刀枪不入的宝甲内衣。

挡住疾风阴雨针之后，唐猛忽然低沉地大喝一声。

晴朗的天空就像闪过霹雳。

他左手一拳砸在地面上。

就像大刀剁地。

这一拳砸的位置，恰好就是侏儒地趟刀滚向的前方，这一拳砸得青石板路面石屑飞溅，带起的风声也让侏儒滚动的身形微微凝滞。然后他丝毫不害怕满地的刀光，另一只手竟伸出去想要从刀光里抓住侏儒的身子。

侏儒滴溜溜地转了个方向，满地的刀光如水银泻地，转向从斜路里往将军的方向砍去。

唐猛的右手跟着变抓为拳，又是一拳砸在路面，左手收起，变成抓的姿势，又向满地的刀光里抓过去。他砸在路面的拳头落地生根，就像一根柱子一样挡在侏儒前进的方向，也正好挡在了将军的面前。

他这么高大威猛的人做出这样笨拙得像猩猩一样的姿势，样子就显得特别滑稽可笑，可是在场的人没有一个人笑，谁都看得出来，这一招无疑就是对付地趟刀最有效的办法。

地趟刀如果不能近身，的确就像个耍把戏的。

侏儒只有再变，但是不管他怎么变，他的面前都有一只手臂挡着，一只手想要抓住他，其间刀光与手相互碰撞，发出金铁交鸣的声音。唐猛手臂的衣袖被刀光绞烂，露出的都是银光闪闪的丝织手套。

这双手套织得就像鱼鳞一样细密，又长及臂，不惧任何刀砍剑刺。

就算唐猛没有带刀，他的手也一样是他的刀。

中年壮汉的枪头晃出三朵花，虚虚实实、难以分辨。红缨如花，银枪如雪，最重要的是其人已若激怒的疯虎，气势如虹。

现在这头疯虎遇见了另外一只老虎。

当中年壮汉的气势节节拔高到顶点的时候，蒋承武也同样冲了上去。

这招绝密的杨氏枪法在他看来和普通的枪法没有区别。

不管是哪种枪法、哪种招式对他来说都毫无意义，只要冲上去，就只有倒下或者不倒下两种结局。

他虽然鲁莽勇猛，可却并不是个逆水行舟的傻子，他当然看得出长枪的弱点就是近身。

一寸长，一寸强，若击其强，必攻其长。

在以往每一次的进攻中，倒下的通常都是他的对手，他好像就是一个天生的斗士，天生的胜利者，从来就没有例外的时候。

他没有武器，但是他的身体每一个地方都在动，好像随时都能改变方向，随时都能突击。

他的身体就是他的武器。

红缨枪的枪势不变，但是枪头微晃，多出了两分余力，指向蒋承武。

枪风呼呼，枪花凌厉，一般人只要稍微靠近，就会感觉枪势像一座大山一样迎面压来，会下意识地躲避。

他的目的也是让蒋承武躲避开，他的目标只有一个，就是将军。

只要能给将军造成一丝威胁，或者让其稍微分神，他的目的就达到了。

可惜蒋承武不是一般人。

他从来就不在乎是否会受伤，是否会有性命之忧，压力越大，他的心反而越加冷静。

他知道，冲得越近，看到的破绽就会越多。

中年壮汉分出两朵枪花击向他的时候，恰好就是破绽最多的时候。

因为三花聚心的招式本来就是固定的，现在强行分力出去，原来的招式就会凝滞。

第二朵花刚刚舞出一半，蒋承武便一蹬地面，速度突然加快。

快得就像一只等待猎物的豹子。

枪头从他肩部的衣服刺穿过去，滑过他的肌肤，但是他的手也已经搭上了枪杆。

他的手一搭上枪杆，红缨枪头舞出的枪花就迅速枯萎。

枪尖还在点点晃动，但是枪杆的上半部就像嵌进了铁石之中，丝毫动弹不得。

就像一条吐着毒信的蛇，忽然就被捏住了七寸。

蒋承武借势用手一拽，右膝抬起。中年壮汉还在趁势往前，狠狠地撞上武虎的右膝，然后口喷鲜血倒飞出去。

这一膝的力量，比一拳打在胸口还要凶猛，让他直接倒飞出去十几丈远，摔在大街旁边。倒飞出去的时候，他嘴里还在喷血，倒在地上的时候，吐出的鲜血已经变成黑色，跟着头一歪，眼见无法再活。

旁人只见蒋承武合身迎上，身形微微一歪，中年壮汉的红缨枪从他肩部的衣服里刺穿进去，接着就被蒋承武反手握住枪杆，一膝痛击在他胸口之上。动作看似简单，殊不知压力之下的每一个招式都经过千锤百炼，每一个变化都是适时而动的，每一次出手都恰到好处，既不拖泥带水，也毫不浪费力气。

所以中年壮汉看上去很轻易地就被蒋承武放倒了。

只有蒋承武皱皱眉头，颇有疑惑，他印象中用的力气绝不至于将中年壮汉直接打死。

•
•
•

当阁楼里消瘦阴鸷的男人站起身弯弓瞄准的时候，他就瞥见在老者左侧的年轻人回过身来。

他眼中的余光看到了这个年轻人，年轻人的笑容很温和，他的眼神也很温和，就像清朗的阳光。

但是男人的眼神不变，他所有的心力和三支箭一样，目标只有一个，就是将军，不管是什么人、什么东西挡在他的面前，都无法让他再眨一眨眼。

而大街上的年轻人仿佛天生有种对危险的直觉，前路出现危险的时候，他反而背转身看向后面。

他相信前路的危险一定会被他的同伴解除掉，他要预防后面的威胁。

这种敏锐的判断力让他在第一时间看到了射出的箭。

大金弓，绿羽箭，开弓不回头，一箭消万愁。

何况现在是三箭。

年轻人的脸色变得凝重起来，全神贯注。

第一支箭出去的时候，这个年轻人的手抬了抬，射出了三把飞刀，准确地击在第一支箭上。

第一支箭的箭势稍微缓了一缓，但是第二支箭与第三支箭无声无息地接踵而至，隐约连成一字形，就要钉向将军的后背。年轻人的手连续动了动，五个梭子镖，七个铁蒺藜，几乎以看不见的速度钉在第二支箭、第三支箭的箭上。

年轻人的动作越来越快，越来越多的暗器从身上发射出来，他的身体仿佛有取之不尽的各种各样的暗器，不断击打在这三支箭上。

但是这三支箭就像穿梭在风雨中的燕子，仍然以极快的速度一往无前。

年轻人忽然叹了口气，他一个跳跃，跳到老者的背后，他的手上出现了一个小而软的粉布兜，迎风手一抖，立马就招展变成一把精致小巧的伞。

三支绿羽箭射在伞面上，箭箭都已射穿，最突出的箭头离年轻人的胸口不到一寸的距离。

年轻人也被箭力带动着后退三步。

但是他的笑容不变，依旧很温和，好像就算箭射入胸口，他也从容不迫。

阁楼里的男人突然明白了这个年轻人是谁：八面虎柳随风，他的暗器在江湖中据说排在前五之列，所以才会随身携带着专破暗箭的天罗伞。

即便他面对的是江湖中最著名的大金弓和有去无回的绿羽箭。

认识他的人都情愿和他做朋友，而不愿意有这样一个对手。

男人从栏板边跌坐下去的时候，眼神里没有任何神采，他的脸色忽然就变了，变得满脸乌黑，喷出一口黑血，然后倒在地上，歪头死去。

七杀的死士一辈子只有一次出手的机会，而且不管成功与否，出手后都将自行终结自己的性命。

就好像鲜花只烂漫一季，流星只闪耀一瞬，所以这一定是他们生命里绽放得最灿烂的一次。

这就是七杀的死士。

〇九

无法杀的人

什么时候是刺杀一个人的最好时机？

是他得意忘形的时候，还是他心力交瘁的时候，又或者是他遇见不可知的意外的时候？

一个杀手永远不会知道他的目标到底是个什么样的人，有多少隐藏着的潜力和秘密。

就算是恩爱几十年的夫妻，也会有不为对方知道的小秘密，就算软弱一生的兔子，也能一脚把俯冲的老鹰踢死。

那什么时候才是万无一失的最好的时机？

不管是郭普还是岳绝，都已经算是江湖中的顶尖人物，但是付唐把剑送到他们胸口和脖子的时候，他看得到他们的眼神中的惊恐、绝望、无助、悲凉、不甘……每一个眼神说出的每一句话，都有一个同样的意义，就是已经无力挣扎，不再反抗。

每一个临死的人都有一种很奇怪的直觉，知道什么即将到来，什么无可抵抗，忽然认识到自己的命运，根本无法抗拒。

这也是付唐一直以来的判断标准，只有看见刺杀目标的眼神，才能知道什么时候才是最好的时机。

一个人遇见危险的时候，他的动作会骗人，他的神态会骗人，但是在那一瞬间的眼神不会骗人。

所以当七杀发动的时候，付唐的眼睛就再也没有离开过将军的眼睛。

他看到将军的眼神一直都是那么平和清澈，好像早就知道了危险并不可怕，好像早知道身边的人会把其他威胁解决掉，又好像这世界上本就没有什么危险能再让他动心分神。

只有当看见天外飞仙的长剑的时候，他的眼神才有一丝震动，但是也仅仅只是一闪而过，没有慌乱，片刻后他的眼神又变得像大海一样平静。

然后他的眼睛就一直追随着头上落下的飞剑。他当然判断得出，无论他躲向哪一边，长剑都将如影随形。

一剑天外来，万道金鳞开。

长剑落下之势迅疾无比，反射的阳光寒芒夺目，显然是削金断玉的利器。

人疾，剑寒，似乎已经躲无可躲。

疾风阴雨钉射入将军衣袍的时候，他的腰仿佛动了动，忽然屈身蹲了下去。

谁都以为他要斜滚、侧翻、闪到旁边，这的确是个不错的方法。

这样的闪避原本就在刺客的意料之中，于是两把长剑落得更急，余力更尽。

没想到将军并不闪避，反而屈膝借力弹跳，就像怒张的弓矢，向上急冲，迎向疾刺的两把长剑。在这电光火石之间，双方的距离已经缩短，长剑的落点已经改变，两个年轻人的反应已经微微凝滞。

刺向眉心的剑落到了胸口，刺向咽喉的剑落到了腰腹。

将军的拳头已经握紧，然后击出。

他的武器就是他的拳头。

他跃起的同时，腰不停地微微扭动，用一种很灵巧的姿势迎向即将落下的长剑。左右拳击出，长剑刚刚触及胸口，将军的拳头已经打在白衣青年的身上。

拳头打在臂弯的时候，长剑已经无力，拳头再打在肩胛处的时候，白衣青年已经像断线的风筝一样飞了出去。

他的招式毫无花哨，但是就是快，快得几乎让人看不清，让人反应不过来。

他的拳头好像很轻很温柔，点在白衣青年身上，却令骨头寸寸碎裂。

另一个青年的长剑刺进了将军的腰脊，但是却感觉被坚硬的里衬顶住，无法再进分毫，跟着“唰”的一声，剑尖在腰身的颤动中变刺为划，轻而易举地划破一大片衣裳。

他刚意识到不好，扭头看见将军满是皱纹的脸似乎对他笑了笑，已经反肘击在他的肋下，左手抡回来，砸在胸口，然后他就像块石头一样被扔出去，倒在路边。

但就在将军凌空之时，少女终于动了。

这个时候，恰是老人余力用尽，将落未落之时。

她嘴中的青玉柳叶片吐出，闪电般地射入将军的胸口。

将军落在地上，站直身，拍了拍手，一脸轻松。

少女的柳叶刀仿佛没有带去任何伤害。

将军望了望愕然站立的少女，忍不住叹了口气，解释道："柳叶刀无法划破天衣。"

少女这才看到被长剑划破的衣衫下面，露出茧白色的一件甲衣。

很常见的颜色和样式，就像普通的内衣。

虽然只看到这件衣服的一角，付唐却已知道这是什么。

天衣。

传闻中防御最厉害的天衣，甚至没有人能够见到它到底是什么样子，有多轻柔，有多无缝。

就算少女用的是武林中最阴柔的柳叶刀，就算她捕捉到最好的时机，就算她把柳叶刀射入那人的胸口。

但是一切都好像徒劳无功。

将军站在原地，静静地看着她。

少女凄然一笑，她的脸色忽然开始露出阴郁的乌黑，好像她身边的老者一样，然后她慢慢无力地坐了下来。

•
•
•

地趟刀还在地上滴溜溜地打滚，但是不管他滚向哪个方向，都会被挡住。

臂如刀，人如柱。

付唐这才发现，还有一个年轻人一直没动，他一直静静地站在旁边，只是静静地看着。

文虎蒋承文。

他没有出手不代表他不能出手，他不动，就意味着他在等待七杀后续的变化和隐藏的暗机。

他非常准确地判断，他的伙伴就一定能化解眼前的危机。而一个对自己伙伴充满信心的人，本身一定就是个自信强大的人。

蒋承文无疑就是这样的人。

现在他已经确认，七杀的后手都已经用尽，他走上前，地趟刀还在满地乱滚，但是现在他滚得越厉害，看起来就越滑稽。

蒋承文拍了拍掌，道："网来。"

旁边围观的人群里就窜出三个人，每个人手里都拿着几张渔网，不用蒋承文再发号令，大网已经从不同的方向往地趟刀的方向盖去。

刀气纵横，割破了一些渔网，但是网却越来越多，地趟刀终于不再挣扎。侏儒看着如此情形，忽然一声不吭，不再动弹，整个身体像泄了气的布袋一样瘫软下去。

蒋承武跺了跺脚，想上前去看个究竟。

将军忽然开口说道："不用看了，他已经死了。"

侏儒的脸色果然开始慢慢变得乌黑。

“我好大的面子，能让七杀出动这么多死士，”将军整理好开裂的衣裳，笑笑道，“这个价钱可不低。”

“只不过他们来得还是太少了，简直就不把青阳帮放在眼里。”唐猛背负起双手，仰起头，淡淡地道。他又恢复了像之前那样，说不出的高傲。

“居然还舍得用大金弓与绿羽箭。”柳随风讥诮地笑道。他把天罗伞里的箭一根一根拔出来，把箭头放在鼻子处闻了闻，忽然皱了皱眉头：“用的毒也是一品堂的鹤丹蓝。”

他本身是暗器大家，自然识得武林中的各种奇毒。

“其他的人应该都死了，”蒋承文上前掰开侏儒的右手，中指指环上有一枚银色的戒指，“据说七杀的死士，不管是否成功，出手后都会自我了结，因为组织不想他再透露任何有用的信息。只要将中指戒指上的倒刺刺进皮肤，立马见血封喉。”

旁边围观的人都倒吸了一口冷气，阳光灿烂，却感觉阴气逼人。

七杀不但神秘，而且一个对自己人狠厉决绝的组织，绝对比一个对别人狠厉决绝的组织更让人觉得可怕。

蒋承文的脸上却露出一丝讥笑，好像在笑七杀自不量力。

“我们走吧。”

将军看着倒在地上的少女，眼神里既带着惋惜，又带着悲悯，仿佛在看着不争气的孩子。过了一会，他淡淡地道：“承文，你安排人收拾一下。”

方才网住地趟刀的三个人一直恭立在旁边。蒋承文走过去低低对他们耳语几句。

尸体便立刻被拖走了。

这五个人沿着平安道继续神态自若地走下去。

这样的行动在他们眼里就像飞来的苍蝇，没有造成太多的困扰。

是他们经历这样的危险太多，还是他们本身已经足够强大？

没有人知道答案。

一〇
突来的怜悯

付唐慢慢地把视线从五个人背后收回，握着酒杯的手已经沁出了汗。

将军显然比他想象中的更可怕，不但武功高强，而且行动非常有效，他的每一个动作都毫不浪费、拖泥带水。

一个不会浪费自己力气和时间的人，一定就是不会给别人可乘之机的人。

因为没有人知道他究竟还有多少力气，多少时间。

而且他的武功，是从无数次生死相搏的实战里磨炼出来的，虽然没有招数，却比任何招数更实用，每一拳都迅猛、力疾、准确、落到实处。

他如果要打你的鼻子，就绝不会打到你的眼睛，也绝不会因为你的闪避而失效。

即使面对天外飞仙这样的绝技，他的眼神也毫不慌乱，这样的江湖绝技在他面前简直就像小孩过家家。

付唐甚至怀疑这样的暗杀都无法让将军动用全力，因为从头到尾，他都没有捕捉到将军眼神里的丝毫变化，闪现哪怕一丝的绝望。

他甚至感觉到一丝庆幸，如果不是七杀的死士抢在他的面前，就算有再好的机会，此刻躺在地上的就是他。

没有人知道将军的弱点到底在哪里。

没有人知道他还有多少隐藏的技能。

甚至没有人知道将军擅长的武器到底是什么。

就好像没有人知道他的外衣之下居然穿着传说中的天衣一样。

而且将军身边的三只老虎和一条龙，不但是绝顶的高手，同样是绝顶的猎手，要在他们身边寻找暗杀将军的机会，简直就像剥开鸡蛋找到骨头一样难。

青阳帮比他见过的任何组织都更加高效和严密。

付唐沉吟着转动着酒杯，这次的任务比他想象中的还要困难。

他一定要想到一个很巧妙的法子，只有躲进鸡蛋里面，才有可能找到骨头的机会。

找到这个机会显然也并不容易。

大街上的人流已经开始慢慢稠密了起来，一阵喧闹声传到付唐的耳朵里。

他看到方才从左边飞跃下的白衣年轻人还躺在路中间，洁白的衣服上沾满了尘土，围观的人议论纷纷。虽然还在蠕动，但是他的眼睛里却没有神采，没有光芒，没有任何波澜，只是呆滞地望着天空。

他本就是一个该死的人，他的眼里就是一片死灰。

付唐细细一想，忽然就已经明白：将军的两拳击碎了他的肩骨和臂骨，他的两只手臂都已经失去力量，他不能控制自己手指的力量，所以无法自尽。

青阳帮的人已经将其他的尸体都移走了，但是为什么要对这个尚存一息的年轻人不管不顾，任凭他在路中间折腾？

为什么青阳帮不需要一个活口，从而套取更有利的价值？

或许青阳帮希望通过他把七杀另外的组织成员吸引过来，因为就算把年轻人抓回去，对一个充满死志的人来说，这世间已不会再有什么痛苦能够让他开口。而对七杀这样的组织来说，他们宁愿让派出的死士死，也绝不会再让他活着回来。

七杀绝不会这么傻，青阳帮也一样不会这么笨，唯一可怜的，只是这个求死不得的年轻人，他没有办法知道自己的结局，却又偏偏不能逃避。

付唐想了想，忽然走下酒楼。

他大步走到大街上，直接来到白衣年轻人的身边，然后拎起他，反手扛在自己肩上，往自己住的客栈走去。

他的动作干脆利落，毫不犹豫。

身后无数诧异的眼光注视着他的一举一动，也许不单有青阳帮、七杀组织的人，还有江湖中其他各帮派的人，但是付唐毫不在乎。

白衣年轻人之前一直咬紧牙关忍受着痛苦，现在被付唐简单粗暴地扛上肩头，一阵巨大的疼痛汹涌袭来，让他眼前一黑，再也忍耐不住，晕了过去。

•
•
•

醒来的时候，年轻人发现自己已经躺在床上，胳膊上好了夹板，房间里充满了药香味。

他挣扎着想要半卧起来，抬头就看到对面有一个人在看着他，但只是静静地看着，目光平静而冷漠，既没有怜悯，也没有殷勤。

“我叫崔向阳。”付唐淡淡地道。

他开口说了第一句话，年轻人的眼神却一片漠然，翻出眼白，好像听不到任何话，也看不到任何东西。

付唐笑了笑，又对年轻人充满了同情。

七杀控制死士一定有一套不为人知的办法，这套方法在接触外部信息的时候就立即发挥作用，让死士成为真正的死人。

但他毫不在意，继续道：“我救了你，其实也并没有什么目的，我只是觉得，一个人没有办法控制自己的出生，那么要死的时候，总该听听自己的意见。如果连自己的意见都不能听到的话，我就不妨想问问你，你活过吗？”

年轻人的状态没有丝毫改变。

你活过吗？

这句话仿佛也勾起了付唐的悲哀。

一个人如果要把所有的过去和所有的将来都当作死亡一样来看待，这个人活着又有什么意义？没有希望和等待，一切行动的意义又在哪里？

是不是只有不停地喝酒，不停地杀人，不停地放纵自己？

是不是厌倦到了极点也无法逃避，是不是疲累到了极致也无法放弃？

所有的人是不是都受控于现实里一种无形的安排，却无力挣扎？

“一个人如果要死，至少得干干净净，心甘情愿地去死。如果我看到有谁死得太痛苦，我就会心里很不舒服。”付唐过了一会，才继续道：“你的戒指我帮你收着，你伤好以后，随时可以问我要回去，但是我希望你可以有一次自己进行选择的机会。”

“这就是我把你救回来的原因。”

救人的原因和救人的目的当然是两回事，付唐相信这个青年一定能够听得明白。

有原因而没有目的的帮助本来就是消除戒备的最好方式。

他只是希望这个年轻人能有一次自己选择死的机会。

死本来就是一件很艰难、很悲哀的事情，这个道理往往只有那些珍惜活着的人才能体会。

可是年轻人依旧没有任何反应，就像没有听到任何的声音。

付唐将这个年轻人扛回客栈的时候，有三个人始终尾随着他。

付唐本就是跟踪的大行家，尽管三个人换着不同的方式跟在后面，也一样瞒不过他。

现在这三个人躲在三个很巧妙的位置，监视着他的房间，虽然他们看不到房间里动静，却一定像毒蛇一样留意着每一个可能的变化。

青阳帮当然不会轻易放弃任何一个可疑的线索，也一定会重视每一个可疑的敌人。

不过这本来就是他计划当中的一环，从他带回白衣年轻人的那一刻起，他就已经进入青阳帮的视野当中，这样做当然很张扬，也很危险，却能掩饰他真正的目的。

“时辰到了，我要帮你换药了，但你最好还是睡着吧。”

付唐看看一动不动的白衣年轻人，叹了口气，走上前，一掌击在他的颈部，让他昏了过去。

他用的力道恰到好处，甚至能精确到让他什么时候才开始苏醒。

•
•
•

房间里的两个年轻人沉默地相处着，有时候一整天都没有一句话。

付唐毫不在意白衣年轻人的想法，到了该让他昏沉睡去的时候，他绝不手软。白衣年轻人也已经习惯，逆来顺受，沉默地接受着。

第八天。

付唐走上前，白衣年轻人闭起了眼睛，他知道接下来，付唐应该就要出手了。

可是过了好一会，依然毫无动静，他睁开眼，看到付唐抽出了他的剑。

这把青钢剑看上去锋利、寒气逼人，虽然不是一把好剑，但也绝不普通。

这是付唐在青阳城附近的小镇上买的剑，因为他从来不会固定用一把剑，一个刺客如果对武器的依赖太大的话，一定会给敌人留下把柄。

付唐挽了个剑花，淡淡地道："我也是个剑客。"

他若有所思，慢慢地继续说道："天外飞仙是招不错的剑法，特别是在攻其不备的情况下，往往都有奇效。可是你的剑法为什么达不到目的?"

他当然看得出，年轻人浸淫这招天外飞仙其中的功夫，最少不会少于十年。

"为什么呢？当然不是因为将军的功夫太好，也不是因为它还不够快、不够准、不够狠，当然更不是因为你练习得还不够多，悟得还不够深。"

付唐看着他的剑，忽有感悟地说道。

"而是因为你的剑没有情，每一招剑法之所以叫作剑法，就是因为它有顺序、有痕迹、有意境，像你这样一个无情的刺客，当然就不会把握到它的真谛。就算你把剑练得再快，招式练得再纯熟，没有情，又怎么能够真正把握剑招？”

白衣年轻人就算把剑法练得再好，也不过是七杀组织从小培养大的工具。

天生的兵器当然不会有什么情感，就算有，七杀也一定会将它清理干净，就像百炼成钢最后都要经过淬火一样。

这好像是个看上去很浅显的道理。

付唐说道：“没有情的剑法当然不会有剑意，没有剑意的剑法当然也就不会是好剑法。这个道理一般人并不会明白，可是明白的人，却又往往会有疑惑。”

年轻人的眼睛忽然不易察觉地动了动。

他沉默了一会，又仿佛自言自语地道：“因为一把剑有了剑意，就不再是剑，它会变得浮躁、有心思、想要达到目的。剑意太过强盛，就会遮住剑的锋利，剑意太过微弱，又不能给剑法增加气势。”

年轻人的喉结动了动，似乎想要说话，却终于还是咽了下去，保持着沉默。

付唐忽然笑了笑，道：“我知道你在想什么。世人都以为大道至简，以为剑法无情，只有无情无欲的剑法才是好剑法。这本身其实并没有什么对错，因为有情的极致就是无情，无情的极致就是多情，只要不钻死在一条路上，自然有一定的道理。我也不想和你争论什么，不过你把伤养好以后，可以学着去爱手中的剑，学着把情意融进剑招里面，学着不要把自己当成一件武器。你或许会不一样。”

你或许会不一样。

这句话说得很淡。

白衣青年的眉峰又不易察觉地紧了紧。

药罐的水沸腾了，扑着罐盖上下跳跃。付唐忽然出剑，在间不容发的一刹那，用剑挑起扑腾的盖子，放到桌上。

他的剑当然很准，他的手当然也很稳。

他却没有任何炫耀的意思，年轻人也已经看出他的造诣，至少有不下十年的工夫。

然后他把药罐里的药用纱布滤好，倒在碗里，走到床边，放在白衣年轻人的胸口前。

白衣年轻人抬头看了看他，却没有说话。

这一眼就已经足够，付唐知道，他有了新的想法，就好像自己忽然间有所感悟一样。

他或许已经不再想死。

一一
不同的处理

青阳城外不远，有一大片竹林。

竹林葱郁，青竹挺拔，风一吹，整片竹林都在沙沙作响，摇曳多姿。

再炽热的阳光照进来，仿佛都变得温顺了；再猛烈的风刮过，好像都变得多情了。

将军喜欢竹子，就好像他喜欢菊花一样，所以他不但喜欢居住在这片竹林当中，还在屋前开辟了一片花圃，种了大片的菊花。

不了解他的人，都以为他一定住在威武气派的青阳帮总部，也以为他一定很难得见，很难打交道，因为像他这样的传奇，一定会把自己像个神一样隐藏起来，绝不会像个平凡的老头一样居住在这片竹林子里。

丁老头满怀悲伤地走进这片青翠幽静的竹林，然后在屋子里和别的人一起，等着将军的会见。

每天都有人过来见将军，有些人是从很远的地方过来的。有的人希望获得帮助，也有的人只是为了见将军一面，有的人以为面见将军是世界上最困难的事情，有的人却只需要简单的一声通报。

他看到了一个躺在担架上，用肘撑着爬进屋去的年轻人，后来才知道他的名字叫作张勇生。

这个年轻人一定要自己爬进屋去，他固执地认为这是他表达尊重的一种方式。

他的泪水已经流干；即便是在讲述自己悲惨遭遇的时候，他也表现得就像事情是发生在别人身上那般淡然。就连彭横远最后踹的那一脚，他都说得仿佛毫无疼痛，可听到这个故事的人都感觉好像自己被冷不防的一脚踹在了裤裆上。

这个年轻人想要获得公正，就好像丁老头一样，而不是想要如何更好地活下去。

公正的意义就是想要平等的报复，既不要求多一分，也不要求少一分。

他什么礼物都没有带，只带了父亲的旧盔甲，倘若说还有什么是他们认为最珍贵的东西的话，就是带着一颗怀有希望的心。

希望是所有人坚持并赖以活下去的勇气。

将军静静地抚摸着这件旧盔甲，就好像张勇生父亲生前那样，充满了爱惜，听了这么多人的故事，他没有一丝焦灼，也没有一丝不耐。

每一个故事对他来说好像都值得聆听下去，就好像他认为值得做的事情就一定会坚持做下去。

他亲手抱着张勇生放到担架上，问道："你打算什么时候回去？"

张勇生答道："我随时都可以。"

他在等候将军的安排。

"好，"将军道，"我让承武跟你一起回去。"

张勇生看了看，站在将军身边的年轻人，听完他的故事，愤怒得就像一座要爆发的火山。

将军处理事情从来简洁，不浪费时间，即使丁老头的倾诉有些絮叨，他也很安静，脸上隐隐似有敬意，那是因为他认为每一个辛勤劳动、默默耕耘的人都值得尊敬。

他问："您要不要在我这里小住几天？"

丁老头黯然地摇了摇头，他的希望早就已经死了，埋在屋子后面的小山坡上。

将军想了想，拍了拍手掌，忽然门外就多了一个人，这个人是怎么出现的，丁老头看都没看到。

“他叫项少杰，”将军指着这个看上去冷静的年轻人对丁老头说，“他就是可以帮助你的人，他会还你一个公道。”

这个年轻人鞠了一躬，却什么话也没说。

但是他看上去非常沉稳刚毅，充满信心。所以丁老头走出竹林的时候，也觉得充满信心。

将军说过的话就一定会做到，他做的安排一定就是最好的安排，他深深地相信这一点。

这时候他听到急促的马蹄声由远及近，一匹马迅疾地奔跑过来，马嘴已经开始口吐白沫，但是骑马的人还在用马鞭拼命地抽打着，好像在恨这匹马没有多生出一双翅膀。

竹林的道路虽然不算长，但是也绝不算短。这匹马快跑到尽头的时候，终于忍不住长嘶一声，瘫倒在地。

七个青衣蒙面人忽然从竹林里闪现在道路的中间，刀已出鞘，人跟刀一样冰冷。无论是谁，要想再逾越，一定要踏着他们的尸体才能过去。

如果没有将军的允许，就算再多十八匹马也一样冲不进来。

将军走了出来，挥了挥手，这几个人微微一鞠躬，然后就像出现的时候一样悄无声息地消失了。

马上的骑士滚落在地上，滚出了一头青丝，但是这个女扮男装的女子居然忍住疼痛一声不吭，然后一瘸一拐地再爬起来。

她的嘴唇干裂，眼睛失神，长途的疲累让她筋骨欲散，然而将军说的一句话，这句话说得很温和，却彻底让她晕过去了。

“我是蒋玉庆。”

•
•
•

秦足青醒过来的时候，她首先看到一张女人的脸，这张看上去只有三十多岁的脸，艳丽无比，贵气逼人，眼神却温和得像春天的水波。

“我叫颜建梅。”这个贵夫人微微一笑，自我介绍道。

玉面观音颜建梅。

这个名字在江湖女侠中原本就是一个骄傲，近些年并没有因为她的隐没而沉寂，因为她嫁的丈夫一手创建了青阳帮，而且已经成为江南的第一大帮。

秦足青挣扎着要起来行礼的时候，看到旁边一个老者慈祥地看着她，他身边还有两个年轻人，对着她微笑着行礼。

她记得这个之前对她说“我是蒋玉庆”的老人，但是不知道为什么有种奇怪的感觉，这个老人感觉像阳光一样温暖亲切，也像家人一样安全可靠。

这些日子里，她为了躲避黑云教的追杀，就像阴沟里躲藏的老鼠，谁也不敢见，谁也不敢信，当初镖局里的千金小姐现在就像个漂泊江湖的浪子。

现在，浪子回到了家。

她的眼泪流了下来。泪水不但冲开了脸上的尘垢，露出了洁白如玉的肌肤，也冲开了内心里压抑的苦楚和委屈，露出了伤痕累累的痛苦往事。

她伸手掏进怀里，颤抖着掏出用绸布包裹着的锦匣，自打父亲交给她起，锦匣就再也没离开她的胸怀。

“这是青羊符，我父亲是秦振。”秦足青抹去脸上的泪水，开始慢慢讲述她的故事。

她记得自己的苦难，述说的每一个字都像是一颗泪珠。

一二

巧妙的处置

将军默默地听完秦足青的讲述，就像他听到其他的不幸一样。

他的脸上毫无表情，只有眼神变得越来越锐利，身形挺得越来越笔直。

站在他身边的柳随风知道，这表明将军正变得越来越愤怒。

蒋承武的愤怒就好像火山一样，随时都会爆发，这种愤怒已经足够让人觉得恐惧。

但是将军的愤怒却像即将震动的大地，随时都可能让人毁灭。

他已经很久没有见过将军的愤怒了。

将军打开绸布，里面一只青羊仰首奋蹄、栩栩如生，似乎要腾空跃起，底座玉盘光滑晶莹，剔透玲珑，用上等的羊脂玉雕琢而成。

看到它的人，都知道这是一件宝物，价值连城的宝物，更能联想到江湖的传闻：青羊符开启的宝藏里不但金银无数、富可敌国，更隐匿着天下第一名剑——越王剑。

可是将军眼里没有任何贪婪，反而有些鄙夷不屑，他静静地看了一会儿，然后将青羊玉符递给蒋承文和柳随风。

两个年轻人的眼睛都亮了起来，但是过了一会，蒋承文的眼里剩下冷静，柳随风的眼里剩下沉思。

将军再看向秦足青的时候，眼神变得温柔慈爱起来。

“我马上安排人探听淮安的消息，”他说话一向直接明了，“最多三天时间就能知道镖局的情况到底如何。”

“但是我不乐观。”他停了一停，声音低沉，“你要做最坏的打算。”

这本来就是江湖的现实，可是秦足青的眼泪又流了出来，她虽然不知道这句话指向的事实会有多惨烈，但是这么多天的经历，已经让她对人性的黑暗足够了解。

“不过既到了这里，以后这里就是你的家，我们都是你的亲人。”将军把头转过去看了看颜建梅，后者温婉一笑，点了点头，懂得了他的意思。

将军怜爱地抚摸了秦足青的头，让她好好休息，然后带着蒋承文和柳随风走了出去。

屋外的竹林挺拔青翠，已经开始有叶子枯黄，随风飘落，屋前的菊花却开始长得繁茂，有的已经育起了花蕾，在风中欢快地摇曳摆动。

将军也站在这轻风中，若有所思，风吹得衣袂飘飘欲举。

开始起风了。

“你们怎么看？”将军忽然问道。他身后站着蒋承文和柳随风。

他问的是青羊玉符，现在被蒋承文拿在手里仔细把玩着。

蒋承文抬起头，摸了摸鼻子，道：“我研究了好一会儿，也不知道它是不是就是传闻中的青羊符，看上去只是一件价值不菲的玉雕而已。不过这也正常，如果它真是传说至宝，也不可能这么快就被我看到它的秘密所在。”

“所以……”他慢慢地继续说道，“尽快组织人手解开它的秘密，在得到正确的结论之前，我们要做的就是尽量先封锁住这个消息，这有助于让我们保持主动。我估计，最多一个月的时间我们就能有准确的答案。”

一个月的时间虽然不短，却已经能做很多事情了。

这是个不错的建议。

将军淡淡一笑，笑容中仿佛有一种说不出的意味。他又问道：“随风你说呢？”

柳随风斟酌着道：“我很奇怪，因为天上从来都不会掉下馅饼，特别是这么大的馅饼。青羊符在江湖流传这么久，从未有人见过它的真面目，怎么可能这么轻易地送来我们眼前?”

将军冷笑道：“人为财死，鸟为食亡，本来就是千古不变的道理。”

柳随风道：“有人将这个青羊玉符千里迢迢从淮安委托镖局运送过来，看上去毫无破绽。但是本身却又充满了破绽，比如说虎威镖局只是个小镖局，托运这么贵重的镖，明显就是一个漏洞。”

一个镖局能接多大的活儿，本来就是行中不足外道的规矩，柳随风主管朱雀堂口，擅于情报刺探，对虎威镖局的家底也知道得非常清楚。

蒋承文道：“或许有人曾受将军恩惠，现在寻到机会打算报答。”

他的推测已经接近了真相，将军的确在江湖中施舍过别人很多，也帮助过别人很多。

柳随风看了一眼将军，忽然说道：“人心总是自私的。特别是江湖中人更容易学会忘记。假如因为贪图回报而去帮助，那必定就不是真正的帮助。我们不能太过于简单地去相信别人的善良。”

这句话有点伤人，但是将军脸色丝毫未变，反而点点头，表示认同。

在江湖中混过的人如果学会不了淡忘，那么伤口就永远不会愈合，就不会有力气继续走下去。

因为这个江湖有时候实在太黑暗，黑暗得超出了人的想象。

柳随风道：“如果听到的传闻没错的话，青羊符宝藏的财富远远超过了一般人的想象。这么一大笔财富，足以让不同的人飞蛾扑火，粉身碎骨。”

他接着又道：“到那个时候，就算是青阳帮也无法抵挡来自江湖各方面的压力。火和飞蛾之间，一定是不死不休的局面。我们越是藏藏掖掖，就越容易招引别人的怀疑和嫉恨。”

无论是借刀杀人还是祸水东引，都是江湖中常用的计策。

他的分析也很有道理。

蒋承文若有所思地说道：“秦足青能只身来到青阳城也是一个奇迹。一个从未出过远门的女孩子要创造这样的奇迹可不容易啊。”

柳随风道：“所以这并不是一件好事。任何人的贪婪，都应该建立在他是不是有足够力量的基础之上。”

这也是一个很让人信服的道理。

蒋承文道：“但是，青羊符宝藏也许是真的呢？”

柳随风道：“真正有力量的人当然不会缺财富，更不会缺机会。像我们今时今日的地位，已经不用像白手起家的人那样拼命了。”

蒋承文沉默了一会道：“所以我们最好的选择其实是放弃它。”

柳随风沉思着道：“不过放弃并不容易，因为她已经来了。”

秦足青既已到了青阳城，那么青羊符也许就不再是一个秘密。

蒋承文说道：“玫瑰虽然美丽，却会刺人，无法吸引手捧鲜花的人。山果虽然甜蜜，却带满荆棘，无法引诱已经饱腹的人。”

柳随风道：“我同意你的意见。”

他们已经达成了一致的默契。

将军露出一丝微笑。

因为他一直教导他们，在一个组织里，意见分歧并不可怕，可怕的是不能够团结。

不能够团结的组织就像挥出去的巴掌，能够团结的组织就是打出去的拳头。

特别是在充满压力或者诱惑的时候，化解分歧就显得更加重要。

这两个年轻人无疑都做得很好。

“唐猛在哪里?”将军忽然问道。

“他现在应该在总部。今天是玄武堂执勤的日子。”蒋承文道。

青阳帮的总部在青阳城里，而不在将军的竹林。

“随风，你把青羊符送给他，让他在堂口安排一个地方，同时飞信传讯江湖，”将军吩咐道，“我要让所有的人知道这件青羊符已经到了青阳城，就在青阳帮内。无论是谁，只要经过青阳帮的同意，都有机会接触它、揣摩它，辨别它的真假。”

柳随风鞠了一躬，表示听从。

他虽然不知道将军为什么要这样安排，但是将军的安排他一向只会听从。

蒋承文的脸上掠过一丝忧色。

将军的做法一定有他的道理。但是将军好像看出了他们的疑问。

“你们一定很奇怪，为什么我要这样大张旗鼓地让整个江湖都知晓青羊符就在青阳帮内?”

两个年轻人同时都点了点头。

“因为对整个江湖来说，公开的知情权和获得同等的机会就是一种公正，这种公正某种程度上也是一种江湖道义。”将军沉思着慢慢说道，“一件不能确定真假的宝物，往往能挑动江湖中人最大的好奇心，好奇和逐利的心态是一种天性，只能引导，不能掩藏。”

“当然，还有一个原因是因为秦振，他付出了这么多就是为了将青羊符送过来，若是我们一味隐瞒，他的牺牲就变得毫无价值。”

虎威镖局创立以来，的确将信诺看得比金钱更重要。江湖中也的确有些人，只要一诺许之，必然生死以赴。

江湖好像天生就对这样的人有一个亏欠。

“二十年前，我创立青阳帮的时候，曾经立下誓言：信之所托，必不负人。这也是青阳帮的帮训之一。如果连信诺都做不到，青阳帮发展得再强大又能如何？若是我们连秦振和一块破玉都庇护不了的话，那么青阳帮的存在又有什么必要？”

这句话虽然说得平淡，却让柳随风对将军充满了敬意。

江湖里总有些比利益更有价值的东西，比如尊严；也有些金钱诱惑不到的东西，比如信仰。

不忘初心，方得始终。

有时，存在的意义并不是为了让自己发展得有多强大，而是不管有多强大，都要守护最早萌发的初心。

能守护承诺的人，往往不是因为承诺的回报，能守护财富的人，往往也不是因为它的价值。

这才是江南第一大帮应有的气度和担当。柳随风这才觉得，青阳帮发展到现在，绝对没有侥幸的成分在里面，这天下一定是一拳一拳打出来的。

只是蒋承文脸上的忧色不减。

将军仿佛看到了他内心的忧虑，道："一个强健的组织，不应该躲在安逸和稳定的环境里成长，而应该不断经历风雨的洗礼，就像每个人的成长一样。躺在安乐窝里等死虽然舒服些，不过也会更快一些。"

生于忧患，死于安乐，大多数人懂得这个道理，却往往并不愿意去做。

蒋承文叹了口气，说道："青羊符是近百年来江湖中最大的财富传说，如果这个青羊符是真的，我们实在没有必要去为了它承担风险或有所损失。"

将军微微一笑，说道："我们能确定这青羊符是真的还是假的吗?"

蒋承文说道："暂时不能。"

将军又笑："我们这样做又有什么损失吗?"

"那倒没有。"

将军道："那就是了。青阳符之所以吸引人，不在于它本身价值如何，而在于它背后的财富。如果我们告诉江湖中人它只是一块宝玉，那么它反而不会吸引人，没有人会因为一块玉选择跟青阳帮作对。如果这宝玉真能说出隐藏的财富秘密的话，那么聪明人一定也会选择跟青阳帮合作，因为在江南的地盘上，他们没有选择，也找不到更适合的组织。"

他淡淡一笑："只热衷利益的人大多都是傻子，而热衷利益又懂得保全自己的人才是真正的聪明人，能找出青羊符秘密的人，当然会是个聪明人。”

这句话虽然有点绕，但是两个年轻人都听懂了。

柳随风又忽然觉得将军就像一只老狐狸，做事情不但老到、狡猾，而且滴水不漏。

将军又道：“贪婪本身并无对错，就好像世间大多数事情一样，其实并没有什么道理。不过青阳帮承平已久，不管是我们的朋友还是敌人，既然把东西送过来了，我们都陪着把这个游戏玩下去，看看最后的结果到底会是怎样。”

这句话说得也很平淡，可是柳随风却感觉到一阵冷意。

这当然也是有足够的自信和底气才能说出的话。这么多年来，青阳帮的敌人都已经埋在土里，这才奠定了今天青阳帮的地位。

所以，就算将军知道这是一个阴谋，他也一定会从容地面对，绝不逃避。

一三

将军的决定

将军背负双手，面向竹林，若有所思。

没有人知道他在想什么。

两个年轻人沉默地站在他的身后，他们知道，将军思考过后一定会做出一个决定。

过了好一会，将军回过身说道："我们要商量一下怎么解决黑云教。"

他的眉头紧皱，说道："如果我料得不错，虎威镖局已经成了一片焦土。秦足青能到这里已是大幸。"

黑云教行事一向恶毒狠绝，更何况现在就像一条急红了眼的疯狗。

疯狗不但穷凶极恶，甚至还会吃人。

"我要帮秦振报仇。"

这句话虽然说得轻描淡写，却是将军的决定。

只要是将军的决定，他就一定会百折不挠地做下去。

蒋承文立马道："青龙堂和白虎堂都有足够的人手。"

青阳帮一直分为青龙、白虎、朱雀、玄武四大堂，其中青龙、白虎主攻伐，朱雀主情报刺探，玄武主防守。

每一个堂口又有不同的小组，用以执行不同的任务。

将军轻蔑地笑了笑，说道："不用，青龙堂只要二十个人就已足够。"

疯狗虽然可怕，却还不至于用上牛刀。

将军接着说道："黑云教一共一百三十二人，其中二十二人为一年前加入，三十七人是古风的旧属，余下都是最近三个月刚刚入伙的新人。对付一个缺乏忠诚的组织实在不必花太多的力气，更何况我们的目的是只诛首恶，带古风的人头回来祭祀秦振就已足够。”

柳随风再次深感佩服，朱雀堂虽然由他主管，也收集过黑云教的资料，但是他却不能像将军一样谙熟于心。将军的判断一向准确，准备的资料和计划总是细致周密。

而且他一向服从将军的安排，将军既然提及青龙堂，那么这个任务就已经交给了蒋承文。

蒋承文果然应道：“什么时候动身？我亲自过去。”

“现在不用太急，黑云教就像受惊的兔子，总会有懈怠的时候，既然时间站在我们这边，不妨就考虑周全些，慢一点往往能得到更多的机会。”

蒋承文应道：“好！”

将军又道：“黑云教虽然是武林的一颗毒瘤，可是这颗毒瘤却偏偏长在一个任何人都不想去碰的地方。”

蒋承文道：“因为满天星？”

将军道：“不错。黑云教一直是满天星的外围组织。这么多年来，我们与满天星一直井水不犯河水，他在江北，我们在江南。不到万一，就无须与他们发生不必要的误会。”

“满天星，亮晶晶，一闪一闪催人命，宁惹阎王不沾星。”这是一首江湖中传唱的歌谣，但是却足以道出满天星的可怕。

这个组织纵横江北二十余年，崛起的速度和势力已经和青阳帮不相上下，近些年来，甚至没有人再拿两者做比较，因为做这样的比较本身就是一种冒犯。

是对满天星的冒犯，也是对青阳帮的冒犯。

蒋承文点了点头，然后离开了。

柳随风静静地站在旁边，他知道将军一定还有任务交给他。

过了一会儿，将军果然道："在承文去江北行动之前，我想让你去见见满天星。"

柳随风忍不住问道："满天星到底是怎样的一个组织？"

将军说道："满天星不单是一个组织，他也是一个人。只不过江湖中近些年只记得这个组织，而忘记了这个人，因为太多事情已经不用满天星亲自出手，这反而证明了这个人的可怕。"

柳随风理解这句话，正如沉在塘底的鳄鱼远比水塘本身更可怕。

"满天星一手创立这个组织，手下二十八星宿，个个都是独当一面的大将，一个人能把这么多不可一世的枭雄聚集在一起，让他们听从号令，这本身并不是一件容易的事情。更何况传言说满天星的武功已经高到不可思议的境界。"

将军继续道："正是他太可怕，我想来想去，也只有你是最合适去见他的人选。"

柳随风心头掠过一丝激动，不管是谁，能得到将军这样的信任并不容易，他低头思索一会，问道："我应该做些什么？"

将军道："打狗还看主人面，虽然黑云教并不是满天星的家狗，但毕竟有些渊源。你去见他时，要自己把握好分寸。"

但是具体什么样的分寸将军并没有说明，不过柳随风知道，将军把期待给了他的同时，也给了他同样足够的信任。

柳随风斟酌着一字一字地道："我当然一定会见到他，一定会把我们并不想树敌的想法告诉他。"

将军道："我们虽然无意冒犯满天星，不过江湖中树敌从来不需要借口，就好像真正的朋友并不需要太多利益的交往。所以不到万不得已，我们没有必要与他起冲突。"

他的语气还是很平淡，可是却有一种不容置疑在里面。

柳随风当然懂。

因为这是将军的决定。

将军拍了拍他的肩膀，道："这次过去会很危险，不管用什么样的代价，你都必须好好保护自己，完整无缺地回来。"

这是将军的期盼，也是将军的要求。

柳随风心头掠过一丝感动，低下头，道："我会的。"

这个时候，颜建梅满面带笑地从屋里走出来，说道："玉庆，你不是一直想要个女儿吗？"

将军神情马上变得欢愉起来，微笑道："这么说，青青她同意认我们做干亲吗？"

"这个孩子虽然还很悲痛，但是却已经学会很好地控制自己，"颜建梅笑道，"她居然还知道跟我们提要求，要求我们一定要为她父亲报仇。"

将军笑着点了点头："自己女儿家的仇不报，做父母的可要丢人丢到家了。"

"等她伤好一点，我要带她去认识承文、承武和承龙他们，"颜建梅说道，"听说秦振就她这么一个女儿，这下好了，一下多了三个哥哥。"

柳随风在旁边笑道："也别把我忘了。"

"你当然也是一个好哥哥!"颜建梅道，"这孩子太不幸了，看到她，我就满心疼爱。"

将军听到蒋承龙的名字，眉头皱了皱，问道："蒋承龙最近怎么样?"

"他呀，现在只敢待在家里不出来，我看这孩子既不适合读书，也不适合练功，不过经商倒是蛮有天赋，最近一直想着把自己积攒的钱投入到飞花楼里去，"颜建梅一边观察着将军，一边回答道，"你就不要再为难他了，天底下哪有儿子见了父亲，就像老鼠见了猫的道理。"

将军幽幽地叹了一口气，却并没有再说话。

柳随风知道，将军一共有三个孩子，蒋承文和蒋承武是先夫人所生，先夫人因病过世，那时候将军创立青阳帮不久，后来再娶颜建梅，又生下了蒋承龙。

蒋承龙一直都是颜建梅的心肝宝贝，却是将军眼里扶不起的阿斗。

将军一直认为真正的男人只有在苦难的困境中才能成长，就好像雄鹰总是要经受风雨的洗礼才能飞上天空，而颜建梅却认为孩子活得开心就已足够，何须再多历磨难。

这也是他们夫妻十多年来一直分居的原因，直到现在，颜建梅也并不愿意多来竹林。

一四

蒋承武的怒

蒋承武做事情一向简单、干脆、直接，他平生最恨的就是做事情拖泥带水、瞻前顾后。

就像他痛恨麻烦一样。

这世界上所有的麻烦都可以用拳头来解决，如果一双不够，那就两双，反正总有能解决的时候。

何况一个麻烦要拖到第二天才解决的话，不但会使情况变得复杂，而且通常都会使麻烦变成两个、三个，甚至更多。

所以将军安排他跟张勇生回去的时候，他迫不及待地拉着张勇生就要上路。

但是他还是等不及，因为张勇生坐马车实在太慢，所以他吩咐跟随的人慢慢来，他自己先去。

他甚至连一个跟随的人都不要，他也怕累赘。

蜈蚣帮的大堂虽然不是很大，却也足够气派。彭横远从东北买了一张虎皮，垫在大堂居中的座椅上。每当他坐上这个位置，就感觉自己变成了猛虎。

现在他坐在这个位置上，端详着手里的名帖，上面写着几个字：青阳帮蒋承武。

名帖用的烫金信笺，字体挺拔飞舞。他皱着眉头问旁边的军师："青阳帮我倒是听过，但是蒋承武又是谁？"

军师答道："青阳帮是江南第一大帮，蒋承武是蒋玉庆的二儿子。"

"蒋玉庆派他的儿子过来拜访我干什么？"

军师露出一丝莫测高深的笑容，他虽也不明就里，但是好话总是会说的："蜈蚣帮近两年在帮主的带领下越来越红火，我想应该是引起了青阳帮的关注。恭喜帮主，能让青阳帮二公子出头的事情，想必一定是好事。"

彭横远眉开眼笑道："这样的话，我们得赶快出去迎接一下。贵客可千万怠慢不得。"

他们刚刚走到大堂中央的时候，贵客已经从大门口走进来了。

蒋承武不愿等，拦在大门口的两个人已经被他的拳头放倒在地上。他身后跟着十几个人，但是谁都不敢上前拦住他。

蒋承武走进大堂，所有人感觉就像真正的猛虎走进了自己的家里。

蒋承武看到四五个人满面堆笑着迎过来，于是问道："谁是彭横远？"

彭横远低眉顺眼地道："在下就是蜈蚣帮帮主彭横远。"

他把帮主这两个字咬得很重。

蒋承武眼一瞪，再问："你认识张勇生吗？"

一听到这话，彭横远的笑容立刻消失，他一边往后退，一边叫道：“拦住他。”

这个威武雄壮、精力旺盛的男人显然不是过来谈合作的，是过来寻仇的，彭横远恨恨地瞪了一眼他的军师。

他身边两个人都是蜈蚣帮的护法，一个使软鞭，一个练开碑手，都是彭横远花了大价钱从江湖中聘请的武师，彭横远往后退的时候，他们两个不得不硬着头皮冲上前去。

因为这几年的日子实在太好过了，想要继续混下去，不卖点力气是不行的。但是使软鞭的将鞭子插到后腰，一掌横推，开碑手变掌为拳，向蒋承武腰腹捣过去。

虽然要卖力气，但是也不能卖得太死，青阳帮的威名在外，如果谁真的卖死力气，当然会死得越早，这点道理这两个老江湖还是懂得的。

蒋承武看见这两个人向他挥拳过来的时候，就忽然怒了。

敢在他面前动拳头的人都已经倒下去了，近些年来，已经再没有人敢向他挥舞拳头了。

敢这样做，简直就像把一口唾沫吐在他的脸上。

他一怒就凶猛得可怕，像一头蓄满了力量的狮子，须发倒张，随时都会猛扑上去，他瞪着两个人怒喝道：“你敢？”

使软鞭的的确不敢，立刻就缩回去了，闪躲在一边。

开碑手的拳头犹豫了一下，但是拳势不变。

这停顿的一瞬间，蒋承武已经冲了上去，他的动作快得就像矫健的猎豹，开碑手的拳头刚碰到蒋承武的衣襟，蒋承武的拳头已经击在他的腰腹，将他击飞出去，落地的时候才感觉疼痛。

蒋承武的拳头不但快、有力、迅猛，而且击打出去的力量丝毫都不浪费。

蒋承武一把抓住彭横远颈后的衣服，倒拽回来，然后抬膝击在彭横远的尾椎骨上，这个地方的疼痛简直不可言传，一阵巨大而清醒的痛感从屁股一路沿着脊椎向上，让彭横远身体每一处都颤抖起来。

蒋承武提着衣襟，把他转过来，一拳击断肋下的骨头，跟着反拳为掌，切在他的颈脖处，把刚刚想呕吐的东西打回去。

彭横远痛得想要大叫，蒋承武已经卡住了他的喉咙，他的身形本来和蒋承武差不多，现在却像只小鸡一样被蒋承武拎在手里。

在场的人从来没见过，揍人原来也可以如此干脆、直接、暴力，凡是听到这种骨头断裂的声音的人，都变得像木鸡一样温顺。

有些人揍人喜欢打在软组织上面，这样手不痛，但是对方却疼痛得厉害。蒋承武却恰恰相反，他喜欢打在骨头上，受了这种暗伤，没有几个月的时间根本就下不了床。

彭横远已经不知道他的骨头断了多少根，嘴巴里含着的血都已经变得又腥又臭。

蒋承武一松手，他就像一滩软泥一样滑倒在地上。可当他看见蒋承武抽出靴筒藏着的寒光闪闪的匕首的时候，他又强忍住疼痛，翻身跪倒在蒋承武的面前。

比起死亡的恐惧来，痛的确不算什么。

蒋承武盯着他，问道：“你知道错了吗?”

彭横远吸着冷气，每说一个字身体就痛得抽搐一下，回答道：“我……错……了……”

蒋承武继续问道：“你觉得自己要怎么才能记住？”

他从来不问别人会不会改正错误，因为他认为一个人会不会改正，只与受到的教训够不够深刻有关，只要记得牢教训，下次就一定不会再犯错。

他的眼神看向了彭横远的胯下。

彭横远虽然没有说话，但是他眼神已经充满了恐惧和哀求。这个凶神没有丝毫怜悯，眼神冰冷，却在示意他张开大腿。

对死的恐惧最终压倒了对痛苦的害怕，彭横远战战兢兢地把双腿张开。

蒋承武狠狠地一脚踩在他的裤裆中间，这次彭横远终于撕心裂肺地大叫了出来。

他晕了过去。

他醒过来的时候，脸上挂满汗珠，因为蒋承武从不耐烦等，所以指挥军师端了数盘冷水，把他泼醒。

张勇生已经到了，见他醒来，第一句话就问：“小花在哪里？”

小花就是他曾经的恋人。

“在……在后堂，”彭横远一边说，一边打眼色给远远围观的两个亲信，“我这……就……就让人……把……她带出来。”

现在彭横远只想把麻烦送走，越快越好。

“不，让她走，她想去哪里就去哪里，”张勇生黯然道，“不要让她再见到你，也不要让她再见到我。”

蒋承武奇怪了，问道：“你不要让她跟你一起回家吗?”

“不了。”张勇生闭上眼，滚下两颗泪珠，说道，“她应该能找到给她幸福的人。”

他自觉已经给不了了。

蒋承武虽然对这种感情似懂非懂，但是他看得出来张勇生已经心如死水，现在他得到了自己所要的公正，生命顿时觉得了无生趣。

这并不是一种好情况，蒋承武皱了皱眉头。

他一把提起彭横远，喝道：“你想不想死?”

这次彭横远回答得很快：“不想，求蒋公子饶命!”

“只要你再为非作歹，我就杀了你!”蒋承武歪头看了看张勇生，“他要有个三长两短的话，我一样杀了你。”

这句话从他嘴里说出来，没有人会怀疑到底是不是真的。

彭横远看看张勇生，哭丧着脸说：“可是他要死，我管不了啊!”

“那我不管。他如果活得不开心、不如意的话，我不杀你，但是会像今天这样揍你一顿，有多少次就揍多少次。”蒋承武露出狡黠的笑容，说完把他推倒在地，拍拍手站起来，对旁边的人说道：“我们走。”

让一个怕死的人去伺候一个一心求死的人，当然会很有趣，会发生很多不错的故事，特别是这两个人还有如此深的怨恨。

他一边想着，一边忍不住哈哈大笑起来。

他觉得这一次他处理得真不错，一定能得到将军的表扬。

一五

无尽的黑夜

四十九天。

这段时间里，付唐的生活平常而规律，只是简单地照料受伤的年轻人。现在连盯梢他的人都有了懈怠的神色，因为他们实在看不到能够吸引他们兴趣的蛛丝马迹。

年轻人的伤势好得很快，所以付唐又经常去街上溜达，听听江湖传闻，然后在街边的酒肆里喝上一壶。

他亲眼见到青羊玉符送进青阳帮的总部，那一天人群熙熙攘攘，青阳城里几乎所有的江湖人物都出来目睹这场盛事，议论纷纷。

青阳帮随后就公示了规矩：每个人都有机会进去观摩青羊符，但观摩人选只能在报名后由抽签随机决定，不管是谁，也不管能花多大的代价，只能凭个人运气。

各凭运气当然是一件很公平的事情，所以人人都心服口服，付唐却知道这种规矩的背后，代表着青阳帮的实力。

青阳帮总部的大门敞开，门口只有两个带刀帮众，透过大门，能看到庭院幽深、花草繁茂，偶尔还有几个巡哨的护卫闪现，戒备并不是很森严。

青羊玉符就放在大厅中央，每一个经过大门口的人甚至都能看到它。

可绝没有人敢有想法去破坏青阳帮的规矩。

付唐对青羊符毫无兴趣，仅有的一点兴趣也是在于那把越王剑。自从上次七杀的行动之后，他知道只有一把神兵利器，才有可能刺破将军的天衣。

经过这段时间，他终于知道将军并不住在这里，而在城外的竹林。

将军就像个垂暮恋家的老人，那片竹林就是他的家园。

这些天，付唐假装路人数次经过竹林，有三次在白天，一次在晚上，他用斗笠遮住了脸，方便他慢慢地打量。

竹林幽深，一条小径直达竹林中间屋子前的花圃，只有短短的数里不到，而且看不到任何人在防守，就像一个独居老人的屋子。

除了风吹过的声音，那片屋子安静得就像躺在深山里的裸露的少女，毫无危险，充满诱惑。

但付唐却知道这里一定比青阳帮更危险。会咬人的狗通常不叫，有毒的蛇往往悄无声息。这片完全没有防备的竹林里，一定藏着无数看不见的暗哨和隐匿的高手。

谁要低估它，就一定要付出鲜血和生命的代价，就像平静的暗流才往往让游泳者丧命。

天色已经昏暗，飘下如丝的细雨，两边的店铺已经开始点起了灯。

付唐独自喝着酒，一边沉思着。

这时，他看见了远处的酒居里走出一群男女。他们都很年轻，无拘无束，青春的脸上洋溢着年轻所特有的喜悦和热情，放肆喧哗，欢声笑语，连雨丝和灯光好像都晕染上了他们的欢乐。

付唐痴痴地看着，这种少年时光离他已经很远，隔着黄昏的夜色，变得如同梦境。他曾经也在某个时刻想象过自己仗剑天涯、驰马江湖的样子，大概也会这样轻率恣意、放纵骄傲。

只不过，现在的他只能痴痴地看着。

他忽然注意到人群边的一个少女，她不在人群的中央，只是躲在边缘，但是她的容光却永远让人一眼看到的就是她，她穿着一身黑衣，没有笑容，神色淡漠，眉目间冷得像远山的雪巅。

可她又实在太美、太清艳，氤氲的夜色中，静静地站在欢笑的人群旁边，就像画卷里不沾烟火的仙子。

这样的清冷让每一个人都心生怜爱，每一个人都不由自主想去温暖她，问问到底怎么了。

人群中央的一个身材高大、锦衣玉服的年轻男子走到她身边，殷勤地低下头跟她说着些什么，神态里充满了央求。

这个女孩摇了摇头，她的动作很轻，却很坚决。

然后她跟他们告别，一个人慢慢地走，道路尽头是无尽的黑暗，仿佛像吞噬的怪兽要把她融为一体，她就这样慢慢地消失在黑暗里。

年轻男子恨恨地甩甩衣袖，却没有勇气追上去。

不知道过了多久，也不知道为什么，付唐痴痴地走了出去，他沿着女孩走过的路一直往前走。

他也不知道为什么自己要走这条路，但是内心仿佛有种不为人知的渴望。

渴望再见一见她。

或者只是想问问她，为什么要这么冷漠？

是不是每一个冷静或者冷漠的人背后都会有一个悲伤的故事？

一个人放在内心深处最黑暗的过去，时间久了，是不是就会变得像冬天里的石头一样冰冷？

付唐也不知道答案，这个世界上大部分事情本来就没有答案。

巷道很滑很长，细雨如丝，夜色沉沉如墨，黑暗中已不知道走了多久，也不知道是不是已经迷失了方向，走到了哪里。

他知道自己走得很孤独、很寂寞，也许他只是因为自己的孤独寂寞而走上了这条路。

等他发觉这些想法很无谓的时候，才发现自己不知不觉已经走出城外，来到一座山上、悬崖边，悬崖下是一条在黑暗中奔流不息的大河。

河水在永不停歇地唱着歌往前，而他的前方却漆黑一片、找不到方向。

厌倦又像钉子一样浮现在他的血脉里、骨子里，让他觉得冰冷而无助。

每个人都不得不被时光的流水推着往前奔跑，有的人跑得欢快，就像水面上奔腾的浪花；有的人跑得沉郁，就像河底的流沙。

但是他们永远不能停止，因为停下来就意味着死亡，意味着失去了轨迹。

有时候生活的意义仅仅只是表达一个人还在自己的世界里存在着，苟活着，却不再有其他意义。

就好像他的厌倦。

就好像他一再厌倦。

他的感伤已经流淌在心上，忽然滴下一滴眼泪滑过脸庞。

“你想死？”

黑衣女孩从树丛后面绕出来，出现在他的面前，问道。

她的声音比流水还要好听。

付唐呆呆地看着她，没有说话，她一身都仿佛笼罩在黑暗当中，黑夜反衬着容颜的光芒，美丽惊人，脸色却苍白得可怕。

女孩继续道：“死其实是件比活着更容易的事情。活着就意味着难过、折磨、绝望、悲伤，因为你每一个欢笑过后，都是为了迎接未知的苦痛，我们渴望幸福的时候，往往更加害怕它不会轻易到来，我们得到幸福的时候，往往更加恐惧它一成不变。”

她轻轻地叹了口气，略带落寞地说：“如果你真的想死，你就不妨问问自己：你到底是谁？你爱过吗？你幸福过吗？在这个世界上，是否会有人会比爱自己更爱你？更奋不顾身地牺牲过？所以你总该想想，你为什么要活着？又为什么在躲避？如果你认为你都想清楚了，就可以从这里跳下去，人不能不明不白地死，就像不能不明不白地活着。”

付唐怔住了，他从来没有想过，他活着到底为了什么？他爱过吗？他因为什么而厌倦，又因为什么而逃避？

他只知道喝酒，却从不去想是为了什么，他只知道自己的沉郁，却一直以为只是不可述说的过去，他知道自己还留有对明天的期待，所以才屈从着生活的安排。

就算活着已经厌倦，厌倦得就像铁的锈、铜的绿一样敷骨入髓，就算职业十分痛苦，痛苦得就像在水里窒息。

有一种骨子里的冰冷，不管穿再多衣服也暖不起来，有一种当下的绝望，不管多炙热的烘烤也不会消融。

但是他却没想过改变，就好像大部分人都在接受着宿命的安排一样。

可是谁又能不明不白地活着，就算懵懂而痛苦地活着？

他忽然想到第一次对仇宿的拒绝，虽然之后他已经惊觉到自己的恐惧，因为他也想不到自己居然会拒绝。

是不是就是因为之前活着太过于迷惘困顿，所以惊醒之后才充满恐惧？

他醒悟的时候，抬头看去，女孩不知道已经消失了多久，仿佛就如昙花一现，消失在梦境里。

黑暗中，只有无边的细雨在沉默地落下，悬崖下的流水还在奔腾不息地往前欢唱着。

•
•
•

付唐思考着回到客栈的时候，已经临近深夜。

房间里静悄悄的，药味弥漫，白衣年轻人斜躺在床头，看见付唐进来，眼神立刻变得呆滞，又像个活死人。

付唐想了想，折到楼下，买了壶酒上来。

他把酒壶放在桌上，淡淡地对年轻人说："你需要醉一场。不是因为你的伤势已经好了，而是你需要遗忘。"

"遗忘过去或许是一种背叛，却并不是一件做不到的事情，你走的时候把酒带上，希望它对你会有帮助。"他停了一会，叹了口气道："至于你去哪里，我并不想知道，我们从此最好相忘，莫再要相见于江湖，戒指我还给你。"

戒指放在桌上，烛光下，尖刺闪着一抹淡蓝而妖异的光芒。

年轻人抿了抿嘴唇，没有说话。他把眼睛闭了起来，好像在沉思。

付唐心有感触，忽然又道："如果你还想死，不妨问问自己，有没有明明白白地活过？"

一个人若是明明白白地活过，或许就没有遗憾，人生就已经足够。

只不过能看到这一点的人，本身又是何其悲哀？

年轻人忽然开口对他说："我叫无名。"

他睁开眼睛看着付唐，继续解释了一句："因为我从小就没有名字，所以我就叫无名。我的哥哥叫无姓。"

付唐才知道另外一个年轻人是他的哥哥，只是无姓已经死在了大街上。

这两个普通的名字里仿佛有说不尽的悲伤。

付唐点了点头，却并不想记在心上。

无名道："我想问一问你，心意和剑意到底要如何融会？无招和有招要怎么贯通？形式和气势哪一个才最重要？剑法如何才能快到极致？"

付唐知道，这么多天来，年轻人估计一直在琢磨这些问题。他的剑法本就不差，却偏偏困在这些关键的窍口上过不去。他苦笑，道："我也不知道。我在剑法上的造诣并不比你高深多少，实在做不了你的老师。"

"不过你应该是最清楚的人，"付唐灵光一现，"因为你受的伤，是比你更厉害的人送给你的。"

一个人受的伤害，有时候是最好的老师。

无名当然明白这句话是什么意思，他想到了将军的拳头，那两拳就像闪电一样击在他的胳膊和肩膀上，闪无可闪，避无可避。

拳速、拳势、拳力、拳意，每一点都和剑招如此相似。

他沉默地思索着。

过了一会无名问道："我什么时候可以走？"

付唐道："你什么时候都可以走。"

无名又道："难道你不想从我身上了解什么吗？比如说七杀的秘密？比如说我的生活？"

付唐淡淡地道："我没有兴趣。"

"可是……我欠你一次救命的恩情。"

付唐叹了口气，道："你没有欠我，因为我也有自己的目的，这个江湖从来不会有无缘无故的施舍，也不会有无缘无故的爱。说不定我今日救了你，就是为了方便明日把你卖掉。”

无名又沉默了，他知道付唐说的是真的，事情远没有这么简单，不管付唐的心思在不在他的揣测里。

“你早些走，”付唐沉吟了一会儿，道，“最好离开青阳城，越远越好。”

他希望无名远走高飞，从此在江湖中隐姓埋名，青阳帮找不到他，七杀也找不到他，至于以后怎么样，他并不想再听到无名的消息。

因为他也是一个刺客，这或许就是对一个刺客最好的帮助。

无名又低头不语。

门外夜色沉沉，浓得像化不开的墨。

一六
仇宿的出现

深夜，城外，江边。

仇宿独自一人站在江边的芦苇丛后面，单手负在身后，风吹得有些急，他却像铁桩一样纹丝不动。

他忽然盯向芦苇深处的某个角落，道：“你来了？”

黑暗中仿佛有团更深的黑色动了动，一个全身黑衣、蒙着黑色面罩的人睁开了眼睛，低声说道："是，我来了。"

他仿佛在刻意隐藏自己的声音，不但喑哑，还有些含糊不清。

仇宿道："你其实无须隐瞒自己，除非蒋玉庆来，否则方圆百丈之内的动静都逃不过我的耳目。"

黑衣人低低地"嗯"了一声，但却并没有改变，他道："你不应该来青阳城，青阳帮的势力比你想象中的更大，也比你想象中的更危险。"

仇宿道："我必须来，因为我等这一刻，已经足足等了三十年。"

黑衣人沉默不语，他显然也知道，仇宿决定的事情，就不会轻易改变。

仇宿仿佛知道黑衣人的顾虑，道："最重要的是，由你一个人来对付蒋玉庆，其实我并不放心。"

黑衣人叹了一口气，道："不错，我确实没有把握。因为我越了解他，就越发现他没有弱点。或者说，即便他有能看到的弱点、破绽，说不定都是故意给别人看到的。没有人知道他的空门到底在哪里，有时候我都会问自己，跟你合作对付他是不是我做过的最愚蠢的决定。"

仇宿略带讥讽地道："我怀疑你甚至都不知道他的武功到底有多高，甚至也不知道天衣到底是一件怎样的衣服。"

黑衣人沉默了一会儿，居然很诚恳地道："我确实都不知道。"

他这样的态度反而让仇宿欣慰地点了点头，说道："这就是我来的原因，对付他这样的老狐狸，有时候信心比计谋更重要。”

黑衣人虽然不知道仇宿跟蒋玉庆的宿怨到底有多深，但他知道，如果仇宿愿意告诉他，就一定会说，并不需要他问。

他道：“既然你来了，我会尽量保证你在青阳城里的安全，这一点我还是有把握的。”

仇宿又点了点头，道：“如果你连这一点都做不到，我也根本不会考虑跟你合作，更不会放心地把七杀这个组织交给你。二十二年前我创立七杀的时候，为的就是它能成为我复仇的工具，也能够成为挑战蒋玉庆的资本。”

黑衣人道：“七杀这个组织确实很庞大、很了不起，我越了解它，就越懂得你的辛苦和不易，只不过……”

仇宿在黑暗中笑了笑，道：“你一定很奇怪为什么我要动用这么多死士去刺杀蒋玉庆，明知道这是一场飞蛾扑火的游戏，这个代价岂非太大了一些？”

黑衣人道：“不错。培养每一个死士都很不容易，他们原本可以发挥更大的作用，也可以创造更大的价值。”

仇宿道：“因为我不单是要让蒋玉庆看到，也要让整个江湖知道，无论是谁，只要陷入了七杀的阴影当中，就会提心吊胆、疑神疑鬼，日子会过得很不自在。无论是看戏的人，还是演戏的人，都会因为这个代价产生不同的变数。当然，我也要让另一个杀手明白，刺杀蒋玉庆并不是那么容易得手的，要多动动脑子，多费些功夫。这个过程越生动，就越有乐趣。”

“另一个杀手？”黑衣人有些迟疑地问道，“是段四婆？”

他知道，还有另外一组死士没有介入上次的行动，而是潜伏下来，等待着安排。

“不是，段四婆已是一招弃棋，随便怎么处理都行，她本来就是必须付出的代价之一。”仇宿道，“这个杀手有些特殊，他不在七杀的组织里面，不过我跟你保证，除了他之外，七杀其余的秘密已经不多了。”

他仿佛为了打消黑衣人的顾虑，继续解释道：“他是我花费心血最多的一颗棋子，有时候，我安排任务给他，都不得不再巧妙安排人手去保护他的安全。为了培养他的剑法，我整整磨炼了他十三年，为了不让他成为跟死士一样的兵器，我甚至允许他有了朋友。”

仇宿想到这些年来他内心深处的筹谋，现在正一步一步地实现着，又笑着道：“不过你放心，当他把剑刺进蒋玉庆的胸口，或者被蒋玉庆一掌拍死的时候，我一定会把这个秘密告诉你。”

黑衣人沉默了一会，换了一个话题道：“青羊符也算是秘密吗?”

“不算，这件事是个意外。因为连我也没有想到，秦振的女儿居然能死里逃生，把这件破玉符送到蒋玉庆手里去。”

“破玉符?”

“你该不会认为这件青羊符是真的吧?”仇宿笑了起来道，“花了五万两银子打磨出来的东西虽然贵了点，却并不会有什么秘密。”

“那为什么要送给将军?”黑衣人不解地问。

仇宿解释道：“本来计划里并没有要送到青阳帮来，我只是通知黑云教劫取这件青羊符，并把镖局的人灭口。依照蒋玉庆的个性，秦振是他以前的部属，他就一定会帮秦振报仇，灭掉黑云教。而当我们帮他树立了满天星这个强大的敌人的时候，他就不得不耗费大部分的力量来应对，这种情况当然对我们很有利。”

黑衣人叹道：“只不过你没想到他会这么安排，青羊符在武林公开之后，反而增加了青阳帮的威望。”

仇宿道：“但是也一样增加了青阳帮的麻烦，总有一天，整个江湖都会知道那玉符是假的，也一定会更加好奇真的玉符到底在哪里。人最可怕的就是好奇心。”

黑衣人道：“我也很好奇，真的有青羊符吗？”

仇宿道：“当然有，真的青羊符就在蒋玉庆手里。三十五年前他就已经得到了它。否则，你以为青阳帮壮大到今天这般规模，真的只靠蒋玉庆个人的本事？一个帮派，没有钱根本就无法发展起来。”

黑衣人震惊了，这是江湖中百年来最大的秘密，他有点不可思议地看着仇宿，仿佛在质疑这句话的真实性。

仇宿没有在意黑衣人的神情，淡淡地道：“这是我跟蒋玉庆结怨的原因之一。那已经是很多年前的事了，当年我们一起得到了青羊玉符，并破解了它的秘密，可是蒋玉庆最后却抛弃了我，所幸我大难不死、劫后余生。你说，这仇要不要报？蒋玉庆该不该死？”

他的口气越平淡，反而越显出一种咬牙切齿的痛恨。

黑衣人没有附和，反而喃喃地道：“可是你实在不该用青羊符来做诱饵，如果我是将军，马上就能明白，这是很多年以前的仇敌找上门来了，说不定立刻就能想到你。”

“青羊符是我跟他的恩怨的根源，今天我能回来复仇，就一定要让他死得明明白白。”仇宿吸了一口气，平复自己的心情，才继续道，“不过你大可放心，他不会想起我，因为我在他的记忆里，早就是一堆黄土，就算我站在他的面前，他也不一定能认出我来。我以前的名字和样貌，都已经是岁月深处藏着的秘密了。”

黑衣人沉吟着，不说话，他在判断这些隐情对整件事到底会带来有多大风险。

仇宿看出了他闪过的一丝迟疑，道：“难道你就不好奇青阳王的宝藏藏在哪里吗？这么多年过去了，有一点我非常确定，宝藏里的财富只会比从前更多，绝不会更少。”

“为什么？”

仇宿道：“因为只有钱才能生钱，钱只会越用越多，绝不会越用越少。”

黑衣人又沉默下去，他明白这个道理。

仇宿道：“等我大仇得报，拿到真的青羊玉符，找到宝藏的所在，日后的威望和成就，绝不会比蒋玉庆现在的要低，说不定足以一统江南，称霸武林。”

黑衣人眼里又闪现一道光芒，这句话的确充满了诱惑力。以他的地位，对一般的钱财已经毫不在意了，除非是巨额到无法抗拒的财富。

仇宿看到了他眼里的这道光，淡淡道："最早我们达成约定的时候，你也很不放心，也很怀疑，我把七杀完全交给你之后，凭什么实力再跟你一起合作？我还能有什么作用？现在你应该明白了。"

黑衣人低头想了想，又很诚恳地说道："是，我明白了。"

对于有些人来说，经验和秘密也是很有价值的财富，并不逊于表面的实力。他本就是个很聪明的人，当然明白这个道理。

他好像想到了什么，动摇的信心又变得坚决起来。

仇宿道："蒋玉庆还有很多我们看不到的底牌，比如他得到了青羊符的宝藏，就一定拿到了越王剑，可是连你都应该没有见过这把剑，因为能让这把剑出手的机会实在太少了。"

黑衣人道："不错，我甚至以为它只是一个传说，根本就不应该存在。"

仇宿道："蒋玉庆身上的天衣也是青阳王的宝物之一，足以保证他的要处不受伤害，要刺破天衣的防御几乎是不可能的事情，所以要让他死，就必须要先想办法让他把天衣脱下来。"

黑衣人苦笑了笑，道："这几乎也是不可能的事情。"

仇宿道："任何人都一定有弱点，也一定有破绽，比如他总要洗澡，或者要找女人。"

黑衣人道："他洗澡时候的戒备，只怕比你想象的还要森严，自我认识他起，就没见到他出去找过女人。"

他带着有些敬畏的口气叹道："他就是一个神，神根本就不需要女人。"

仇宿笑笑，道："办法总比困难多，这正就是我过来的目的。况且时间总是站在我们这一边的，三十年我都能等，就不会在乎再多等一会儿。"

黑衣人道："你有什么打算?"

仇宿道："我还没有打算。先进青阳城，计划总会出来的。"

黑衣人道："你需要跟我一起回去吗?"

"不，"仇宿道，"我们最好还是少接触，我一旦有了安排，就会马上通知你。"

黑衣人点了点头，转身离开，整个人又仿佛跟黑暗化成一体，慢慢地消失在芦苇深处。

夜里的江风吹得更急了。

一七

青翠的竹林

将军近十五年来只住在竹林里。

好像所有的老人一样，年纪越大，经历越多，就越来越喜欢阳光和清风，喜欢雨露寒霜，喜欢万物生长的自然天成。

不了解他的人，却往往还以为他喜欢待在青阳城、住在青阳帮里，毕竟那是江南最大的城市，青阳帮也是号令群雄的大帮派。

喜欢繁华热闹的人往往都还很年轻，很有欲望，并不像老人一样耐得住孤寂和冷清，甚至会喜欢上它独特的安静。

阳光、清风、竹林、天高云淡。

将军蘸墨挥毫在宣纸上写下一个“正”字，唐猛和柳随风站在一旁看他落笔。

这个“正”字写得堂皇大气，银钩铁划，笔锋粗粝，一种压不住的沧桑感扑面而来。

唐猛拊掌笑道：“这个字写得不错，正气凛然，大哥的书法又有进步了。”

柳随风亦赞：“必是心中有字，才能有如此正大光明的气势。”

将军收笔，他显然对这个字也甚是满意，笑道：“世人都以为要行侠仗义，路见不平，才是正义，是侠客和豪士的本分。却不知道人人皆可为之，人人皆有正义。这个正字是由一和止组成，每一个人有所止，有所为，就是正义的基本道理。把一和止都做好了，自然就行得正，站得直。”

柳随风和道：“这是个不错的道理。”

将军笑笑，道：“书法蕴藏着人生的道理，你若有空，不妨也学着练习下，这样做事情的时候，也好多些章法。”

这时，将军停了下来，因为竹林外面走进来一个外表沉稳、步履矫健的年轻人。

看到这个年轻人，将军笑得更愉悦，问道：“事情办好啦？”

这个年轻人正是项少杰，将军安排他去处理老丁的事情。

“是。”项少杰躬身行礼。

将军道：“快告诉我，你是怎么办好的？”

项少杰说道：“我先去了龙虎山，在附近了解了一下清风剑的口碑。”

龙虎山就是清风山庄的所在地。

将军接道：“徐清明的口碑应该很不错。”

项少杰道：“是，清风山庄虽然是当地最大的势力，却一直没有恶习。每逢到灾年，还会赈济百姓。徐清明一手创建了它，又是个老江湖，所以更懂得鸟儿惜羽的道理，非常爱惜自己的声名。”

他接着道：“不过，徐小羽却没经历风雨，平日里品行浮滑、无所事事，而且他与小妾通奸也的确属实。但除此之外，他平日里也还算老实，他虽下令殴打小丁，却也不在现场，动手的是家丁胡三和胡四。”

将军问道：“徐清明知道他儿子的恶习吗？”

项少杰道：“也许知道，也许不知道。我仔细询问过十三个人，都不清楚他知道不知道，但都赞扬过他侠义行善。”

这十三个人和徐清明的关系或近或远，或亲或疏，项少杰既然会选择他们，就一定有他的理由。

口碑再好的人，也有犯错的时候。更何况，这种事情发生在豪门，本就可大可小，要做到公正并不容易。

将军沉吟道：“那这件事情的确有些难办。”

项少杰道：“我当然也不能用青阳帮的名义打压清风山庄，那样的话对清风山庄就不公平了。”

青阳帮的拳头的确比清风山庄的拳头硬，但比拳头更硬的是公理。

若是因为这样的事情铲除清风山庄，青阳帮就不但过分，而且引人怨恨，甚至连老丁也会被人迁怒。

将军道：“快说说，我倒是想听听你是怎么办的。”

他一直教导属下，办法总比困难多，项少杰既然回来了，当然就证明事情已经办好了。

项少杰接下去道：“所以我没有办法，只好回头去找丁老伯，我要问问，他想要的公道到底是什么?”

将军笑了：“这是个不错的主意。”

他已经明白了项少杰想要做什么。

每个人心中的公道都不一样。有些人认为，锦衣玉服是公道；有些人认为，粗茶淡饭也是公道；有的人认为，以牙还牙是一种公道，也有的人会认为以德报怨才是一种公道。

公道是一碗水，看上去好像是平的，但是从不同的角度看，似乎又是不平的。

解决问题的源头恰恰在于丁老伯想索取的公道是什么。

项少杰说道：“丁老伯的确是个老实人。他原本想要的，就是徐清明当着大家的面跟他道歉，还他儿子清白，甚至不需要谁来为小丁的死负责。这个要求太简单了，有点出乎我的意料。”

将军说道：“不错，老实善良人的要求一般都不过分。”

项少杰说道：“所以我找了个很巧妙的时间，用了个很巧妙的办法，把丁老头送进了徐清明小妾的闺房里。这一天，徐公子一定会来找她，两人一定会有恩爱。”

把一个人弄进清风山庄本就不容易，更何况是弄进徐清明小妾的闺房里，这里面一定费了很多的周章。但是项少杰神色平静，没有丝毫的炫耀，仿佛这安排只是举手之劳。

项少杰继续说道：“所幸那天运气还不错，丁老伯潜伏在小妾的房间里，没有出什么差错，徐清明那天也恰好一个人在练剑，我只用了几块小石头就把他引到了小妾的房间门口。徐清明推开房门进去的时候，就什么都明白了。”

将军笑道：“然后这个时候再让老丁从床底下钻出来？”

项少杰道：“不错，不过丁老伯不是躲在床底下，而是躲在房内的一个瓷花瓶中。他出来的时候把他们都吓了一跳。不过徐清明毕竟是个老江湖，这么难堪的场面，他也很快回过神，完全站到了丁老伯的立场上，对儿子和小妾痛声责骂。”

柳随风在旁边笑道：“徐清明不愧是个老江湖啊!”

项少杰说道：“他的聪明让我省了不少事，他不但主动跟老人道歉，要把亲生儿子赶出家门，还要休掉小妾。反倒是丁老伯一直求情，徐小羽才没有被驱逐出去。”

他似乎露出一丝冷笑，很难想象老丁居然会反过来为仇人求情。

唐猛摇头叹息：“善良当然是一件好事情，可是丁老伯的善良已经让他变得软弱，这不好。没有原则的公道跟没有原则的善良一样，是最不公正的道义。”

他之所以摇头叹息，是因为像老丁这样善良的人在现实中实在太多，只要稍微满足了心愿，就感觉亏欠了别人，甚至不忍心再要求更多。

善良和任何感情一样，一旦变得没有原则，就廉价得像烂了帮子的白菜。

将军问道："胡三和胡四呢？"

宋子杰说道："徐老爷子把他们吊打了一顿后逐出了清风山庄，徐小羽老老实实地在丁老伯的田里干活，据说要一直到丁老伯善终。我临走的时候，听说干了几天农活的徐公子爷，态度已经发生了很大的转变，甚至开始对丁老伯充满尊敬。"

让没有干过农活的人下地，与其说是一种惩罚，不如说是一种历练。而只有那些历练过的年轻人，才更容易懂得每一个行业的辛苦，这的确是个很巧妙的方法。

将军脸上已经露出了微笑，道："不错。"

项少杰鞠了一躬，退了下去。

柳随风待项少杰去远了，方道："其实您并不是很满意吧？"

将军点了点头，道："有一点吧，毕竟小丁已经死去了，死者为大。不过，我们都不能强求真正的公道，不能拿自己的标准去衡量别人，也包括我自己。少杰这样做，已经算做得不错了。"

不管是谁，只要将军安排他去做，就一定会充分信任他，给予充分的自由。

柳随风深知这一点，所以他才理解，即使将军惋惜小丁的冤死，却也不会把自己的公道当作拳头强加到别人身上。

一八

落空的计划

这个时候，他们又看见一个年轻人从竹林外慢慢地走了进来。

这个年轻人神态也很沉稳，腰间悬挂着一柄寻常的青钢剑，看上去跟他的相貌一样平凡，就像在大街上看过一眼就会忘记的人，整张脸没有任何引人注目的地方。唯一值得仔细观察的是，他的眼睛非常有神采，是一种蕴藏在平静之下的神采，好像只要遇到光芒就会闪亮起来。

他走得不慌不忙、不徐不疾，非常稳健，就像晚饭后在熟悉的路上散步一般，一直走到他们跟前。

柳随风忍不住问道："你知不知道走进这里有多危险？"

年轻人居然很老实地点了点头，道："我知道。这里才应该是青阳帮的要地，所以我一直在看着将军的手。"

将军的手不动，就代表着没有发出号令。

柳随风道："看来你还不傻，那你还敢来？带着剑进来的人，随时都可能被砍成十七八块，或者被暗器钉成刺猬。"

年轻人说道："我当然知道这里很危险，但越危险的地方，越能看出一个人真正的价值。”

他的目光看向将军，说道：“九月初十那天你们在平安街上遭遇七杀行动的时候，我也在场。”

将军道：“哦?”

年轻人道：“所有人都以为你们掉进了七杀的圈套，但是在我看来，恰恰是七杀掉进了你们的圈套。”

将军露出一丝微笑，反问道：“何以见得?”

年轻人道：“因为七杀在青阳城里的时间虽然不短，却也不会太长，在青阳城待得太久，难保夜长梦多。”

他跟着解释道：“死士就像在阴暗里躲着的毒虫，不能见光。这几个人虽然身份不一样，但一定都有一些共同点，也并不擅于跟人打交道，这本身就是很容易引起怀疑的事情。他们要刺杀你，就必须等机会，要等机会，就必须要时间。但在青阳城里，只要有足够的时间，青阳帮就能够把每一个人的底细都了解得清清楚楚，若是没有底细的人，反而就更值得怀疑。”

将军淡淡一笑，道：“有道理。”

年轻人道：“所以七杀的行动，从一开始就已经陷入了你们的算计之中，就像鸟儿一直都在罗网里，断然不会有成功的机会。你们什么时候出现，自然就是计划已经周密安排好以后的行动。”

将军点了点头，道：“暗杀的行动如果没有主动权，就必定要赌运气才能成功。只不过我们都不怎么相信运气。”

柳随风在旁边笑道：“这几只臭虫子天天蹲在平安街口，还自以为隐藏得很好。既然他们总认为自己的胜算在于出其不意和一点运气的话，我们就不得不告诉他们，这两点在青阳帮面前都会变得非常不利。”

唐猛看看这个年轻人，道：“不过能够看出这一点，你的确不算笨。”

年轻人脸上没有丝毫得意的神情，反而露出沉思，继续道：“可是你们能够想到的，为什么七杀想不到？这一直让我很奇怪，七杀明知道这样的行动是飞蛾扑火，为什么还要准备这么多诱饵放到青阳城里来？七杀一直以来都是一个低调行事、但求万无一失的组织。”

这是一个更深层次的问题，却显然值得思考。

这个年轻人说话不但坦率，而且还非常直接。

一个暗杀组织如果变得热血冲动，确实是件很怪异的事情。

唐猛问道：“所以你的看法呢？”

年轻人道：“我想七杀应该另有一个后招，前面的行动只是为了消除戒备，或者分散注意力，后面的暗招才将是真正的出其不意、一击必杀。”

唐猛和柳随风相互看了一眼，唐猛点了点头，赞许道：“能从第一步看到第三步，你确实很聪明。不错，七杀的确还有一组人，潜藏在青阳城里。”

能透露这样的信息，就表明一切尽在青阳帮掌握，所以唐猛的口气里充满着自信。

年轻人看着他，道：“说不定七杀的人也看到了这一点，说不定他们还有你们不知道的后手，说不定这本来就是要被你们知道的计划呢？”

柳随风道：“那是因为他们不知道青阳帮的强大，所以难免会有所低估。”

年轻人道：“一个组织之所以叫作组织，一定不会做无谓的行动，一定不会有无止尽的牺牲，也一定不会有疏漏的计划。”

七杀更是江湖中顶尖的暗杀组织。

将军笑道：“我有些兴趣了，那你是怎么想的？”

年轻人道：“我不可能知道七杀会怎么想，也不清楚他们的计划，不过我做了一件事情。”

柳随风问道：“什么事情？”

年轻人淡淡地道：“我只不过帮你们击伤的那个死士养好了伤，然后断了他想死的念头，让他再重新选择一次生命，至于后面怎么样，我已经不再关心。”

能让七杀死士断绝自尽的念头，当然是一件很不容易的事情，这个年轻人不仅没有任何炫耀，反而表现得轻描淡写。

这个年轻人就是付唐。

付唐怕他们不明白，又解释道：“也许他会死，也许他会回去，也许他就此隐退江湖，但是不管哪一种结局，对青阳帮而言都是有利的，对七杀都是不利的。”

无名不论是选择死还是选择回去，都会冲击七杀的士气；如果就此退隐江湖，当然也会动摇其他死士的意志，活着虽然并不容易，却总是一个希望。

将军懂得这个意思，所以他点了点头，道：“很好，那日我确实交代承文不用管这个人，我也的确希望这个人可以成为一个变数。”

将军说“很好”，就表示他非常满意。

付唐又道：“无论是武林中的哪一个帮派，谁都不能把刺杀自己的仇敌放走，所以这件事情只能让我来做，青阳帮却不能做。想杀人的永远都是手握刀的人，不是刀。”

将军道：“七杀这个组织只是一把刀，只要付出代价，谁都可以使用这把刀，青阳帮跟这把刀当然不会有不死不休的仇恨。”

掉进陷阱的人当然不能怪陷阱，被刀砍伤的人当然也不能去跟刀结仇。

但无论是掉进陷阱还是被刀伤害后仍不反击，都会证明青阳帮很不聪明，很容易被人看不起。

柳随风笑道：“这么说，你做这件事是为了青阳帮喽？”

付唐道：“在这件事情做完之前，我只是为自己而做，但是做完以后，却是可以为青阳帮而做。”

这句话很拗口，但是在场的人都已经听懂了他话里的意思。

唐猛忍不住拍掌笑道：“你果然是个很聪明的年轻人。”

柳随风道：“那你这么做的目的又是什么呢？”

付唐忽然拔剑，剑出鞘，闪电般地往前刺去。柳随风和唐猛一紧张，身姿已经微微弓起，只有将军神色不动，他已经看出这剑并不是刺向他的。

这一剑刺出再收回，干脆利落，剑尖上已经带回一朵菊花的花蕾，手臂悬腕凝而不发，却不见一丝颤抖。在这电光火石之间，要刺断菊花幼嫩的花茎并将花蕾留在剑上，这份力道和判断已经极为难得。

将军拍拍手，赞道：“好快的剑，好准的剑，好稳的剑!”

快和准都不难，难的是又快又准又稳，稳往往代表着尚有余力，尚有回旋的余地。

付唐傲然说道：“我知道这手剑法很不错，加上我的聪明，就会变得很有价值。”

将军微微一笑，说道：“那还要看用在什么地方。明玉装在鸡蛋篮子里，就只能和鸡蛋一起卖。石头混在宝石里，也一样可以珠玉生辉。”

这话也很有道理，年轻人稍一思索，神情上已经露出了恭谨。

柳随风笑道：“所以你打算投靠青阳帮？”

付唐道：“放眼武林，青阳帮确实是很好的选择。”

他忽然单膝面朝将军跪下，右手以剑撑地，左手按在膝上，低头道：“这就是我过来的目的，我愿为青阳帮效力。”

站着的三个人互换了一下眼神，最后柳随风和唐猛看向了将军。将军略一沉吟，眉头几乎不可察觉地皱了皱。

他走上前，搀扶起付唐。

在这一刻，付唐的心跳忽然加速，他直觉这也许是很好的一个机会。

将军的双手已经扶在他的双肘上，下身几乎都是空门。

而且他的剑就在右手，虽然只是柄普通的青钢剑，却足以划开将军的咽喉。

可是当他看见将军平静而淡定的眼神的时候，立刻就像被当头浇下一盆冷水，冲动顿时平息。

这是一种强大到自然而然的平静，好像所有的事情都不会脱离掌控，不会发生意外，甚至不会让他的敌人产生怀疑。

他只是一个刺客，并不是一个死士。

将军并不知道这个垂目向下的年轻人一闪而过的想法，缓缓道："你的确为青阳帮做了一些它想要做的事情，也的确是个人才。不过在这江湖上，有些人适合做下属，有些人却适合做朋友。所谓朋友，就是指不需要通过交换来达到目的的交往。年轻人如果既有自己的才华，又有自己的聪明，那么在选择上就不妨多考虑一段时间，你对青阳帮了解还不够，也不需要把前途当作一场交易，这是我对你、也是对朋友最大的尊重。"

这句话其实委婉地拒绝了付唐加入青阳帮的请求。

付唐忍不住问道："为什么?"

看见人才不要的帮派，简直就像不捡掉在地上珠宝的财主。

这本来就是他的计划之一，只有先混进青阳帮，才可能找到适合的机会，现在就像用尽气力的一拳，忽然打进了棉花堆里。

柳随风笑道："下属是用来命令的，而朋友却是用来帮助的。"

将军微微一笑道："因为总有一天你会发现，在这个江湖上，出路可以有很多，但是最好的出路，就是你会有几个谈得来的朋友，还有几个可以互相帮忙的朋友。"

付唐露出一丝尴尬而不失委屈的苦笑。

唐猛忽然问道："你的剑法像是昆仑派的落日式，你是向松子的什么人？叫什么名字？”

付唐鞠了一躬，说道：“我叫崔向阳，曾有幸在昆仑学剑十年，家师正是向松子。”

唐猛问道：“你是甘凉人士？”

付唐道：“家居陇甘，我是崔氏七房三子。”

唐猛又问：“听说七房长子崔弋阳身体一直不好，最近入秋，他的咳嗽好些了吗？”

付唐回道：“大哥幼时因肺热去世，这事已经过去十八年了。”

唐猛“哦”了一声，闭上眼，但是却好像对这个回答很满意。

将军回头跟付唐介绍道：“这是唐猛，这是柳随风，他们都是很好的朋友。”

这种姿态虽然略显亲近，却没有掩盖付唐脸上的失落之色。

将军又道：“青阳城里有很多不同的风景，若你想逛逛，不妨去飞花楼，据说只要男人进去了，就不会再想出来，你若是有兴趣，不妨让随风带你去看看青羊玉符，据说有机缘的人能从里面发现财富的秘密，若是你钱不够用的话，可以去随风那里支度。”

柳随风笑道：“钱能解决的问题，往往并不是问题，我知道陇西崔氏虽然不是豪门贵胄，却也是门第大族，崔兄有不方便之处，但请随时知会我。”

付唐断然拒绝道：“我什么都不缺，除了机会。”

将军温和地笑笑，接着道：“一个人的实力并不一定要在组织里才能得到提升，不管如何学习、如何历练，只要不把自己忘了，总会有好的机遇和运气的。”

这句话听上去并不容易懂。

付唐也不懂，却明白这已经算是他今天过来的一个结果。

结果不管怎样，都要学会接受。

他静了静，鞠躬行礼，然后转过身，一步一步离开了竹林。

他走得不慌不忙、不徐不疾，就像来的时候一样，既不轻快，也不沉滞。

这三个人目送着他消失在竹林以外，将军忍不住叹息一声，道："我确实很喜欢这个年轻人，就算受到拒绝，心态也很好，现在武林中这样的年轻人已经很少了。我甚至有些后悔，或许我的拒绝太轻易了些。"

柳随风道："是金子总会发光的，并不用太纠结当下的蒙尘。"

将军点了点头，道："虽然他的来历不明，也露出了很多破绽，但是不知道为什么，我还挺喜欢他。"

柳随风问道："为什么？"

将军道："因为他的眼睛。"

眼神清澈的年轻人，总是充满了光彩，充满了真诚，充满了对朋友手足般的信任。

柳随风点了点头，道："我在去江北之前，一定会找个时间再跟他聊聊。"

唐猛若有所思，问道："这个人值得信任吗？"

将军道："这个世界上的信任本来就是相对而言，并无绝对，只是看在什么事情上、对什么人而已。宝刀可以杀人，也一样可以被人使用。"

信任其实也是一把刀，在某种意义上，只是用法不一样而已。

唐猛又问：“我们要不要跟踪七杀受伤的死士，看看他到底去了哪里？”

将军想了想，道：“不用了，能让别人带来的消息，通常都是迟到的消息。不过对七杀没有必要再宽容了，随风安排人手去处理干净吧。”

柳随风微微俯身表示听命。

将军的眼光又看向小径尽头，好像盼望着另外的年轻人到来。

现在的年轻人越来越聪明，不但剑法武功要比当年的他更优秀，也更会动脑子，让他无比欣赏和喜欢。

只不过离开的付唐并不知道，他露出的破绽到底在哪里。

一九

飞花楼的楼

生如飞花散如烟，终知人生不流连。

这本来是飞花楼取名的含义所在，只有真正活着的人，才知道应该留恋的是什么，不是过去，也不是将来，而是当下。

当下也如飞花，却能紧紧握在手中。

飞花楼不是一座楼，而是很多座楼，每一座楼都有亭台水榭、自成风景，每一座楼都是一个梦境，也是江湖里的一个传说。

只要口袋有足够的银子，在这里你的任何梦想都可以实现。

有一天，关东大豪马铁龙带着酒意感慨道，平生最大的愿望就是想吃一碗北宋年间蔡太师宴用的鹌鹑羹。

鹌鹑羹要三百条成年鹌鹑的舌头做料，配以燕窝、蜂蜜、黑米慢火熬制十二个时辰，最后要汁水合一才算大功告成。

重要的是鹌鹑羹的做法早就已经失传，即使是京师的御厨也没有办法再做出来。

但是第二天马铁龙的早餐就是一碗精心炖制过的鹌鹑羹。

揭开碗盖的时候，马铁龙心情复杂，不知道该怎么感谢扈三娘。

扈三娘就是飞花楼的掌柜。

扈三娘是个女人，一个很好看的女人。只有一个漂亮的女人，才有机会见识不同的男人，只有见识过不同的男人，才懂得男人真正想要的是什么。飞花楼被她接管以后，仅仅花了九年的时间，就已经成为所有武林人向往的销金之地。

飞花楼七十七座楼，每一座楼的景致、风情都完全不同，就连江湖中最挑剔的青城派掌门人孔连城，每年都一定要来飞花楼住上一段时间。

因为每一次小住都令他很满意，而且他永远无法确定是不是下一次才是他最满意的一次。

在这里，宾客可以喝到天下最好的美酒，看四季最美的风景，品味最奢华、最有腔调的生活方式，当然，还能找到最适合他们的女人，因为扈三娘认为女人讨好男人最重要的不一定是漂亮，而是适合。

这是条千古不变的道理，却只有有了身份或者饱经沧桑的人才会懂得。只有适合的才是最好的，而不是过多或者过少，太美或者太丑。

要做到这一点其实并不容易，特别是无数武林大豪、名门子弟，每一个人就像不同的叶子在江湖漂泊，来到这里以后就像重新回到了枝头，更有一些浪迹天涯的游子，甚至愿意把生命长留在这里。

无论是谁都不得不承认，飞花楼就好像是为了扈三娘量身定做的生意。据说她原本只是京城里一个月俸十两银子的唱戏花旦，但是成了飞花楼的掌柜以后，就像云雀飞上了天空，乌鸦变成了凤凰。

很多武林豪杰以前连她的名字都没听过，现在却都是她的好朋友，有些江湖上声名显赫的侠客，现在都愿意为她两肋插刀，更多的年轻世家子弟想要见她，却只是为了跟她攀谈两句，混个脸熟。

能有这样的朋友当然是一件足够骄傲的事情，也是混江湖的一种体面。

无论是谁，能成为这样的人，一定会很自豪，觉得自己很了不起。

扈三娘当然也觉得自己很了不起。

水月轩小楼的房间不但大，而且精致、奢华、幽雅，弥漫着淡淡的龙涎香味。

龙涎香本来就是皇室贡品，香味历久弥新，而且在外面常常有市无价。

玉光杯里盛着从波斯窖运过来的葡萄酒，殷红如血，一只纤纤玉手握着它，竟然是说不出的优雅如画。

酒是好酒，却无法将人醉倒，反而将人的心思撩乱。

一个人的心思乱了，往往都是因为不甘和不平。

扈三娘坐在紫檀木的桌子边，看着铜镜中穿着贴身内衣的自己。

不管从哪个角度看，她都是一个美丽到了极致的女人。

身材修长，皮肤雪白，该纤细的地方纤细，该丰满的地方丰满，更美丽的是她的脸，每一个男人看到这张脸的时候，常常会忽视这张脸的年纪。

她的容颜实在过于美丽，明明好像妩媚逼人，却又像梦境一样不够真实，眼睛明明亮如晨星，却又好像春光一样不可捉摸。

而她并不是靠容貌坐上飞花楼掌柜的位置的，而是靠自己的能力，只有充满能力的女人才能让自己变得像凤凰一样骄傲，像牡丹一样自信，往往也只有这样的女人才能足够吸引男人。

一个毫无背景的女人能在三十八岁走到这一步，足以见得之前的路一定走得非常正确，不但学得好，而且做得好。

她是在二十七岁的时候明白这个道理的。对女人来说，通常这个年纪都像一道山口，迈过去之后就只能越来越难，不过幸好对她来说还不晚。如果开始为自己的将来做长远计划，而且还肯拿出每时每刻的行动来保证方向的正确的话，那确实什么时候都不会晚。

付出一定会有回报，努力就一定会有收获。特别是对一个漂亮的女人来说，改变自己并不是一件容易的事情，付出的努力往往比平凡的女人更多。

但她坚持下来了，仅仅过了一年时间，幸运就来到了她的头上，有个神秘人委托青阳帮聘请她做飞花楼的掌柜。每一年她可以拿到飞花楼利润的百分之三，青阳帮作为飞花楼的保护者拿走百分之七，剩余百分之九十归幕后的神秘人。

现在这个利润已经到了一个让人不可思议的数字，通常听到这个数字的人，第一个反应是惊叹，第二个反应就是不可抑制的觊觎。

现在只要一喝葡萄酒，扈三娘就感觉到自己不可抑制的觊觎。

有的人扔下一颗种子，就要享受一辈子的收获；留下一张渔网，就要取走所有捕获的辛劳。

这个世界就是这么的不公平。

飞花楼发展得越好，赚的钱越多，她就越觉得不甘心。

她恨自己为什么不是飞花楼的老板，而只能为它工作。就好像用尽心血抚养一个孩子长大的话，人们往往都暗自希望能把孩子变成自己亲生的。

飞花楼就像她的孩子一样。

她已经忘记当初获得幕后老板青睐时的欣喜，她只记得这些年来她付出的心血。

没有她，当然就不会有飞花楼的今天。

人通常得到越多以后，会越不满足，也从不认为自己的要求是过分的、贪婪的。

这些时间里，她所积累的财富，远远超出了一般人的想象，她所拥有的人脉，也远远比一般人更广，以至于人们都认为如果她愿意的话，完全可以再起一间飞花楼。

只有扈三娘自己知道，她不敢，因为她不知道离开飞花楼以后，她所拥有的一切，是不是会立刻化为乌有。

她已经老了，不再像年轻人那样冲动，什么都可以放弃，虽然她内心知道就算再年轻十岁，她也不会有勇气这么做。

一个人的年纪越大，过去的经历就越会像绳子一样把她绑住；一个人经历得越多，也就越怕江湖的凶险。

手里握着的饼虽然小点，但是总好过重起炉灶再做一个饼。

每一次青阳帮派人过来收走盈利的时候，她的脸上在笑，心却在滴血。

好像不得不把自己的孩子送进火坑一样。

没有人知道为人作嫁衣的苦楚，就像你永远无法真正了解一个女人一样。

酒入喉，微微带着酸涩，却有葡萄和草木的芳香。她知道，自己方才又喝下了八十两银子，从波斯运来的葡萄酒并不便宜。

只是喝再多的酒，也无法将内心的不甘浇灭，微微的醉意，反而把内心的欲望之火撩拨得更加旺盛。

朦朦胧胧中，她看见一个老人从门口慢慢走进来，他走得那么自然，就好像父亲走进自己女儿的房间。

这个人穿一件灰色的长袍，普通得就像大街上闲逛的老人，唯一不普通的是他的左手袖袍空空，显然断了一臂。

扈三娘一惊，水月轩是她的闺房，没有她的同意没有人可以进来，她叫道："燕青！燕环！"

这两个人是看守水月楼的护法，不但武功高强，而且一向忠于职守。

长袍老者平静地看着这个美丽的女人，眼光就像木匠在打量一块木头，他忽然道："不用叫了，我让他们永远睡着了。"

老者仿佛看到了扈三娘眼中的惊惧之色，悠悠说道："我叫仇宿，这个名字并不重要，重要的是我可以给你带来什么，你能够得到什么。"

"那两个人实在没用，所以我帮你把他们解决了。你现在当然在想要不要呼救，不过我保证，如果你那样做了，肯定会后悔。"

"如果你够聪明，在足够了解我之前，不要轻举妄动；在足够了解我之后，就更不会做无谓的举动。"

他这三句话说得从容不迫，却每一句都刚好打在扈三娘的心上，而且语气虽然平淡，却有着说不出的自信，有着说不出的气势。

扈三娘嫣然一笑，果然停了下来，每当她不知道该怎么说下去的时候，她就会笑得特别妩媚，美丽女人的笑容有时候比说话更有效。

她站起身，向老者迎过去，这下可以更清楚地看到她的身材，凹凸有致，完美无瑕，快四十岁的女人偏偏就像个二十多岁的姑娘，走路的姿态又妖娆到了极致，每一个见到的男人难免目瞪口呆、心猿意马。

扈三娘一边走，一边掩嘴笑道："怎么你明明是个朋友，表现得却像是敌人?"

能进房间来照会她的当然不会是敌人，但是暗算她的护法却又不像是个朋友。

这个陌生的老人显然是个可怕的人。

可怕的人都能给人一种奇特的感觉，就好像动物遇见天敌的本能一样。

仇宿不动声色，目光平静如水，道："我确实应该是你的朋友。"

忽然扈三娘的脚一崴，站立不稳，一声娇呼，白花花的身子就往仇宿身边倒去。

这样的女人倒下去的时候，只要是个男人就应该伸出手来搀扶住她。

仇宿的手果然已经伸出来了。

就在这一刻，扈三娘的双脚忽然抽出，连环踢向仇宿的下阴。

这一招又毒又狠，让人更意外的是，扈三娘居然会武功，哪怕她最好的闺蜜都不知道这个秘密。

她从小暗地里练习的就是这追云腿法——追云连环十八踢，她已经练到能出十六踢。

她只练腿法，因为腿法不但隐蔽，而且身为一个女人，腿练得结实，才能更好地缠住男人。

这一招不但凶狠、阴毒，而且绝对出乎男人的意料。

二〇
扈三娘的“服”

仇宿果然伸出手了，但是他的手势变了，变成一道铁掌。

他一掌切在扈三娘的足腕上，看上去就像扈三娘的双脚自动送上去踢在仇宿的手掌上。

仇宿的手掌就像一道钢铁闸门，不但坚硬，而且稳固。

扈三娘的连环腿踢在上面十四次，铁掌却纹丝不动。

她立即像只断了线的风筝摔倒在地上。

仇宿淡淡地说道：“不要来试探我，那样只会让你后悔。”

“我现在已经后悔了，”扈三娘揉着脚尖，即使痛彻心扉，但是脸上却还笑着，“女人往往都不知道，能见证一个男人实力，往往就是她幸运的开始。”

仇宿的武功无疑很厉害，很有实力。

“把衣服穿好，”仇宿说道，“像我这样的老头子，不但过了被女人诱惑的年纪，也过了向女人证明实力的年纪。”

扈三娘很听话，忍痛站起，把衣服穿了起来。

扈三娘穿得很慢，很镇定，一个女人真正要诱惑一个男人的时候，往往不是脱衣服的时候，而是把衣服穿起来的时候，有时候穿得越多越慢，反而越能勾引人。

仇宿一动不动地看着她，没有丝毫反应。

扈三娘一拐一拐找了张椅子坐下去，她的坐姿看着很端庄、很贤淑，但是只要坐过这个姿势的人就会知道，这个姿势其实很别扭、很难受。

扈三娘却像完全没有感觉一样。因为她知道，女人越别扭、越难受的姿势，往往是吸引老男人的最佳姿势。

这个道理只有那些在青楼里专门伺候老男人的女人才会知道。

仇宿好像也懂得这个道理，他静静地看着扈三娘，居然露出满意之色，道："你果然是个很聪明的女人。"

扈三娘道："哦？"

她穿好衣服后变得端庄、冷静，跟刚刚完全判若两人。

仇宿道："在这种情况下能把衣服穿好的女人一般都不会太笨，并且你的手还很稳。能在我的面前一直想要算计我的人，胆色当然也不会太差。"

扈三娘笑了："这么说你很了解我？"

仇宿居然又点了点头，道："不错，我花了三年的时间来了解你，你每一天在想什么、做什么、躺在什么人的床上，我都知道，或许我比你还更了解你自己。"

扈三娘掩嘴轻笑起来，像是听到了世界上最滑稽的事情。

仇宿并不在意，他道："当初青阳帮选择你做飞花楼的掌柜时，你就进入我的视线，只不过我并没有想把你当作合作伙伴。事实证明蒋玉庆的眼光的确不差，既然你跟他们合作得这么好，想必与我的合作也不会差。"

扈三娘目光流转，道："哦？是什么样的合作，不妨说来听听，说不定我会有兴趣。"

仇宿道："合作什么并不重要，重要的是结果是不是你想要的。"

扈三娘娇笑道："结果当然很重要，可如果过程太麻烦、太辛苦，合作的人又不好打交道，经常让我的脚受伤的话，那还不如不做为好。"

这是个很浅显直白的道理，从她嘴里说出来的时候，娇嗔得几乎让男人无法拒绝。

现在她慢慢感觉自己的脚已经不再疼痛，神态显得更加自然。

一个有能力的女人，当然随时知道什么时候可以自信、开始主动。

仇宿悠悠地问道："如果是飞花楼的地契呢？飞花楼从当年四栋小楼发展到今天的七十七栋，成为江南第一大风月场。只可惜你却一直不能真正拥有它，难道你不会抱怨、愤怒、不甘心？"

这本来是扈三娘内心深处的秘密，她的眼光闪动，却并没有接话。

仇宿又道："你一定很想知道，飞花楼的幕后老板到底是谁吧？"

扈三娘的眼光亮了亮，问道："难道你知道是谁？"

这些年来，她花了无数的人力、无数的金钱，想知道飞花楼背后的老板到底是谁。

但是她一直没有答案，所有派出去的人都石沉大海，如果一个人费了这样的气力还没有结果的话，反而会对一件事情产生恐惧。

这种感觉就好像善泳的人会敬畏大海一样。

仇宿淡淡一笑，道："我当然知道。"

扈三娘问道："是谁？"

仇宿道："就算我知道是谁，也不能现在告诉你，因为通过这条路你永远都没有办法拿到飞花楼的地契，不但如此，还有可能毁掉你现在的一切。"

扈三娘冷笑一声，道："你不能告诉我，就无法证明你到底知不知道，我怎么知道你是不是在骗我？"

仇宿看了她一眼，道："不要让我对你的聪明产生怀疑。一个男人真正的实力，不在于他的财富有多少，而在于他心里有多少秘密。每一个秘密不在适合的地点、适合的时间对适合的人说，往往价值不大。所以你千万要记住，不该问的事情莫要多问。"

这句解释很有道理，不在恰当时候吐露的秘密，往往毫无价值，反而变成陷阱。

扈三娘自然懂得这道理，她思索了一会儿，问道："那么我该怎么信任你？"

仇宿道："你并不需要信任我，只要我们能达到共同的目的就够了。当然，这句话并不意味着我们可以背叛彼此。"

到现在为止，他还是把她当作一个聪明人来看，所以谈话一直都很巧妙。

真正的聪明人，就好像猛兽一样懂得保持安全距离，懂得保持分寸。

扈三娘又迟疑了一会，问道：“那你的目的是什么?”

仇宿道：“我要青羊符。”

扈三娘奇怪地问道：“近日来武林传说中的青羊符？青阳帮不是已经把它放在正义堂了吗?”

仇宿道：“那个并不是真的。”

扈三娘面露疑惑之色。

仇宿道：“那个只不过是我花了些银子做出来的赝品，就算武林中人想破脑袋，也找不出它的秘密到底在哪里，更不可能找到青阳王的宝藏。”

扈三娘问道：“但是秦振死了，虎威镖局上下五十六口也死了，他女儿历经千辛万苦把青羊符送到这里来，这难道也是假的?”

飞花楼本来就是江湖消息的聚集地，所以扈三娘知道这些也并不奇怪。

“秦振本就是无足轻重的小卒子，虎威镖局的人更是不足挂齿，江湖上每一天死的人这么多，谁能用心去记得他们?”仇宿笑笑，继续道：“不过这样也好，越是有鲜血的秘密，分量当然就会越重。”

“那这么说，你知道真正的青羊符在谁手里喽?”

仇宿道：“青阳帮，蒋玉庆。”

他抬起头，望向远方，脸上露出一种愤怒而怨恨的神色，仿佛回忆起了往事。

扈三娘笑了，道：“你把将军当傻子？就算真的青羊符在他手里，只要他看到假的青羊符，立马就能想到仇敌找上门来了，他就会变得谨慎、小心翼翼，说不定把真的青羊符藏得更深，你永远也不可能得到。”

仇宿看了她一眼，道：“他绝对不会这么做，因为有些人宁愿站着，也绝不愿意跪着，我正是因为太了解他了，所以才算准了他每一步的动作。”

他的神色已经平静，却更像暴风雨来临前的天空。

扈三娘道：“虽然我没有太大兴趣知道你们之间的恩怨到底怎么回事，可是你为何要找上我？我只是个弱女子，还是个很怕麻烦的弱女子。”

仇宿淡淡地道：“当然是帮你拿到飞花楼的地契。”

他接着补充道：“这些年来，青阳帮作为保护者，一直从你手里收走飞花楼的利润，输送给幕后的神秘人，只要青阳帮是中间人，你就永远都不会有机会拿到飞花楼的地契。”

青阳帮就是横亘在他们之间的大山。

如果不绕过这座大山，扈三娘的确没有办法见到后面的情况，也不会知道那个人是谁。

她忽然似有所悟，就好像在黑暗的屋子里有人帮她开了一扇窗户。

而她却居然一直没有想到。

所以她笑了，道：“有意思，我好像有点兴趣和你聊下去了。”

仇宿道："其实并不是你想不到，只是你不愿意去想而已，因为青阳帮太强大了，没有人愿意给自己树立一个强大的对手，所以宁愿给自己一个理由偷懒。"

扈三娘道："那快说说，你的计划到底是什么？你有什么办法可以扳倒青阳帮？"

"我为什么要扳倒青阳帮，青阳帮只是一把刀，无论在谁的手上，它的作用都是一样的。"仇宿看出了扈三娘的热情，也洞悉了她的心思，继续道，"至于我的计划是什么，现在当然还是一个秘密。"

他冷笑一声，又道："一个聪明的女人当然不会太好奇，也不能太好奇。"

扈三娘眉目一转，风情万种，道："说了这么多，你却还没有说地契到底在哪里。"

仇宿道："蒋玉庆倒下的时候，飞花楼的地契就自然会给你。"

扈三娘轻笑道："让我猜猜，这幕后的神秘人，该不会就是将军吧？"她看了看仇宿，又道："难道是你？"

仇宿不动声色，既不否认，也不承认，只是看着她。

他不喜欢回答没有必要的问题。

扈三娘道："好吧，你为什么一定要找我合作呢？"

仇宿道："因为你是女人。女人在我看来，有很多优点，却也有足够多的弱点。"

扈三娘问道："弱点？"

仇宿道："一个人有弱点并不是一件可耻的事情，可耻的是你还不知道改正或去掩饰它。”

扈三娘又笑了，她笑起来当然很好看。

仇宿道：“你当然还有些别人没有的优势，比如你是个聪明的人，比如你将飞花楼管理得很不错，比如说你和颜建梅是闺中密友。”

扈三娘道：“听你这么说，我感觉自己就像个被利用的棋子。”

仇宿道：“我对棋子一向并不宽容，也从不谈条件。你不是棋子，而是我们的合作伙伴。”

扈三娘并没有听出我和我们的区别，不过她听到这里，就决定不再去冒这样的风险了。

她嫣然一笑，伸了个懒腰，顺势把手搭在椅子扶手上，道：“这个诱惑的确很吸引人，我相信你也是个既有实力又很聪明的人，并且一定是个不错的伙伴，但是……”

她忽然话锋一转：“若是每一个老头子都跑来同我吹嘘一番，要我跟他们合作，我岂非像母猪一样笨？”

仇宿不动声色，静静地看着她，过了一会儿才道：“很好。”

扈三娘又笑：“很好是什么意思？”

仇宿道：“很好的意思就是说，你有资格从我这里获得更多的秘密。”

扈三娘又是淡淡一笑，她的手已经放在了这个位置上，只要一按下去，椅子就会下沉，滑入一个安全的地方。

她完全可以确定，这个秘密天底下不会有人再知道了。

“如果我真是这么贪心的话，我早就该另起一间飞花楼，这个世界的机会太多，我早已不用贪图这样的机会了。”

只有赌徒和穷鬼才喜欢高风险的机会，很多年前她也在这样的阶层里浮沉，但那已是过去。

就在她将按下去的一瞬间，一道绿色的闪电从仇宿的袖袍里射出，嗡的一声钉在椅子扶手上。

这道闪电不偏不倚地恰好把按钮下面的机关破坏了。

扈三娘脸上的神色大变，她惊叫道：“你怎么知道的?”

仇宿道：“我说过，我比你还了解你自己。五年前你请东南名匠公孙鲁打造水月轩的时候，私下给了他十万两银子，要求在地底修建一条通往外部的暗道。公孙鲁在两年前去世，难道你真就以为这个秘密再不会有人知道了?”

扈三娘又笑了，这次的笑容总算有些勉强：“其实我早就应该知道，你告诉了我这么多秘密，就不可能会让我离开。女人总是被好奇心害死的。”

仇宿道：“你看看它是什么?”

扈三娘低头看去，这道绿色的暗器是一支箭，箭头雪亮如银，箭杆黝黑如墨，箭羽却青绿如翠。

她再抬头看仇宿的时候，后者仿佛不经意地抬起手腕，露出里面一把小巧而精致的黄色三弦弓。

她失声叫道：“黄金弓，绿羽箭?”

仇宿道：“见识不错，不过这是精制的黄金弓和绿羽箭，也是七杀组织内部的令箭，见令必遵，莫敢不从。”

扈三娘问道：“你和七杀是什么关系?”

仇宿答："莫非你对七杀组织很感兴趣？"

扈三娘道："当然，我身边有很多朋友都想找它帮忙。不过这个组织太过于神秘，也太过于厉害，和他们攀上关系并不是一件容易的事情。"

仇宿道："越有实力的组织当然应该越神秘些、冷漠些。我当初创建七杀的时候，就从没想过要让它风风光光，用它炫耀骄傲。"

扈三娘吃了一惊，差点跳了起来："你？"

仇宿缓缓道："不错，我就是七杀创建者、组织者，组织里的人有些是我从孩童时期就开始培养的杀手，也有些人是走到绝路之后才投靠我、为我所用，没有任何人比我更清楚它的每一条脉络，每一个线人。"

扈三娘再重新审视了一眼仇宿。

这的确是江湖中最大的几个秘密之一，但说话的人却云淡风清，就像父母在介绍自己的孩子。

扈三娘犹疑着道："我怎么才能相信这一点？"

仇宿道："我当然还会有无数的法子可以证明，不过现在却没有必要。"

他的嘴角浮现一丝若有若无的笑意，仿佛并不屑于做太多解释。

真正有实力的人当然从来都不需要解释，更不需要证明。

从他进来的第一刻起，扈三娘当然也一直在观察他。

每一个动作、每一个神态都不放过，像她这样本就是戏子出身的人，眼光已经比很多人都要毒、都要准，否则她就不会有今天。

她在这个人身上观察到的每一点都足够强大，足以信任。

她终于明白，从仇宿走进房间的那一刻，她就已经无法逃脱，仇宿也绝对不会允许她把秘密再泄露出去。

只要有一丝风险，她就会像燕青和燕环一样永远睡着，再也醒不过来，死人是最能保守秘密的。

特别是像她这么聪明的女人。

她低下了头。

二一
小七的寂寞

小武和小七已经来到青阳城有好些日子了，但是来飞花楼却是第一次。

来了青阳城，却不去飞花楼花点银子的话，感觉就像吃一碗没放盐的菜，喝酒换成了喝水，旅行变成了苦行。

酒还在喝，兴致却已经高起来了，真正兴致高的时候，有的人喜欢继续喝酒，有的人却喜欢去寻找乐子。

小武决定去飞花楼的赌场试试手气，半醉半醒，往往是赌徒自我感觉最好的状态。更何况赌博就是这样，不下注就不可能会看到机会。

小七对赌博并无兴趣，所以坐在房间里，继续喝酒。

陪他的那个姑娘实在有趣，当他和小武喝酒的时候，她就默默地在旁边伺候，一句话都不多说。但是当小武走了以后，她脸上的笑容绽开得像春天里的花朵。

小七发现她不但漂亮体贴，而且还特别讨巧。漂亮的女孩子当然很容易找，但是能讨他的巧的女孩子却实在难得。

姑娘低着头，看上去有些害羞，说话却非常大方："公子，我叫千千。"

她的笑容也很大方。

小七笑道："你很喜欢笑？"

"嗯，因为爱笑的女孩子运气一向不会太差，比如说我今天遇见了你。"

"难道我与其他人不一样？"

"每个人当然都不一样，只不过公子什么都比别人强一些，容貌要俊一些，年纪要轻一些，酒量也要好一些。"

小七大笑道："可就是银子要少一些。喝酒喝得太多，难免花得银子就要多一些。"

他知道像他这样光顾风月场所的人，在这里的姑娘眼里，身上再也不会有比银子更让人心动的地方。

可是实际上，他恰恰什么都不缺，就是缺少银子。

小武决定去试试手气的时候，已经将他们身上仅有的六千两银票拿走了五千。

只不过越缺少什么，就越不能让别人看出来。这个道理也有很多人称之为江湖经验。

像千千这样的小姑娘当然不会看出来。

千千又笑道："银子其实和酒差不多，喝了酒会变成水，银子花出去了，也总会变成机会还回来。唯一相同的是，它们都是属于你的，只要能拥有属于自己的东西，就自然应该要高兴一些。"

小七道："我还是第一次听到这么理直气壮地花钱的道理。不过的确很有道理，值得喝一杯。"

要一杯一杯喝的酒，通常都并不便宜。

道理其实也和酒一样，很多时候都是可以用银子买回来的。

千千眨着眼道："我还知道公子的善良也比别人多一些。"

小七道："善良？"

千千道："善良的意思就是说，如果我对你好一些，你一定会对我更好。"

小七又是一笑，又喝了一杯。

"只是我不胜酒力，不能陪公子尽欢，"千千嘟起嘴，眼睛忽然亮了亮，"听说酒量好的人往往都很寂寞，这是真的吗？"

小七道："武功很高的人也通常很寂寞，想法太多的人也很寂寞。"

"那你寂寞吗？"小千问道。

"我当然不寂寞，不过一般人的确很难感受得到寂寞的滋味。"

能坐在这里的男人其实都很寂寞，不过他们都不愿意承认。

千千眨眨眼睛道："我虽然不知道寂寞是一种什么滋味，不过我却知道哪里可以经常见到它。”

小七不解地问道：“在哪里？”

“跟我来。”

小楼旁边就是围墙，围墙旁边居然有道没人看守的侧门，走出门就径直来到大街上。

这条最繁华的大街开始慢慢冷清下来，商铺开始打烊，人群开始寥落，灯火也开始变得暗淡。

千千和小七走在大街上，这条街很长，走了一段路，小七忍不住问道：“你带我到大街上来干什么？”

千千微笑不语，她的手嫩滑柔软，一直牵着他，直到走进街边一家昏暗的酒馆。

酒馆不大，散坐着七八个孤独寂寥的人。

可千千只是买了两坛酒，然后又回到大街上。

大街上已经越发冷清，过往的行人都形单影只，擦肩而过。

千千欢呼一声，因为她居然在街头看到了冰糖葫芦。

五个铜板一根的冰糖葫芦，两个人坐在一堵矮墙上，一边就着酒吃，一边看着路上的行人。

小七忍不住问道：“这就是你带我找到的寂寞？”

千千道：“对啊，只有当你看见别人孤独的时候，你才能感受到自己的寂寞。”

这么晚还在大街上流连的路人，看着都很孤单、很无奈。

人生如逆旅，你我皆行人。

小七就算没读过这首词，却也明白其中的道理。

她继续道："以前妈妈告诉我，每个人都有自己的寂寞，你若是找到了，就可以不必忍受寂寞的滋味了。"

小七哈哈一笑，道："这可比喝酒有意思多了。"

酒入喉，他忽然愣住，这坛酒的口感、烈度居然与在飞花楼喝到的酒一模一样。

在这里喝一坛酒，只花了他七分银子。

千千嫣然一笑，道："喝酒太费银子，但是冰糖葫芦却不会。"

她早就看出了他的套路，却愿意把最贵的酒留给他喝。

她不但聪明，而且体贴，这样的女孩子并不多。

冰糖葫芦能一直甜到心里。

小七忽然柔声问道："那你寂寞吗？"

千千摇晃着双脚，回道："妈妈说过，有些人的寂寞是因为缺乏一场风花雪月，有些人的寂寞是因为缺乏一场功成名就，还有些人的寂寞是因为缺乏一场高山流水，这些我好像都还没有经历过。我年纪还小呢！"

小七忽然发现这个女孩子实在太可爱了，该聪慧的时候聪慧，该烂漫的时候烂漫。在朦胧的月光下，眼睛就好像天上的星星一样发亮。

当她开始喝酒的时候，他居然发现她的酒量并不比他差，而且比他还干脆洒脱。

为什么她要这么做？难道风月场所的女孩子不是都希望把客人的口袋掏空吗？为什么她要这么温柔体贴，难道她不知道他也许再也没有机会进入飞花楼吗？

为什么她要对他这么好？

小七终于忍不住道：“我不是个有钱人。”

“我知道呀！”

她因为知道所以才带他出来。

“那你还这样对我？”小七追问。

千千温柔一笑，道：“只要进了飞花楼的大门，就是飞花楼的客人，我们当然要选择适合客人的方式让他觉得开心、快乐！一个人若要开心，当然首先就得先放心。”

小七沉默了。

千千继续道：“公子莫要太伤感，飞花楼的确和别的地方不一样，因为扈三娘认为客人来到飞花楼，除了花银子之外，还在花他们的时间，她认为一个人的时间有时候比银子更重要，所以我们最重要的就是不能浪费客人的时间，一定要让他们真正快乐起来。”

这也是个道理，很多时候道理都是一种借口。

小七却平生第一次开始怨恨自己无能。

无能往往就是无钱的意思。

他忽然抓起千千的手，看着她秀气的脸道：“我喜欢上你了。”

千千抿嘴笑道：“很多客人都这么说。”

她把客人两个字咬得很重，却无疑是在温柔地提醒他。通常，一个女孩子这样说，就是在表示抗拒。

小七咬咬牙道：“我要帮你赎身，娶你回家。”

千千娇嗔地瞟了他一眼，道：“公子还是莫要这么冲动，喝了酒以后的话往往都不是真心话。”

喝了酒之后的话往往都是心里话。小七刚刚想要辩解，话到嘴边却变了：“这是我的决定。”

千千眸子晶亮，看着他道：“真确定要这么做吗?”

小七这次没有说话，而是握紧了拳头，点了点头。

和她在一起，他感觉到自己才算真正地活着。

千千沉默了一会儿，忽然柔声道：“那我们就早点回去，莫要辜负了今晚的时光。”

提到回飞花楼，小七的脸色暗淡下来，就像大街上熄灭的灯火。

他忽然感到了自己的寂寞，不但寂寞，而且落寞。

二二
小武的故事

飞花楼当然有赌场。

一个男人如果不赌两手的话，简直就不配叫作男人。这跟财富多少没有关系，不喜欢赌的男人，往往都没有胆识、没有阅历，更不会有千金散尽的洒脱。

若是一个男人没有胸怀、没有气魄，既不懂得把握机会，也不懂得放弃拥有，当然就像个长不大的孩子，也会被人看不起。

有时候机会这东西，你越吝啬它，它反而走得越远；你越大方，它反而来得殷勤。

小武当然也要像个男人，他现在就坐在紫华庭的赌桌边。

但是他的状况很不妙，天气炎热，内心更热，额头的汗珠已滚滚而下。

三颗骰子猜大小，已经连续开了十四把大，他押了十三把小，身上的五千两已经输光了。

对赌的是一个白白胖胖、眼神阴沉的中年人，穿着紫色苏绸，戴着硕大的汉白玉戒指。他明明已经赢了七八万两银子，但却还是一副无精打采的样子。

银子好像永远吊不起他的兴趣，因为他本来就是洛东第一家族秦家的少东家秦雁东。

新的一局即将开始，他身边的一个随从对着小武喝道：“你若是没了银子，就赶紧把位置让出来。”

“秦东家，我再押一注五千两。”小武咬咬牙说道，“但是我身上没有银子了，能不能先赊着？”

秦雁东眼皮都不抬，身边的随从直接就拒绝了：“我们从不干这种无本的买卖。”

“如果你让我押注，我就把今天在正义堂看到的青羊符秘密告诉你，”小武说道，“不是每一个人都这么好运，能够有机会抽中签进去。”

在座的人窃窃私语，青阳帮的确限制了观看青羊符的人数，一天只能进去三十个人，后来要进去的人实在太多，即便像秦雁东这样身份的人，也不得不排着队看运气。

秦雁东的眼睛马上就亮了。“我有兴趣，”他说，“不过一个消息还不够，还要加上你的两只手。”

“好，成交。”小武道。

骰子被荷官扔进赌盅里，开始滴溜溜地打转，第一颗停下来的时候是个三，第二颗停下来的时候是个四。

小武的心已经凉了，最后如果开不出个一或二的话，他就已经输了。

最后一颗骰子晃悠悠地停下来，居然是个六。

小武脸色一下变得苍白，但是身形却还挺得笔直。

“说吧，”秦雁东道，“我不介意大家都听到。”

“不用说了，”小武喃喃地道，“我根本没有进过正义堂，也没见过青羊符。”

秦雁东猛地站起来，怒道：“我要亲手剁了他。”

两个随从立马把小武架了起来，拖到门外。谁都知道激怒秦少东家不是一件好玩的事情。这已经不是用银子可以解决的问题了。

所有人都闹哄哄地跟着出去看热闹。

月华如水，清冷得就像秦雁东拔出来的紫金鱼鳞刀。

他的刀已经举起，脸上已经浮现狞笑，这样的事情他已经做过很多次，但是每一次都能给他带来同样的快感。

一个男人的手就是他的未来，能亲手毁掉别人未来，实在很刺激、很有快感。

忽然他停了下来，把刀插回刀鞘，阴沉的脸上浮现出谄媚和讨好的笑容，然后小跑着迎接上去。

因为迎面走来了一个老人。

秦雁东低着身子，弯着腰在他身边寒暄了两句。

可是那个人只是淡淡地点了点头，连脚步都没停下。

能让秦少东家这么恭敬逢迎的人放眼武林也没有几个，人群中有人认出了来人正是青阳帮的唐猛。

虽然他只穿着一件朴素的浅色长袍，背负着双手，微仰着头，说不出的倨傲，但是秦雁东不但没有不耐烦，反而因为搭上了几句话而沾沾自喜。

唐猛走过小武身边的时候，看了一眼，就已经完全明白是怎么一回事了。

小武的双手虽然伸着，但是身形却还是站得笔直，不由得让他多看了一眼。

他淡淡地道：“放了他。”

他甚至脚步都没有停，也没有等秦雁东的回答，就径直走了过去。

好像他知道秦雁东一定会听他的话，不管是什么样的事情。

能找到一个卖情面给唐猛的机会，的确难得。相较之下，五千两银子简直不值一提。

•
•
•

小武是被人请去凤仪楼的。

无论是谁，差点就要被砍掉双手，心情总是会特别沮丧，会对前途失去信心。

小武却恰恰相反，他依然走得非常自信，好像口袋里还装着五千两银子。

只要是自己做的决定，就绝不应该后悔，不应该懊恼，更不应该去想以后的日子有多悲惨。

就算这双手被砍了，他一样也会笑着，绝不会哭。

扈三娘不禁多看了他两眼，她已经见过太多赌输后畏缩、胆怯、哀泣的人，这个年轻人显然很不一样。

小武的眼光也正迎着她，他看女人一向都很直接。扈三娘不但成熟美丽，而且身上还有一种淡定的魅力。

扈三娘淡淡地道："我听说，你是没钱敢赌，输了钱又不给，还打算赖账走人？"

小武不由冷笑道："输钱是我和赢家的事情，关你们什么事？我本来都已经走到了大门口，却被你们的人请了回来，我还想问问你们到底是怎么回事？"

他的身后站着四个虎视眈眈的彪形大汉，自然就是他们请回来的。

扈三娘轻笑一声，反而没有生气，说道："年轻人的坏脾气总是要改改，你没钱却上赌桌，就坏了飞花楼的规矩！"

小武握紧了自己的拳头，举在胸口，反问道："我这双手值多少钱？还不能值五千两银子？"

扈三娘道："大街上每个人都有手，流浪汉也有，可是能值一两银子的都不会太多。”

小武道：“我的手当然和他们不一样，再说连秦雁东都已经认了，你们怎么还要把我抓回来讲什么规矩？”

他的脾气一向都不大好，可是后面四个大汉的脾气更加不好，其中一个大汉忍无可忍，抽出腰间的鞭子，一鞭子就挥了出去，一边骂道：“小兔崽子，我来教教你什么叫作规矩。”

他的鞭子就是飞花楼的规矩。

鞭子刚刚扬起落下的时候，小武就已经动了，他一转身，拳头就砸在挥鞭大汉的鼻子上。这一拳虽然大巧不工，但是速度却快得惊人。挥鞭大汉甚至能听到自己鼻梁骨碎裂的声音，然后眼前一黑，晕了过去。

另外三个人刚刚要动的时候，小武的动作比他们更快，身形晃动，拳头起落，刹那间三个人都躺倒在地。

飞花楼的护卫虽然都是百里挑一的好手，在小武的拳头下却像个孩子，连他的出招都看不清楚。

扈三娘一动不动，反而拍手赞道：“好功夫，好功夫，这双手果然值五千两银子。”

小武冷笑道：“现在你不应该关心这个问题，你更应该担心你手下的伤势。”

他的拳头除了快之外，还很重很猛。

扈三娘笑道：“他们技不如人，就活该躺在地上，每个人都应该学会有多大的实力就有多大的脾气。”她好奇地又问道：“不过我很奇怪，你这双拳头，就算是三十个秦雁东加起来也应该留不住你呀？”

小武道：“我赌博输给了他，自然就得服输。这跟功夫好坏没有关系。”

扈三娘问：“他如果要了你这双拳头，你再好的功夫也不能用，你就不后悔？”

小武冷冷地道：“我如果要后悔，就不会把拳头押上去。就算他能把我的头赢去砍了，我也毫无怨言。”

他冷冷地看了一眼扈三娘，道：“这种男人之间的事情，你们女人永远不会懂。”

扈三娘掩嘴笑了，等她停止笑的时候，她的眼睛亮了亮，问道：“现在我对你的拳头感兴趣了，不知你想不想把它卖给飞花楼？”

小武道：“我为什么要卖？”

他不愿意做的事情，就算八十头牛也无法把他拉回头。

扈三娘走到他的面前，要收服一头猛兽，首先就要对它释放亲近感，她比任何人更懂得这个道理，所以她伸出手，帮他掸平皱褶的衣角，握住了小武的手，说道：“以前啊，我有两个弟弟，一个叫燕青，一个叫燕环，他们不但帮我做事情，还一直保护我，后来遇到了危险，他们都愿意挡在我的面前，为了我去死。现在他们走了，我就算花再多的银子也买不到这样的一双手了。”

她好像完全不知道这双手不但可以打碎鼻梁，也可以要人命，她的动作不但温柔优雅，而且自然得就像跟亲人在唠叨。

说来奇怪，小武的气势慢慢地弱了下去，变得很不自然。

扈三娘继续说道：“像我这样的弱女子，当然需要一双够大够硬的拳头来保护我。所以啊，这看上去风光的差事，背后一定比其他人更辛苦、更累，我只是担心你能不能做下去，把它做好……”

“好，我做，报酬呢？”

“一只拳头当然值五千两银子，两只拳头就是一万两银子。”

这个价格已经不算低了，扈三娘甚至还留了点余地，打算再加一点。

可是小武连想都没想，直接就一口应承下来：“好！”

扈三娘笑眼如月，用另一只手也拖起了小武的手。

她看到了小武的窘迫，不但开心，而且得意。她本来就认为，女人最重要的能力不是管理好飞花楼，而是吸引男人。

任何女人都不能忘记，她的本质是一个女人。

小武的脸忽然红了，偏偏不愿意把手抽开，道：“那么，从现在开始，我就算在工作了吗？”

扈三娘道：“当然。”

“那叫两个人进来。”

扈三娘拍了拍掌，门口马上出现两个青衣人。

小武指了指地上躺着的四个大汉道：“把这四个人抬下去，在他们伤好以前，所有的费用都从我的账上扣除。”

青衣人没动，眼睛却看向扈三娘。

扈三娘笑骂道：“还不快去？从今以后，他的命令就是我的命令。”

她回过头对小武说：“我越来越欣赏你了，懂得恩威并重，不计仇怨，这才是男人该有的气度。”

小武道："你错了，我不但记着这仇，而且还非常讨厌他们。但是我加入了飞花楼，这就是另外一件事情，跟我个人的怨恨没有关系。我并不懂得用什么手段，我只知道这样才是真正在办差事。"

一般人很难听懂这句话到底是什么意思，但是扈三娘不但听懂了，还非常满意。

她满意的时候就喜欢展颜而笑，一种说不出的风情流露在眉眼之间，她道："你酒量怎么样？我们一起喝杯酒去？"

扈三娘请喝的酒，一定非常不简单，小武当然懂得。

所以他的脸又红了。

二三

再一次相遇

傍晚，天色未全黑，已有灯火开始闪烁在黄昏里。

付唐独自一人在街边酒肆里喝着酒，酒入愁肠，却无法消怀。

又一天过去了，不过这一天好像跟昨天也并没有什么区别。

他没有想到将军居然会拒绝他，这种拒绝除了在信心上打击他以外，更让他清楚地知道，自己在短期内已不可能再有机会。他想在将军面前表现，某种程度上，反而让他失去了机会。

虽然他知道将军释放的是善意，也许在某一天，这种善意也能变成一种机会，在这种机会来临之前，他只能更加小心翼翼，更加谨慎。客栈外面监视他的哨岗都已经撤除，有几次他外出时候故意试探，想看看是否还有人在暗中观察他，结果却让他失望。

他这样的跟踪大师都没有发现的话，那就证明青阳帮确实把他当作朋友，给他一种漠视的自由，只是这种平静仿佛就像夏日的晴朗，谁都无法知道暗藏着什么样的风雨。

他变得比之前更苦恼，甚至开始后悔，或许他本不该如此自信，本就不该去见将军的，更不应该以为自己的计划能够轻易就达到目的。

他毕竟只是一个见不得光的刺客。

他忽然想起了天狼这个组织，不知道他们会用什么样的方法来刺杀将军。

不过那同样不容易，也许就是因为这样，所以他们才一直潜藏着、等待着，按兵不动。

只有足够耐心，才有资格收获越大的猎物。

这个时候，他忽然又见到了那个黑衣女子。

夜色下的灯光仿佛给她添加了一层淡黄色的光晕，使她美如天仙，但是她的眉目之间还有淡淡的忧郁，好像紧锁在远山之上的云雾，她一直穿着那身黑衣，却更衬得肌肤如雪、美人如玉。

她身边还是那个高大帅气的锦衣男子，一直赔着笑跟随在旁边，但是不管他怎么殷勤，这个女孩子都一直摇头，她的眼神冷漠得就像融化不了的冰雪。

他们俩从长长的街头一直走到路口停了下来，女子轻轻地把他推开，然后说了句什么，一个人转身低着头向前走去。她的背影看上去孱弱无比，步伐却走得很坚定。

年轻的锦衣男子恨恨地咬紧了牙根，跺了跺脚。像他这样年轻恣意、无比骄傲而且家境良好的人，接受拒绝本来就是一件并不容易的事情，让他忍耐更是无比痛苦。他站在原地想了想，脸上忽然浮现出了一道阴险的笑容。

这道笑容像在黑暗中掠过的乌鸦一样，一闪就消失了。

然后他看了看四周，发现并没有人注意到他，于是假装若无其事地跟女孩背道而行，一转身却绕进了旁边的小巷里面。

这一切都被付唐看在眼里，他站起身来，结完账，好像也慢悠悠地走了出去，但是一转头，人也已经没入小巷的黑暗之中。

天色已经完全黑了下来，城外当然更黑，只能凭黯淡的星光勉强辨明路径，毫无人迹。不过这一切都难不倒付唐，作为跟踪的大行家，在黑夜里，他变得就像一条灵敏的猎狗，辨识着每一个痕迹慢慢前进。

锦衣男子悄悄地跟随着秦足青，一直看她落寞地走出城外，走到无人的荒野中。他用手巾把脸蒙上，天色已黑，没有人再分辨得清他到底是谁。

他绕到秦足青前方的小路上，静静地潜伏下来。

女子满怀心思地往前走，根本没有在意旁边的情形。等她到了跟前的时候，一道黑影窜了出来，一拳砸向她的头部。惊慌之下，她下意识地举臂抵挡，刚要后退，这道黑影的扫堂腿已经把她踢倒，跟着扑上来，两三下就反剪住她的手，撕了一块衣服绑了起来，顺便把她的嘴巴堵住了。

事情显然顺利得有点让他吃惊，所以他坐下来休息了一会儿，黯淡的光线中，色眯眯地打量着这个女孩子，却一句话也不说。

女子呜咽着扭动着身子，不停地挣扎着。

男子没有说话，用手在她胸口淫秽地摸了一把。

女子更加剧烈地挣扎着，她嘴里吐着含糊不清的字，这次男子隐约听出了“将军”的字眼。

听到这个名字，他的手停顿了一下，然后继续往下摸。

女子不停地躲避，身形扭曲，但是这反而激起了男子的兴趣，他虽然像个哑巴一样一句话不说，但是挑逗却开始变得有节奏起来。

忽然黑暗中一个男子的声音道：“放开她！”

这个声音很沉稳，很坚定。

锦衣男子一惊跳开，看到付唐已经悄无声息地站在他面前，他虽然看不太清楚这张脸，但是却看得见他锐利的眼神，就像寒夜的冷星。

男子从怀里掏出一块令牌，在付唐面前晃了晃，即便在黑夜中，令牌也泛出金色的光芒。

这是一块青阳帮的至尊令。

能拥有这样令牌的人，不但在青阳帮里身份尊崇，而且足以号令各个堂口的人员。江湖中人只要看到这样的令牌，就像见到将军本人一样。

只是可惜付唐什么都不懂，他的眼神还是这么锐利地盯着男子。

锦衣男子不得不压低着声音说道：“朋友，不要多管闲事。否则你会后悔的。”

他一开口，女孩子忽然就停止了挣扎，她已经听出来这个男子到底是谁了。

回答他的是一记拳头，又重又猛。

男子甚至没有感觉到拳头过来，等他醒悟的时候，不但两颗门牙已被打飞，而且身子一个踉跄，摔倒在几丈远的草地上。恐惧已经让他忘了疼痛，他迅速爬了起来，连滚带爬地消失在黑暗里。

他并不笨，这一拳足以让他明白，自己和这个陌生的年轻人之间的武功差距实在太大。

付唐没有追，而是走过去解开女子的衣结，取出堵在嘴里的布团。他本以为她会认出他，记得那个在细雨绵绵的黑夜，她曾经像闪电一样照亮他。过了一会儿，他才意识到原来是自己自作多情。

女子虽然一句话没有说，低着头，目光却是说不出的悲伤、呆滞，陷入沉思。

付唐不知道说什么，只是静静地站在她身边，过了一会儿，他说：“人活着，就得经历痛苦、折磨、绝望和悲伤，有时候我们活着，不能让希望更美好，反而让绝望变得更加残酷。”

“可是如果你真的很伤心，就不妨问问自己，你到底是谁？你爱过吗？这个世界上，如果有人爱你胜过自己，为你奋不顾身地牺牲过的话，他一定希望你更好地活下去。”

这些正是女子之前告诉他的话。每一个人站在别人的经历之外，总是好像能把他人的未来看得更清楚，只是每个人永远都无法去体会他人内心世界真正绝望的黑暗。

这种黑暗比乌云遮住天空更让人绝望，也比腐朽的积水没过头顶更让人觉得窒息。

女子终于忍不住轻声地哭泣起来。

她经历了家破人亡的惨剧，也一度成为江湖里的浮萍，漂来躲去，之前她以为对人性已经足够了解，世间还有公道正义，但是现在，希望又一次破灭了。

刚刚经历的侮辱好像暴风雨，轻而易举地熄灭了最后一点希望的火焰。

她实在不知道自己到底应该怎么做，只是感觉到迷惘、悲痛、绝望。

二四

这就是爱情

等她停止哭泣的时候，那个男子已经不知道走了多久。她忽然莫名地多了一些感激，因为她知道他的心意，这个时候让她一个人静一会儿，要远比和一个陌生男子待在一起好。

她站起身来，漫无目的地往前走，不知道走了多久，她来到了那晚付唐发呆的悬崖上。

她静静地走到悬崖边，黯淡的星光照亮了她苍白的脸。黑暗在悬崖下面，像一只张开巨口的怪兽，冷漠而无情，河水在下面永无止息地往前奔腾，好像能把一切忧伤带走，奔向未知。

这个时候，那个男子忽然从后面的小树丛中绕出来，问道：“你想死？”

他的眼睛比星星还要明亮，又那么锐利，仿佛一眼看到她的心底。

他居然一直跟随着她。

女子下意识地点了点头。

付唐道：“死当然是一件比活下去更容易的事情，活着本就辛苦，让人厌倦，死倒能给人一个痛快。”

“可你既然有勇气去死，为什么没有勇气活着？”

女子没有说话，只是冷冷地看了付唐一眼。

这一眼包含着太多的冷漠、悲哀、绝望。

付唐忽然惊觉，这个女子并不是在犹豫，而是已经无心再做选择。

不愿选择其实往往是最悲哀的。

付唐内心掠过深深的慌乱和恐惧，他意识到，不管他怎么说、怎么做，都无法拯救一颗即将死去的心。

人生中有些感觉，本来就会在某个特定的时候，不可抑制地产生、泛滥。

也许有那么一丝征兆，但是却无力抗拒，就好像无力面对命运一样。

他甚至不知道为什么自己会有这样的感觉，为什么这种感觉要牢牢地揪住他的心，不肯松开。

他暗暗地吐出一口气，轻声道："若是关心你的人知道了，一定痛不欲生，就算你不为自己考虑，总该为他们多想想。"

女子凄然一笑，摇了摇头，忽然纵身一跃，就从悬崖上跳了下去。

不管付唐的武功有多高，动作有多快、多迅速，都已经来不及拉扯住她的衣角。

在这电光火石之间，付唐权衡了无数想法，但是所有的想法都抵不过一种心意。

从她第一次对他说话的时候，他就莫名地想要为了她而去见她。

不是因为她有多美丽、有多特别，而是因为在第一眼见到的时候，他就怦然心动了。

好像美酒入喉，好像宝剑归鞘，好像在黑暗中摸索着的两个盲人，在不经意的相遇中，手和手忽然碰到一起。

或许这终究只是一场宿命的误会。

他仿佛在心里轻轻地叹了一口气，却又充满着说不尽的释怀和坦然。

他跟着纵身跃进了无边无际的黑暗中。

•
•
•

女子不知过了多久才醒来，天色已经开始发亮，显然一整夜都快要过去。

她虽然躺在火堆旁边，衣裳却还是湿透的，甚至连鞋袜都还是湿的，还过依然安整完好。

付唐抱膝坐在火堆的另一边，盯着火光，不知道在想些什么。

他听到动静，抬起头来看着她，微微一笑，说道："你醒了？"

接着又自嘲地笑笑："我们运气不错，居然没有在河流里撞到礁石，也没有失散沉下去。看来老天也不愿让我们死。从某个意义上来说，我们都已经算死过一次了。"

女子沉默着。

付唐又道："这荒山野岭里实在找不到别人，所以我不知道怎么帮你换衣服，只能让它一直湿着。若是感觉太不舒服，我们就马上回城里去。"

女子抬起头，眼神冰冷如霜，道："我想死，那是我的自由。你为什么也要跟着跳下来？"

这本来就是个很难回答的问题，特别是当她盯着他的时候，就更显得冷漠、无情。

付唐的笑容消失了，道："我也不知道。不过我知道，若是不跟着去救你，我一定会后悔一辈子。"

女子冷冷地打断他道："你的后悔对我没有任何意义。"

付唐低下头道："我也知道。"

女子道："你若有什么想要说的，就尽快说，说完之后就请尽快离开，莫再要纠缠我。"

付唐沉默了一会儿，慢慢说道："因为我喜欢你。"

他说这句话很平淡、很自然，却慎重得像是经过了无数次的百转千回，眼神清澈得像个孩子。这一刻，无论是谁，都会相信这个男人说的话是真的。

付唐继续道："所以我不会允许我喜欢的人遭受伤害，除非我也死了。"

这句话他同样说得很真诚。

女子没有说话，嘴角扬起一丝冷笑，仿佛在说这种话对她而言也毫无意义。

她翻身坐了起来，眼神还是有些冰冷，尽管她发现这个男人不但真诚，而且还非常沉稳。

沉稳不是指他说话经过深思熟虑，而是他说过的话就一定会去做。

付唐又道："我的确不知道的太多，不知道你的名字，不知道你的身世，也不知道你来自哪里，甚至像我这样的人会喜欢上你，都是件很荒谬的事情。但是那有什么要紧？那些都已经过去了。人只要死过一次，就不应该在乎过去发生的事情，只应该在乎以后发生的事情。在这个世界上，往往经历一个挫折后，再发生的事情就会变得可以让人接受，甚至让人欣喜。"

他说这么多，当然是想解释，想宽慰，想让她放下心来。

女子没有说话，忽然站起身来就往外走，如果他不愿意离开，那么她就自己离开。

付唐没有动，却道："你若是再从悬崖上跳一次，我一定会陪你再跳一次。一直到我们都死了为止。”

这句话他一样说得很沉稳。

女子的身形顿了顿，还是迈开了脚步。

但是她没走多远，就听到一阵低低的哭泣声。

这个男人居然像个孩子一样哭起来，虽然哭泣的声音很低沉，却仿佛带着一种压抑不住的痛苦和委屈。

他为什么要哭？

难道只是因为他的劝慰毫无效果？

还是因为她的冷漠和决绝？

女子忽然好像有点明白了，这个男人虽然看上去好像很沉稳、很冷静，却也会有失落，也会有抑制不了的情绪，也会有突然崩溃的时候。

她停了下来，静静地站着，眼神慢慢变得柔和起来，终于转过身，回到付唐的身边。

她问道：“你为什么哭？”

付唐捂着脸，抽泣着道：“我也不知道。”

他的确不知道为什么自己会突然哭泣，为什么会突然控制不住自己。

他本来以为自己只会流血，不会流泪。

他本来以为自己的心就是一把剑，和剑一样冷，也和剑一样利，可以轻易斩断情丝愁绪。

他呜咽着道：“一个人若是没有痛彻心扉的往事，没有承受过苦难，简直就不配活着。”

他的确也有太多的痛苦，太多的厌倦，太多的悲伤，就像他的剑一样，只是静静地等待某个时刻磨钝、折断，然后像琉璃一样碎裂。

谁都看得出他说这样的话，内心一定充满了折磨，充满了痛苦。

每个人的过去岂非都有过黑暗？

女子道：“你若要哭，总该回家去哭。”

“我没有家，因为我是个大人。”

大人就意味着已经不能再像孩子一样任性、骄纵。

大人也代表着要承受更多的痛苦，埋下更多的辛酸。

大人活着总是要比孩子更累一些的。

女子也已经是个大人了，想到这里，她忽然心生怜惜，内心的坚硬悄然融化，她柔声道：“你的过去一定也很苦，而且更不能对别人说。”

能对别人袒露的往往都不是心事，而是心情。

付唐抬起头，脸上泪水纵横，他道：“我的过去的确很痛苦、很黑暗，有很多非人的经历，可是连我都不愿意死，你为什么还要去死？”

“我不会再寻死，你莫要想多了，我只是忽然想回家而已。”女子轻声道。

“真的？”

女子点点头，道：“真的，想回家的人都不会再做傻事了。”

付唐居然也像个孩子一样破涕为笑。女子看得出，他虽然误会了她，但这个误会对他来说却是那么美丽。

“我叫秦足青。”

“我叫付唐。”

“秦足青……”付唐跟着喃喃地重复了一句。

他的语气好像要把这个名字小心翼翼地捧着，珍藏进心里。

他把她捧进了心里的时候，不管她叫什么名字，都已经不再重要。

付唐脸色忽然又变得有些阴郁，道：“你要回家，可是我不能跟你回去，我又怎知你会不会再寻短见？”

秦足青用手拂去滑落在脸上的青丝，她忽然觉得这个男人还是很可爱的，于是嫣然道：“如果此刻有酒的话，你我不妨喝上几杯。我想晚点再回去。”

能想着喝酒的人，当然不会再寻死。

付唐眨了眨眼，道：“不过在那之前，我们一定还要做一件事情。”

秦足青奇道：“什么事情？”

“挖一个坑，我们把不开心的事情都埋起来，只有把过去埋起来了，人们才相信会有将来。”

用树枝挖的坑当然不会太大，不过用来埋葬过去的坑本来就不需要太大。

秋天的泥土并不坚硬，挖了没多久，秦足青的树枝忽然碰到一件硬物，仿佛是个坛子。付唐已经欢呼起来。

果然是个坛子，而且是个酒坛，里面居然是满满的一坛酒。

秦足青眼角瞟着付唐，终于展颜笑了起来，她的笑容就像花朵一样绽开。

她已经明白了是怎么回事。

但是这坛酒是什么时候埋进土里的？

不过那已经不再重要，就好像名字已经变得不再重要一样。

谁说酒入愁肠愁更愁？

这酒虽然不是美酒，却醇厚过世上最好的佳酿；人非伴侣，却已温柔过这清晨的凉风。

不一会儿，付唐竟然就已经喝醉，头依靠在秦足青的膝边沉沉睡去。

这是他第一次喝醉，原来喝醉并不是因为酒量会有多差，而是心态有多放松。

他的嘴角微微挂着一丝笑容，安详得好像孩子一样，没有任何欲望，略微长出的胡须，显示之前的生活过得随意。他穿着青布袖衫，脚上还是双圆口布鞋，平凡得就像街口的路人。但是他的眉毛微微上扬，显示他的沉郁，脸颊瘦削，显示他的坚毅。秦足青忽然发现，如果仔细看的话，每一个男人都有独特的帅，就好像每一个女人都有独特的美一样。

是不是因为每个人都有自己的过去，所以才刻画出不一样的美丽？

她抱着付唐，脸颊贴紧了他的脸颊。心忽然开始变得很柔软、很脆弱，但是也很温暖。

她也悄悄地流下了泪，泪珠滴落在醉倒的男子脸上，好像经过黑夜才凝聚的清晨露珠。

但是这晶莹的泪珠却不是因为悲伤，而是因为欢喜。

她从来也没有想过自己会流泪，而且会因为满心欢喜而流泪。

风景忽然醉美如画。

二五

杯酒释前疑

“过去既已埋葬，那就永不再提。”

“不管昨天多么地黑暗，我们都应该开始学会拥抱第二天的光明。”

付唐坐在小酒馆里痴痴地回味着，心被烫热的酒一点点地温暖起来。

他现在只恨为什么不能与秦足青天天相见。每一天，相思的愁绪都像春天的青草一样，让他感觉到无所适从。

他安慰自己说，或许这并不是一件坏事，命运也在给他一个可以懒惰的理由，在这段时间不要想得太多，想得太多通常都比较容易烦恼，这段时间他更应该放松自己，放松自己才能对任务有更大的把握。

他甚至盼望着天狼可以在他行动之前抢先成功，这样他就有足够的借口来逃避了，他对成功的奖励并不在意，仇宿也深知这一点，所以从不用贪婪来刺激他的欲望。

他现在唯一的贪念，就是自由。

正当他胡思乱想的时候，路口走过来了两个人，付唐脸色又变得冷峻起来。

一个人雄壮威武，器宇轩昂，就像一只猛虎，他经过的地方别人都不敢靠近；另一个人锦衣华服，高大帅气，趋步跟在猛虎的后面。

他们来到了付唐的跟前。

付唐站了起来，他认识身穿锦衣之人，正是那天晚上被他一拳打碎鼻梁的男子。此人现在脸上缠着纱布，眼中怨恨的目光就像一把出鞘的剑，恨不得可以杀死付唐。

“就是他！”锦衣男子指着付唐恶狠狠地道。

蒋承武问道：“你打了他？”

付唐点点头，慢慢道：“不错。”

他已经看出来者不善。

“这是我的弟弟蒋承龙，”蒋承武说话一向很直接，“他打不过你，那是他没有本事，是他活该。但是他亮了至尊令，你还要打他，那就是你看不起青阳帮！”

付唐这才知道那晚男子亮出的令牌就是至尊令，更令他惊奇的是，锦衣男子居然是将军的儿子。

难怪他这么光鲜，这么骄傲，这么盛气凌人。

付唐唯有苦笑。

“既然你看不起青阳帮，我就要揍你，你服，还是不服?”蒋承武的话音未落，他的拳头已经挥了过来。

拳劲不快，但却平平稳稳，因为蒋承武根本就看不上这个平凡而普通的年轻人。

他只用了三分力，所以付唐轻易地就躲开了。

锦衣男子叫嚣道：“哥，你要打断他的鼻子，帮我报仇。”

蒋承武又是一拳砸了过来，这一拳虎虎生风，沉而猛，他已经用上了五分力。

付唐只有再躲。

蒋承武的拳头已经越来越快，也越来越猛，拳影重重，就像大山一般压迫过来。

付唐一直手按剑把，却不敢拔剑，因为无论是谁，想要跟蒋承武动手，胜负姑且不论，后果都很严重。

他也实在不想出这样的风头。

他已经退到了墙角，终于决定跃墙逃开。躲开这个杀神一样凶恶的男人，也许才是最好的办法。

“住手!”

忽然一声大喝，声音由远及近，话音刚落，人已经从街口奔到了面前。

来人不但轻功很好，暗器也很好。

听到这个声音，蒋承武的果然收住拳头，停了下来，因为他听得出这个声音是谁的。

来的人是柳随风。

柳随风板着脸，看了看情形，目光停留在蒋承龙的脸上，他已经明白了怎么回事。

“这个人是将军的朋友。”这是他说的第一句话。

能做将军朋友的人，当然不会看不起青阳帮，也不会侮辱青阳帮。

他的第二句话是：“在动手之前，你问清楚原因了吗？什么事情值得你如此粗暴地对待朋友？”

他问的是蒋承武。

“没有。”蒋承武挠挠头，他忽然感觉到自己的冒失。

蒋承龙本就是花花公子品行，蒋承武知道的并不比外人少，甚至还比外人要多，等他回头想去问自己弟弟的时候，才发现蒋承龙已经悄悄地躲到了远处。

看见柳随风，蒋承龙就像做了坏事的孩子见到了长辈，当然是逃得越远越好。

蒋承武已经意识到自己的鲁莽，他粗犷的脸上露出歉疚的笑容，对付唐抱拳，道：“幸好我没有打着你，否则我只有让你打回我了。”

“对不起！将军的朋友就是我们大家的朋友，下次我一定喝十八坛酒跟你道歉，但是今天我先欠着你，我要去找我弟弟问清楚，所以我得先走。”

蒋承武答应要喝十八坛酒，就一定不会只喝十七坛。他的话很利落，走得也很快，说完沿着蒋承龙逃开的方向追了过去。

这个男人不但简单干脆，甚至直爽得有些可爱。

付唐又只有苦笑。

柳随风看了看他，关切地问道："崔兄没事吧？"

"还好。"付唐答道。

柳随风笑了笑："承武就是这脾气，希望崔兄莫要往心里去，不如去我的家中小酌几杯？"

付唐想了想，道："好！"

能接触到柳随风，也当然就能了解青阳帮和将军更多一些，这本就是个不错的机会。

•
•
•

柳随风住在青阳城，却并没有住在青阳帮内。

他已经是青阳帮的核心人物，居住的地方却普普通通，只有一座三进的院子，外院是用人住的地方，说是用人，其实也只是一个马夫。

柳随风养了三匹万中无一的良马。马需要人照料，但他本身并不爱马。养马是因为哪里需要应急的话，他可以用最快的速度赶到。虽然近几年青阳帮已经甚少大事发生，但是将军的训令他一直不敢忘记。

"能做准备的时候，就不妨把准备的工作做得更细致些，越是空闲的时候，就越要让自己变得忙碌些，未雨绸缪，才能有备无患。”

院子干净、整洁、简朴，就像柳随风本人一样，讨厌繁琐、无用、做作，东西不多，却极有条理，物品都摆放得井井有条，以便让使用的人可以随时找到。

能把缜密习惯带入到生活里各个细节的人，当然都很低调，都很务实，也非常有计划性。

付唐又感觉到柳随风远远比自己想象中的还要优秀。

内院开门的是个清丽女子，从开门那一刻开始，付唐就知道他们极其恩爱。

女子的眼神看到柳随风以后，就再没有离开过他。

她娇嗔地白了一眼柳随风，道：“今天是什么日子，怎么会有朋友登门？”

柳随风笑道：“能结交朋友的日子都是好日子，这位是崔氏的才俊。”他转头对付唐介绍道：“这是内人张秀。”

张秀低头微微施礼。

柳随风柔声对她道：“今天我来下厨，你好好休息一下。”

能下厨的男人通常都对女人比较温柔，张秀又低头抿嘴微微一笑，露出娇羞的风情，却并不避讳在外人面前显露夫妻之间的亲近。

无论是谁，能有柳随风这样优秀的丈夫都是一件值得骄傲的事情。

菜只有四样，凉瓜牛肉、葱烧豆腐、凉拌秋芹以及番茄蛋花汤，但是每一样红绿分明，都极精致，桌上还摆着两盅酒。

柳随风举起杯，笑道：“居家小菜，原本不适合佐酒，不过所幸酒还不错。”

付唐和他举杯一起饮尽，道：“我没想到柳兄除了武功高强之外，厨艺也不错。”

柳随风道：“我一直认为，一个男人如果连下厨这件事情都干不好的话，不但不像个真正的男人，而且做其他事情也一样做不好，做大事本就如烹小鲜。”

付唐道：“有道理。”

柳随风又跟他喝了一杯，笑道：“世间的道理本就触类旁通，就好像拳法和剑意一样，其实都是武功的一种，只不过人们通常喜欢招式的花哨，并不喜欢练习的勤苦。”

他随即话锋一转，道：“你一定很奇怪，将军为什么拒绝了你加入青阳帮的请求。”

付唐道：“我确实想不明白。”

柳随风道：“那你对青阳帮又了解多少呢？”

付唐想了想，很诚恳地回答：“除了名声和实力之外，好像的确了解得不多。”

柳随风感慨道：“青阳帮以仁义创帮，所谓仁义，即己所不欲勿施于人，己所能行力行于人。立这样宗旨的人也好，帮派也好，其实都过得很苦很累，往往都是付出的多，得到的少。我就见过有不少得到青阳帮恩惠的人，后来再无消息。所以仁义二字虽然简单，对不同的人却应该有不同的标准。”

付唐点头道：“忘恩负义本就是人性的一部分，这点我懂。”

柳随风道："所以加入青阳帮说不定并不是一件值得庆幸的事情，就好像你不喜欢剑法，你还可以选择暗器；不喜欢暗器，你可以选择轻功，或者干脆什么都不用选择，安逸到老也很不错。但是如果你选择了，就一定要走下去，义无反顾，不能回头。"

付唐慢慢点头道："我也懂这个道理，所以做出了我的决定。"他听得出柳随风的宽解之意，"我本就是来青阳城讨个前程的，就像我练剑一定要练好一样。"

他已经猜测到柳随风邀请他的目的，显然是想化解他不能加入青阳帮的困惑，但作为剑法这么好的一个年轻人，当然不能轻易地放弃自己的决定，特别是在他的决定不被重视的情况下。

柳随风笑笑，道："你做了有助于青阳帮的事情，做法又很仁义、聪明，本来青阳帮确实不应该拒绝你，可是你却做错了一件事情。"

付唐问："什么事情？"

他又想了一遍事情的经过，觉得自己并没有什么缺漏的地方。

柳随风道："你不应该在将军面前跪下。"

付唐略一沉思，还是不明白，问："哦，为什么？"

柳随风道："这本来就是青阳帮一个很奇怪的规矩，所以江湖中知道的人一直不多。"

他示意付唐举杯，一边继续说道："将军认为，男儿膝下有黄金。对男人来说，尊严应该是最重要的气节，除了父母恩长之外，实在没有任何必要跪在其他人面前。若是一个男人连气节都无法坚持，就很难想象他还能坚持什么。这个江湖虽然总是需要人屈服，却一定要有自己的底线。”

付唐细细地品着这番话，不由哂然道：“不过这个理由看上去也很刻意，也并不符合规矩。”

下跪行礼本就是武林中通行的尊卑秩序和江湖规矩，更何况他那时已经决定拜在青阳帮门下。

他沉吟着道：“难道说，青阳帮需要绝对忠诚、绝对听话的人喽？”

柳随风笑笑，道：“青阳帮确实需要人才，却不需要奴才。人才跟奴才有一点不一样，人才总是能在组织的空间里保持自己的想法，也会经常聆听自己的声音，不忘自己的方向。”

付唐沉默着。

柳随风便问：“崔兄是否还有困惑？”

“是。”

“为什么呢？”

付唐道：“不管是成功的人，还是成功的帮派，都喜欢站在道德或者人性的高度来鼓励后来者，却往往不知道未成功者的辛酸和苦累。道理不管放在哪个年纪、哪个位置都是一样的，却往往只会蒙蔽盲从道理的傻子。”

柳随风哈哈大笑，连眼泪都要笑出来了，他用手抹抹眼睛，仿佛在重新审视付唐，说道：“崔兄果然还很年轻，还是个妙人。”

付唐只是静静地看着他，静静地喝了一杯酒。

柳随风止住笑，又一次看了看付唐，道：“每一个人、每一个帮派都会有自己的秘密，不到一定时候，并不用对别人说，崔兄说对不对？”

付唐点了点头，道：“当然如此！”

柳随风悠然道：“所以保持对秘密的尊重，也是一种对朋友的尊重，就好像我知道崔兄不一定姓崔，不一定来自陇甘，也并不一定就是向松子的弟子。”

付唐听到这里的时候，内心大惊，但是他的手还是很稳，他放下酒杯，手好像很自然地搭在桌子上，却距离他的剑只有半尺之遥。

“哦？为什么这么说？”他平静了一下，反问道。

柳随风没有说话，但是目光却转向他的剑。

很普通的青钢剑，很普通的皮革剑鞘。

柳随风道：“向松子是西北三大剑客之一，陇西崔氏也是五大高族之一，你的剑法本来就不差，单独来看，当然毫无问题，可是当它们都在一起的时候，却充满了疑问。”

付唐不傻，柳随风一说，他就已经明白了。

向松子的徒弟当然不会用一把五两银子就能买回来的剑，因为名师高徒的剑法练到一种程度，就会把剑当作自己的手，当作自己的生命。

崔氏的子弟家教良好，作风严谨，当然也不会用一把普通的剑。

而这把剑只是在普通铁匠铺里就能买到的兵器，买剑的人要么太随意，要么就太深思熟虑，而这些却绝不会是一个前程远大的年轻人应该做的事情。

付唐想明白这点，忽然觉得冷汗涔涔，他这才明白为什么将军一直盯着他的剑看。

他早就知道崔向阳的身份不一定是真实的，却一直没有说破。

他在这一刻动过千百个念头，脸上却平静地笑笑，问道："你们既然知道，为什么不说明白？"

柳随风道："因为朋友是拿来尊重的，每个人都难免有一些不可外道的辛苦和困难，也有一些不想被别人知道的秘密。既然是不愿意说给别人听的心思，就一定有自己的理由。"

付唐又沉默了，他内心忽然涌起一丝感动。

"其实我更应该恭喜崔兄的。"

"恭喜？"

"你知道江南还有其他六大帮派——金枪帮、猛龙帮、玲珑帮、锦华门、名剑堂和朝凤门吧？这些帮派的帮主都有一个共同点：他们都是将军的朋友，却从来没有加入过青阳帮，现在他们每个帮派都很成功，成就都很了不起。"

"朋友？"

"不错，朋友这两个字，有时候实在太重，重于性命；有时候又实在太轻，轻得毫无意义。江南其余六大帮派在创立初期，都或多或少得到过将军的帮助，有些帮派甚至还是依托青阳帮的力量才创建起来的。"

"哦？"

"假如青阳帮想要一统江南，早在十年前就可以实现。但这个结果并不是将军想要的，在他看来，一个大的帮派当然有利于令行禁止，却同样禁锢人才的发展。我们当下这个时代，战争已经过去，和平已经来到，所以，能够和不同的朋友一起前进，听到不同的声音，百舸争流自然要比一枝独秀更好，万紫千红才是真正的春天，这也是时代的趋势。”

付唐明白了些，能看到时代潮流的人，能够和声起舞的人，能够宽容、和诸多朋友并肩前行的人，才是一个具有大智慧的人，这种人并无意争执一朝一夕、一城一池、一人一事。

所以将军的拒绝又好像那么符合情理，拒绝是一种自由，也是给人一种想象和成长的空间。

所以他以为隐藏起来的秘密，在将军眼里也许就根本算不了什么，他把自己看得太重，其实只不过自视过高。

想到这里，付唐忽然有些释怀，从这个角度来看，身份并不是什么大问题，无需在细节上往复计较。

“今天既然将军能让我们都成为朋友，那么他对你的期望想必不会太低。”

柳随风举杯独饮，又道：“有些人适合像鹦鹉一样关在笼子里等着宠养，有些人却适合像山鹰一样放任自由。所以将军对朋友的期望，除了能力、身份之外，更希望他们能有心胸、器量、格局，这一点却是很多下属不能做到的地方。”

这一点也是真正的男人所必须具备的条件。

朋友是一条很长很长的路，也像一杯要酝酿很久很久的酒。

付唐已经完全明白了。

他举起杯，满饮一杯，道："敬将军！"

无论从哪个角度来看，他好像确实有必要敬一杯。

柳随风又道："崔兄虽然从西边来，却也一定听说过满天星。"

付唐有些动容道："'一闪一闪亮晶晶，宁见阎王不沾星'的满天星？"

"满天星行事狠辣，作风凌厉果决，就像一只盘卧在江北的猛虎。我不日就要去见见它，摸摸它的屁股。"

"这很危险。"

柳随风点了点头，道："这确实是我加入青阳帮以来最危险的一次任务，但也是将军亲自安排的任务。"

能让将军亲自安排的任务，越不简单，表明将军越信任执行任务的人，也证明了加入青阳帮会很不安稳、很危险。

柳随风举杯道："在青阳帮中，能力越强的人，当然就要承担更大的风险和责任，你会发现，能成为一个肩负这样风险和责任的男人，总是一件值得骄傲和自豪的事情。"

他的脸上已经露出微微得意之色，但是整个人看上去却更风度翩翩，不拘小节。

他接着又道："所以我只是想告诉你，没有加入青阳帮不见得是件坏事情，何况青阳帮的大门也并没有对你关闭。路总是要依靠自己才能走出来的，若是一个人足够坚定的话，就一定会有出头的时候。"

付唐微笑，道："世界上能相信的话并不多，但是像柳兄这样的朋友的话却一定要信。"

柳随风哈哈大笑，道：“二十年口子窖陈酿美酒都无法动摇的人，也一定是值得深交的朋友。”

两大盅酒都已见底。两人都神色不动，握杯的手都很稳定，似乎毫无醉意。

付唐却已对柳随风心生好感，像他这么一个潇洒聪明、细心体贴、酒量又好的人，的确很容易交到朋友，很容易让人打消顾虑，心折而向往。

柳随风又取出两盅酒，一边倒上一边道：“不过在我前往江北之前，还有件事要和崔兄一起去做。”

“什么事情？”

“我明天想带你去青阳帮总部，一起看看青阳符，说不定你能从里面得到不一样的机遇。”

“它到底有什么秘密？”

柳随风摇摇头，道：“没有人知道。传说先朝君主将倾国财富赐给弟弟青阳王，青阳王又将秘密藏在青羊玉符里，除了财富之外，更有天下第一名剑越王剑。”

“越王剑？”付唐眼光闪动。

他忽然想到将军身上的天衣，那件不平凡的内甲，一定需要极锋锐的剑才能刺进去。

柳随风问道：“崔兄莫非也对天下第一名剑感兴趣？”

付唐摇了摇头，说道：“并不感兴趣，说老实话，就像我对青阳王的财富一样不感兴趣。”

他确实是个对财富不太热衷的人。

柳随风露出一丝戏谑的笑容，道："青阳王的财富足够让你把整个武林中的高手都买下来，也足以让你一步登天。贫穷容易限制你的想象力，富有却容易放纵你的欲望，做人本就不那么容易。"

付唐笑笑，忽然伸出了自己的手，这双手不但宽大、指尖修长，而且关节处隐约结着青茧。

"我只相信这双手能抓住的东西。"

若是这双手抓不住的东西，不但会溜走，还很沉重。

柳随风当然懂得他的意思，却叹了一口气，道："可是你却忘了一个道理。"

"是什么？"

"运气。"

"运气？"

"不错，一个人再怎么努力，也无法和青阳王一样有这么好的出身。他不用奋斗，却已经有数不尽的财富；不用苦练武功，却有天下最有名的高手保护他；他甚至可以不用相信自己，却一样可以走到别人一辈子都走不到的高度上，这种运气实在是比努力重要多了。"

付唐若有所思地点了点头，道："明日上午我们一起去看看青羊符。"

柳随风哈哈大笑，再和付唐举杯对饮。

有些人能否成为好友，就好像酒是否对味一样。

柳随风无疑是个很好的朋友，付唐已经懂得他的心意，也感受到他的关怀。

酒已尽，羹已残，付唐便告辞。

柳随风刚刚把门关好，走进房间，胸口就扑进一个人。

张秀紧紧地抱住他，说道："我看到了你们说的话。"

她这个词用得很奇怪，偏偏柳随风却听懂了，他温柔地抚摸着妻子的长发，说道："我倒是忘记了，我的妻子本事可大呢！居然懂得唇语。"

张秀扭动着身子呜咽道："这次去见满天星，真的那么危险吗？"

柳随风柔声道："当然不是，我是故意吓唬那个年轻人的。"

张秀抬起头："真的？你可千万要照顾好自己，平安回来。"

柳随风看着她，目光充满疼爱，伸手刮了刮她的鼻子，说道："你可不能小瞧了你的夫君，也不能小瞧了自己，堂堂乾坤门的千金大小姐可不能总是哭鼻子。"

张秀嘤咛一声，把头埋进柳随风的怀里，破涕为笑，说道："我们成婚才一年，好日子还长着呢！"

"不错，我们成婚才刚刚一年，我当然要把这好日子一直过下去，直到我们老了，直到我们都走不动！"

他的声音还是那么甜蜜，动作还是那么温柔，但是如果有人看到他的脸，一定会非常诧异，因为他的目光如水，脸色平静，就好像戴着一副面具，毫无表情。

没有人知道他究竟在想什么。

二六

朋友的道义

小七抽中了观摩青羊符的机会，这种幸运不免让他动了心思。

运气特别好的时候，想法难免要多些，想要抓住幸运的心情难免迫切一些。

他想把青羊符偷出来。

就算他不能揣摩出青羊符的秘密，只要把它转手出去，也能赚一大笔银子。

他现在太需要银子了，没有钱的话，他甚至连飞花楼的大门口都进不去。

只要有了银子，就会有办法把千千从飞花楼里带走。

他最近跟小姑娘见面的机会越来越少。

越是这样，相思就越来越痛苦。

忍受这样的痛苦，有时候比死还要难受。

他并不打算依靠朋友，如果做一件事情只是为了自己利益的话，那么不管危险有多大，成功的机会有多渺茫，都不应该把朋友牵扯进来。

这是他的个性。

进青阳帮总部的时候，他已经把地形观察好，门岗和巡哨有多少都记在心里，一起进去的二十九个人来自五湖四海，无疑是很好的掩护。

他武功并不差，计划也不差，还特意准备了一大包的胡椒粉。

三十个人鱼贯进入青阳帮总部大堂，隔着三尺长的围绳观摩青羊符。

青羊符被放置在一块锦绒布上，光是看外形和材质，每个人都知道它价值不菲。但是隐藏的秘密到底在哪里，每个人却都说不出，彼此的争论声开始大了起来。

大堂四个角站着的四个守卫已经开始倦怠，他们几乎每天都能见到这样的场面。

小七偷偷地把胡椒粉拿了出来，趁所有人不注意的时候，突然向上扬起。粉尘弥漫大堂的时候，众人陷入恐慌之中，咳嗽和骂声一片，小七趁这时越过围绳，把青羊符抢在手中，放入怀里。

他往外冲的时候，有一个人向他扑过来，双拳齐出，直砸胸口，拳势凶猛，准确得像长了眼睛。小七微微一伏身，右腿已经将他扫倒在地。

外面还有十二个持刀守卫，只要冲过这十二个守卫，翻上围墙，后面就是小巷，绕着墙根左手边五十丈远的地方，就是青阳镇最繁华的大街，只要走到大街上，就像鱼儿潜入了大海。

可是当小七冲到大门口的时候，他的心凉了一片。外面的守卫已经不止十二个，而是密密麻麻的一片，连围墙上都骑满了手持弓弩的人。

别说一个人，就算一只老鼠也没有办法冲出去。

混乱发生的时候，守卫第一时间不是冲进来，而是在外面布好阵，因为不管是谁，只能从这唯一的大门口冲出去。

只要门口守住了，就像瓮口盖上了盖子。

青阳帮无疑是个组织严密、反应非常准确迅速的帮派，小七这才知道他想得有多天真，他的计划有多幼稚。

他一愣神的时候，后面两道暗风袭来，击中他的腰部和腿部，令他顿时全身瘫软，从后面赶上来的守卫随即从他怀里掏出青羊符，然后抽出绳索，将他捆绑起来。

现在，小七的心已经凉透，无论是谁，只要做出了这样的事情，绝不会有好下场。

他的脸上已经露出认命的苦笑，低下头去。

•
•
•

柳随风和付唐走进大门的时候，就已经看到了小七被五花大绑地押在厅堂中央。

今天正好是他们约定来青阳帮的时间，只不过没想到会这么的巧。

付唐更没有想到会在这种场合下看到小七，青阳城人口不知凡儿，武林人士亦如过江之鲫，但只有小七敢打青羊符的主意。

动这种心思的人，实在不知该说他笨得无可救药，还是穷得走投无路。

付唐整个人都已经僵住，目光变得极不自然。

他无法否认小七是他的朋友，却又极不想承认。

柳随风进门就忍不住拍掌笑道："年轻人胆子可真大，已经很多年没有人敢在青阳帮头上动土了。"

他好像很自在、很悠闲，因为在青阳城做这样的事情本就非常可笑，可笑得就像个孩子拿着一把短刀在军队面前示威。

小七抬起头冷笑道："不错，土虽然动过了，可惜却没有挖出金子来。要杀要剐，尽快动手，我绝不后悔。"

他看到了付唐，目光微微一怔。

他也没想到这个时候能遇见付唐。

柳随风瞟了一眼付唐，小七的眼神被他看在眼里。他问付唐："你看他应该怎么死？"

这样的过错当然只能用生命来补偿。

付唐只觉得满嘴发苦，却只能强颜笑道："青阳帮有青阳帮的规矩，按规矩办就好了。"

柳随风没有回答，却慢慢问道："你的笑容怎么看上去很勉强？你认识他？"

付唐不知道该说什么，他根本没有办法做任何解释。

小七大声地叫道："别来假慈悲，我根本就不认识你们当中任何一个人！"

柳随风甚至就没有听小七的话，仿佛他是一个死人。死人的话的确没什么好听的。

他盯着付唐，好像已经看出了什么。

付唐才发现他实在太不善于伪装，太不善于说谎，居然连摇头的勇气都没有。所以他只能点了点头，慢慢说道：“不错，我认识他，不但认识，还一起喝过酒。”

能在一起喝酒的人都是不错的朋友，柳随风不会不明白。

他慢慢地道：“哦，我对你们的故事很感兴趣。不妨说来听听?”

付唐一嘴苦涩，偏偏没有办法拒绝，沉默了一会儿，他摇头，道：“我不想说。”

柳随风盯着他看了一会，忽然笑道：“不想说的话，就一定有不想说的理由。这本身就是一个很好的理由。不过我可以断定，你跟他的交情一定不会太深。”

柳随风不但是个聪明人，而且看事情也非常准确。交情好的朋友，就知道青阳帮的强大，当然不会让朋友去做这么愚蠢的事情。

柳随风看着付唐，继续说道：“既然交情不深，那就过去把他杀了，这是个不错的机会。”

他仿佛看出付唐心如乱麻，又道：“青阳帮当然喜欢为朋友做一些事情，不过同样喜欢朋友也为它做一些事情，只有双方都为彼此多做一些，交情才会更深厚一些。”

朋友之间的有来有往当然也是一种江湖规矩。

他把剑塞进付唐的手里。

付唐下意识地一步一步向小七走过去，他连自己该怎么做都毫无头绪。

他在将军面前已经露出过破绽，现在如果再在柳随风面前露出破绽，他将不会再有机会亲近他们，说不定青阳帮会因此起疑，并调查他究竟是一个什么样的人。

现在如果他不按照柳随风的要求去做的话，甚至连青阳帮的大门都不一定能迈出去。

从来没有哪个时刻比现在更让他左右为难。

小七的眼神一片清澈，付唐走到身边的时候，他已经把眼睛闭了起来，昂起头。

他没有丝毫责怪付唐的意思。

自己做错的事情的代价本就该自己承担。

可越是这样，付唐的剑就越刺不下去。

他的手一点都不稳，且一直微微颤抖，这一剑让他实在下不了手。

他忽然把剑一抛，回过头对柳随风道："我不能杀他。"

柳随风似笑非笑地看着他，道："哦，为什么？"

"就算我和他只见过几次，但是只要在一起喝过酒，那就是朋友。我从不杀朋友。"

"就算你不杀他，这里的每一个人都可以杀他，你应该知道，我只是想把这功劳让给你。"柳随风悠然道。

这样的机会的确不多。

“这样的功劳我不要也罢，我这双手要是沾上朋友的血，会一辈子都洗不干净。”

柳随风笑了，道：“如果每个人都当青阳帮是个大窑子，以为只要进来逛逛就可以走，还可以顺手捞点好处，青阳帮还怎么立规矩？怎么在江湖中立足？崔兄如果连这点规矩都不能遵守的话，今后又如何为自己的前程负责？”

这是个很好的理由，付唐沉默了一会儿，涩然道：“青阳帮也不能杀他。”

“哦？为什么？”

“因为我知道他绝不是一个无恶不作、心地歹毒的人，就算一时犯了过错，也一定有他的原因，无论是谁，要杀一个这样的人，心里一定都会很不安、很难受。”

“何以见得？”

“因为我和他是朋友，朋友当然不能袖手旁观，临危负义。”

这句话他说得很沉稳，好像已经下了决心。

小七已经忍不住睁开眼，看着他。

付唐继续道：“他一定有他的难处才做这样的事情，在没有明白他的原因之前，他仍旧是我的朋友。朋友之间若是连这点担当都没有的话，又何尝算做过朋友？”

柳随风又笑了笑，道：“是吗？如果真如崔兄所言，我们不妨问问他有什么难处。”

他看向了小七。

小七沉默着，终于摇了摇头，道：“我没有难处，只有贪心。”

这件事始终都是他自己的事情，跟别人没有关系，再说要他承认是为了一个女人才这样做，确实比杀了他更难受。

柳随风摇头叹息道："这就是了，我也实在想不到有什么理由要放过他。"

付唐看着小七，他没有恨小七的解释，反而理解他最深处的想法。

因为他是一个不愿意拖累别人的朋友。

这些年的情形忽然清晰地从脑子里闪过。

他们喝过酒、他们打过架、他们哭过笑过……

虽然没有同生共死，但有些事情也许远远比生死更重要。

他声音低沉地道："小七不但是我的朋友，也是我的兄弟。"

兄弟这个词，不但比朋友更重，也更有分量。

"这个理由听上去很充分，却不足以让人信服。"

"那你还要怎样？"

柳随风悠悠道："崔兄不妨再考虑清楚一些，如果还执意要做这么无谓的偏袒的话，你会变得毫无价值，也会变得很傻。"

他仿佛对付唐的话不为所动，也没有任何怜悯。他的手已经举起来，弓弦之声急响，后方数十青阳帮众，个个都已弓上弦、刀出鞘，谁都看得出来，柳随风的手一落，攻击就会开始。

付唐咬咬牙道："我们也还算是朋友吗？"

"当然。"

付唐道："那这个理由够不够？"

朋友这两个字有时候薄得像纸，有时候却重得如山。

但他已没有更好的理由。

柳随风一怔，突然哈哈大笑起来，过了好一会儿，停下来后方道："这当然是最好的理由，当然已经足够。我刚刚只不过在一直试探，还望崔兄见谅!"

他真的弯身对付唐鞠了一躬，手落下，让所有的帮众收起了武器。

柳随风随即又正色道："朋友的情谊其实和大多数情感是一样的，若是你觉得这种内心的情感是光明的，正确的，可以坚持的，世上本就再没有比这更大的理由。这本就是你坚持活着、坚持自己的最大理由。这种内心光明的情感，我们其实也称之为道义。这本来也是将军教给我的话，他老人家可是希望你莫要在这江湖里忘了自己，变得唯利是从、六亲不认。"

付唐顿时愣住，因为他从来没有理解过道义这两个字的含义。

道义？道义到底是什么？绝不是道德和正义这么简单，这么冠冕堂皇。

他也从来没有想过自己内心一直坚持不肯放弃的到底是什么。

是不是不管他的过去多么黑暗、沉郁，但都一直不肯放弃内心的希望？

这片光明是不是就是人活着、坚持前行的最大理由？

希望也是一种道义？善良也是一种道义？

柳随风笑吟吟地道："像我们这样的人，总要有些自己信守的道义，不是吗？假如我们这么容易漠视它，我们又怎能找到自己？假如我们总是抛弃初心，又有什么理由活着？就算我们飞黄腾达，也莫要忘了，那个时刻你到底是谁。”

付唐当然懂得，江湖中忘恩负义的人本就不少，为了利益尔虞我诈、反目成仇的人也数不胜数。

能说出这样话的人，一定有过很深的体验，一定在黑暗中摸索过很久，内心也一定充满光明。

能交到这样的朋友，一定会感觉到温暖。

柳随风看着小七道：“这个年轻人虽然犯了过错，但只要还能心怀道义，就不是无药可救，假如他用的是石灰粉，而不是胡椒粉，假如他带了刀，伤了人，我也一定不会放过他，所幸他两者都不是。我现在只能将他先关起来，让他好好反省。这对他来说不一定是件坏事情。年轻人就像刀一样，不经过磨砺，就难以锋利。”

付唐内心涌起一阵感动，忍不住问道：“那青阳帮的规矩呢?”

“江湖道义就是青阳帮最大的规矩。”柳随风又继续道：“无论是谁，只有明白这个道理，才能成为青阳帮的好朋友，好兄弟。无论是谁，只要不懂得这个道理，就一定会成为青阳帮的陌路人，甚至敌人。”

只有明白了道义的人，才能成为真正一条路上的朋友。

交一个真正的朋友，其实有时候就像碰到一个真正的敌人那样困难。

这个道理好像很简单，懂的人却并不多，能做得到的人就更少了。

所以柳随风很开心，并没有丝毫为难和不愉快。

二七

另一个朋友

锦帐玉屏，却遮不住一抹春色。

一声满足的叹息声从罗衾中传出，跟着露出洁白如玉的一条大腿，过了半晌，大腿再把被子完全踢开，露出两具赤裸的身体。

小武一动不动地躺在床上，胸膛上偎依着扈三娘如花的脸，狂热激情像大海一样退潮以后，他的眼神平静得就像古井里的水。

就算刚刚经历了最疯狂最激情的时刻，他也冷漠得就像沉在水底的石头。

扈三娘的确很满足。

她觉得选择这个男人一点都没走眼，就像她当初选择自己的努力一样。

这个男人不但年轻、武功好，而且不管在什么时候，浑身都像有使不完的力气，不知道疲倦。

她甚至觉得自己会爱上他。

当然并不是真正长久的爱，在她这个年纪和层次，爱情已经像小孩子的玩具一样，太过于简单和幼稚。

世上的爱情，只是一种需求；只要能彼此满足，互享愉悦，时间长久了，自然就是爱情。从现在来看，小武无疑是她当下最好最合适的选择。她的年纪也不小了，的确到了要考虑终身的时候。

当然这个“终身”并不是终生，像她这样的女人，再没有什么能比自己更值得信任和依靠。

不过这并不影响她要好好地把这个男人抓在手里的决定。

过了一会儿，她才慵懒地起身，穿上衣服。

小武仍旧一动不动地躺在床上，扈三娘问道：“你在想什么？”

“我在想，这是不是也算我的工作？”

扈三娘娇笑起来，道：“当然不是啦，如果不是我喜欢你，你还真以为谁都能上这张床？”

以前的确有很多人很轻易地就能上她的床，一个人不管要出卖什么，最开始的时候总是最廉价的。

小武沉默着，没有说话。

扈三娘看了他一眼，道：“你总不会认为我是在利用你吧？”

小武淡淡地道：“就算是利用，也是我心甘情愿，更何况我的确是喜欢你。”

他就算喜欢一个人，也是很平淡，很冷漠，从不矫情。

这是他理所当然的一种态度。

扈三娘忍不住又走过去抱住他，脸贴在他健壮的胸口，道：“有时候我就喜欢你这一点，你知道吗？男人可以像石头一样又臭又硬，可以像火一样又浓又烈，却绝不能像水一样温柔。”

小武道：“为什么？”

扈三娘道："因为女人本来就应该像水，男人若要学女人，就容易做小白脸，就一定不是个真正的男人。"

小武又沉默起来。

扈三娘的话总是很有道理，容易让人信服。

她的确也像他的老板。

扈三娘又道："今天居然有个人去青阳帮偷青羊符，被青阳帮朱雀堂的堂主柳随风当场抓住。"

"哦。"

这样的人在江湖中实在太多，小武也实在没有兴趣。

扈三娘道："只不过这个人很傻，因为他不知道，放在正义堂的青羊符是个假货，就算偷到手，也不过能变卖些银子而已，这风险却太大了。"

小武不禁有些好奇，问道："你怎么知道是假的？"

扈三娘笑道："这本来是一个惊天的秘密，我那朋友告诉我不得外传，你是例外，这玉符就是他委托京城的玉坊做出来的，这个秘密，在江湖中能知道的人不超过五个。"

男人通常把秘密当作自己的财富，女人却往往喜欢把秘密当作炫耀的资本。

小武又问："那他做这样的假玉符出来干什么？"

"谁知道呢？他并不知道这个秘密，再说只要有这么大一笔财富在，眼红的人就一定不少。"

眼红的人不但性情暴躁，还喜欢拼命。

小武听到这里，对背后的故事已经没有了兴趣，所以他淡淡地

“哦”了一声，脸色又很平淡，很冷漠。

“那个偷盗的人好像叫作小七，好像还是你以前的朋友?”

小武听到这个名字悚然一惊，霍然坐起身来，道：“不错，那个人是我的兄弟，他现在怎样了?”

扈三娘瞟着他，道：“这件事情当然不是因为青羊符价值有多高，而是因为性质很严重，能去做这样事情的人，青阳帮想必要杀一儆百。后来听说，虽然没有当场诛杀，但是却把他关起来了，应该也逃不了处死的下场吧。”

小武顿足道：“我早就应该去看看他，否则他就不会做这种傻事了，你怎么不早点告诉我?”

他寻找着衣服和鞋子，言语中已经有抱怨之意。

“我听到这个消息的第一时间，就已经安排人过去问清楚详细情况。只有问清楚情况了，才能知道后续该怎么做。再说，就算告诉你，你又能做什么呢?”

小武怔住，默然不语，他发现自己的确做不了什么。

扈三娘微微一笑，道：“青阳帮虽然业大势大，和飞花楼的关系却一向很好，除了柳随风之外，我与蒋玉庆夫人颜建梅的关系也不错，我相信只要开了口，多少会给些面子，想个法子暗暗地把他放了。”

虽然她说得轻描淡写，但是小武却知道事情一定没有这么容易，他低下头，握紧了扈三娘的手，道：“只要能救出他，不管什么条件我都可以答应。”

“我当然知道，”扈三娘柔声道，“男人如果连兄弟都不要的话，又怎么可能会要女人?”她的手已经握住了小武的手，“傻瓜，你的事情何尝不是我的事情?”

小武的眼眶微微湿润，他紧紧抱住扈三娘，却没有说任何话。

扈三娘的脸靠在小武的肩膀上，露出了一丝微笑。

若是要控制一个男人，一定得让他看到尽心尽意的付出，让他记得这些情分。

每一丝情分都是一条绳索，只要多了，自然就能把一个人牢牢地束缚住，让他再也没有办法挣脱。

怕欠债的人，一定知道世界上最可怕的不是欠人银子，而是欠人情，人情往往比银子更难还清，更难挣脱。

这个道理，很久很久以前，扈三娘就已经懂得，而且一直做得很好。

二八

满天星的心

满天星的总部当然应该在天上。

所谓天上，就是山巅、云端，白天站在山脚下的时候，仰着脖子都看不到一丝踪迹，但是到了晚上，山顶的灯火就像是满天的星星。

满天星的总部就叫落星坞，意思是银河繁星停靠休憩的地方，能取这样名字的人，当然也一定很有气魄、很了不起。

取这样名字的人，已经在江湖中成为一个传奇。近些年来，江湖中人想见他一面，都好比要摘下夜空中的星星一样困难。

初五，早，柳随风同另外六人站在山脚下等候。

清晨的空气冷冽新鲜，一条蜿蜒的小径直通山顶云雾缭绕之处，小径的尽头就是落星坞。柳随风忍不住倒吸了一口冷气，无论是什么样的势力，想要正面进攻满天星的总部，代价都大得几乎不可思议。

山顶钟声悠扬响起，山脚下的人就沿着小径开始往上爬。

落星坞其实是一座古堡，占地不知几何，矗立在山顶最高处的平地中央。这座古堡用巨大的条纹石一块一块垒起来，现在石块已经灰白，墙体已经斑驳，阴暗的地方长着青苔，但是看上去却有着说不出的坚实和雄壮。

没有人知道，当初要把这么巨大的石块搬到山顶要花多少力气，更不要说再修筑一座这么巨大的古堡。

每一个见过落星坞的人，内心都会充满深深的敬畏。

如此巨大的古堡，居然安静得出奇，一路上都看不到几个人影，这不但没有降低柳随风的戒心，反而使他越加小心。

会带在身上的金银都不叫财富，会展露出来的武功都不叫实力，真正有实力的人，一定懂得把力量深深地埋藏在别人看不到的地方。

一行人被带进一个大堂。空旷的大堂中央，一个身形魁梧的男人坐在宽大的石椅上。整个人恰好被穹顶的阴影遮住，看不清面目。他们虽然同行有七个人，但是在阴影里的目光锐利，一直就盯着柳随风。

阴影中的大汉忽然问道："你不是月玺阁的人？"

他的声音低沉浑厚，听声音就知道这个人不但久居高位，说出的话让人无法质疑，还是个意志非常坚定的人。

月玺阁是柳随风这次借用名号的古董行。满天星每个月会召见一次江湖各大古董行，以便淘取他所想要的珍宝，借用名号虽然代价不小，不过能见到满天星，却是值得的。

从眼神、姿态能看出一个人的职业和背景，柳随风却不知道大汉是怎么在这么短的时间里看出破绽的。尽管如此，他诚实地回答道："对，我不是月玺阁的人。"

在满天星这样的人面前最好莫要撒谎。

大汉用敏锐的眼神看着他，没有说话，他等着柳随风继续说下去。

柳随风果然很快地说道："我受青阳帮将军的委托，过来见见满天星。"

大汉问道："我和蒋玉庆一向井水不犯河水，他派你来是为了什么事情？"

柳随风看了看身边的人。

大汉挥了挥手，随从立即把那些人都带走了。

大汉淡淡地看着柳随风："现在你可以说了。"

柳随风从怀里掏出一个黄绸布包着的锦匣，交给旁边的人，让他递上去。

锦匣里面是一张金票，唯一不同的是，在金票应该填写金额的地方，一片空白。

大汉凝视着金票，没有说话。

柳随风说道："这是大通宝行全国通用的金票，大人只需要填写上数字，在全国均可通存通兑，至于多少金额，当然悉听尊意。"

满天星若有所思地"嗯"了一声，却并没有表态。

柳随风躬了躬身，又道："这也是将军对大人的善意，也希望今后能与大人交个朋友。"

由始至终，他的态度都显得非常恭谨，但又丝毫不失分寸。

真正的尊重不但要用言语来体现，也需要靠实力来体现。

满天星慢慢地问："蒋玉庆想在江北做什么？"

他不但警觉，而且精明。

柳随风道："将军想在江北要一个人。黑云教只是淮西的一个小帮派，也不属于满天星组织，如今与青阳帮有些小恩怨，我们能靠自己的力量解决他。但是他一直都在江北的地头上，所以想恳请大人行个方便，就当没看到这事发生……"

他已经说得很委婉，很客气了。

可是满天星连听都没听完，就断然拒绝："不行。"

他缓和了一下，慢慢又道："黑云教虽然不重要，却在满天星的外围存在了三年，只要它活着，我就要庇护它。这是规矩。"

他说话简单直接，却有着一种不容抗拒的威严。柳随风当然也知道，他愿意这样解释规矩，当然不是说给他听，而是让青阳帮知道他的坚决。

一个组织若是连规矩都没有了，自然就是一盘散沙。

柳随风想想又道："青阳帮当然会记住这个情分来之不易，除此之外，将军也愿意为此答应您的一个要求。"

能让将军承诺的要求，远远比一般的财富更有价值，也更有诱惑力。

满天星霍然长身而起。柳随风才发现，他不但高大威猛，而且全身肌肉条条突起，像一只猛兽一样充满力量。而且被他的眼神瞄准，会有一种极不舒服的被窥视感。

过了一会，他冷冷地哼了一声，道："跟我来。"

柳随风立刻很听话地跟着他走。

走廊的尽头是道门，没有锁，仿佛屋子里面都是空的，可是推开门以后，才发现这是多么虚妄的错觉。

第一间屋子里摆满了黄金做成的金砖，层层叠叠，不知道有几万万两；第二间屋子摆满了古玩玉器，随便一件拿出来都价值连城；第三间屋子挂着的字画，都是名家大作，更有些是绝迹孤本。

柳随风越看越是心冷。满天星带他来这里，显然不仅仅是为了炫耀，更重要的是表明了他的态度和决心：他不仅不缺钱，而且什么都不缺。

一个到了这样层次的人，最缺的也是最要紧的，那就是尊严，哪怕黑云教只是不起眼的小喽啰，也像雄鹰的羽毛、老虎的林子一样，不容他人丝毫的冒犯。

满天星淡淡地道：“你选一件，当作给将军的回礼。”

柳随风知道，无论他选什么，满天星收的金票上面一定会填写价值对等的数字，他不会占人便宜，却也不给人占便宜的机会。

而且满天星的话，让人不得不听。

所以他选了一幅王羲之的狂草帖，因为将军喜欢书法，这副狂草帖也是三间屋子里最有价值的一幅字。

他不但识货，还不客气，而且一定会选择最好的，只有最好的才能让主人尽欢。

满天星的眼里果然露出一丝赞赏之意，脸上浮现一丝笑容，点头慢慢道：“你若有一天在蒋玉庆那里做得不如意，这里随时都欢迎你。”

他甚至问都没问柳随风的名字。

走出古堡，来到宽阔的城堡广场的时候，一阵隐约的犬吠声传了过来。满天星忽然问道：“想不想去看看我的獒？”

柳随风看了看他，满天星脸上充满欢愉，就像孩子分享最心爱的玩具一样，不是为了炫耀，只是为了一种快乐。

就好像遇见了志趣相同的小伙伴，就好像识货的行家遇到了另一个行家。

于是他便很愉悦地说：“不胜荣幸。”

獒在广场的后面，每一个笼子都有不同的犬种，有的高大威猛，有的矮小精悍，所有的獒见到生人，都狂吠不已。只有最后一只最大的笼子里的獒毫不在意，见到生人过来，只是懒洋洋地看一眼，眼神竟像人一般有着说不出的高贵清冷。它喉咙里发出一阵低沉的吼叫声，所有的獒都像见到王者一样安静了，然后它才卧下来。

这只獒通体雪白，个头高大，站起来就像一只狮子一样威猛。柳随风忍不住道："这难道就是传说中的雪青山藏獒?"

满天星笑道："你倒是见识不浅。"

这个时候，他比见到世界上最珍贵的古董还要开心，比拥有满屋的金子更满足，露出粗犷童真的笑容。

柳随风心里忽然有了主意。

他知道，也许只有这样的法子才能让满天星低头。

•
•
•

深夜，天黑得几乎伸手不见五指。

柳随风走在镇子里的青石板路上，没有掌灯，却走得像白天一样稳健。

他一边走，一边在思索。

按照计划，能用金票买下满天星对黑云教的支持，当然是最理想的事情。

可惜这扇门已经完全对他关闭了。

金钱无疑很重要，但是满天星这个组织并不缺乏金钱的血液。

每一个组织就好像一个人的身体一样，除了发肤、肌肉、骨骼之外，还需要利益的血液，金钱有时候就像血液一样把利益带到各个不同的身体组织里，让他们运作，让他们产生个性。

个性是一个组织的优点，也是一个组织的弱点，没有个性的组织，往往平庸而无能。

满天星这个组织又有什么特点?

朱雀堂本就擅长刺探，他作为朱雀堂堂主，此前研究过满天星所有的资料，包括下属二十八个星宿的每一处分舵的资料，甚至细到每个人每一天吃什么、枕边人是谁。

最后他得出结论，满天星的特点是恐惧。

满天星不但对外要别人对他保持敬畏，对内也一样，每一个下属都需要充满敬畏，只有这样，才能保证每一条命令的传达准确有效，才能保证每一个下属的奋勇忠诚。

恐惧有时候也是一种可以被利用的精神弱点，甚至不比诱惑的力量更小。

为了这一点，他会不惜用鲜血和生命来浇铸这种精神，中原山庄、雁荡派的灭门惨案，无疑都是证明。

利用能被证明的弱点当然是一种行之有效的方法，一种成功。

不过，每一种成功后面一定隐藏着对立点，就好像阳光下的阴影一样，阳光越猛烈，往往阴影就会越重。

满天星需要别人对他恐惧畏服，别人却往往想不到，他的内心一定也极度害怕恐惧。

只有一个害怕恐惧的人，才会最大限度地去让别人畏惧他。这个道理就好像喜欢穿锦衣的人，往往只是暴发户，害怕失去财富；喜欢化妆的女人，往往都上了年纪，害怕失去青春。

柳随风握紧了拳头，他希望这是满天星的弱点。

因为他实在不想让将军失望，哪怕失去自己的生命，他都不愿看到将军失望。

青石板路的尽头有一座孤零零的房子，在黑夜里几乎看不出来。柳随风推开门进去，里面一片光亮。原来，屋子的门窗都用毡布封住，所以毫不透光。

屋子里已经有二三十个人聚集在一起。

看到柳随风进来，一个四十岁左右外貌粗犷的中年汉子迎上前来，对柳随风道："柳堂主，吩咐召集的人都已到齐，召集二十八位，实到二十八位。"

柳随风扫视一眼，他本就是个极有风度的人，一举一动都让人感觉说不出的舒服，每一个人都好像被他看到了，都感觉到了他的亲切。他低身弯腰对大家团团鞠了一躬，道："辛苦大家了，将军他老人家让我代问大伙儿好！"

众人抱拳道："柳堂主客气了。"

中年大汉问道："将军他老人家可好？"

柳随风笑道："他老人家就像是铁打的，一年四季都不生病，每次喝酒还能干翻三个我这样的小伙子。他经常念叨，什么时候定要和江北的袍泽再一起聚聚，喝个三天三夜才肯罢休。"

大伙哄然大笑，都感觉到温暖，气氛已经像喝了一杯那样热烈起来。

中年大汉笑着回道："这里都是将军的老部下，当年若没有将军，我们都要死在战场上。这几十条命活了这么多年，已经是白赚了。所以有什么要求，柳公子请尽管吩咐，我等义不容辞，必竭尽所能。"

柳随风脸色严肃起来，说道："我本来也不想麻烦诸位，只是青阳帮在江北无依无靠，这件事情又确实太棘手，所以才不得不使用将军的召集令，号召大伙一起为这件事情想想办法。"

"到底是什么事情？"一个人问道。

柳随风沉吟了一会道："我要落星坞城堡里的那头雪山青藏獒。"

众人沉默下来，谁都知道这个任务有多艰巨。

一个人道："那条狗简直比满天星的命还重要，这的确很难。"

"我当然知道这事不容易，否则就不会劳动各位前来。"柳随风继续道，"从山脚到城堡外墙，一共要走七千八百二十三步，有三座关卡，分别设在一千五百步、三千四百二十八步以及六千九百五十一步的地方，满天星的城堡长两千五百步左右，宽一千六百步左右，雪山青在靠东面城堡的斜下方二百步的獒圈里。这是地图。"

柳随风从怀里掏出了一张纸，地图已经在纸上画好，让众人传阅起来。

这份地图是柳随风手绘而成的，清晰细致，所有有可能产生疏漏的地方都做了标注。当他站在山脚下的时候，就已经开始记下所有的细节。

虽然观察和牢记每一个细节是件不容易的事情，不过若是想要比别人做得更好一些，就一定要比别人多付出一些，这样才能比别人更优秀一些。

这也是将军的教诲。

看到这份地图，有的人脸上表情已经开始缓和，开始有了信心。

柳随风故作轻松地笑道：“满天星怎么也想不到有人会从他防御最森严的城堡里偷走东西，这本来就是我们的天时，这份地图就是地利。如果要偷一头活的藏獒出来，那当然是不可能的事情。若只是带条狗的尸体出来，我们的机会最少会有六成。再说，这个事情并不急，我们大可以慢慢来，就算满天星是头猛虎，也会有打盹的时候。”

他说话一向都说得很在理，而且条理也非常清晰。

一个粗布短褂的中年人说道：“我有个下属的远亲在落星坞里做杂工，还是个杂役的小头目。”

柳随风拍手笑道：“这下人和的优势也有了。”

中年人略有迟疑地道：“只不过他的代价会比较高。”

柳随风笑道：“只要银子能解决的问题，就不是问题，只要能达到目的的代价，那就不是代价。”

外貌粗犷的中年汉子叫道：“这年头，本就没有轻轻巧巧能做成的事情。将军他老人家愿意把这样的事情交给我们，越是困难，就越见得他老人家信任我们。”

柳随风道：“话虽然是这么说，但是将军临走的时候交代过，绝不能打没有把握的仗，也不能视各位的难处不顾，他还盼着要来江北和诸位喝一杯呢！”

这句话不但没有引起众人的顾虑，反而让他们的眼神变得更加坚定。

中年汉子道：“但请柳堂主吩咐。”

众人也齐齐抱拳，道：“我等听从柳堂主安排。”

“如此甚好，那我们再慢慢筹划一下。”

二九
谁才是内奸

大雨，雨水倾盆，天地间一片苍茫。

谁都不愿意在这个时候外出，也不会注意到雨中行走的人。

一个穿蓑衣、戴竹帽的人沿着飞花楼的外墙行走，就算雨下得这么大，竹帽的帽檐一样压得低低的，根本看不清面目。

他辨别了一下位置，忽然蹬地跃起，足尖在墙中轻轻一点，翻过三丈高的围墙，已然消失在滂沱的大雨之中。

最靠近墙里面的楼就是水月轩。

仇宿站在栏杆旁边，看着外面下着的大雨，若有所思。

他好像从来没有无聊的时候，也没有任何爱好，只要有空闲，他就喜欢思考。

思考是一种磨炼的方式，有些人喜欢书法，有些人喜欢练剑，有些人喜欢静修，不管哪一种，都是为了磨炼让自己变得更强大。

思考就是仇宿最认可的变强大的法子。

蓑衣人进来的时候像一只猫一样轻巧，他虽然没有回头，却已经知道。

但是他的目光还停留在茫茫的雨里。

蓑衣人把竹帽摘下，却没有解下蓑衣，露出了他的脸。

这个人居然是项少杰，雨水滴落在脸颊上，看上去他还是那么沉稳，那么坚毅。

但是谁也没有想到他居然就是青阳帮的内奸。

项少杰道："今天他已经给了信号，随时可以安排。我过来问问，什么时候最好？"

他没有说名字，但是他们俩都知道这个他是谁。

仇宿回过头来，沉声道："当然越快越好。"

"那也得等这场雨停下来吧？"

仇宿笑笑，道："秋雨绵绵，这一下没有半个月，也要十天。依我看，只要雨势小点就可以安排下去。"

"但是雨天难免会有所影响。"

仇宿又笑了笑，道："恰恰相反，我反而认为成功的概率更高一些。在刺杀这样的事情上，我们比你们专业。"

大雨不但能洗去不必要的痕迹，而且会使人的反应比平日更慢一些，动作自然就更迟钝，有准备的人成功的概率当然会更高一些。

“他用什么武器？”

仇宿沉思着慢慢回答道：“他最厉害的当然是他的剑，但是暗器也不弱。我猜他一定只用剑，不用暗器，真正杀人的武器往往只需要一种就已经足够了。”

不击则已，一击必杀。这才是一个优秀刺客要做到的事情。

“那他知不知道这一次其实有去无回？”

“一个优秀的刺客绝不能考虑自己的退路，凡是有了退路的人，想法就一定太多，就会有负担。再说，他会不会考虑都已经不关你的事情，你还是莫要担心太多。”

项少杰想到即将要做的事情，忽然打了个冷战，好像雨水变得太冷，他道：“在同等的条件下，没有人能够成功暗杀将军，起码我是这样认为的。”

仇宿脸上忽然一阵抽搐，过了一会儿才道：“这不重要。我就是要让蒋玉庆知道，没有一个地方，没有任何时间，也没有一个人是安全的，我要让他永远都活在恐惧当中，活在阴影里面。若是连自己的窝都不再安全了，一个人就会活得比狗还要累。”

“将军没有你想象中这么脆弱，如果那样的话，二十年前他就该倒在江湖中不知名的角落里了。”

“他当然不会这么脆弱，但是今时不同往日，有些人年纪越大，往往会越怕死，却往往越容易死。”

江湖人越老，胆子越小，这话听上去很有道理。可是项少杰脸上却露出了沉思的表情，这个理由让他觉得很别扭。

他忍不住又问道："我感觉其实你对这次安排并不看好？不管成不成功，好像都已经达到了你的目的。"

仇宿点头道："不错，不管他如何刺杀蒋玉庆，能不能成功，或者谁死在谁手上，对我来说都不重要，重要的是这件事情一定要去做。"

项少杰问道："这又是为什么？"

仇宿冷冷地看了他一眼，道："有些秘密当然没必要告诉你，一个人如果知道太多秘密又无法守住的话，通常只有灾祸，没有幸运。"

项少杰果然没有再问，只是点了点头，戴起了竹帽，把帽绳系好，准备离去。

"离开的时候最好从狗洞里爬出去，你的轻功虽然不错，但是还没有到可以炫耀的地步，年轻人不懂得低调，就一定会生出是非。"

仇宿这话说得毫不客气，口气就像在训斥一个下人。

项少杰的身体微微一顿，僵硬住，却偏偏没有说些什么，也没有转身，然后消失在门外的大雨之中。

若不是地上留下了水迹，他好像完全没有来过这里。仇宿转过身，又看向窗外。

•
•
•

门帘掀开，扈三娘从房间里走出来，一边轻笑道："我真的很奇怪，这个人他到底是谁?”

仇宿看了她一眼，却并没有说话。

扈三娘继续道：“可是让我更好奇的是，你明知道手下的刺客对将军根本造成不了实质性的伤害，为什么还要一次次地送死？难道嫌这代价还不够大吗?”

仇宿悠悠道：“只要能达到目的的代价都是值得的，就像猫戏弄老鼠，诱饵多点少点又有什么关系呢?”

扈三娘道：“可是你送出去的人，哪个不是万里挑一的好手？这样的人留着，总有用得着的时候。”

仇宿道：“那当然不一样，所有的斗争都跟赌博一样，筹码小了，就上不了台面。况且这次的目标身份很特殊，也更有价值，蒋玉庆一定想不到我花了二十年的时间来磨砺这样的一把剑。”

扈三娘禁不住又好奇地问：“这个人是谁?”

仇宿沉默了一会，没有回答，转而道：“蒋玉庆以道义创帮，在江湖里标榜自己锄强扶弱、铁肩义气，只有把这面具撕下来，才能让他永无翻身之地。杀死一个人并不难，但是要杀死蒋玉庆这样的人，当然不能仅仅从肉体上消灭他，还一定要从人性上杀死他，让他家破人亡，让他声名扫地，让他否定自己，让他背叛自己，让他后悔，让他心死。一个人只有到了山穷水尽、众叛亲离的境地，才会对活着这件事产生质疑，才会感觉人生虚无，才会一心向死，这种时候再消灭他的肉体，才算是真正杀死了他。”

这几句话阴冷狠厉，仇宿却说得极其平淡。

利用人性的弱点来杀死一个人，绝对是一种生不如死的摧残。扈三娘脸上不动声色，却忍不住打了个冷战，好像雨天的阴冷昭示着冬天就要到来，她问道："那你找到将军人性的致命弱点了吗?"

仇宿脸上掠过了一丝痛苦之色，随即坦然道："没有。"

扈三娘道："没有?"

仇宿道："因为他太强大了。"

他好像怕扈三娘不懂，接着说道："一个人若是太强大，他的弱点自然会被掩盖掉，这样他看上去就好像没有弱点。道义和重情或许能在一定程度上成为他的弱点，却不会是致命的缺点。"

扈三娘"哦"了一声，觉得有些难以理解。

不过这显然是一个复杂而且繁难的话题，聊起来又费力又不讨好，所以她没有多大的兴趣。

仇宿沉思着问道："颜建梅这段时间跟你有来往吗?"

"当然，她一天不来找我，都不知道日子该怎么过。"

"很好。"

仇宿从怀里掏出了一个小纸包，递给扈三娘。

扈三娘打开，发现这是一包药粉，问道："这是什么?"

仇宿道："媚儿春。"

媚儿春是江湖中最低调，也是最著名的春药，吃过它的人，往往都不愿意再提起它，却也不愿意忘记它。

因为它的催情作用实在太自然、太猛烈。

扈三娘惊道："你居然让我去引诱她?"

"当然不是现在，而是在我通知你的时候。"

“我不愿意这样做。”

仇宿冷冷地看她一眼，道：“就像你不愿意要飞花楼的地契一样？”

扈三娘沉默了，过了一会才道：“那我总得知道那个人是谁吧？”

“晚点总会让你知道的。你大可放心，这个人不但风度翩翩、英俊潇洒，而且能屈能伸，收放自如，像个真正的男人，只怕颜建梅经历过一次之后，就会食髓知味，纠缠住他。也许事后她不但不会怪你，反而会感激你。”

扈三娘冷冷地道：“可为什么要选择这么下流的方式？”

“因为颜建梅是女人，是一个很寂寞也很空虚的女人，再说，如果不把一个女人彻底剥光，就永远无法真正了解她。”

寂寞的女人往往表现得喜欢清静，衣着艳丽的女人也往往喜欢故作姿态。

故作姿态往往意味着不喜欢让别人看透她真正的心思。

扈三娘懂得这个道理，但是她的脸色却变得很冷峻，因为她也是一个女人。

仇宿淡淡地道：“你若不懂得正视自己的弱点，就证明我可能看错了你。”

扈三娘当然懂得这句话是什么意思，她冷笑道：“说到底我还是一枚棋子，总要受你的摆布。”

仇宿道：“我说过你不是棋子，而是伙伴。你若只是一枚棋子，就不可能知道这么多秘密。即使有些秘密本该是你应当知道的。”

扈三娘低下了头，内心的迟疑一闪而过，本质上，她和仇宿是同一类人，都只不过是把他人当作棋子的局外人。

幸运的是，总有足够的可靠的棋子供他们驱使。

这本来就是他们的价值所在。

仇宿选择她不但正确，也证明自己的眼光很准。

所以她有些无力地“嗯”了一声。

仇宿微微一笑，目光转向栏杆之外。

大雨依旧倾盆。

三〇
非要做的事

郊外的山坡，枯黄的草地上有酒。

付唐爬上小山坡，秦足青果然就坐在阳光下，对他招手道：“快来快来！”

付唐依言走了过去。

这段时间，他们已经像恋人一样如漆似胶。

秦足青手上有双鞋，递给他，道：“这是我为你做的鞋，送给你。”

很好看的一双皂靴，鞋帮不高，针脚很密，面料用的是上好的绸布。

付唐低头看看自己的圆口布鞋，笑问道：“你自己做的？”

秦足青道：“当然，连料子都是我自己选的。”

付唐不用试就知道肯定合脚，女子的细致有时候会超越你的想象，他道：“我很奇怪，你怎么会想到送鞋子给我？”

秦足青露出一丝调皮的笑容，道：“爹爹以前告诉我，女人真正要做的事情其实并不多，有两件事情很重要，第一，要学会做一顿男人觉得可口的饭菜，留住他的胃口就是留住了他的心。第二，一定要会做一双合意的鞋，不管他走到哪里，都能踩在为他编织的心意上，这样不管他做什么事情，走什么样的路，都一定不会把你忘记，所以我不会刺绣，也不会其他女红，却会做鞋。”

付唐摇了摇头，叹了口气，道：“不过我家乡却有种不同的说法，一个女人送鞋子给男人，就是盼着他早点离开自己，早点去找别的女人，希望鞋子能把男人的心一起带走。”

秦足青狐疑地看了他一眼，问道：“真的？”

付唐沉重地点了点头，却道：“假的。”

秦足青反应过来之后，笑得花枝乱颤，道：“虽然是个很滑稽的玩笑，不过我喜欢。”

玩笑？

付唐忽然怔住，因为他从来没有想过自己有一天也会开玩笑。

长风十里，静景如林。

付唐凝视着她，似乎已经痴了。

这段时间里，他从来没有像现在这样，不但容易醉，而且容易睡着。有时清晨醒来，他甚至能感觉到枕边不经意流下的泪水。

原来平静是一种如此甜蜜的安逸。

只有体验过平静的人，才知道那是幸福的感觉。不是因为他们有多少过去，也不是因为他们会有多好的将来。而是在一起的时候，他们会因为一点点的快乐而感到满足，会因为一点点的欢喜而感到珍惜。

他忍不住问道："为什么你要叫秦足青这个名字？"

这个名字虽然普通，但是在他心里却已太美。

他知道她的足上并没有青痕。

秦足青道："因为我出生在二月，正是人们远足踏青的时候，所以爹爹给我取了这个名字。"

她笑道："你呢？为什么要叫付唐？"

他摇摇头，道："我是个孤儿，懂事的时候只知道自己的名字就是它。"

"那个时候很苦，有时候为了吃上一顿大馒头，我要半夜起床，连续练剑十个时辰，对一个点，刺十万八千次，而且力度还不能太重或者太轻，才能吃一顿饱饭。"

那个时候他总是感觉睡不够，每一次手臂都肿得像萝卜一样，每一天都不知道会不会有明天。

苦日子当然都已经过去了，所以现在才会满足，未来也许会更辛苦，所以现在也更容易满足。

秦足青的手温柔地覆上了他的手，嫣然笑道：“我们去远足吧。”

付唐问：“去哪里？”

秦足青道：“我一直想去海边生活一段时间，听说大海能把所有的不幸都埋到它的胸怀里，人们就再也看不见了。”

付唐眨眨眼道：“听说去海边的人还有一种好处。”

秦足青问道：“什么？”

付唐道：“他们总是比这世界上大多数的人更早看到太阳升起。”

最早看到太阳升起的人，能更早脱离黑暗，更容易感到温暖。

秦足青道：“不过我还要等七天时间，因为有一个人答应了我一件事情，七天之内就一定会有回复。这件事对我来说，实在太重要了。”

付唐忍不住想问问到底是什么事情，但是终于忍住了。他们初次来到这里的时候，就已经挖坑把他们的过去都埋了起来，如果她愿意告诉他，当然会说。

埋葬了的过去只能让它腐烂，最后消失，却绝不能挖出来。

他喃喃默念道：“七天，七天……”

七天恰好是个不太长也不太短的时间。

他黯然垂下头，道：“我也有一件事情没有做，也一定要在七天之内把它做完。”

秦足青看着他，也没有追问，若是他愿意说，自然就会告诉她。

可是她却不知道，若是她问了，他就一定会跟她说得明明白白。

命运有时候往往就是这样捉弄人。

过了一会儿，她才问："你能不去吗？"

她已经从他的神情里感觉到了不安。

"我不能。"付唐摇了摇头。

他看着青阳城的方向，也许仇宿就在这个城市里的某个地方看着他："从很久以前起，我就一直欠一个人的债，若不把它还了，我永远都没有办法真正活着。"

他其实也不知道对仇宿应该是感恩多于恐惧，还是恐惧多于感恩。男人的过去永远比女人的过去更难腐烂，更难消失，背负的东西也远远要更沉重、更艰难。

秦足青忍不住问："这件事情很难吗？"

付唐强笑道："虽然有一定难度，但是我却一定会尽力去做。"

他现在的确比他过去任何时候都要勇敢，都要有信心。

秦足青紧紧地握住了他的手，男人若是决定要做一件事情，女人最好的法子就是暗地里默默地支持他、跟随他，而不是自作聪明。

所以她故作轻松地笑道："你一定要快去快回，我会一直等你，莫要忘了，我这条命可是你救回来的。"

付唐又展颜笑道："我可不许你这样，不管在什么时候，你的命都是你自己的，就好像你的将来一样，不是我的，也不是别人的。人只有足够地爱自己，善待自己，才会让别人对你好。"

他接着又柔声道："这个千古不变的道理，你若再不懂得，我可就不能安心去做事情了。"

秦足青温婉一笑，偎依进他怀里。

天地沉静，岁月安好。

可是她却没注意到，付唐手中的拳头已经握紧，目光露出坚定。

他已经决定要尽快去刺杀将军。

他第一次真正感觉这是为自己而做的事情，所以一定要成功。

三一
妥善的谋划

穿上新鞋子后不但脚步很轻快，心情也很轻快。

付唐走到客栈门口的时候，警觉心忽起。

每一次他离开的时候，都会用一根发丝缠绕在门栓上——现在头发丝还缠绕在门上，但是方向却已经改变。

他已经知道来者是谁，因为他所有的本事都来自这个人。

他不动声色地掩上门后，沉声道："你来了？"

黑暗中角落里传来声音："我来了。"

这个人在黑暗里盯着他看了一会，忽然道：“你变了？”

“也许吧。”付唐淡淡地答。

他走到桌子边，点亮了烛火。

陷入爱情的年轻人当然很开朗、乐观、勇敢，连眉目之间仿佛都带着春风，心怀非常甜蜜的秘密，却从不愿意跟人分享。

他以往从来没有哪一天会像最近这样如此真实，如此明白地活着。沉郁曾经好像乌云一样压在心头，现在就好像被刚出的太阳刺穿了。

一个人若是明明白白地活着，就一定会正视现实中所有的事情，也一定会有勇气。

他已经不打算逃避。

仇宿从黑暗中走了出来，皱皱眉头道：“这种状态并不是好事。你现在需要稳定。”

付唐道：“我说过的事情当然会去做，我一直都准备着，也从来没有像现在这样充满信心。”

仇宿的眼光又一次像针一样刺着他，好像要探明白在他身上究竟发生过什么。

付唐同样看着他。

过了一会儿，付唐低下头，缓缓道：“你放心，这条命是你给我的，我一定会把这条命还给你，这件事情我当然会尽我所有的能力去做。”

他又变成了插在剑鞘里的剑。

仇宿收回目光，点点头道：“莫要忘了，你的身份和天生的使命感，也不要忘了七杀和天狼也同样在等待机会。”

付唐冷笑道：“像七杀这样的组织，只适合做黑暗中的老鼠，却做不了白天的老虎。”

他已经看到了七杀的弱点。

将军如果不出竹林，七杀就是阳光下的冰雪。

将军如果出了竹林，七杀就是扑火的飞蛾。

只是他对天狼一无所知，不露痕迹的对手往往才是最可怕的，就像潜伏在草丛中的毒蛇一样，一旦行动，就必然不给人机会。

仇宿道：“但天狼这个组织极其神秘，连我也对他了解不多，不过我知道它不出手则已，一出手就必然是绝杀。”

付唐道：“我当然会尽量赶在他们前面。但是将军这个人，比我见过的任何一个人都更奇怪、更危险、更不可捉摸，有时候我甚至怀疑自己到底有多少把握。”

到了现在，他对将军的了解还像一张白纸，甚至连他的武功、使用的武器都不清楚，更不用说将军的弱点。

“我今天过来，就是带机会给你。”

“机会?”

“将军的竹林里有三处明岗，七处暗卡，每天三班，辰时是轮岗的时间，在花圃东侧尽头倒数第三个花坛下面有个暗洞，只要你准备好了，我可以随时让地洞里的暗卡变成你。”

他指了指桌面上一张折起的纸：“这是竹林的地图。”

能弄到这样的机会和地图都不是件简单的事情。

付唐目光闪动，道：“哦?”

“蒋玉庆每天下午一定会在花坛旁散步，修剪花枝，加上他对青阳帮的帮众一向都很信任。出其不意，最少能增加你三成的机会，以你的剑法，整个行动最少有七成以上的把握。”

五成以上的机会就值得尝试，更不用说有七成的机会，仇宿的判断一向都很准确。

“谁提供这样的机会？这个人是谁?”

“此人当然值得信任，而且并不是用银子收买的。地图上面有他的联系方式。”

不用金钱收买的人往往更让人放心，也更靠得住。

地图上有一个很普通的名字，青阳帮玄武堂三组长，赵凡。

付唐点点头，端详着地图。

“你得手之后，竹林里的情形肯定很混乱，你什么都不要留恋，只管逃走，地图上有你最佳的逃跑路线，赵凡也会暗中照应你。”

付唐研究了一下逃跑的路线，果然很详尽，也很细致，看着也非常周密。

不过他内心又涌起一种不安的直觉。

“这是你最后一次任务，所以我特意帮你准备了一把剑。”

剑也在桌上，吞口处盘绕着两条狰狞的龙，付唐抽出来，剑锋的寒芒令烛火都好像禁不住抖动了两下。

“好剑!”付唐赞道。

这应该是他刺客生涯里用过的最好的剑。

“这是双龙剑?”

“不错，这把剑至少能为你的行动再添一成的把握。”

仇宿接着又道：“你若是准备好了，我会安排人跟你联系，你把门口的记号变成我的记号就行了。”

“好。”

付唐慢慢地把地图折起来，放入怀中。

不知道为什么，他的眼前忽然闪现秦足青的脸。

原来她笑的时候，竟然是这么的美。

仇宿忍不住又问道：“你打算什么时候动手？”

“七天之内。”

仇宿点了点头，显然对这个回答表示满意。

三二

不同的困厄

洞口方正而小，恰好能容纳一个人平躺其中，拉上盖着土的木板之后，里面除了一个透气的小孔，就完全一片黑暗。

平躺在这里面，就好像躺进了棺材里。

这本来就是竹林里的一个闲卡，所谓闲卡，就是日常闲置、偶尔使用的暗卡。

这个闲卡原本是为了防止敌人跃过花坛时出其不意的击杀，现在却变成了最好的埋伏场所。

青阳帮设伏不但巧妙，而且经常会从令人意想不到的角度来做安排。

仅凭外部的观察，无人能想到这块地下居然还有个坑，坑里还有个人，这个人还能倾听外部的动静，随时做出猝然一击。

现在，付唐已经躺在了这个洞穴里，手中握紧了放在胸口的剑。

双龙剑已经出鞘，寒气逼人，黑暗中都能感觉到它的锋利。

“将军只在日落时分修理花枝，大概两炷香时间之后就会回到屋子里。如果他没有出来，你就得等第二天的机会。”

这是青阳帮赵凡悄悄带给他的话。

没有人想得到像赵凡这样一个又矮又胖、严肃认真的人居然是个奸细，安排他躺下去的时候，神色自若，就像安排一个熟知的手下。

当然，这对付唐来说并不重要。

付唐不怕等，他曾经在黑夜里等了三个月，才抓住一次偶然的机会。

“将军走到这个洞口的概率大概只有三成，他不会每次都能走到这个位置，至于他什么时候过来，如何判断，那就得看你的运气了。希望你的运气不会太坏，剑也不会太软。有些人等得越久，手上的剑就会越软。”

付唐当然也不会手软，三成的概率在别人看来已经很低，他却觉得已经很高了，只要将军走过来，他的行动才是关键。

现在他闭上了眼睛，开始凝神静心，调匀呼吸，推敲每一个细节。

每一个细节都可能影响到成败，包括沾水的泥土、落下的残叶、微雨的空气和不甚明亮的光线，他一定要把握好每一个细节，才有最大可能取得成功。

暗杀跟书画、棋艺一样，都需要在细节上不断地雕琢，才能变得艺术和完美，不懂这个道理的人，就一定做不好这门功课。

他甚至开始让自己尽量忘掉逃跑的路线，一个杀手若总想着退路，也一定会心有顾忌。

外面一片寂静，寂静得只能听到付唐的心跳声，按时间推测，已经到了残阳西落的时候。

天空还微微飘着细雨，天色阴沉。

他忽然听到了一个人的脚步声。

每一个人走路的姿态都不一样，落点的轻重也不一样，只要有机会待在地底，你一定能听出每一个人传出的脚步声的不同之处。

有的厚重，有的轻浮，有的灵巧，有的拙实，就如同每个人的性格一样。

他听出了这是将军的脚步声，因为他见过将军走路的姿态。

这种声音不但轻巧，而且沉稳，一定是脚跟落地以后，脚掌才站稳，步伐与步伐当中的间隔和节奏都几乎相同。

只有一个平时生活非常有规律、非常严谨的人才会这样行走。

现在脚步已经往这边走过来了。

看来付唐的运气还不太坏，他已经握紧了手中的剑，闭上眼睛，脑中勾勒出每一幅画面的细节，计算着每一刻的变化。

脚步声又一次停下来的时候，付唐知道将军正好站立在洞坑的旁边。

而且将军恰好就停了下来，在这里也许他看到了需要修剪的花枝。

不过他不确定将军是面对着他还是背对着他，如果足够幸运，将军会恰好面向他。

他的目标是一剑刺进将军的脖子，面向他的话，机会当然会更多一些。

这样，掀起的泥土可以迷住他的眼睛，遮盖的木板可以当作盾牌，挡住隐藏在背后的剑。

他算着时间，将军停下来，最多等三息的时间，就是他弯腰的那一瞬。这个时机，他的心思和眼神都一定在花枝上，防备就是最弱的。

天色有些昏暗，依旧有雨丝。

就是这个时机！就在这一瞬！

付唐挺跃而起。

泥溅，叶舞，人起，剑出。

无论是谁，遇见这样的情况难免都要慌乱、惶恐。

在这一瞬间，付唐看到了很多东西。

光线果然柔和，雨丝果然飘舞，将军也果然面向着他，泥土飞溅的时候，他的眼神微微一凛，好像并没有看见木板后面的寒剑。

剑躲在泥土之中，直接刺向脖颈处。

剑疾如流星，几乎无人能够抓住，剑锋如雪，几欲沾上咽喉处的血管青筋。

一切的条件都好像如付唐意料之中那么完美，付唐却仍觉得有什么不对。

因为他没有看见将军眼神里的恐惧和绝望，反而是那么平静，平静得就像一泓秋水，一丝波纹都没有。

这绝不是一个无力反抗的人应有的表情，也不应该是一个将要死去的人应有的眼神。

跟着将军就动了，他的身形微微一错，左手已经用不可思议的速度搭上了隐藏着的剑身，就好像毒蛇吐出的信子，迅疾地叼住了剑脊，右手已经一拳击开纷乱的泥土，打在付唐的胸口。

泥土还没有落下的时候，付唐已经飞了出去。

这一切发生在电光火石之间，付唐看上去就像个躲在暗处玩着木剑的孩子，忽然刺向一个成年人。

可是，只有他才知道这一击已经是他最完美的一剑。

无论时机、速度、准确、力道，都是他有生以来最完美的一次。

可是这一剑对将军来说，就像在关公面前要大刀一样可笑。

他快，将军更快。

他是天上的流星，将军就是抓住他的闪电，他是跃过山隙的白马，将军就是那道套马的缰绳。

不是他不尽力，而是实力差距太大。

付唐这才知道，之前七杀所进行的埋伏，就像孩子过家家，根本就没有测试出将军真正的实力。

将军的真正实力比想象中更强大，武功更高绝，甚至已经超越了他的想象。

他尽最大的努力也只是伤了将军的一只手，这只手虽然鲜血淋漓，剑入见骨，但是将军却好像完全不知疼痛一样，若无其事。

付唐落地的时候，恰好跌进藏身的地穴里。

这个地穴果然就像一副棺材。

现在他已经忍不住苦笑，笑自己的幼稚和无知，喘着粗气。刚刚将军这一拳，已经打断了他三根肋骨，让胸口滞闷，不但手脚瘫软，而且挡住了力气。

他当然知道接下来要发生什么，任何一个冒犯将军的人，一定会受到同等的对待。

以牙还牙，以血还血，他要将军死，将军就一定会让他死。

将军走到洞穴上边，穿着很朴素的青布长衫，白底黑鞋，但是眼神却冷漠得像冬天的冰霜。一只脚抬起就要落下踩在他的胸口的时候，付唐看到鞋底厚实，针脚纳得很密，仿佛蕴含着无穷的力量。这一脚，一定会踩进他的心脏，踩掉他的生命。

将军已经认出了付唐，这让他更加愤怒。因为他从来都没有想到，他喜欢而且欣赏的这个年轻人，居然会做出伤害他的事情。

这就像被朋友背叛一样让他愤怒。

这一刻，付唐终于想到了放弃。

这一刻，他终于感觉到死亡是什么味道。

昏暗的天色变成一片灰茫茫，只有一个人的影子活在天地之间。

秦足青！

对这个人的牵挂比胸口的疼痛更痛。

他曾鼓励她要好好地活下去，就像他也会好好地活下去一样。

一个人倘若都不对自己好，这个世界就不会有人再对你好。

在这个世界上，对爱人最好的祝愿，就是希望她好好地活下去。

他脸上露出一丝温暖的笑容，在心底暗暗念着她的名字，他知道自己真的已经尽力了。

他慢慢地闭上了眼睛。

•
•
•

满天星的生活一向都很有规律，从不赖床。一个人如果连自己的身体都控制不了，那么就根本不可能控制好其他的东西。

每天清晨起床，他会绕着古堡广场走十圈，再练习一套折梅手。

清晨不但安静，而且空气还特别好，有助于让迟钝的大脑清醒过来，折梅手练完之后，他已经对今天要做的事情有了计划。

然后他再开始吃他的早餐。他的早餐非常丰富，像他这样的大个子，每顿早餐要吃掉十斤炖得很烂的牛肉和三斤猪肉包子，还有一盅人参鹿茸汤。

如果连早餐都吃不好，人的一天一定会非常不顺，也一定不会成功。

但今天他就非常不顺，他揭开锅盖的时候，没有看到他的早餐，而是看到一个硕大的狗头。

就算死了，它的眼睛还是睁着的，还是那么高贵清冷，像是王者在鄙视世界上所有的生物。

他当然认识这只狗和这种眼神，空荡荡的胃一阵痉挛，几乎要把昨天晚上没有消化的食物呕吐出来。

然后他全身的骨头开始咯咯作响，好像一只饥饿的猛兽磨牙的声音。锅盖已经被他捏成了一团废铁，却丝毫不能减轻他的怒气。

他当然知道是谁做的，正是因为知道，他才如此愤怒。

他心里的火，几乎瞬间就烧到了身体的每一处，让他不可抑制地颤抖，让他想冲出去，把每一个见到的人都撕成碎片，把每一个不顺眼的物件都砸得粉碎。

可是他偏偏就控制住了自己，他强迫自己慢慢坐下来的时候，身体还在颤抖，怒火还在燃烧，但是头脑已经开始冷静，情绪已经变得稳定。

无论是他还是将军，表面上划江而治，但是在彼此的地盘上都有自己的力量，这已经是一个不公开的秘密。但是在将军的地盘上，他的手下无论如何也做不到这一步。

将军的势力远比他想象中更加恐怖。

这种恐怖无疑是悬在头上的剑、踩在脚下的刺。

如果不能把它拔掉，就一定要学会妥协。

有时候抢夺孩子的心爱之物，并不是因为想要占有，而是想让对方恐惧。

这种心理战术无疑对成人更加有效。

满天星冷静下来之后，开始感受到恐惧。这种滋味他已经很多年没有尝过了，感觉就像切肤之痛，又像被强奸的羞辱。在他很小很小的时候，每一次受到欺负，都能感觉到这种像被剥光了衣裳一样无助的惶恐。

他忽然感觉到自己的无能，并开始痛恨自己的幼稚。

他反手拖过床上的被单，遮住了盘子，走出去，面无表情地对下面的人吩咐道："去把柳随风请来。"

他的命令一向准确而迅速地被执行。他说的是请字，下面的人就恭恭敬敬地把柳随风请了上来。

柳随风的脸上毫不惊慌，满带笑容，他的笑容还是那么温和，风度还是那么优雅，无辜得好像什么事情都没有做过。

满天星盯着他看了一会，忽然冷冷地说道："江湖中能激怒我的人几乎没有，你做得的确很成功。"

柳随风恭谨地弯了弯腰，说道："我只是带来将军的问候，他对您不敢有丝毫冒犯的意思。"

这句话说得很巧妙，却已把他和青阳帮的关系撇开。

满天星冷笑道："很好！很好！这份心意的确非同一般。"

柳随风说道："如果大人懂得体谅将军的心意，自然是江湖中额手称庆的一件大好事。至于我个人，只是一个无足轻重的小卒子。就算把我煎了炸了，也没多大关系。"

满天星忽然道："青木星宿最近身体一直不好，总对我说想要退隐江湖。如果你愿意，可以去接替他的位置。"

满天星手下的二十八星宿，每一位都是名震江湖的一方霸主，这个建议无疑充满了诱惑力。

"多谢抬爱！不过将军告诫过我一句话，背叛这种事情，就和谈感情一样，多用几次，自然就会变得不太值钱。"

这句话也是他的态度。

能在满天星面前表明态度显然是一件很有勇气的事情。

满天星脸色阴沉下来，谁都知道他现在不开心，很不开心。

他猛兽一样凶狠的眼神死死盯着柳随风，忽然问道："你不怕死?"

柳随风笑笑，好像根本没在意满天星的眼神，道："我不但怕死，而且还特别怕痛。只不过将军也教导过我，怕不能解决任何问题，也不会有任何效果，所以虽然我怕死又怕痛，可做事情的时候，一定会把这两样东西都忘掉。"

他说得轻描淡写，却有种说不出的坚定在里面。

满天星沉默了一会儿，冷冷地说道："回去告诉蒋玉庆，再激怒我，我就会把他的肉一条一条撕下来喂狗。"

这句话的意思柳随风当然懂，"第二次"通常意味着"第一次"被宽容。

所以他的脸上又露出了温和的笑容。

说完，满天星闭上了眼，靠在扶手上，不再说话。柳随风没有注意到，满天星的拳头已经紧紧地握起来，指甲抠进了肉里。他怕自己睁开眼，就会有抑制不住的怒火烧起来。

他内心里一定有了某个决定，像他这样的人物，真正的决定从来不用告诉任何人。

失败的滋味和恐惧的滋味一样，都让他感到极不舒服。

不舒服的事情，就一定要下决心去改变。

三三

情为义所困

将军的脚就要落下去的时候，远远地传来一声女子的惊呼：“不要！”

这个声音只要付唐听过一次，就足以铭记心中。

将军的脚还停留在空中，秦足青就已飞奔来到洞口边。

她一看到躺在洞穴里的人，眼泪就流了出来，喃喃道：“果然是你！”

付唐睁开眼，他怎么也没有想到会在这里见到她。

她是将军的什么人？她怎么会出现在这里？

将军站在洞口边，冷声问："他是谁？"

秦足青伸手把付唐从洞里搀扶起来。每牵动一下，付唐都感觉到撕心裂肺的疼痛，可是他脸上露出微微的笑容，因为他没有想到还能再见她一次。

多见一次都已足够幸福。

有些喜悦和甜蜜，本就只有在最绝望的时候才能感受得到。

秦足青迎着将军的目光道："爹爹，他是我的爱人。"

秦足青的一声"爹爹"，让付唐的眼睛突突地跳了起来，他怎么也没想到，他刺杀的人居然是最爱的人的爹爹，在此之前，他从来没听说过将军有女儿。

爹爹这两个字说出口的时候，仿佛冥冥中有了一种血脉联系——就好像爱人二字一样奇怪，爱人既不是朋友，也不是丈夫，但却好像比两者更亲密。

付唐看向将军的时候，眼神已经变得不一样，他发现将军虽然表面上冷漠，眼神凌厉，但是也一样有一种奇怪的味道。

秦足青转过头柔声问付唐道："你怎么能做这样的事情？"

付唐没有回答她，反而淡淡地道："这本来就是我要做的事情，与你无关。"

秦足青的眼泪又流了下来，道："可是你为什么会在这里？为什么要这样做？"

付唐纠缠在内心里的情感百般交集，脸上却露出淡淡的笑容，道："因为我本来就是一个见不得光的刺客。同你说过的那件我要做的事情，就是刺杀你的爹爹。”

如果她在刚刚相识的时候问他，他一定会原原本本告诉她，就像爱人之间不会有秘密一样，可她偏偏却从来没有问过，就好像那天埋葬的过去一样，谁都不再提起从前。

命运有时候就是如此奇怪，如此捉弄人。

将军皱了皱眉头，他看着秦足青的眼神，脸色毫无变化，淡淡地问：“你是谁?”

这句话已经变成了问付唐。

付唐很诚实地答道：“我不叫崔向阳，我叫付唐。”

将军点了点头：“近年来江湖中崛起一个神秘刺客，凡是交给他的任务都从不失手，是你吗?”

“我不知道这说的是不是我，但是我的确从来没有失手过。”

“你是七杀组织里的人?”

付唐茫然摇了摇头，道：“我与七杀这个组织没有任何关系。不过我知道他们和我接了同样的任务。”

他的确不知道仇宿和七杀的关系，自然也不知道自己与七杀的关系。

“谁安排你在这里的?”

“玄武堂三组，赵凡。”

他的回答不但诚恳，而且句句都是实话，他知道，无论将军以什么身份来问他，都容不得他说一句假话。

他虽然不怕死，却绝对害怕在心爱的人面前死去。

而且将军既然还活着，这一切的秘密都不再是秘密。

几道人影从旁边围了上来，将军点点头，对他们吩咐道：“查。”

他的命令一向简洁有效，几个人马上分散开，消失了。

将军若有所思地看着他，道：“赵凡只是玄武堂的小头目，像他这样的人，不但请不起你这样的杀手，也没必要做这样的事情。不管你成不成功，他现在都应该已经提供不了更多的消息了。”

付唐当然知道将军真正想要问什么，他抿了抿干涩的嘴唇，却没有说话。

将军果然问道：“你背后的人是谁？”

虽然他的语气谈不上有多凌厉，但是眼神却已经代表了他的态度，如果付唐不说的话，他一定会很生气。

没有人能扛住将军的怒气。

但是付唐怎么能说？虽然他知道说出来以后，也许就会得到一线生机。

他只有满嘴苦涩地摇了摇头。

秦足青柔声道：“你告诉爹爹，不管有多大的困难，都不会难住他。不管有多大的事情，他都会帮你解决。”

他当然也相信这句话，通过这次行动，他已经充分明白了将军的强大。

他本以为自己没有再低估将军，实际上却想象不到自己与将军的实力有如此大的差距。

这就像是人与神之间的差距。

将军还在冷冷地盯着他。

付唐还是只有摇头，他看着将军，恳求道："能不能让你的女儿离开这里？"

他已经不敢再看秦足青，看多一眼，心就伤得越深。

秦足青摇了摇头，很坚决地说道："我不走。"

她害怕她离开以后，就再也见不到他。

将军道："你的确没有资格在我面前谈条件。"

付唐叹了口气，内心的疼痛如同刀割，过了良久，他一个字一个字慢慢地道："我不能说，你还是杀了我吧。"

"为什么？"秦足青不解。

只要不是太笨，实在没有理由放弃这样的一丝生机。

付唐转过头来看着秦足青，他的内心满是情愫与悲哀，却尽量让脸上露出坦然的笑容，像是在最后一次看着她。他柔声道："因为这个人，我还是一个孩子的时候，他把我从难民堆里救了出来，给了我幸运。没有他给我食物，我早就死了；没有他教我武功，我也不会在江湖中混到今天。也许他只是在利用我，但是没有他的利用，我也早就活不下去了。你说，几十年前就该死的我，有什么理由再去出卖他呢？"

这句话他说得情真意切，也很沉稳，就好像丈夫跟妻子的告别。

他心意已决。

一个人，总得明白自己为什么活着，否则活着亦如死去。

只有江湖中人，才懂得这种道义和情感绝非一种利益。

秦足青愣住。

付唐低头对她又轻声道：“遇见你之后，我就想让自己明明白白地活着，不想再去出卖、背叛任何一个人，包括我自己。若是今天我可以出卖别人，明天我一样就可能背叛你。自从遇见你之后，我只想把这种情感保持完整，就像一张白纸一样，不允许它沾染任何污点。你懂我的，对吗？”

这句话他说得更温婉，听到的人都知道他虽然没有把爱说出口，却绝对比世界上任何一个人都更爱她。

在场每个人也都能听出他的坚决。

秦足青沉默着，没有说话，她当然懂得这种情感，可是越明白就越伤心，眼泪忍不住簌簌而落，哭道：“你真傻，你的世界我的确不懂，可是为什么要这样？为什么我们要在这江湖相遇？为什么要让我爱上你？为什么？”

她抹去了自己的泪水，控制住自己的情绪，轻轻地抱了他一下，在他耳边轻声说道：“等我做完了自己该做的事情，我就来追你，把这条命还给你。”

这句话她虽然说得很轻，轻得别人听不到，但一样说得很坚决。

然后她转过身，背对着他们，仿佛不愿意再多看一眼，一步一步地走回去了。

没有人知道她在想什么，内心有多么悲伤，为什么竟然就这样回去了。

但是付唐知道，此刻，她必定泪如雨下。

“我把这条命还给你。”

这句话已经胜过世上所有的山盟海誓，蜜语甜言。

付唐忍不住鼻头一酸，眼泪掉了下来。但是他的脸上却努力露出微笑。

自古艰难，唯一死尔。但比死更艰难的，却是断情绝相思。

他看了一眼将军，惨笑道：“来吧。”

他并不怕死，他的眼睛已经闭了起来。

但是将军却迟迟没有动静。

一个人回来禀报道：“赵凡中毒而死，一家七口皆暴亡，家中和堂口都已搜查过，没有异状。”

没有异状的意思就是毫无线索。

将军若有所思地看着付唐，这种情形当然也在他预料之中，目前的线索或许只剩这个年轻人了。

他一样渴望能够找出背后的黑手。

他静静地站在原地思索着。

最终的决定却让人出乎意料。

他对付唐说道：“你走。”

他的语气很平淡，就像长辈对晚辈说话的口气一样。说完以后就转过头去，不再多看一眼。

他慢慢地离开花坛，背负着双手，左手的拳头已经握紧，却依然有鲜血不断透过指缝滴落下来。

那里的创伤刺痛入骨，所以他需要紧紧地握着拳头。

他的背影还是像标枪一样挺直。

没有人知道他为什么不取付唐的性命，却也知道不是因为怜悯，也不是因为秦足青。

但是他的决定一向不会改变。

付唐挣扎着站直，深深吸了一口带着雨丝的空气。

原来活着居然这么好，这么美。

三四

离开非解脱

付唐爬上小山坡，果然看见秦足青坐在枯草丛中。

只不过她的眉目深锁，看上去比平时更忧虑、更悲伤。

看到她，尽管身上的伤口还有疼痛，付唐的脸上已经露出了微笑。

他轻轻地走过去，轻声地说道："我来了。"

不管他在哪里，哪怕爬都一定会爬回来。

秦足青转头看着他，目光却似痴了。

只有他们俩才知道，能再次在这里相见是多么不容易的事情。

能相见，却无言，泪水好像又要千行。

半晌她才幽幽地道："你怎么不告诉我你是一个杀手？"

这句话虽有娇嗔，却并无责怪，爱人之间好像总是有足够的理由来相信对方。

付唐沉默了一会儿，道："因为我不敢。"

他的确不敢，往往只有那些长期活在黑暗之中的人，才会在见到阳光的时候感到心虚害怕。

秦足青就像他的太阳。

有好几次，他都鼓励自己，只要把任务完成，就让秘密永远沉入过去，就好像一座长出青草的旧坟。

他一直怀抱这样的侥幸。

他又轻声道："若是你问过我，我也一定会告诉你。那一天将过去埋葬之后，我比你更高兴，因为不只你的过去需要埋葬，我的过去其实更怕被人知道。"

过去若是没有办法逃避，埋葬的确是个不错的法子。

"那现在呢?"

"现在无论你想问什么，想知道什么，我都会告诉你。因为我害怕再错过。"

若是再错过一次，就好像再死去一次。

这句话他说得很沉稳，他已经不打算再有任何隐瞒和欺骗。

秦足青叹了口气，却没有说话，她实在也不知道要问些什么。

于是付唐先开口了："将军怎么会是你爹爹? 你不是淮安人吗?"

秦足青道："他是我干爹，却一直对我很好。我亲生父亲本是秦振，因为运镖而牺牲，所以将军许诺要帮我报仇，我就一直待在这里等着他兑现承诺，这件事情做到了以后，我也就无牵无挂了。"

她泪光盈盈，似乎又让往事勾起了悲伤。

付唐忽然想到那天晚上殷勤的年轻人，小心地问道：“那天晚上……蒋承龙？”

秦足青点点头，道：“他是将军生下的一条虫，有时候我都怀疑他到底是不是将军的儿子。”

付唐道：“假如我知道将军是你的干爹，不管如何都会拒绝这次的任务，我情愿换另外一种方式再遇见你。”

他实在不知道这次的任务是幸运还是不幸，命运总是这样使人悲喜交集，让人不知所措。

秦足青问道：“刺客难道就一定要达到目的才肯罢休吗？”

“是，之前抚养我的这个人，一直就是教我这么做的，宁肯死，也要达到目的。我本来也早已厌倦，但是他对我说，这是最后一次。”付唐歉然道。

“最后一次？”

“是，最后一次。现在不管怎么样，我都已经算做过了。这条命也算还给他了，他应该也没有什么理由再来责怪我了。”

付唐故作轻松地笑了笑，可是连他自己都感觉到很勉强。

秦足青看着他，道：“那他还会来找你吗？”

付唐沉默着，看着山坡下的青阳城。这座城广阔、喧闹、繁华，好像能包容下各种各样的人，包容每一个人怀着不同的目的、不同的梦想与挣扎。

在这座城市的某一个角落，仇宿或许也正想到了他，眼睛穿越无穷无尽的时空盯着他。

他忽然打了个冷颤，感觉自己如此没有信心。

他轻声道：“也许吧。”

秦足青又问道：“那他来找你该怎么办？”

付唐又沉默了一会儿，道：“我不知道。”

秦足青盯着他，问：“为什么？”

付唐纠结着，不知道该怎么描述，他才发现，他其实对仇宿充满着畏惧。每一次接任务的时候，自己好像都表现得很放肆、很随意，就像聪明的孩子一样，知道自己的价值，所以总喜欢恃骄而宠，知道如何讨取对方的欢心，但是现在真正细想下来，他才发现他对仇宿毫无了解，脑中所闪现的画面，都是从小到大的严厉和苛责，这种情绪就像聪明的孩子对大人深深的、不愿表现出来的畏惧。

付唐低下头道：“我也不知道。”

秦足青看出了他的纠结，一字一字地道：“你很怕他。”

这句话像针一样扎进付唐的心里，让他眼角突突地跳。

他辩驳着道：“以前我或许很怕他，他就像一个阴影一样，在我的床头、方便的时候、笑或者哭或者不知道什么时候出现，好像我什么事情都瞒不过他，被逼着去做他让做的事情，逃脱不了他的控制。但是现在不一样了，因为我已经死过一次了。”

死过一次的人好像的确没有什么可害怕的。也许他只是不再害怕亏欠。

亏欠这道绳索，有时候也像绞刑架的绳索一样要人命。

秦足青握住了付唐的手，发现他的手不但又冰又冷，而且一直在发抖。

他的内心一定还有深深的恐惧，就好像哭闹的孩子害怕黑夜一样。

所有人都以为，跟过去告别可以很自如，但是往往并不能做到。

就好像她一样。

人若不是这样，岂非就跟草木一样无情？

秦足青忽然道：“我们走吧？”

付唐看着她，问道：“去哪里？”

秦足青柔声道：“陪我去海边，我想去看看大海。”

付唐迟疑了一会儿，问：“你的事情呢？”

“爹爹只要答应我的事情，就一定会去做，我之前实在不该对他太没有信心。”

“那就我们俩？”

“足够了。”

足够了的意思是指除了他们以外，不用再背负任何东西。

没有财富、没有名利、没有恩怨，也没有任何的过去。

付唐忽然明白了她的意思。有些事情若是无法面对，又无法埋葬，就不妨试试一起逃避。

只要能在一起，就已经足够了。

只要是一起逃避，不管结局如何，他们都已经拥有过梦想。

逃避得久了，或是逃避得远了，总会有足够的办法慢慢忘记。

他的眼睛已经亮了起来，忽然感觉身体不再发冷，他迟疑着问道：“现在就走?”

秦足青毫不犹豫地道：“当然。”

她说得干脆果断，绝不像一时头脑发热。

付唐道：“其实我一直都想去看看大海。因为那里有太阳升起，有春暖花开。”

秦足青道：“既然是这样，为什么不早点去？哪怕早一刻都好。”

两人相视着，忽然笑了起来。

大海啊大海，两个人心中燃起了希望。

传说它纯洁得能够洗净所有的河流，宽容得好像能隐藏世界上所有的过往。

三五

仇宿的愤怒

没有暴雨，却有微雨。

依旧没有行人。

项少杰戴着斗笠，遮住脸，左右顾视无人之后，从水月轩墙外的狗洞里钻了进去。

推开门的时候，他见到仇宿坐在大堂中央的梨花木椅上，目中似有笑意。

仇宿道：“坐，喝茶。”

茶当然已经沏好，摆放在下首的木桌上。

项少杰径直坐了下来，抿了一口茶。

仇宿笑道：“快告诉我结果怎么样？我已经迫不及待了。到底是崔向阳杀了蒋玉庆，还是蒋玉庆杀了刺客？我想后者的可能一定要大一些。”

项少杰道：“你都猜错了，两样结果都不是，崔向阳虽然伤了将军的左手，但是将军却放他走了。”

仇宿皱起了眉头，道：“为什么？蒋玉庆怎么可能放走一个刺杀他的人？”

“因为将军有个干女儿，叫作秦足青，崔向阳恰好是她的爱人。”

项少杰的回答一向简洁明了。

仇宿的脸色倏地变了，在他的计划里，这本来是个天衣无缝的安排，意外的出现当然不是一个好消息。

项少杰道：“不过庆幸的是，崔向阳宁肯死，也没有透露你的任何消息。”

仇宿铁青着脸，道：“就算他透露了也不要紧。我虽然是蒋玉庆多年以前的故人，但是他却一定把我忘记了，也一定不会再想得到是我。”

项少杰忍不住好奇地问道：“难道你真不怕将军把你的底细查

清楚？只要青阳帮想要做的事情，好像在江湖里还没有做不到的。”

仇宿冷冷一笑，没有回答。

项少杰又道：“这件事之后，崔向阳和秦足青好像一同消失了。”

“消失？”

“我们所有的人手都出动了，但是在青阳城里始终找不到他们俩的踪迹。我推测他们已经离开了青阳城。”

“砰”的一声，仇宿的脸色已经变得铁青，手中的茶杯被他捏得粉碎。

可怕的不是他的愤怒，而是他的内力，能空手捏碎茶杯的手不但毫发无损，而且紧紧握成了拳头。

他当然知道，以青阳帮的力量都无法找出来的人，自然已经离开。

可他怎么会离开？

他怎么敢离开？

这简直就是对他的一种背叛，也是对他信心的一种侮辱。

项少杰也微微吃了一惊，他从来也没见过仇宿如此情绪失控。

仇宿低吼：“找！一定要把他们找出来，如果江南找不到，就去江北找，不管用什么样的代价，也要把他找出来！”

项少杰点了点头，道：“我一定把这话转达给他。”

说完他戴上斗笠，转身离开。

在一头即将发怒的老虎身边待着并不是什么好事情，他虽然受命听从仇宿，但是却不代表他总要委屈求全。

项少杰刚刚离开，扈三娘的笑声已经从里面传了出来。

她笑着，好像从来没见过这么好笑的事情，好像并不怕仇宿的怒气。

仇宿“哼”了一声，道：“你笑什么？”

扈三娘道：“我早就跟你说过，若是要拴住年轻人的话，光靠绳子是没有用的。”

“那需要用什么？”

“还要用承诺和希望，年轻人渴望光明，就像老人渴望青春一样。”

仇宿冷冷道：“我只是无法忍受这样的背叛，简直就是我的耻辱。若是骄纵这种行为，七杀这个组织就可以不用出现在江湖里了。若是纵容了第一次，就绝对会有第二次。这就是规矩。”

他的怒气已经慢慢消退，但是语气却更冰冷。

仇宿的规矩也是铁一样的规矩。

扈三娘问道：“你打算怎么做呢？”

仇宿道：“七杀虽然在青阳城里已经没有人了，但是在城外却还有很强大的力量，还有很多组织，还有很多人。”

“当初刺杀将军的时候，为什么不把他们全部都调入进来？”

仇宿忽然露出一丝奇怪的笑容，道：“你何时见过真正的赌徒把所有的赌注都押上去？真正能赢的牌往往不需要太大，只需要大一点点就足够了。”

这个道理往往只有技巧娴熟的高手才会懂得，会滥用力量的人往往都不是高手。

扈三娘当然也懂这个道理。

她又问道："崔向阳算是七杀组织的人员吗?"

仇宿看看她，慢慢道："他当然不算，他是一枚非常特殊的棋子。为了布置这枚棋子，他刚出生的时候我就把他夺了回来，然后扔到难民堆里长大，再教他武功，让武林中不同的高手来锻炼他，可笑他还傻傻地以为自己的武功高到不可思议，能纵横武林。这把剑磨到最锋利的时候，就是我要用他的时候，我苦心谋划这么多年，就是为了让这把剑有一天可以刺进蒋玉庆的脖子里。"

扈三娘掩嘴笑道："我猜想他跟蒋玉庆一定有渊源，而且关系还不浅。"

仇宿居然点头承认，缓缓道："不错，蒋玉庆永远也想不到他是谁。"

扈三娘道："反正总不会是蒋玉庆的儿子。"

仇宿瞟了她一眼，淡淡道："你问得已经太多了。"

他没有承认，也没有否认。有些秘密只有隐藏好才最有价值，就算女人的直觉十有八九是准确的，但是只要没听到真相，她们就会无休止地怀疑下去。

他无疑就是唯一掌握这个秘密的人，这个世界不会再有其他人会知道。

仇宿叹了口气，道："本来这个计划最完美的结局当然是他能伤到蒋玉庆，然后蒋玉庆再亲手杀死他，这样我就能在蒋玉庆临死之前，再告诉他这个秘密。他一定会很难过、很伤心、很绝望。"仇宿想到开心之处，忍不住狞笑起来，接着道："不过既然蒋玉庆没有杀死他，那么这种事情只能是我来帮他做了。”

“你一定要杀他?”

“不管从什么角度来看，我都非杀他不可。只有把这世界上所有跟蒋玉庆有关系的人都清除掉，才能达到我的目的。这些人当然也包括他自己。”

仇宿的决定一向不容置疑。

扈三娘想了想，道：“青阳帮项少杰能控制的力量毕竟有限，我猜想他上面一定还有一个人?”

仇宿居然又没有否认。

扈三娘瞟着他，继续道：“这个人是谁？柳随风？唐猛？不过这两个人对将军忠心耿耿，不可能是他们。赵凡的级别甚至不如项少杰，那到底会是谁?”

仇宿还是没有说话。

扈三娘拍手笑道：“不过这个人一定是个千年老乌龟，乌龟虽然又稳又慢，不过却可以活得很久、很平安，当然也很有力量。”

懂得潜伏、懂得隐忍的人通常都比较强大，仇宿居然又没有否认这一点。

他慢慢道：“等时机到了，我自然会安排他和你见面。”

扈三娘又道：“你们现在没有发动，当然是因为力量不够，既然是这样的话，为什么不把飞花楼的力量加上去?”

“飞花楼?”

扈三娘笑道：“飞花楼的力量并不小，也算是一个完整的组织，而且最近还加入了一个又忠诚能干又武功高强的年轻人。”

武功高和能力不是第一位的，忠诚才是最重要的，所以扈三娘把“忠诚”二字咬得很重。

仇宿沉吟着，道：“为什么？”

扈三娘道：“因为我要飞花楼的地契，也因为越有实力的盟友，就会越有价值。”

现在总算到了她能做些什么的时候了。

这个机会她已经等待了很久。

仇宿点了点头，道：“很好！”

这次他说很好，就是同意赞许的意思。

三六

最快的行动

柳随风的确回来了，他马不停蹄地赶回来之后，第一件事就是去将军的竹林。

无论是谁，能把满天星的承诺带回来，本身就不是一件容易的事情，可是柳随风的态度还是很谦和，好像只是做了一件微不足道的事。

满天星城堡的地图静静地躺在桌面，对手的每一个信息都是宝贵的资料，柳随风毫无疑问也懂得这一点。

所以地图很详尽，甚至标明了某些风化的石头、隐藏的暗哨。

但是将军的脸上却露出了沉思的表情，他的身边站着唐猛和蒋承文。

过了一会儿，他才慢慢地道：“这件事情辛苦你了。”

这句话是对柳随风说的，但是他的心却一沉。

将军没有说对错，因为就算他做错了，将军也不会责怪他，这件事情本来就是将军安排他去做的。

只要是将军安排的人和事，就一定会给予充分的信任，也一定会给予充分的担当。

但在这件事情上，他一定有做得不妥当的地方。

将军缓缓地问道：“像满天星这样的人，如果被人侮辱了，会不会比杀了他还更难受？”

他这句话却是问唐猛和蒋承文的。

唐猛道：“绝对会。”

将军道：“遇到这样的侮辱和挑衅，他却反而好像受到了威胁，居然变得害怕起来，妥协了，还接受了我们的建议，这是不是很奇怪？”

唐猛又道：“当然很奇怪。”

将军说道：“财富对满天星来说，并不是最重要的，就如我一样。”

到了将军和青阳帮这个位置，地位和尊严才是最重要的，为了这一点，他们并不在乎流多少鲜血。

蒋承文在旁边问道："所以您认为这次的妥协太轻易了?"

"不错，的确太轻易了。"

将军继续说道："如果满天星只有这样的能力的话，江北十三省就不会只听他的号令，二十八星宿就不会在他面前低头。"

没有人会质疑将军的判断。

唐猛道："所以他的一时屈从，是为了突然的反扑，他表面上好像害怕了，背后一定在磨他的刀子。说不定什么时候，他扑上来，我们还以为他已经胆怯了，不值得花力气。"

将军点了点头，道："应该就是这样。"

柳随风的冷汗已经从背上流了下来，他招惹了一个实在不应该招惹的人。

他忍不住问道："那现在怎么办?我们还要继续铲除黑云教吗?"

将军毫不迟疑地回答他："要。"

他决定的事情一向不会改变。

将军继续道："但现在这件事情我们要么早做，要么晚做，却绝不能再一直等待下去。"

他看着地图沉思了一会儿，忽然道："承文。"

蒋承文就在身边。

"你立刻召齐青龙堂二组和四组的人手，天黑之后秘密前往江北，用最快的方式带回古风的人头。"

蒋承文应了一声，就要出发。

将军又叮嘱一句："你千万要记得，事成之后就速速回来，一刻都莫要耽误。整个行动就一个字：快，若是不够快，就赶紧回来。”

唐猛问道：“才二十个人够吗？”

二组和四组加起来的好手只有二十个人。

将军道：“用二十个人来对付古风，就像用一把牛刀来杀鸡。我只希望承文的动作能再快些，莫要让满天星的人赶在前面。”

按照将军的推测，满天星会开始有所行动，柳随风知道，他马不停蹄地赶回来，按照双方到黑云教的距离来计算的话，只要蒋承文行动够快，的确刚好有三到五天左右的时间差。

将军的口气虽然有一丝鄙夷，但谋划和计量的精准却一向不会出错。

现在柳随风只希望将军的判断是错误的，也许满天星并不是那么果断和敏捷的人，也许他只是真的感受到了威胁，所以暂时屈从。

他忍不住想请求让他也一同前往，可还是闭紧了嘴巴，将军的安排通常也是他的决定。

他也希望在这件事情上，犯的错误莫要太深，还有弥补的机会。

这时远处有两个女子说说笑笑，已经走了过来，一个是张秀，另一个是颜建梅。看到柳随风，张秀的眼光再也挪不开了。

看到他能够平安回来，张秀的心情显然很好，笑道：“如果不是在大街上遇见了少杰，我还不知道你已经回来了。真是的，也不知道先回家里通知一声。”

柳随风露出了一丝苦笑，道：“我正打算要回去，你就已经来了。”

将军微微一笑道：“这的确是随风的不是，家都顾不好的男人，就一定顾不好差事。”

他的眼光却看向唐猛，后者已经把地图折好，收了起来，不再讨论。

男人在工作上的任何困难和决定，最好都莫要告诉女人，也莫要告诉家人，因为这不但是男人该有的隐忍，更是男人应该扛起的责任。

这是将军的规矩。

因为他认为这本来就应该是男人的担当之一。

三七

蒋承文的怒

蒋承文比计划的时间还要早一些找到了黑云教的总部。

黑云教的总部藏在深山的一个小山坳里，想找到并不是件容易的事情，而且古风狡兔三窟，他的房间设在最不起眼的角落里，不知情的人往往容易忽略。

在山坡上，他们已经看到了古风的身影，蒋承文感觉运气还不错，因为在山寨里的人不但不多，而且还都比较忙。

比较忙通常也就是比较乱的意思。

这显然是个好事情，如果换作是蒋承武在的话，说不定就提刀冲进去，直接砍了他的人头就走，以他们的实力，做这样的事情并不难。

但蒋承文留下两个人盯着古风之后，剩下的人都安排在山坡上休息。

时间还很充裕，他打算晚上再摸进去，天黑不但有利于掩护，也能让人员的损失降低到最少。

能用最少成本出最大的效果，当然就没必要冲动，没必要冒险。

夜已经深了。

二十个人分成了四个小组，五个人负责接应，八个人负责控场，蒋承文带着三个人直接扑向了古风的房间。

他一向是个非常小心谨慎的人，所以在东南北三个方向的道路上留了暗哨，除了防止意外，还要截住古风可能逃跑的方向。

他只要古风的人头，这个在江湖中声名狼藉的组织，就像用水堆起来的沙子，只要把古风除掉了，就会像无头的蛇一样走不了多远。

所以这次行动不但要出其不意，而且要迅猛快捷，甚至可能在黑云教都完全没有反应过来的时候就可以撤退，然后消失在黑夜里。

这次行动叫作斩首行动，他和身边的三个人就是斩出去的剑。

营寨里的篝火还没有熄灭，木柴偶尔发出噼啪的燃烧声，因为白天的劳累，所有人都在沉睡，甚至在解决门哨的时候都没花什么力气。

但是越接近古风的房间，蒋承文的内心就越不安。

因为这里实在太安静了，一个人员来往如流水一般的营寨能如此安静，这个组织要么严谨得可怕，要么疏松得可怕。

而黑云教却恰恰两者都不是。

就在他快要接近那间不起眼的屋子的时候，忽然大门洞开，灯火如鱼鳞一般在黑夜里节次亮起，一个人哈哈大笑，叫道："蒋承文，天堂有路你不走，地狱无门你偏进来!"

十几个人举着火把从门里雁行而出，当中的一个人咧嘴大笑，脸上洋溢着说不出的得意，就像发了横财、得意狂笑的土财主，让人感觉说不出的厌恶。

这个人当然就是古风，他现在很嚣张，很放肆，他看着蒋承文，就像是猫在看着掉进罗网的老鼠。能在青阳帮大公子面前嚣张炫耀的机会并不多，特别是当他成为自己的猎物的时候。

这种感觉就像老嫖客终于爬上了公主的床上一样龌龊。

出来的一共十二个人，八个人将他们团团围住，另外四个人站在古风的背后。这十二个人不但脸色冷峻，毫无表情，而且行动敏捷迅速，不拖泥带水，显然都是百里挑一的好手。

远处的黑暗里也开始陆续亮起了一片火把，传来了喊杀声，青阳帮诸人显然已经陷入重重的包围之中。

蒋承文没有说话，掂了掂手中的剑，看了看身边的三个人，他们在眼神的交流之间已经取得了共识。

他不但没有撤退，反而忽然疾驱向前，一剑刺向古风的咽喉。

他不喜欢说话，对古风这样的人，多说一句他都感觉是废话。

他并不缺乏勇武，偷袭不成，那就堂堂正正地碾压过去。黑云教在他眼里不过是一个带壳的鸡蛋，既然用针挑不开，那就用锤子把它砸开。

他一动，他身边的三个人也开始行动，已经放倒了一个，挡住了两个。

他一动，古风就疾退，身后的四个人亮出了兵器，一双判官笔、一条软鞭、一对峨嵋分水刺，还有一把开山刀。

能使这四种武器的，无一不是武林中的好手。

判官笔先搭上剑脊，"铛"的一声，火星四射，但是剑势已经被封住，剑往下沉。

蒋承文的心也往下一沉，他喝道："你是谁？"

能挡住他这一剑的人的确不多。

持判官笔的中年汉子锦衣华服，脸沉如水。他微微一笑，说道："我叫朱棠。"

很平凡的名字，很平凡的人，但是用了这对判官笔，这个人和他的名字都变得不再简单。

满天星二十八星宿中，他排在首位。

亢金龙朱棠。

他微笑着又补充一句："我和钱师、毕师、危师累死了五匹马，才总算赶在你们的前面。"

尾火虎、毕月乌、危月燕都是二十八星宿中的人物，每一个人都是江湖成名已久的高手。

蒋承文立刻明白今天再讨不到便宜，于是借力反跃，一个后纵，翻出去的时候，对身边的人沉声说道："撤。"

开山刀已经抢出，一招雷霆压顶，直接斩向蒋承文即将落脚的地方。

古风躲在四个人后面狂笑不已，今天有这么多赫赫有名的大人物帮他撑腰，必能成为日后江湖中讨论的一件大事。这种主角感让他实在太忘形，太张狂。他叫道："蒋承文，回去转告蒋玉庆，想要取我性命，让他再多吃两年屎，再喝几年马尿，把屁股洗干净了，说不定大爷兴致好，会去看看他！"

他越来越感觉到快意，所以笑得越来越猖狂。

"老而不死是为贼，他蹦跶不了多长时间了，我一定会帮他准备一床破席子，扔到青阳城的大街上，让每一个人都有机会去淋上两泡尿……"

蒋承文忽然怒了，侮辱将军简直比侮辱他自己还要令他愤怒。

江湖中没人敢这么做。

他闪避开山刀的同时，已经看到古风的脸，这种笑容不管从什么角度看，都带着无法形容的猥琐和猖狂。

这种小人简直恶心得就像喝酒的时候吞下了一只苍蝇。

无论是谁，只要吞下了这只苍蝇，只怕今后喝酒都不会再有乐趣。

软鞭悄无声息地点向蒋承文的脚踝，就像一条毒蛇吐着信子缠了上来。

到了这个时候，谁都知道他已经不再是捕猎的猎手，而是落入陷阱的猎物。

蒋承文却已经改变了主意，他决意不再后撤。

软鞭在他脚上微微一点，倒钩已经撕下了一块血肉，鲜血滴落下来的时候，他的人像大鹏一样跃起。跃过两个人头顶的时候，剑尖已经点上了他们的咽喉，再轻轻一点，借势去得更急。

他的眼里只有古风，尽管再跃起来的时候，身上已经多了一道刀伤、两道剑创。

判官笔等人在后面急追，却被蒋承文的同伴挡住，尽管只是挡住了一小会儿。

古风一愣，掉头就跑。

但他跑得还是不够快。

当他发现自己跑不过的时候，就抽出了腰间的剑。

峨嵋刺已经赶了过来，只要他能挡住两个回合，就能把危机化解掉。

两个回合甚至都用不到一呼一吸的时间。

蒋承文从高空中向下扑来的时候，他举剑上刺，攻敌之所必救。

作为黑云教的头目，他自然也有些见识、有些功夫。

这一剑避开之后，他甚至计算到后退一步，再用龙摆尾横剑反撩，就足以把蒋承文的来势封住。

这个时候，峨嵋刺赶到他的身后，把他缠住。

可是古风万万没有想到蒋承文居然不闪避这一剑。这一剑刺进蒋承文胸口的时候，他惊呆了，甚至都忘了闪避。

青阳帮帮主的公子居然如此凶悍，如此不要命？

这个身份能有多少女人、多少银子、多少想不到的荣华富贵，居然就这么轻易地把胸口卖给他了？

蒋承文的剑同样也刺进了他的胸口，贯胸而过。

倒下去的时候，蒋承文已经满身血污，脸上始终挂着淡淡的嘲笑之意。

这种笑容有说不出的蔑视。

他由始至终都没跟古风搭一句话。

古风临死前终于知道，有些人不可以冒犯，就像有些事情不能去做一样。

因为他们会用鲜血甚至用生命去洗刷这样的冒犯、这样的侮辱。

只不过这个道理他明白得太迟了。

所以他也死不瞑目，极不甘心。

三八

风雨欲飘摇

跟随着江北消息回来的，还有蒋承文的尸体。

尸身已被整理过，脸色安详，像是在临死前得到了最大的满足，静静躺在香檀制的棺木之中，棺木摆放在素白色灵堂的最里面，也像黑暗一样厚重安静。

谁都没有想到，这次行动的代价会这么大，居然让将军牺牲了他的儿子。

现在他一个人站在棺木旁边，不要任何人陪伴，已经静静地站了几个时辰。

没有说一句话，也没有喝一口水。

没有人知道他有多感怀，有多悲伤。

这个背影虽然还是一如往常的挺直，但是在灵堂之上，却又有着说不出的悲哀。

过了许久，唐猛忍不住叹息一声，说道："满天星既然已经动手，就一定还会有后续的动作，现在已经不是难过的时候，而是要好好谋划一下了。"

将军从阴影里一步一步地走出来，等走到门口的时候，神色已经平静，脸上的悲伤已经收起，他点了点头，道："承文既然加入了青阳帮，就是青阳帮的袍泽，别人家的孩子能够牺牲，他也一样可以牺牲。"

他吐出一口气，接着道："我只是奇怪，这次的行动不但隐秘，而且迅疾，满天星如何会知道承文具体行动的时间，还准备了应对的力量？就算是守株待兔，也不该这么确切。"

唐猛沉思着道："还有上次赵凡的事情，至今也没有任何线索。"

将军道："我知道青阳帮内有内奸，只是不知道到底是谁，隐藏有多深？一定有人早就把我们的计划泄露出去了。可笑的是我们却还毫不知情、自以为是。”

他的眼中掠过一丝痛苦之色，如果是这个原因，蒋承文的死就是他的疏忽所致。

他忽然想起许多年前的一场失败，正面的敌军已经击溃，最远的敌援还在百里之外，所以他下令好好放松一晚上。结果敌援连夜强行军，清晨发起攻击时，整个大营还在酣睡之中。

那一场战役的失败，搭上了他最精锐的亲卫营和数千情同手足的将士。

他本来一直以为自己不会忘记这场失败的，所以总在提醒自己吸取教训。但是这几年来的日子过得太悠闲、太轻松，他已经开始忘记很多事情，也开始变得疏忽和大意。

唐猛道：“所以现在最重要的事情是找出这个内奸到底是谁，我们背后都没有长眼睛，防不住从后面刺过来的刀剑。”

将军点点头，道：“这的确是最重要的事情。就算满天星的行动很快、很猛，我们也不能先自己乱了阵脚。”

唐猛道：“确定这个计划的时候，只有承文、随风和我在场。”

将军断然道：“你当然不可能。”

唐猛沉吟着道：“但是随风这孩子我从小看着长大，他应该做不出这样的事情。”

将军道：“我同样相信随风不会做这样的事情，却不妨找他过来问问，一起商议下，看看我们该怎么办。”

他扬声问道：“柳随风在哪儿？”

他一发问，便有一道人影闪出，正是项少杰。他躬身道：“柳堂主今日一早就去了乾坤门张啸天那里，按照行程，他三天后才会回来。”

乾坤门虽然并不位列江南七大帮派之中，却也是一股不小的力量，它在江南和江北的地界之间，而且张啸天恰恰是柳随风的岳父。

将军沉声问道：“随风过去有何事？”

项少杰道：“柳堂主一直对满天星的差错感到不安，所以想先与各大帮派走动联络起来，以防万一生变措手不及，乾坤门就是他去的第一站。”

将军点了点头，未雨绸缪本来就是他一直教导他们要做的事情。

项少杰欲言又止，道：“不过……”

将军道：“有什么情况就快说出来。”

项少杰躬了躬身，道：“属下得知，张啸天的女儿张秀懂得唇语，能从很远的地方看出别人在说什么。所以泄露消息的，很有可能是我们想不到的人。柳堂主忠诚勤勉，但是他的夫人却未必。”

将军和唐猛对视一眼。他们都记得那一天的情形。

张秀和颜建梅正好从外面走过来，可他们都不知道她们在外面究竟站了多久。

他们讨论的计划虽然只限于几个人听到，但是对张秀来说也许并不是秘密。

唐猛道：“随风可能有危险，乾坤门也许并不如我们想象的那么可靠。”

将军喝道："走，去柳随风家看看。"

柳随风的家一直干净、朴素、简洁，现在却已经空无一人，一片凌乱，散乱着来不及收拾的衣物和首饰，显然张秀不但走得匆忙，而且慌张。在后院的马厩里，只剩下两匹没有套鞍的骏马。

只有心怀鬼胎的人才会离开得如此匆忙和慌张。

因为今天蒋承文尸体回到青阳城的消息不是秘密，所以她不得不赶紧离开。

将军叫道："项少杰。"

他虽然没有回头，却好像知道项少杰一定就会跟在身后。

项少杰果然应声道："在。"

"追，把她带回来。"

他没有说该怎么追，也没有考虑能不能追到，他相信项少杰能做好这一切。

带她回来的意思是不管她在哪里，哪怕在乾坤门的总部，也要带回来。

无论是谁，都已经猜到张秀是嫌疑最重的那个人。

项少杰恭谨地弯了弯腰，选了匹最好的马，翻身上去，连马鞍都未配，已经急冲出去。

他的骑术很好。

唐猛叹道："我们总以为女子会向着外人，以为嫁出去的女人要跟从丈夫一辈子，可惜我们却忘记了她是张啸天的女儿。"

他显然对张啸天并没有什么好感。

将军道："不错，啸天以前也是我们的朋友，可他做了帮主以后，变得实在太快，也变得实在太多了些。”

唐猛沉思着道：“如果是张啸天背叛了我们的话，随风今天过去就有危险，他并不知道乾坤门跟我们已经不是一条心，去乾坤门就是自投罗网。”

将军没有回答他，慢慢地问道：“承武去了哪里？”

唐猛道：“他去了他女人那里。”

将军道：“他女人？”

唐猛想到蒋承武这样的人也在恋爱，脸上露出一丝奇怪的笑容，道：“是，你的儿子在外面有了一个想娶回家的女人，你这个当爹爹的却不知道，实在是不应该。”

将军道：“叫他回来，满天星的动作也许会比我们想象中的更迅速有效。现在我们要把每一分力量都收紧。你去接应一下他。”

只有聚起来的拳头才有更大的力量。

从现在开始，将军已经不打算再低估他的对手，再也不能犯同样的错误。

唐猛道：“好，我带一组人过去接应一下。你呢？”

将军负着手看了看天色，淡淡道：“我去乾坤门。”

唐猛忍不住问道：“你亲自去？”

乾坤门不管怎样也是江南一大帮派，有着不可忽视的力量，现在已经隐约有背叛的迹象，将军亲自去，只怕难免会有凶险。

将军道：“我已经好久没有见过当初这位并肩战斗的老朋友了，这些年富贵日子过得安逸惯了，我要过去看看他究竟改变了多少，昔日的兄弟情分又还剩下多少?”

他的声音很平淡，却和眼神一样透露出一股暗藏的冰冷。

三九

异变陡生时

蒋承武一日一夜疾行三百二十里，就是为了去见他的姑娘。

每个人心中都有小秘密，蒋承武的秘密就是这个姑娘，他情愿每一次骑马跑三百里路，却不愿意把她带在身边。

因为他不想让这个姑娘知道他的身份，也不愿她卷入江湖恩怨，在他眼里，这个江湖就是个大染缸，很容易把人变得不像自己。

在这个江湖活着已是不容易，为什么不让当下更简单、更纯粹一些?

为感情多做一些付出未免不是好事情，就好像园丁浇灌花朵，感情一样要慢慢地、坚实地培养。经历过相思的人才知道相处的美好，经历过寂寞的人才懂得知心的妙处，所以三百二十里路虽然长，蒋承武却依然觉得很快乐。

没有人想到蒋承武这么粗犷的外表下，居然藏着一颗这么细腻的心。

一个人赶三百里路也许会很累、很疲惫，幸好他的姑娘也同样是个细心温柔的人，每一次他过来的时候，都会准备一桶温度正好的热水，让他先泡个脚。

蒋承武刚刚把靴子脱下来，忽然听到门外凄厉的吹哨声，三长一短，然后再三短一长。

这是青阳帮的紧急集合令，非重大事情不会使用，无论是谁，无论在哪里，听到这样的哨声，就应该立即向青阳帮的总部集结。

没有人敢违抗将军的命令，即使是蒋承武也不行，而且青阳帮已经很长时间没有动用这样级别的集合令了。

所以他把刚刚沾湿的脚从桶里拿出来，一边穿上靴子，一边对姑娘满脸歉意地说："我要回去了。"

姑娘吃惊地看着他，问："怎么这么快?"

蒋承武苦笑："鸽子当然飞得比马快。"

"不能天亮后再走吗?"

蒋承武又苦笑道："不能。"

他的无奈也是一种温情，姑娘很体贴，也很理解。

天亮的时候，蒋承武已经跑出了一百二十里。

他整个人就像铁打的，不知道疲倦，但马累得不行，口角甚至流出了白沫。

恰好前方路边就有一个打尖的酒馆，他决定在这儿休息一下。

他把马系好以后，扔出一锭银子给酒馆的伙计，吩咐他准备十斤的牛肉和五斤酒，另外要把马喂好。

酒馆里已有七八个人坐着，用满怀敬畏的眼光打量着他，因为这么威武雄壮的人并不多见。不过蒋承武早已习惯别人的眼光，他从来都不在乎，在这片地盘上，认识他的人往往要比他认识的人多得多。

他一边喝酒，一边吃着牛肉的时候，忽然有点后悔，他感觉太对不起那个姑娘了，每个月只有三天陪她的时间，太少了。他决定这个月月底要提前过去，回来的时候带她去见将军。

能见父母的姑娘，已经给了她一个名分。就算他以后不能经常陪在她身边，但是也一定要有一件可以弥补的礼物，让她看到或者感觉到这份礼物的时候，会觉得安心。

名分就是他能给的最大的礼物，也是他觉得最好的礼物。

想到礼物，他的内心又变得温情细腻起来。

酒快要喝完的时候，肉也吃完了，蒋承武站起身，忽然一个踉跄，头晕站不稳。

好厉害的毒！居然能让他在不知不觉间中招。

朦胧中他看到旁边的几个人全部站起身来，不怀好意地向他走过来。

一个人狞笑着道：“小子，这条路上连设了十二个伏点，就不怕你不中招。”

另一个人笑道：“中了酥骨散，就算你是头猛牛，都要变成绵羊。”

蒋承武果然已经快要倒在地上，身形摇晃，双目失神。

两个人站到蒋承武的身边，抽出绳索，想把他的双手反缚起来，这个时候，蒋承武忽然双眼暴瞪，抓住两个人的脑袋，狠狠地撞在一起。

两个人的头颅就像开瓢的西瓜一样，鲜血和脑浆流了一地。

剩下几个人吓了一跳，不但没有上前，反而躲得远远的。

蒋承武又一个摇晃，刚刚这一用力，已经抽走了他全身的力气，即使像他这么精壮的人，都已经撑不住了。

他往前踉跄着走了两步，终于眼前一黑，瘫倒在地上。

•
•
•

张秀伏在马背上，脸上充满着焦虑之色，一路狂奔。

她虽然长年待在家中，但是作为乾坤门门主的女儿，自小骑术就不差。

只不过，现在这匹胯下良驹速度却越来越慢，最后竟然双腿一软，倒了下去。

马躺在地上吭哧吭哧地喘着气，再也站不起来，气息也越来越微弱。

这是很奇怪的事情，可张秀只是觉得运气实在太差了，人越是倒霉的时候，往往遇见的糟糕事情会越多。

她在路边等了等，不过这条路很偏僻，半天都不见一个来往的路人，她终于忍不住跺一跺脚，步行往前走去。

她接到的消息让她实在等不下去，每过一刻，都觉得难过。

这个时候，急雨般的马蹄声从后面追赶上来，马上的骑士没有理会她的招手，反而绕到前面，然后一个漂亮的勒马回旋，停了下来。

马上的骑士跳下来，揭开了脸上蒙着的黑布。

项少杰。

只不过这个外表沉毅的人现在脸上布满不怀好意的笑容，眼睛里更闪烁着一种志得意满而又尽在掌握的眼神。

张秀已经露出了欢喜的笑容，叫道："少杰，你来得正好，快带我去乾坤门。"

项少杰摇了摇头道："我接到的将军的命令却是要把你带回去。"

张秀道："可是今天早上你给我的消息，不是说爹爹和随风起了争执，打起来了吗？你还叫我赶紧回去看看。"

项少杰道："那是今天早上。"

张秀想了想，恳求道："那我们先回乾坤门，安抚住爹爹以后，我再和你一起回去拜见将军。这样好不好？"

项少杰又摇摇头，道："不好。"

他不住地打量着张秀，忽然问道："看来夫人很爱柳堂主吧？"

张秀抿抿嘴唇，略带羞涩地承认："是。"

她并不避忌这一点，反而从来都当作一种骄傲。

项少杰道："那你爱他什么呢？江湖中像他这样的人可并不少。英俊？潇洒？功夫高？还是因为他是青阳帮的堂主？"

张秀粉脸通红，却没有回答，在她看来，爱本来就并不需要理由，她道："我们还是莫要闲聊，早点赶回去吧。"

项少杰反而不紧不慢，悠悠地道："假如一定要你选择站在自己丈夫或者父亲这一边，你会如何选择？"

张秀几乎毫不犹豫地脱口道："我当然选择随风，但也相信爹爹，所以才着急回去。"

项少杰忽然用一种很奇怪的眼神看着她，说道："难道夫人真不知道张啸天已经投靠了满天星？柳堂主今日过去，只怕是凶多吉少，再也回不来了。"

张秀急道："那我们还不快点动身？"

项少杰道："你不用过去了，自然会有其他人过去。"

张秀道："不管是谁，咱们一起过去总能多出一份力。"

项少杰的眼神变得更加奇怪，过了半晌才问道："你不觉得今天很多事情很奇怪吗？我叫你快走，你果然就走得很快；我叫你走这条路，你就真的选择这条路；我叫你骑那匹上了鞍的马，你就真的骑上就走，直到马死了也不知道它早就被下过毒吗？"

张秀道："你是随风最重要的助手，我当然应该像相信他一样相信你。"

"那假如有一天，我都靠不住了，是不是柳随风也一样靠不住？"

张秀断然道："不会的。"

项少杰忍不住哈哈大笑起来。

张秀疑惑地看着他，这种疑惑看上去如此无辜。

项少杰笑得弯下腰，直不起身，一边叹道：“天底下所有自以为自己很重要、很聪明的女人果然都是傻瓜，越漂亮的女人越是如此，简直还傻得可以传染。”

心怀阴谋的人总以为别人也和他一样满怀心机，对什么事情都充满疑虑，需要小心戒备。

现在他终于确定张秀只是一个脑袋空空的漂亮女人而已。

他一本正经的时候，忽然就显得很冷漠。

他走上前，伸手一把抓起张秀的头发，左拳击在张秀的左肋下，扼住她的咽喉，然后倒拖着她往树丛中走去。

张秀的眼泪一下飙了出来，说不出是痛还是伤心，她哭叫道：“你怎么可以如此对我？”

项少杰道：“你最好再听话些，像你这样的女人，若是乖一点，我还能温柔些。”

他的喉结上下滚动，吞了口口水。张秀虽然已经嫁人几年，但是身材却越见丰满，反而多了一股成熟女人的风韵。

他已经决定，完事以后就把她埋在发泄的地方。

这样蠢的女人除了用来发泄之外，还真无法再多说上两句话。

这样蠢的女人总以为外面的世界就和她的内心世界一样，以为只要纯真，就充满阳光。

这样蠢的女人简直就是活在自己世界里的傻子和笨蛋。

他忽然感觉到柳随风的悲哀。

和一个这样的女人在一起生活，只要是个男人，心理一定很寂寞，无法排遣。

特别是像柳随风这样优秀的男人。

这种心理的寂寞一定比生理的寂寞更空虚。

很可怕的空虚。

四〇
乾坤门之难

柳随风每次到乾坤门，张啸天都会陪他去吃太白楼的河豚。

柳随风并不热衷于吃河豚，河豚虽然美味，却是要足够胆量的人才敢尝鲜。

凡是需要胆量的事情就蕴含着风险，柳随风却觉得这种风险并无必要。

但他仍然表现出喜欢的样子，因为这样会让张啸天很欢喜、很开心。无论是作为主人也好，或者岳父也好，招待周到都会让他感到愉悦。

讨一个老人的欢喜，不一定要送很贵重的礼物，关键是要贴合他的心意。这个道理柳随风很早就懂得，也一定会去做，一定会做得很好。

酒已经喝过三巡，但是张啸天却仍像有满腹郁结，闷闷不乐。

柳随风忍不住问道：“岳父是否有什么烦心之事？”

张啸天敲了敲盛着河豚的瓷盘，叹道：“不错，现在满天星和青阳帮已经有了过节，而乾坤门恰好夹在他们当中，不管哪一边发怒，都难免要沾上一些火星。”

柳随风笑笑，道：“这种顾虑不必担心，只要我们同仇敌忾，满天星本就算不得什么。话说回来，往往越是危机，说不定就藏着越大的机会。”

张啸天又叹了口气，道：“就算再好的机会，也没有办法追上其他的帮派，江南的势力范围也就这么大，我已经累了，不想再多经历江湖的风雨了。”

柳随风道：“江湖上的风雨，不能总想着躲避，若是想着逃避，就总有一天会成为山鸡；若是想着抗争，总有一天会成为凤凰。”

凤凰浴火，涅槃而生，张啸天不会不懂这个道理。

张啸天又叹道：“道理虽然简单，只是你不置身其中，当然不会明白做山鸡的幸福和做凤凰的痛苦。”

他虽然还不老，却已经开始像老人一样多愁善感了。

柳随风道：“若是岳父想要我做什么，不妨开口说说，我一定尽力去做。”

张啸天没有回答，换了个话题，道：“今天你过来得正好，我有几个江湖上的朋友给你引荐引荐。”

他拍了拍掌，一个富家翁带着七个随从出现在门口。

这个富家翁穿着绸缎袍子，上面印满了黄色的铜钱图案，他的脸上堆满了和善的笑容，无论是谁见到他，都莫名会生出亲切感来。

他进来就拱手行礼，笑道："柳堂主，久仰久仰，鄙人黄金满。"

斗木獬黄金满，江湖中人如果不认识这个人，简直就像佛教徒不知道观音菩萨一样。

他在满天星二十八星宿中排名第二，更是满天星组织中最得声望和势力最大的北方星宿统领，因为他不但武功高强，心狠手辣，而且还是一个成功的商人。

称得上成功的商人，一定非常有钱。一个人如果有钱又非常有势力的话，那这个人就一定非常可怕。

黄金满恰好就是这样的人，如果是这样的人亲自来到乾坤门的话，那么乾坤门的任何变动都在情理之中。

柳随风霍然站起身，他已经完全明白。

张啸天按住他的肩膀，拍了拍，道："黄宿主是我的客人，初入江南，你千万莫要扫了我的面子。"

柳随风冷冷道："张帮主可能还不知道，青阳帮与满天星已势如水火，不共戴天。"

他把张啸天的称呼改成了帮主。

张啸天道："我当然知道，黄宿主已经将所有的原委告诉过我。人在江湖，各为其主，你本来就并无大错。不过今天我们只谈生意，不谈恩怨。"

黄金满笑眯眯地不请自坐，说道："这世界上所有的恩怨其实都是生意，也都会有商量的余地。"

柳随风冷冷道："我只与朋友谈生意，却从不与敌人套交情。"

黄金满不但没有生气，反而还一直笑着："作为一个聪明人，聪明的办法当然要听过条件之后再决定。”

他带来的随从里，有三个人动了动，恰好挡在柳随风面前。

这三个人的动作行云流水，凝势不发却又张弛有度，显然是高手。

柳随风慢慢地坐了下来，握着酒杯往桌上一顿，道：“好。”

话音刚落，他已经动了，整个人就像一条游鱼，用一种极奇怪的姿势轻巧地滑入桌底，滑下去的同时，他已经解开了腰间的剑。

剑薄如蝉翼，原本只是藏在腰间的腰带，一运内力，就锋芒毕现。

能逼柳随风用到如意剑的时候，往往就是情势最危急的时候。

他这一动出乎所有人的意料。

剑光闪闪，从桌下刺向黄金满的小腹。

这一剑不但快，而且凌厉。

黄金满意料之外，动作却一点不慢，柳随风滑下去的时候，他右手翻腕，亮出一把金光闪闪的金算盘。剑刺到的时候，他的算盘已经挡在剑的前方。剑过空隙，还等不及算盘的格挡扭转，剑的中央忽然断裂，剑尖被柳随风的暗劲催动，以更加迅疾的速度刺向黄金满的小腹。

这把剑本身就像一个暗器，剑身和剑尖都可以随意攻击。

这一招更是出乎黄金满的意料。

所以他只有撒手、跃起，他一跃起，余力已尽，新力未生。

柳随风笑了。

他最厉害的功夫不是拳脚，不是剑法，而是暗器。

这么大一个活靶子跃在空中，已无余力再腾挪转开，就算是初学暗器的人也断无射不中的道理。

更何况他是江湖中暗器排名前五的高手。

他已经准备好七种暗器，每一种暗器都足以要黄金满三次命。

把黄金满除掉，张啸天自然就不会再左右摇摆，再有其他心思。

就在这个时候，他背上的脊中穴忽然一麻，跟着一双手臂就如铁箍一样把他的胳膊套住。

胳膊被套住，手里有再多的暗器都无法发射出去。

张啸天虽然年纪大了，但是功夫却不见老，这一箍最少都有七八百斤的力气，更不用说对付的还是一个被制住了穴道的人。

柳随风的心已经沉了下去。

他本来还有几种办法防备黄金满的随从，却忘记防备在他背后的张啸天。

黄金满落到地上的时候，脸色已经变了，额头沁出了冷汗，每个从鬼门关回来的人心情都不会好。他大怒，刚刚的三个随从已经像猛虎一样扑上去，三只拳头重击在柳随风的肋下，让他把刚刚吃下去的河豚肉和着鲜血吐了出来。

柳随风大笑，好像这三只拳头打断的是别人的肋骨，不是自己的。

黄金满不由奇怪地问：“你笑什么？”

柳随风痛得冷汗直流，笑容却不见有多改变，他道：“你倒是应该感谢我，若不是我有个好岳父，只怕你就再也见不到明天的太阳了。”

张啸天的双手还箍在他的胳膊上。

黄金满本来大怒的脸，忽然又露出和善的笑容，他道：“不错，张帮主一向看得清时务。你若现在改变主意，我倒可以既往不咎。”

这句话显然比之前的条件更具诱惑力。

柳随风慢慢地摇了摇头，道：“忠诚之所以有价值，就在于不能掺假。你明明叫作黄金满，怕是到现在也不会明白为什么黄金这么值钱吧？若是求求我，说不定我就教教你。”

他的口气就像大人在教训孩子。

黄金满怒极反笑，转头对张啸天道：“我要把这个人慢慢打死在这里，如何？”

他虽然说得客气，语气却已是霸道无比。

张啸天松开手，退后一步，捋了捋颔下的胡须，道：“幸好我有五个女婿，倒也不在乎少了这么一个。”

“慢慢打，我不想他死得太快。”

黄金满一示意，三个人即刻对柳随风拳脚相加。

这三个人无疑都是打人的好手，一拳刚让柳随风痛不欲生，另一个人的拳头就又让他清醒过来。

柳随风一直咬着牙，脸色惨白，默默忍受，黄金满想他也许会求饶，可他却偏偏连吭都不吭一声。

不知道挨了多久，每一拳都好像要打死他，另一拳又让他重新回到这个世界，柳随风知道自己已经没有办法再坚持下去了，或许他昏迷过去的时候，就是他离开这个世界的时候。

就在这时，他忽然看见黄金满的目光连看都不再看他，而是一直游移不定，仿佛在等待着什么，他背后还站着四个人，虽然由始至终保持着沉默，但是身上的气质渊渟岳峙，绝不像是普通的随从，窗口外，隐约闪现出人影往内窥视。

柳随风忽然明白，他原本以为自己是一条鱼，没想到却变成诱饵，黄金满他们在利用他钓一条更大的鱼。

这条鱼当然就是青阳帮更核心的人物，这样的人物是谁并不难猜测，想到这里他的心已经沉了下去。

将军。

他忽然大叫道："姓黄的，你是不是喝婊子的奶长大？怎么带来的人个个都像个娘们一样没力气？"

一只拳头已经打断他的肋骨，另一只脚已经踩断了他的小腿胫骨，骨裂的声音连听到的人都感觉心酸腿软，打人者显然怒不可遏。

柳随风脸上的肌肉一根一根地抽搐，豆大的汗珠一颗一颗地滴落，可他还在大笑、大叫。他的嘴里已经蓄满了血沫，意识已经慢慢模糊，但他还在竭力声嘶。

他只希望在自己死之前，还能让将军听到一丝讯息，哪怕一丝也好，这样就会多一些防备。

这是他为将军最后能做的一件事情。

黄金满已经选了张凳子坐了下来，忽然道："不要打得太狠，我要他慢慢地死。"

柳随风若是死得太快了，乐趣自然就会少很多，自然也不再是个好的鱼饵。

若想要钓到大鱼，就不能少了耐心。

异变陡生。

一辆双马拉着的马车从门外怒嘶着冲了进来。车夫身着灰袍，头戴斗笠，似乎已与车身一体。

黄金满长身而起，大叫道：“来了！”

四周的墙壁忽然裂开几十道口子，每一道口子背后都是装满了劲矢的弩匣。

不待黄金满发令，劲矢已经激射而出，好像漫天的雨点。

箭雨一波接着一波，二十矢的弩匣已经放空，无论是谁在这马车上，都一定会被扎成刺猬，再无生还之理。

骏马浑身插满箭矢，浴血长嘶，撞到墙上。但是马车夫却已不见，好像已经被倾倒的马车掩埋掉。

黄金满忽觉中计，将军当然不会在马车中，马车夫也一定是个小角色，这本就是很简单的声东击西的计策，他的目光已经转向门口。

弩射手再装矢需要五息的时间，他只希望这个时间还能再快一些，所以他又大叫道：“既然来了，何必要鬼鬼祟祟，不敢露面。”

门口出奇地安静，没有人再出现，门外也没有任何声音。

黄金满惊惧不定，又叫道：“姓蒋的，如果你还想要柳随风的命的话，就不要像乌龟一样缩起来，咱们堂堂正正、真刀实枪地干一场。”

门外还是诡异地安静。

他的身后忽然传来一声短促的惨呼。他回过头，刚刚在殴打柳随风的三个人已经像沙包一样被甩了出去，一个人正慢慢地站起来。

赫然就是刚刚消失的马车夫。现在他慢慢地摘下斗笠，露出一张饱经沧桑的脸。

这张脸满是皱纹，平凡得就像大街上任何一个老人，只是他的眼光平静如水，只要看到这双眼睛，每个人就会知道这个老人一定很不平凡。

三个打人的随从其实都是万中无一的高手，现在在这个老人的手下，就像四五岁的孩子一样毫无反抗之力，有两个人居然连呼叫声都喊不出来，就已被重手法击毙。

黄金满后退一步，问道："蒋玉庆?"

"是。"老人点了点头。

这个时候，四周墙壁后面传来一连串的闷呼声，有几条人影被从窗户抛了进来，墙后面埋伏的三十个弓弩手显然遇到伏击，惨叫声错落不断，一会儿就消失了。

又是诡异的安静，安静得好像什么都没有发生。

黄金满只觉得满嘴发苦。

这个计划本来安排周密，无论是谁都不可能躲避这样的弩箭。以将军的地位之尊，怎么可能扮成个马车夫冲进来?

他忽然想到了将军那件穿在身上的天衣。

所有人以为将军不可能出现的时候，将军就出现了；所有人以为将军必死无疑的时候，将军却又毫发无伤；所有人的目光都被将军吸引过去的时候，其他的埋伏已经趁机发动了。

黄金满本来觉得自己张了网来捕鱼，现在却发现自己变成了网中的鱼，他忍不住问道："你怎可能亲身涉险？装成马车夫？"

将军不动声色地道："别人可以做，为什么我就不能做？"

他又接着淡淡地道："你若对青阳帮多一些了解的话，就知道越危险的时候，往往越是大人物要出来担当的时候。"

黄金满忽然感觉到嘴巴里更苦，充满了后悔，如果他早料到这一点，这个错误也许就能被避免。

在将军这样的人面前，错一次的代价已经不可想象。

他慢慢往后退，好像要退到门口去。那里还有他带来的四个随从，现在他们一动不动，好像都已被吓傻了。

黄金满忽然扭身就往外冲，他一动，将军果然动了。

黄金满内心窃喜，猛然转头回身，他带来的这几个人，已经是二十八星宿中的精锐，只要将军疏忽地以为他们只是小角色，心切之下就必有破绽，这个破绽已经足以创造机会。

可他回过头以后才发现，将军并没有追他，而是切到四个随从的身边。第一个刚刚抽出剑，将军的拳头已经击在他的咽喉，连吭声都来不及吭，脖子已经软绵绵地塌了下去；紧接着将军反肘，打在第二个人的腰间，他刚刚痛得弯下腰的时候，将军已经抓住他的脚，抡向了第三个人的脑袋；第三个人的手才碰到刀，眼前一黑，已经被击过来的人撞晕过去，握着的刀已经被人反手夺下，刺入了第四个人的胸口。

这几招看似简单，但就是快，行云流水，几乎让人没有反应的时间，就好像是计划里的安排一样。

黄金满神色大变，像见了鬼一样，他才发现自己错得可怕，不但严重高估了自己的能力，更严重低估了将军的武功。

这才是他犯的最严重的错误。

他喊叫一声，忽然扭头就跑。

他现在只想跑出去。

身边一个黑影掠过，原来张啸天见情形不妙，已经跑在了他的前面。老头子不但身形矫健，动作敏捷，在逃跑一事上，显然并不输给自己。

二人跑出去没多远，忽然漫天的弩矢飞出，把他们两个射成了筛子。

这是将军的风格，以血还血，以牙还牙。

你想要怎么对我，我就怎么对你；你想要我怎么死，我就让你怎么死。

四一

仇在怨难平

接应蒋承武的路虽然有很多，但是最快最直的路却只有一条。

蒋承武接到飞鸽哨令之后，一定会马不停蹄地赶回来，也一定会走这条路，所以唐猛带着五个人七匹马一边思索，一边走在路上。

蒋承武跟他碰头的时候，人或许不会累，但是马力一定会乏。

唐猛考虑得非常周到，他毫不怀疑将军会尽快处理好乾坤门的事情后赶回来，他现在思索的重心在于接下去怎么应对满天星的行动。

这些年来，将军从来都没有让他失望过。

秋阳高照，道路上却渺无人迹，冷清得有些奇怪。

更奇怪的是道路中间还有两个人在太阳底下，静静地等着他们走过来。

一个是老者，穿着青衣，戴着银色的面具，让人看不到他的脸，双眼藏在面具之后，毫无生气，他坐在地上，左手袖袍空空，却有一种出奇的诡异感。另一个是很年轻的青年，身穿白衣，虽然站在老者身后、道路的黄土中间，但白衣胜雪，胸前抱剑，感觉像坐在高堂大殿中间的雅士，骄贵矜傲，清冷出尘。

唐猛依稀记得这个年轻人是谁，在平安街上，他被将军的拳头打飞，肩胛骨尽碎，已经成了一个废人，所以他的目光在年轻人身上转了一圈，停留在老者的身上。

他不认识这个人，但这个人毫无疑问就是年轻人背后的主使。

唐猛止住前行，冷笑道："什么时候七杀组织也变得如此明目张胆？看来这个世道真的变了。"

七杀在他眼里就是一条暗藏的毒蛇，虽然有些恐怖，却还不至于令他畏惧。

无名向前一步，白衣飘飘，却没有说话。

然后他出剑。

剑光起的时候，白芒骤现，旁人还在惊诧剑的流光，剑刃已经收回剑鞘。

没有人能形容这一剑到底有多快。

就好像光，惊觉的时候已到了面前。

就好像雷电，闪念的时候就已经过去。

唐猛回过神的时候，他身边的五匹马和五个人都已经倒下，这一剑在一瞬间收割了他们的生命。

甚至连一声惊呼和惊嘶声都没有，人和马的喉咙已经被剑割断，然后失去生命。

他带的人虽然不是万中无一的高手，但能加入青阳帮里的人，绝不是庸俗之辈。

没有任何反抗，甚至连反应的时间都没有，就已经失去了生命。

好恐怖的剑法！

这一剑除了惊艳绝伦之外，更有一种死亡的气息，没有人可以抵挡这样的剑法。

实在太快了。

唐猛纵横江湖三十年，也从来没有见过恐怖如斯的剑法。

他甚至连援手的时间都没有。

他的脸色和心一样沉下去，一字字道："你跟宋群是什么关系？你是谁？"

只有天下第一的剑客才会有这么快的剑法。

唐猛当然认识宋群，武林中能有这么快剑的人已经是天纵奇才，百年难出一个。

年轻人抱剑入怀，后退一步，淡淡道：“我叫无名。”

他的每一个动作都极其优美，好像都是由繁入简后凝练成的一种极致，又好像是不经意间的随意动作，自然得行云流水、明月清风，毫不做作。

但是这每一个动作都让唐猛心惊肉跳。

他仔细地观察剑客的每一个动作，作为一个老江湖，唐猛当然也能从每一个细节里面看出一个人的武功、心态、境界。

但是越看他就越心惊，心跌到谷底。

武功分了很多层次，能到绝顶高手的人都已算很少，但是唐猛知道，在所有的高手层次之上，还有一种级别叫作宗师。

到了这种级别的高手，武功永远比别人快上一分，心境永远都很稳定，永远都比别人更快一步看到破绽。

他随手的一招，已经胜过世间大多数的招式；随意一个动作，都是不着痕迹，浑然天成。

武功到了这种级别的高手，已经是神，而不像人。

世间里所有的武林高手在这样的人面前，都像孩子在过家家，都像门外汉在班门弄斧。

只不过这样的宗师实在太少了，几十年来，他只见过将军一个。

现在无名是他见到的第二个。

甚至连宋群也未必算得上宗师。

唐猛好奇地问道："阁下是如何练成这一剑的？又是如何达到宗师境界的？"

他甚至连对无名的称呼都变得尊敬。

这么年轻的宗师的确值得尊敬。

他本来没打算得到答案的，可是无名却偏偏回答他了："我不知道什么是宗师境界，我只知道剑意是我，我即剑意。"他停了停，又补充一句道："天赋、运气、刻苦练习二十年，最后让自己死一次。"

他的声音简洁、清冷，仿佛不沾烟尘气息，仿佛不愿意多说一个字，可是唐猛却已理解他这话的意思，只有造诣很深，才能达到形意相通的境界。

这是宗师必达的境界，因为世界上不会再有比意念更快的剑招，也不会有比意念更简单的剑法。

而且到了宗师境界的高人，已经不屑于说谎，也不屑于说太多废话。

他仔细琢磨了一下无名的话，练习不难，天赋和运气也不难，最难的就是让自己死一次。

只是已经死去的人如何能够再练剑？如何能够再领会剑意？

唐猛也没有时间想得太深。

他叹道："阁下有如此剑法，就算是宋群也不一定追得上你。不知为何还要做七杀组织的走狗呢？"

无名笑了笑，却没有回答。

他并不是一个喜欢说话的人。

"因为他欠我的，这是偿还的一种方式。"坐在他身前的老者慢慢站了起来，道："所有七杀组织的人天生都亏欠我，所以他们这一辈子都在还债，一直还到他们死去为止。"

唐猛将目光移到他身上，冷笑道："你又是什么人？"

老者毫无生气的面具之后，双眼就像两个黑洞，看不到任何神情，过了一会儿，他才道："唐猛，三十年了，你连我的声音都听不出来了，早已经把我忘记了吗？"

他一边说，一边把脸上的面具缓缓摘下。

唐猛看着这张脸，就像在白天见到了鬼一样，神情充满了不可思议，叫出的却是另一个名字："赵——如——荣？"

老者冷冷一笑，道："不错，是我。自从那一年宿州战役之后，我就把自己的名字改了，我现在叫作仇宿，赵如荣早就死了，我也早就不是当初和你们江湖义气、肝胆相照的好兄弟了。"

唐猛吃惊地往后连退几步，喃喃道："你怎么可能还没死？怎么可能还活着？"

仇宿道："是不是我死了，你们才会觉得称心如意？青阳王遗留下的这笔财富，从此就只能让你跟蒋玉庆荣华富贵、苟不相忘了？"

唐猛道："你错了。宿州战役失败以后，我们只有等敌军撤退了，才敢回到战场去找你，但那确实是十天以后的事情了。"

仇宿又冷笑道："十天以后？只怕尸体都快腐烂掉了。"

他言辞间充满了嘲讽之意，在战场上，别说十天，就算是一天，只怕伤重的人都无法再活下去。

唐猛黯然不语，低下头去。

仇宿负手望天，继续道："那时候我们三人初得青阳符，验证之下果然千真万确，都暗中狂喜，也都自有想法，这么大的一笔财富足以富贵终生。只怕是宿州战役未起，蒋玉庆私下就起了贪念，巴不得我死得越早越好。你又一直这么肯听蒋玉庆的话，对他当然不是什么威胁。就算你们回去找我，也必是等我必死无疑之后才肯回去。只是可怜我临战断了一臂，受了伤，又不得不在死人堆里藏了五天五夜，靠喝血吃肉熬了下来。"

他没说喝什么血，吃什么肉，但是唐猛默然，在尸山血海的战场上，只有一种血可以喝、一种肉可以吃。

回想到往事，仇宿的脸不自然地扭曲狰狞着，他一个字一个字咬着牙，道："你说我该不该恨？该不该仇？该不该回来找你们？"

唐猛沉默了一会儿，才叹道："所以这是你和将军的不同之处，你们对牺牲的理解不一样。将军认为，责任越大的人，应该越懂得牺牲，如果我们那时即刻回来，只怕还得牺牲几千袍泽，面临这样的风险，没有人做出的决定是完全正确的。为什么别人都能够牺牲，你就不能？为什么你已经牺牲了，还要拉上别人一起牺牲？后来将军一直都很后悔这个决定，却始终认为自己并没有做错。他常说，如果他是你的话，一定不希望其他的手足冒着风险来找你，若你在九泉之下感知得到，就必然会体谅他。我知道这其实是他自己宽慰自己的话，他内心何尝不自责、不愧疚、不痛心……"

仇宿愤然打断他的话，道："够了！这些都是借口，借口！"

唐猛没有住口，继续道："若是你当年肯回来找我们，就一定知道将军的道理，也一定会理解兄弟之间的情分。"

仇宿道："我若是那时回来，只怕连骨头都剩不下来，蒋玉庆既然决定要吞下青羊符的宝藏，就绝不会再许我插进一份，这个道理，我很多年前就已经想得很明白了。"

他的语气斩钉截铁，不带丝毫的迟疑。

唐猛垂首苦笑，道："这些年来，的确是我们有负于你，但是倘若我们还是好兄弟，事情就应该明着来，当面说清楚，实在不应该暗里藏刀，背后下绊子。"

仇宿道："若是我无依无靠、势单力薄，这江湖上谁会跟你讲道理？若不是我创建了七杀，江湖中有谁愿意给你情面，让你三分？我从死人堆里爬出来的时候，心就早已死了，血也早就冷了。"

唐猛道："所以虎威镖局的事和秦振的死是你造成的？承文的死也与你有关？青阳帮和满天星的斗争也是你挑起的吧？"

唐猛并不蠢，他已经想到，最近发生的事情应该都是仇宿的谋划。

仇宿道："就好像你在这里永远等不到蒋承武一样，过不了几天，蒋玉庆就会见到蒋承武的尸首。他会看到亲手创立的基业一点点垮掉，会看到身边的人一个个死去，直到最后，他自己死的时候，孤苦伶仃，再也没有任何活下去的念想。这就是我对他的报复。"

他的脸上充满着一种奇怪的冰冷的快意，唐猛忽然打了个冷颤。

无论是谁，有仇宿这样一个敌人，余生只怕都会在惊惧中度过。

他想了一会儿，慢慢道："青阳王的宝藏虽然多得不可计数，但是任何一种财富多到一定程度的时候，就变成了一个数字，没有意义了。况且，你所想不到的是，这些年来我们虽然用青阳王的财富创建了青阳帮，可是二十年前青阳帮发展强大以后，不但把青阳王的宝藏归还了，还为它增加了不少。其中有三分之一的财富，将军一直都念叨着是你的。"

仇宿道："属于自己的东西，自然要凭自己的力量去取回来。这点你大可放心。"

唐猛道："不如你跟我回去见见将军，不管承文和承武，也不管秦振的事，也不管这几十年的恩怨，反正你该受的苦都已经足够还了，我想将军也能体谅这些，咱们三个把事情说开了，就还是好兄弟、好朋友，青阳王的财富你若想要，不妨也全部拿去。这样可好？"

仇宿露出一丝讥讽的笑意，道："让我跟你回去？把事情原委告诉蒋玉庆，然后在青阳帮里接受他的审判？这是我傻，还是你傻？"

唐猛叹口气道："你要怎样才肯相信我？"

仇宿道："那好，你先把青阳符宝藏的地点告诉我，我去取了宝藏，再和你一起去见蒋玉庆。"

"我不知道宝藏地点。"唐猛涩然。

"你不知道？"

"是，当初将军把青阳王宝藏取出来的时候，我并没有同去，我对财富实在没有概念，也不热衷。所以具体地点在哪里，我真的一无所知。”

仇宿仰头哈哈大笑，道：“我早就知道，你的脑子已经被蒋玉庆洗干净了，他说什么，你就信什么。这么大一笔财富秘密，就像哄孩子一样把你给哄住了。”

唐猛苦笑之意更甚，道：“因为我始终相信他，若是我想知道，他一定会带我去；若是我想要，他也一定会给我。他本来就是一个光明正大的君子，绝不是忘恩负义、蝇营狗苟之辈，也不是个贪利忘义、孤绝吝啬之人，否则青阳帮早就比现在还要强大，还要厉害。能与这样的人做兄弟，是几辈子才能修来的福分，你要怎么才肯相信这一点呢？”

仇宿道：“任你巧舌如簧，也休想哄骗我。”

唐猛道：“你若还是一个汉子的话，就跟我回去，把恩怨一一说明，亏欠你的，我们补，不管什么条件都可以。”

能解决的问题都不是问题，能谈条件的恩怨也都不是恩怨。

仇宿冷冷地道：“不用了，你也不会再有机会回去了。”

唐猛道：“将军是我见过天底下武功最高的人，我实在不愿意看到你们再流鲜血，你实在也没有多少胜算，就算把你和他加在一起也是一样。”

他看了静立在仇宿身后的无名一眼，后者仿佛完全无视他们的谈话。

仇宿道：“这不用你太费心了。今天我让你看到他，只不过想让你死得更明白些。我能向蒋玉庆寻仇，自然会有足够的实力。三十年前他的武功胜我一筹，三十年来他武功精进得厉害，我也并没有闲着，他能到达宗师的境界，我又为什么不可以？再加上有无名助我，已经足够。”

唐猛叹了口气，喃喃道：“道不同，果然不相为谋啊！”

过了好一会儿，他才问道：“你究竟想让我做什么？”

无名要取他性命并不是件难事，把他留下来，一定还有其他的原因。

仇宿道：“我本就不想杀你，你自废武功，然后跟着我一起看看蒋玉庆会怎样死，这样我还能留你一条性命。”

唐猛惨然一笑，问道：“莫非这当中的仇怨真是消除不了吗？天心可鉴，天日昭昭，我要怎么向你证明将军的清白？”

仇宿冷笑道：“我从没见过天心，更不信狗屁天意。再说蒋玉庆这一条命，还不足以抵我三十年的苦。”

唐猛不再说话。

他转身，从马背的腰囊里取出他的银丝手套，慢慢地戴起来。

仇宿冷冷地盯着他，脸上露出一丝讥讽的笑意，道：“三十年前你就不是我的对手，莫非现在还想和我动手？”

唐猛看了他一眼，摇摇头道：“不是。”

他说完这句话，忽然举手，五指成爪，猛然掏进自己的胸口，正是他的成名绝技“断金手”。

只不过这次，“断金手”对准了他自己。

一个人要做出这样的事情几乎不可能，高手更不容易。

唐猛却好像掏进别人的心口一般决绝，他的脸色一下子变得惨白。

他喘了口气，慢慢地道：“这就是天心。”

血被手挡住，但是已经湿透了胸衣。

天心即人心。

仇宿冷冷地看着，他的心肠好像就是铁打的，没有任何感触。

唐猛慢慢地又道：“我死了，这个代价是不是可以让你们都不再沾血？”

仇宿道：“你的命本来就在我手里，跟我谈这个交易没有意义。”

唐猛露出凄惨的笑容，他这才发现，眼前的这个人已经变了太多，已经不再是他的好兄弟，可以肝胆相照、出生入死、情如手足。

他虽然错了，可是他却并不后悔。

他只是责怪为什么这个世道总是要让人变得太多。

他依稀记得当年三个人相聚时的情景，也记得一起出生入死的情形。

仇宿接着说道：“你虽然死了，却一定会死不瞑目，因为你一定想不到蒋玉庆会怎么死，死得多难看。这一定是个非常精彩的结局，却只有我才能看到了。”

唐猛喷出一口鲜血，他的手还放在心口，像是要抚平那颗曾经受伤的心。

他终于叹了一口气，慢慢合上了双目。

不管是将军还是仇宿，他都不可能让他们沾上自己的血，哪怕只是道义上的，所以他只有选择他认为最好的办法。

很久以前，这就是个很悲哀的故事，很久以后，他才知道，悲剧永没结束。

四二

接连的打击

柳随风在床上只躺了两天，一旦可以行动就来到了将军的竹林里。

他身上到处都是伤痕，内伤和外伤都极重，全身的骨头有的碎裂，甚至终生都不能恢复，就连大夫都说他能活下来简直是个奇迹。

伤可以慢慢养，但是内心的焦虑却一刻都无法平息，现在满天星已经和青阳帮势不两立，将军的身边比平时更需要人手。

这个时候，就算躺也要躺到将军身边。

将军见了他，没有觉得意外，微笑着问他："我不是叫你多休息吗?"

柳随风很诚实地回答："躺在床上并不安乐，我想我还是过来的好。"

将军问道："既然你已回家，想必已经知道张秀的事情?"

柳随风点了点头道："我没见到她，不过这已不重要了。"

既然乾坤门倒向了满天星组织，那么作为张啸天的女儿，不管是不是张秀泄露了消息，的确都已变得不重要了。

将军盯着他，道："但是她毕竟是你的妻子。"

柳随风低下头，道："一个人若是不够强大，那么不管是女人还是兄弟，都像是借来的衣服，说不定什么时候就要还回去；一个人若是足够强大，他们就会像是自己的手足，谁都要不走。"

一个人所有的痛苦只来自对自己的无能的愤怒，这种愤怒不但无谓，而且无用。

能懂得这个道理的人并不太多。

在躺着的这两天里，柳随风一定想明白了很多事情，也一定懂得了很多道理。

将军眼中露出赞许之色，说道："我叫项少杰去追寻过她，但是却没有带来消息。"

没有带来消息通常意味着不好的消息。

柳随风眼中掠过一丝痛苦之色，不管怎样，毕竟是共同生活了好几年的夫妻。他忍不住问道："什么消息都没有吗?"

将军点了点头，道："乾坤门之变后，我想她可能听到消息，所以销声匿迹，不过这也许是件好事情。"

将军应该也没有再追究下去，否则以青阳帮的力量，一定能够找到她的下落。

对待女子和弱者，就算他们犯过错误，多一些宽容未尝不是好事。

这一向也是他的风格。

柳随风懂得将军的意思，所以没有就这个话题再问下去，沉吟着道："我现在担心的只是满天星的行动，他们不可能就此罢休，但是我们却无法预测他的下一步行动。"

将军道："满天星短期内应该不会再有行动了，因为他的二十八星宿已经只剩二十个了。"

柳随风动容道："那天居然有八个星宿埋伏在乾坤门？"

将军道："不错，不过他们现在都已经埋在江南的土地之下。"

柳随风当然知道八个星宿无一不是武林中的顶尖高手，加上乾坤门的倒戈，这次的埋伏在黄金满眼里，的确已经有九成九的把握。

也只有动用如此大的阵容，才更容易让张啸天下定决心。

但是他们都低估了将军，也低估了青阳帮。

现在满天星受到的重创不仅仅是力量上的，更是信心上的。

柳随风思索着道："像满天星这样的组织，犯了一次错误，就绝不会犯第二次错误。"

将军道："我们何尝不是这样，只不过扳回了一局，现在就看谁更沉得住气，更少犯错误，谁的力量积蓄得更深厚，这会是个漫长的斗争。"

之前低估对手所犯的错误，已经让他的亲生儿子丢了性命。

想到承文的死，将军的拳头不由得紧握。

柳随风问道："乾坤门之变后，江南六大帮派有什么动静？"

其余六大帮派的态度无疑很重要、很关键。

将军道："我们虽然与满天星交恶，但是并不打算依靠其他帮派的力量来解决这件事情，所以暂时不需要其他帮派的援手。满天星强大，青阳帮也不弱。”

将军说这样的话，自然有一股睥睨的风范在里面。

能自己解决的问题，就不要麻烦朋友。

自身不够强大的人，通常也没有什么真正的朋友。

柳随风脸上有一丝忧色，道：“我只担心他们也会像乾坤门一样暗中倒戈，静观其变倒也不怕，就怕暗中递刀子给我们的敌人。”

将军断然道：“他们绝不会。”

他虽然没有解释为什么，但是柳随风知道将军的判断一向准确，唯有与他关系最亲近的乾坤门恰恰出了意外。

他最近好像一直在犯错，也一直在惹麻烦。

这足够让他惭愧内疚。

将军看出了他的心思，道：“你已经很努力了，只是你不知道，你永远不可能叫醒一个装睡的人。在武林之中，并不是实力相匹配，或者说财富地位相当的人才能做朋友。每一个人选择道义的方式不一样，所以结交的朋友就会不一样。”

假如张啸天决意要投入满天星的怀抱，那么青阳帮无论做什么都像试图叫醒装睡的人，不管怎么努力都没有用；假如乾坤门并不认同青阳帮的道义，那么终将走不到一起。

柳随风道：“我只是恨自己做得不够好。”

将军微微一笑，道：“你做得其实已经够好了，只有一点没有做好。”

柳随风抬起头，疑惑地看着将军。

将军淡淡地道：“你还不够怕死。”

“不够怕死?”

为什么?

将军悠然笑道:“江湖人都以为不怕死是一种勇气,觉得胆怯是一种耻辱,但是如果从另一个角度来看,这并不是坏事情。怕死的话,你就懂得如何更好地保护自己。只有活下去,才会有东山再起的机会,也才会有翻盘的机会。”

他宽慰地笑笑,说道:“当然,这是老江湖才能懂得的事情,不过你不妨从现在开始学习起来。在任何时刻,懂得保护好自己的人,才会有能力去保护其他人。”

“是。”

“现在承文虽然走了,但是承武马上就要回来了,我已经安排唐猛去接应他。以后,你不但要承担朱雀堂的事情,也要承担青龙堂的事务,你也会比以前更辛苦。不过,要成为一个真正成熟的男人,就一定要学会怎么吃苦。”

将军这话说得极其自然,但是柳随风却知道,将军说这样的话,代表他不但信任你,而且有更重要的事情要托付给你。

信任其实是一件很有层次的事情,而将军恰恰就是一个很有分寸的人。

柳随风又低下了头,但是眼角已经湿润。

他并不是为自己权力更大了而高兴,而是因为有这样的机会为将军尽力而高兴。

只有一个深深了解将军的人,才知道将军的信任有多么不容易、多么厚重。这种信任不仅仅是一种责任,更是一种荣誉。

只有勇于承担责任的人才有资格享受荣誉。

这个时候，竹林外的侍卫进来报告：“将军，向远镖局的人送来了两只大箱子。”

箱子果然很大，就像两口棺材，要八个人才能抬进来。但是打开第一只箱子的时候，将军的拳头已经握紧，额头上的青筋已经爆出。

第一只箱子里躺着的是唐猛，他还穿着离开时候的青衫，脸色安详，看上去就像在闭目沉睡，但是心间的伤口却鲜红殷然，鲜血还在缓慢地渗透着胸衣。

戴着银丝手套的右手还插在心口上，所以血流得很慢，流了很长时间还没有流尽。

可是他究竟要告诉将军什么？

他遇见了谁，为什么没有反抗，以至于不得不自尽？

为什么他要把成名绝技用在自己的身上？

为什么他临死前的面容这么安详，像是死得其所？

另一只箱子里装着的是一个血人。

一根横木从箱子中间贯穿，这个血人的双臂直绑在横木上，下肢盘曲在箱底的锦绒布上，但是鲜血却一直从头顶处滴落下来，把厚厚的锦绒布都完全浸湿了。

这个血人从脸部开始，身上的肌肉已经全部被撕裂下来，脸就只剩下脸骨，手臂只剩下骨架，胸口处看得见心脏，腿部和臀部都是白花花的骨头，连脚趾头上的肌肉都被撕去了。

这个人就像是一具还淌着血的骷髅，没有皮肤，没有肌肉，让见到的人惊恐至极。

但是这个人居然却还没死，他的眼珠一直睁得大大的，直到他看见了将军，眼珠才忽然微微一动，然后死死地盯着将军。

看到这双眼睛，将军才知道这个人就是蒋承武，但是谁都想不到这个像虎一样凶悍、像龙一样精猛的汉子居然会变成眼前的模样。

因为他本身就是一个绝不屈服、意志如钢铁般顽强的人。

无论是谁，只要看到这个人，这双眼睛，一定会恐惧得不敢再看，再多看一眼，晚上就一定会做噩梦。

但是将军的眼神却一动不动，他盯着蒋承武的眼睛。虽然背对着柳随风，但是柳随风可以想象将军的悲愤，因为他的拳头握紧到青白，全身的骨头发出密集的声响，好像风暴中的大海发出的咆哮。

他从来没有见过将军如此愤怒。

“如果敢再来冒犯我，我就把你的肌肉一条一条撕下来喂狗。”

柳随风忽然想到了满天星的这句话，不禁打了个哆嗦，也许满天星的确害怕恐惧，但是他却忘记了，一个害怕恐惧的人，往往更懂得制造恐惧。

他这次犯下的错误，代价远远比他想象中的更大。

他突然低下头，跪了下去。

他只跪倒在将军面前一次，现在是第二次，因为将军说过，一个人如果不懂得尊重自己，就永远不会获得别人的尊重，特别是对男人来说，膝下的尊严应该比世上任何东西更有价值。

何况他本身一直都很聪明，也很骄傲。

现在他已经泪流满面。

没有人知道他是为了蒋承武，还是为了自己。

将军直视蒋承武这双眼睛，一个字一个字地说：“你放心，我一定会替你报仇。”

以牙还牙，以血还血。

将军的承诺一向不会迟到，更不会不到。

蒋承武的眼睛亮了亮，然后这丝神采就慢慢地消散掉了，他的眼睛再也没有闭拢起来，就这样直直地干瞪着前方，好像已经看到了未来。

将军知道，他已经死去了。他能熬着回来，也许不仅仅是因为意志的坚强，还因为他一定要见将军一面。

只有见了面，将军才能明白他受的苦、受的折磨，才能让他安心，就好像游子终要回家，落叶终要归根一样。

将军回头厉声道：“向远镖局的人在哪里？”

他的眼里已经满含泪水。

向远镖局送货的人驾着驴车还在竹林外，是一个三十多岁的中年伙计。

他看到将军愤怒的样子，吓得全身哆嗦。

没有人面对即将爆发的火山会不感到害怕，所以将军问什么，他就老实地回答什么。

他只知道让他送货的是个陌生人，很普通、很平凡，甚至连具体的特点都说不出来。

唯一不普通的是，他出手就是一百两银子，这个价钱已经足够从五十里外的地方往返十次。

将军的内心又是一阵绞痛，他无法想象蒋承武是怎么忍受颠簸的苦痛折磨熬到这里的。

向远镖局送货人的回答毫无价值，唯一有价值的是，他让将军意识到自己在没有控制好情绪的时候，已经开始犯错误了。

他早就意识到敌人不会这么简单，会把一个明显的漏洞交到他的手里。

所以他回去的时候，眼神已经平静，握紧的拳头已经松开，步伐和平日一样沉稳。

愤怒和恐惧一样，都是没有任何意义的事情，带着情绪迎接困难，只会让困难越来越难。

柳随风当然也懂得这个道理，所以他看见将军的时候，心情已经莫名地好转起来。

只要将军冷静下来，就算天塌下来也并不可怕。

他一直都跪在箱子前。

将军看到了，忽然叹了口气，说道："起来吧。"

柳随风哽咽道："我错了。"

将军叹道："帮派之间的恩怨本来就没有对错，但如果你非要坚持自己错了，那你就已经在犯错了。"

这句话听上去好像没有意义，但是柳随风却已经懂得。

真正的敌人从来不会因为你是否犯过错误而树立，就好像真正的朋友也从不会因为你的讨好就能倾心接纳。

只有坚守自己的是非对错，才不会一错再错。

所以他立马站了起来，垂手恭立在一旁。

他在等将军的吩咐，只要将军交代了怎么做，就算赴汤蹈火他都毫不犹豫。

可是将军只是摆了摆手，说道："你出去吧，我想一个人静一静。"

悲伤和疼痛其实是一种过程，而不是一种情绪，柳随风当然知道这种过程的痛苦，却也知道每个人都不得不去经历。

没有经历过痛苦的人永远不会懂得，这是让自己强大的最好养料。

只是这样的痛苦有多少人可以承受？

又有多少人不被打倒？

但是柳随风相信，将军一定会比之前更加强大。

他屏声静气地悄悄地退了下去。

在平静之后，就是将军反击的开始，他也一定要尽快把伤养好。

软弱的人只会让人轻视，从不会让人敬畏。

四三

将军的暗卫

腊月二十一，小寒，阴雨。

八十七个人，站在小雨中，就像八十七杆枪。

每个人穿着都不一样，有的像小贩，有的像农夫，有的像富商，看上去就好像忽然到竹林里来赶集一般。

他们横纵排列有序，脸上的表情严肃冷峻，虽然天空下着小雨，衣服都已湿透，寒风像要吹进骨头里那样冰冷，每个人却动也不动。

他们身上的铁血杀气比冬雨更冷、比寒风更刺骨。

每个人就像是一把刀、一杆枪。

柳随风一边好奇地打量着，一边走进屋子，将军穿着青袍，正站在窗户旁边，也看着这群人，见他进来，微笑道："你来了。"

柳随风道："是，我来了。"

他的眼光还停留在外面的人身上。

将军的心情看上去还不错。这些时日以来，青阳帮和满天星的斗争虽然越来越激烈，但是规模却并不大，就好像两只凶猛的野兽，彼此越来越谨慎，越来越小心，不到紧要关头绝不会发动最后的袭击。

最后一击无疑是最残酷的，它将决定站立者的胜利，倒下者的失败。

这段时间里，柳随风也无疑做得更多，做得更累，他的地位已经越来越重要，他现在执掌了青阳帮的四大堂口，专门负责对满天星的行动。

能在满天星的攻伐下保持着足够的主动，并不是很容易的事情。

这也足以看出他并没有辜负将军的信任，是个足够优秀的人。

将军问道：“这群人怎么样？”

柳随风道：“不错，这是我见过的最精锐的战士。”

他的眼光不差，虽然并不知道他们武功的高低，但纪律如此严明的队伍，执行力一定不会差。

将军拊掌笑笑，道：“战士这个词我喜欢，他们本来也的确就是战士。”

他继续说道：“他们来自不同的行业，每一个人不但武功出众，还有一技之长，能独当一面，还像军队里的战士一样服从号令，行止有素。他们是青阳帮里最锋利的刺、最有力量的矛，他们就是青阳帮的暗卫。”

“暗卫？”柳随风动容道：“那么青龙堂、白虎堂这些堂口的人呢？”

青阳帮一直存在这样的力量，他居然毫不知情。

将军道：“他们当然也很厉害，不过我们现在能跟满天星打的牌都已经打在了明面上，能有的变数已经不多，他绝想不到我还有一支暗卫，只有这样，才能出其不意，攻其不备。”

柳随风沉吟着，他已经明白将军的意思。他执管的四大堂口一直都监视着满天星的人，对方稍有调动都能知道去向，他相信满天星也一定会这样做，青阳帮任何力量的调动都瞒不过他。

但是谁会想到，青阳帮明面上的力量不动，却还隐藏着一支潜伏的暗卫。

它甚至比任何一个堂口的力量更强大。

这难道意味着将军要对满天星发动最后一击？

所以他忍不住问道:“我们要对满天星采取行动了?”

将军道:“再过两天,就是农历小年。满天星一定想不到青阳帮在没有任何异动的情况下,会在小年这个时间点对他发起攻击。”

柳随风道:“出其不意,就已经得了天时,况且我们又已经掌握了地利。”

将军笑道:“这要感谢你提供的落星坞城堡的地图。”

地图就在桌上,的确很详尽,很周到。

柳随风问道:“但是这些人……?”

他对这些人还充满着担心。

将军打断他的话道:“他们每一个人都很优秀,都很忠诚,都很厉害,我信任他们,就像信任我的手、我的剑一样。”

没有人会质疑将军的判断。

柳随风看到桌面上的地图,一条红色的箭头从山脚直接划到山顶上,这显然是将军的进攻方向,他思索着问道:“您的计划是直接从落星坞的小道上攻进去吗?”

这条小道柳随风见过,蜿蜒曲折,而且险峻非常,人多了容易拥挤,人少了力量就不够,并不是一条理想的进攻路线。

将军点点头,道:“不错,现在落星坞的力量已经抽离到各个地方防守,并不算强,只要运气不是太差,就可以一战定乾坤。”

柳随风道:“如果能让一部分人从落星坞后面的悬崖上翻越过去,攻其后背,双向夹击也许会有效得多。”

将军道:“分兵是兵家大忌。八十七个人是刚刚好的力量,多了容易泄露，少了不足以成事。我有把握在满天星察觉之前，攻到城堡的门口。我就是要让满天星知道，我能堂堂正正攻破落星坞的大门。”

柳随风皱了皱眉头，这个计划表面上看好像占尽优势，但是将军本人没有探察过小道，并不明白到底有多复杂，这本身就是一种冒险，而且计划里唯一的弱点就是力量过于集中，过于集中力量的孤注一掷，就变得像赌博那样冒险。

将军并不是一个赌徒。

所以他委婉地建议道：“这个计划风险极大，不妨把青龙堂、白虎堂的精锐一起带过去，留下朱雀堂和玄武堂防守。”

将军道：“任何计划都有风险，但是如果能成功，我们就能顺势把江北满天星的老巢连根拔起。不管怎么说，这个收益总是值得去冒冒险的。青阳帮的堂口一动，就起不到出其不意的效果，也会引起满天星的警觉。”

他拍了拍柳随风的肩膀，说道：“风险越大，收益才会越大。我虽然不是个生意人，这个道理却还是懂得的。”

柳随风叹了一口气，显然没有谁能改变将军的主意，他道：“如果确定要执行这个计划的话，我请求让我跟随在您的身边，毕竟我去过落星坞，对地形更了解。”

将军道：“你不能去。我有更重要的事情安排你去做，这是我今天叫你过来的目的。”

“请吩咐。”柳随风道。

“破釜沉舟的故事中，世人皆以为项羽是背水一战，却不知道他暗里还留了三千人交给项伯，在渭水下游扎舟集粮，万一巨鹿之战失败，他还能为自己留条退路。我今天叫你过来，就是要让你做我的项伯。”

“需要我做什么？”

“我需要你用四大堂口明面上的力量牵制住满天星的力量，让他误判我们的行动，这才是兵法的虚实之道。他把力量多疏散一分，我的压力就少一分。至于能调动他多少力量，就要看你的本事了。”

柳随风一边盘算思索，一边应道：“好！”

将军微微一笑，他当然毫不怀疑柳随风的能力，否则就不会安排他做这样的事情。

柳随风想了想，又央求道：“调动这样的事情并不复杂，安排妥当之后，我可以悄悄地潜入江北追随您。这件事本就因我而起，我不能落下。”

他还是想加入此次的任务。正是因为知道这次任务的凶险，所以他才没有改变自己的想法。

将军当然明白他的心意，道：“就算我不让你驻守在青阳帮中，你看看你可使唤得动这群战士吗？”

天上的小雨已经变成冰粒，冷风更冷，但是这八十七个人就如雕像般毫无知觉，一动不动。

柳随风探出头对他们叫道：“将军有令，风太大，命你们都进屋子里来。”

八十七个人纹丝不动，好像完全没有听到柳随风的喊话。

将军笑道：“他们只听从我一个人的命令，他们的纪律不但比你想象中的更严明，能力也比你想象中的更大。”

他言下颇有自得之意。

柳随风道：“就算我不能指挥他们，但是我一样可以成为他们当中的一员，做个普通的战士。”

将军奇道：“为什么？你明知道我安排了另外的事情给你，那也并不简单。”

柳随风垂首道：“因为只有在您身边，我才能放心，只有跟您同生共死，我才觉得理所当然，如果您回不来，我也没有必要回来。您可以正视危险，却已经没必要去尝试它，或者尝试的时候，起码有个人挡在前面。”

将军静静地看了他一会，脸上露出了微笑：“好孩子。”

他接着又道：“但是你还是不能去，因为无论留谁在江南，我心里都放心不下，这并不是意气用事的时候。”

柳随风道：“我知道，可是我始终无法原谅自己，也迈不过自己这道坎，若是我自己都不肯原谅自己，我活着还有什么意思。”

他的头又深深地低了下去。

将军道：“你活着还有很多事情要做，也还有很多责任，我还有另外的事情要托付给你。”他从怀里掏出了一个信封，递给柳随风，“我懂你的心意。如果年三十晚上我还没回来团聚的话，你就拆开信封，里面会告诉你该怎么做。”

柳随风知道将军心意已决，他接过信封，放入怀里，慎重地点了点头。

将军叹了口气，道：“承文和承武走了以后，我心里最放不下的就是建梅和承龙。如果我回不来了，你就安排他们做个富贵闲人，永远不要介入江湖的恩怨中来。”

这时颜建梅从卧室里走了出来，站到将军的身边，她的眼圈红红的，显然已经知道将军的安排。

将军笑笑，对颜建梅道：“随风就像是我们的孩子，这么些年来一直看着他长大，现在把你们托付给他，我就再没有什么放心不下的了。”

放下心，才能全力以赴。

他已经做好了永别的准备。

柳随风垂下眼，哽咽着道：“倘若您不回来，承龙就是下一任青阳帮的帮主，我一定尽心辅佐他。”

将军道：“你误会了我的意思，蒋承龙并不适合做青阳帮的帮主，让他去过自在富贵的生活就好了。至于下一任的青阳帮主，”他沉吟了一会儿，“就是你柳随风。”

“可是……”

将军打断柳随风道：“这就是我的决定。”

每一个人都应该坐在适合他的位置上，这个道理柳随风当然懂得。

他的眼角已经微微湿润。

将军又拍了拍他的肩膀，道：“以后的日子当然会很艰难，不过男人就应该多经历风雨。自从张秀的事情之后，你就已经像个成熟的男人了。”

将军最大的认同，就是赞扬他像一个真正的男人。

柳随风百感交集，竟然一句话都说不出来。

将军走到窗边，看了看外面的天色，风还是很冷，雨也不见减小，天空阴沉得就像倒扣在大地上的大锅，灰蒙蒙的。

面对这样恶劣的天气，将军却道："看来今天天气真的很不错。"

柳随风问道："您什么时候出发?"

将军道："我本来想明天出发的，但是这天气改变了我的主意，我决定今天晚上就动身。"

越恶劣的天气，才越能隐蔽行踪，如此才能出乎敌人意料。

将军的目光看向了外面站着的儿郎，道："你们跟随他，吃一顿饱饭，把精神力气养好后，我们就开始行动。"

他的声音并不大，但是外面所有人都好像听到了，沉默着点了点头。

柳随风出去的时候，他们沉默地跟在他的后面，没有任何言语。直到最后，柳随风都不知道他们每一个人的姓名、兴趣、家中的情况。

他们就像天生的战士，不愿意多说话，也不愿意透露任何信息，就像那些真正杀人的刀，往往并不需要太多的明玉流苏来装饰。

真正的战士当然会明白，一旦行动失败，就不会再回来，也不会有机会再多嘴。

柳随风忽然想到，这个世界上，喜欢跟别人交流、喜欢分享自己的人，往往要么极度空闲，要么就极度空虚。

空闲和空虚都代表着这个人在某个方面一定会有缺失。

所以他也变得很沉默。

•

•

•

将军怔怔地看着这些儿郎的离去，好像已经失神。

屋子里就只剩下将军和颜建梅两个人了。

颜建梅幽幽地道："你不是说好要明天出发吗？怎么又改变了主意。"

将军叹道："如果能让成功的概率再高一些，我甚至可以现在就出发。你并不是不了解我，男人若是做了决定，就一定不能太纠结，也一定不要太伤感。"

颜建梅想想更是伤心，道："那这次真的这么危险吗？"

将军点点头，道："满天星只怕比我想象的要更可怕，我只希望这次去总有些收获，就算拼着同归于尽，我也尽量把满天星拖住，否则随风以后的日子只怕更加难过。但是究竟有几分胜算，我也毫无把握。"

颜建梅道："你能不去吗？"

"不能，"将军很耐心地解释，"就算我不去，也一定有人去，但这本来就应该是我去解决的事情。所以我一定要去。"

只有自己亲自承担风险，才是负责；只有自己亲手处理麻烦，才是担当。

不过他的口气竟有说不出的萧索之意。

颜建梅终于忍不住，轻声哭泣起来。

女人若是要哭，就让她哭，就好像男人要做成事情的时候，多少委屈也要憋着。

所以将军只是站着，却并不上前安慰她。

他叹了一口气，道："我只是有些后悔。"

颜建梅抬起泪眼，问道："后悔什么？"

将军道："我后悔这些年陪你们的时间太少，亏欠你们太多，承龙虽然不像我，却始终是我的儿子，我平时应该多教教他，他再怎样不争气，都只能怪他有一个这样的父亲。"

他想到蒋承龙刚刚出生的时候，青阳帮创立不久，在江湖中危机重重，所以他不得不把精力放在帮里的事务当中，等他发现这个在母亲身边长大的孩子，变得骄纵、放肆、懒散的时候，却只有厌恶，现在想想确实太不应该。

颜建梅道："你若早这样想，又何必要等到最后时刻才后悔呢？"

将军道："我倒不是后悔，本来我一直以为，若是这个儿子的个性不像我，纵然有血脉的关系，也只不过像一只家养的宠物，男人就必须要有男人的成长方式，也必须继承上一辈想要传承给他的精神，否则活着又有什么意思？现在我想想，这种想法的确太奇怪、太极端了，对承龙来说其实并不公平！我不能拿自己的想法去要求他。"

颜建梅幽幽地叹了口气，却没有说话。

将军振作了一下，道："不过作为父亲，我也给他留了足够的钱当作补偿。就算我这次回不来，也足够你跟他安享余生了。"

颜建梅又叹了口气。

钱能解决的问题往往都不是问题。

她叹息一声，问道："你现在还后悔没有时间来陪我吗？若是觉得亏欠，什么时候补偿都不要觉得晚。"

将军转过头，静静地看着她。

颜建梅咬了咬牙，忽然低声道："我虽然知道这个时候提这样的要求有些过分，我本来想今天晚上跟你说的，可是你改变了主意，我又实在担心你不能回来，万一你不能回来的话，起码还能给我留个念想，说不定还会有你的血脉。"

将军当然明白她想表达什么意思，他的眼神已经有些异样。

颜建梅的脸上泪痕未干，却泛起了红晕，低声道："我们已经很久没有做过那种事情了，有时候我经常在想，我们应该再要一个女儿，亲生的女儿，我一定要好好教她，好好惯着她，让她像一个真正的公主，让她弥补我们做父母所有的遗憾。"

将军忽然脸色微微一红，居然像孩子一样露出一丝羞赧的笑容。

颜建梅继续道："虽然我知道这个时候不一定方便，但是现在却是我最方便的时候。而且现在还早，到晚上还有很长很长的一段时间。"

将军道："现在看上去的确还很早。"

"在这里？"

颜建梅道："老夫老妻了，当然在哪里都一样方便。"

后面是将军的卧室，这个卧室连颜建梅都没进去过几次。

不过对于临别的夫妻来说，选择什么样的地方温存的确不再重要。

四四
怎么会是他

一个德高望重的老人脱去衣服后会怎么样?

特别是趴在女人身上的时候。

没有人可以想象，也没有人愿意去想象。

将军的声音已经变得粗重，冰冷的天气阻挡不了背部的汗水流下。

他不但要发泄出对妻子的留恋，还想证明自己老当益壮，精力充沛，还能做很多事情。

这些年，他的确亏欠太多，他希望用这种努力好好补偿。

这个时候，异变陡生。

卧室的门忽然被击碎，一道人影疾掠进来，发出的数点寒光已经闪电般地射入将军的背部。

颜建梅尖叫一声，用被单遮住赤裸的身躯，人已经从床上滚到床下。

将军身形僵住，慢慢回头。他看清了这个人影，却是他怎么也没想到的人。

这个人居然就是柳随风。

怎么会是他？

这个问题好像很有意义，却又好像毫无意义。

柳随风微微一笑，道："我用的是如意针。"

如意针曾被将军评论为武林中最毒的暗器，三种不同属性的剧毒相冲相生，中毒之人不但痛苦，而且无药可解。

后者的痛苦比前者的痛苦更让人绝望。

就连柳随风也没有解药。

将军看向颜建梅，竟发现她的眼神变得很奇怪，有羞愧、难堪，却隐藏着一种偷偷的窃喜。

柳随风又笑道："不错，我和建梅早就计划好了，如果不是这样的话，怎么能让你把身上的天衣脱下来。"

不脱下天衣，就永远没有机会伤害到将军。

他的笑容很温和，看上去保持着平日里的风度，但是却又如此虚伪、做作。

将军却没有理会他，他的目光转向颜建梅，眉头微聚，隐约露出痛苦之色："你为什么要选择他？"

颜建梅一边把身体慢慢往外挪，一边说道："因为随风答应过我，你走了以后，会助承龙坐上青阳帮主的位置，全力辅佐他。"

将军苦笑了笑："他是我的儿子，想要什么难道我还不给他吗？只不过让他去坐不适合的位置，就是毁了他。"

"你连机会都不给，又怎么知道结果？"

将军叹道："成就和能力总是在一起的，没有能力实现梦想就真的只是做梦而已。"

颜建梅叫道："承龙只是缺少历练，人并不笨，他坐上这个位置以后，自然会慢慢地展现出自己的实力。可恨的是你什么都不给，承龙连机会都没有！"

女人一旦认定的道理就是天下最大的道理，将军当然懂得。

他更加无言，过了一会才道："你怎么会跟他混在一起？你已经什么都不缺，什么都有了。"

这个他当然是指柳随风。

颜建梅冷冷一笑，现在她已经觉得离开将军足够远了，道："我缺什么，你难道还不知道？我缺孤独的时候有人来陪伴，难过的时候有人可以安慰。就算你给我买最好的绸缎、最贵的珠宝，给我花不完的金银，我也感觉就像活在坟墓里。"

活在坟墓里的当然是个死人。

这些话比如意针更伤人心，将军脸上的痛苦之色愈浓。

他忽然低声道："我错了。这些年来，我不够关心你，不够爱护你，的确是我的错。"

让将军认错几乎是件不可能的事情。

颜建梅忽然愣住。

她感觉到也许她错得更厉害，夫妻之间好像实在没必要因为某些亏欠而伤害对方。

只不过现在后悔已经太晚了，她也早就决定莫要后悔，所以她冷冷一笑，扭过脸去。

柳随风站在旁边，他戏谑的表情就像在看一出戏，他悠悠地道："很早以前你就跟我说过，天底下的女人都喜欢自以为是，越漂亮的女人越以为自己了不起，她们要么因为固执而变得愚蠢，要么因为愚蠢而变得固执。如果只是为了要利用她，就不妨多迁就迁就她，想不到今天你居然忘记了这句话。"

将军摇了摇头，仿佛没听到这句话，又仿佛被这句话深深伤了心。

颜建梅看着柳随风，道："随风，你什么意思？"

柳随风道："我的意思是，有些女人蠢得像猪，明明只是为了利用，所以一直都在迁就，可自己却偏偏不明白，这不是蠢是什么？"他冷冷一笑，道："比如说像你这样的人。"

颜建梅的眼神变得吃惊，道："我为你做了这么多事情，现在好不容易都做到了，你怎么能这么说？"

"现在都已经做完了，不是吗？"

做完了就意味着再没有价值了。

柳随风忽然又想起张秀，不禁发出一声冷笑。

颜建梅显然已经明白，她恨恨地道："你……你真无耻。"

她忽然凌空跃起，双腿已如绞剪般缠向柳随风的脖子，在嫁人之前，她的武功一向不弱。

可是她跃起快，倒下更快。柳随风连看都没看，他的目光一直停留在将军身上，反手抽出一巴掌，已经把颜建梅甩到墙角，不知死活。

柳随风笑笑，道："女人还是闭上嘴比较好。"

他盯着将军，很仔细地看着他，慢慢又道："我现在才肯相信你真的中了如意针，真的已经毫无反抗之力，否则像刚刚这一巴掌，按你的个性，就绝不会再忍耐下去。"

就算如意针是他亲手射入将军的脊背，他仍然不敢相信这是真的，还存在怀疑。

将军对他而言，一直就是一个神，而不是一个人。

一个神怎么能如此轻易就被打倒?

将军一直没动，脸上的痛苦之色越来越浓烈，现在发生的所有事情，都像把痛苦一锤一锤地砸得更深，就好像脊背上的如意针一样。

柳随风倒也不急，时间过得越久，如意针的毒性发作得越凶。

很久以前，他就一直恨自己，为什么自己只是一个被收养的弃儿？为什么无法超越将军？为什么一直要生活在将军的阴影之下？

很久以前，他就开始有了自己的欲望，只不过那时候还是春天里的嫩芽，成不了燎原的野草。

人有野心是件很可怕的事情，因为一旦控制不住，它就会像火山一样把人毁灭，所以他一直很谨慎、很小心，也很努力。

现在这间卧室就像一个牢笼，简洁、干净，屋外的哨卫都已经被他支使远离，将军已不可能再逃，也不可能再有人帮忙，在这样的情形下，他的内心终于开始绽放成功的快意。

他只希望将军说得没错，如意针的毒天下无药可解，就连他自己也无能为力。

他甚至有些遗憾，毕竟能欣赏到这样痛苦的时间已经不多了。

将军忽然对他招了招手，道："你过来点。"

柳随风不但没有过去，反而退到门口，道："我在这里已经能听得很清楚了，有什么话你不妨直说。"

暗器高手的耳力一向都很好。

"我只是有些疑惑想不明白，想必你应该会回答我。"

"当然，我对要死的人一向很宽容。"

将军思索了一会儿，问道："承文和承武的死跟你有关？"

柳随风道："如果不把他们两个除掉的话，我怎么能成为你最信任的人？"

"我一直知道有内奸，却万万没有想到是你，也根本没有怀疑过你。"

"那是因为你太仁慈，心太软。明明在江湖中混了几十年，却还像个初出江湖的毛头小子。这个江湖上，当然谁都有可能背叛你、出卖你，谁都不值得信任，却值得利用。你已经老了。"

将军摇摇头，道："不是，而是因为如果我这么做的话，活着还有什么意思？每一个人都应该有自己活着的底线，或者说坚持的希望，对亲人的信任也是一样。"

这种信任就是将军的底线，对很多人来说，底线没有了，活着就不再有期待，也的确生不如死。

柳随风笑吟吟，却没有说话。

现在这个时候，道理对他来说就像戏子的戏文，却不妨听一听。

四五

真相终大白

将军又问："唐猛是一手把你抚养大的亲人，难道他的死跟你也有关系？"

柳随风道："的确是我安排项少杰把他的动向告诉仇宿的。"

"仇宿？"

柳随风道："他原来的名字叫赵如荣，你对他一定不会陌生，因为他也曾是与你并肩战斗的兄弟。这几十年来，他处心积虑展开对你的报复，他创建了七杀组织，谋划了这一切。五年前他找到我的时候，我对他还充满怀疑，直到他不断告诉我一些江湖中绝密的信息，让我把朱雀堂刺探工作做得更好，我才开始慢慢信任他，现在看来，这个人确实不错。"

将军口中反复念叨"赵如荣"这个名字，他一直想不明白为什么唐猛心口的伤是他的"断金手"造成的，唐猛绝不是贪生怕死之辈，也绝不是一个意气用事的人，现在他终于明白了。

他们是一起战斗过、生活过的兄弟，那种深深烙入人生经历的曾经，只有他们才懂得抉择到底会有多沉重。

所以他才会别无选择，自我了断。

他已经懂得唐猛为什么要这么做。

他的心更添悲怆。

将军问道："张啸天也掺和进这件事里了吗?"

柳随风道："他只不过是一个左右摇摆的老头子，一个人只要喜欢左右摇摆，当然很容易就会被利用，很容易就会失去价值，我一向不大看得起没有价值的人，这种人当然没有资格分享计划的秘密。"

将军道："但如果那天不是我亲自过去，你就不可能站在这里。"

柳随风仰头哈哈大笑，道："青阳帮三大堂主都莫名其妙地死了，你的三大臂膀一朝之间全断了，如果我再不用点苦肉计，又怎么能骗得你的欢心，又怎么能够让你放心?"

他忽然止住笑，脸色变得冰冷，道："现在看来，我不但运气不错，而且每一步的计划也走得很正确，或者这已经不是运气，而是能力，所以你死了，青阳帮交给我，一定也不会太差。"

将军低头思索，终于明白其间关节，他露出一丝苦笑，道："我还有个疑问，你既然挑起了我跟满天星的争斗，为什么不等我帮你解决掉他之后再动手？现在看来时机未免过早。"

柳随风笑意更浓，道："这是另一个更大的计划。如果让你成功地攻破了落星坞，只怕你的势力会更大，我的机会会更少。而我一向比较怕夜长梦多。”

将军道：“但是你没有足够的力量来对付满天星。”

柳随风道：“我自然有我的办法，这个计划很安全、万无一失，你大可放心。”

将军心念一转，已经想通了其间关节，道：“你和满天星组织内部的人一定也有了勾结，这个人是谁？不是满天星，却又要有足够大的势力，朱棠？”

柳随风笑而不语，便是默认了。

在这个计划中，双方都希望能借助力量上位，所以朱棠借助满天星的力量杀了蒋承文，柳随风借助青阳帮的力量杀了黄金满。

这本来也是双方互相信任的投名状，满天星和青阳帮的力量削弱得越厉害，他们的把握就会越大。

这个计划执行起来当然也非常困难。策划者不但要有非比寻常的智慧，而且还需要过人的胆识，甚至只有亲身冒险，将自己的性命都赌上，才可能获得信任。

这个计划的风险很大，但是收益却绝对划算。

柳随风的确有资格骄傲，所以他的笑容虽然还很矜持，却已经掩饰不住得意。

将军道：“所以只有我死，你们的计划才能完成。”

柳随风道：“只有你死，我才能获取青羊符的宝藏，接下来才能一统江南，和朱棠划江而治，不过这是个很漫长的过程，要慢慢来。”

将军道：“莫非你知道青阳王的宝藏到底在哪里?”

柳随风笑笑，道：“我最不缺的就是耐心。我当然知道它一定在青阳城，你死之后，我一定能找到真的青羊符，就算你把它藏在没人知道的地方，慢慢找，总是能找到的。”

将军又问：“你想要一统江南?”

柳随风假装叹了口气，道：“我们跟江南其余六大帮派分享势力已经太久了，天下大势，总是分久必合、合久必分，虽然我现在不一定有能力马上做这样的事情，但想必过不了太久就能做到。”

将军默然，在有满天星的压力之下，这样的机会只怕会有很多，特别是在其余六大帮派毫无戒备，也唯青阳帮是从的情况下。

忍耐并不是一件容易的事情，特别是回报越大的忍耐，就越需要人的恒心和坚持，具备这两点的，无疑都是成大事的人。

柳随风已经流露出志得意满的神色，他的忍耐和坚持已经让他得到了足够多的回报。

谁在这样的情况下还不兴奋、不骄傲?

所以他忍不住又道：“说实在话，我忽然有点感谢你。”

将军问：“为什么?”

柳随风道：“能执行完美无缺的计划又不能对别人说，有时候我真怕自己会憋死，你很难想象我有多难受、多压抑。”

他在黑夜里惊醒过、用暗器自残过，甚至差点在敌人面前死掉。

他能成功，就是因为他够坚忍，特别是像他这么优秀的人，要做到这点就更难了。

将军道：“所以我是个不错的听众，特别是这个听众听完以后就要死了。”

柳随风大笑道：“只有死人才能守住秘密，作为我的老师，你也终于可以欣慰地死去，因为他的学生不但不比老师差，还远比老师优秀。”

的确只有将军这样的人才有资格倾听自己最大的秘密，就好像掉入陷阱里，只有足够凶猛的野兽，才有资格让猎人享受快意。

将军的脸色惨白，悲苦和痛楚交集在他脸上，看上去皱纹更深，眼神更加凄惶。

柳随风忍不住又道：“你还有没有什么问题？我真是奇怪，都快到一炷香时间了，你怎么还有力气？”

将军道：“我虽然说过如意针的毒无药可解，却不代表无人可救，人有时候能做的事情，实在比几棵灵药仙草多多了。”

人的力量有时候的确超乎想象。

他突然又向柳随风招招手，道：“你过来。”

柳随风退开两步，冷笑道：“我当然没有必要过来。”

受伤的猛兽始终还是猛兽，还有可能暴起伤人。

将军叹了口气，道：“我知道你不会过来，其实我只想要告诉你，不到最后一刻，年轻人千万莫要骄傲，莫要大意。”

他话音未落，床忽然从中塌陷，然后他整个人从中滑落下去，消失不见。

柳随风大惊失色，他往前急纵，忽又停住。

越是紧急的时候，越是不能乱了分寸，慌张是一种毫无作用的情绪。

这句话也是将军教他的。

所以他小心翼翼地挪移到洞口边，往下看去：下面居然是个深不见底的黑洞，一道白玉做成的滑梯径直向下，通向看不到底的黑暗之处。

一阵阴风从洞底吹上来，让柳随风不禁打了个冷战。

这个洞口不但深，而且还隐约传来了流水的声音，在这下面有一条地下河。

也许还会有一条船，有一个守候的人。

但是那已经不再重要。

重要的是将军已经脱离了他的视线，不再受他的控制。

四六
新的上位者

柳随风静静地站在洞口边思索着。

由始至终的每一个细节，他都推敲过无数遍，甚至连击碎相同质地的门都偷偷地练习了十几次，以求还有足够的力道发射如意针。

无论时机、运气、筹划、安排，都已经做到了万无一失，整个计划几乎可以称得上是天衣无缝。

唯一没有想到的是，将军的卧室里居然还有退路。

这片竹林和屋子已经建了差不多二十多年，就算是日常的整洁、修葺、翻新都从没有露出任何迹象，在这几十年来，将军也从来没有露出过一丝口风。

所以他一直以为这个地方很普通、很简单，已经是个死地，绝没有想到还有逃出去的暗道，而且还隐藏得这么深。

怀里有个东西忽然提醒了他，他掏出来。

是将军给他的信封，拆开，里面一张白纸，上面简洁地写着一个“床”字。

将军的书法，将军的字迹。

这个字已经代表了太多。

只可惜他当时太激动、太兴奋，还不够冷静，有太多的事情需要考虑，并没有来得及看。

他终于决定自己下去探查个究竟，不能亲眼见到将军的尸体，他实在不能放心。

将军就像只老狐狸，就算他剩下最后一口气，也不会让任何人知道。

他从腰间掏出防风的火折子，打亮之后开始一步一步往下走。

这个洞果然很深，玉阶也很滑，只有扶住洞壁才能往下继续走。

洞壁上都已经长满了青苔，看上去像是很久没人使用过了，但是越往下走，洞口就越来越宽敞，柳随风越来越心惊。

因为将军的底牌实在太多。看不透一个人的底细的时候，就不仅仅只对他感到神秘与好奇，更感到畏惧。

他在青阳帮这么久，位高权重，居然从不知道有这样的一个密道。

下到二三十丈的时候，柳随风已经来到一个山洞里，玉阶的尽头，是一条奔流着的地下河。柳随风伸手探了探，河水冰冷刺骨，好像是千年不化的积雪。他往河水的前方看了看，但是火折子的亮光有限，更远处一片黑暗，不知道这条河有多长，也不知道有多深。

他沉吟着，将军无疑就是沿着河流逃了出去。

现在他当然也不会贸然潜下水去追寻答案，倘若要做，也应该是别人去做、去冒险。

若不懂得怎么利用别人，就永远没有可能踏上更高的位置。

他只希望将军的话不会错，中了无药可解的如意针不管怎么跑，都跑不过毒入内腑的时间。

他转头重新打量了一下山洞。

山洞的墙上居然还有松油火把，用火折子一点就亮。

整个山洞的情形豁然呈现在柳随风的面前。

这个山洞不但大，还非常神奇，因为它太富有了，火把亮起来的时候，连柳随风都被珠光宝气眩目到吃了一惊。

最左边，铺满了一锭锭的白银和黄金，层层叠叠不知道有多少；最右边，堆满了玉器、珊瑚等奇珍异宝，随便哪一件拿出去，都价值不菲。中间是一排案架，每一层都摆放着文书绢帛，案架的最上方，一只玉符青羊昂首奋蹄，站在最高处。

柳随风走过去翻了翻第一层的文书，全是青阳城以及江南重镇核心区域的房产文契，一共三百二十六份土地证明，这些土地现在无疑比黄金白银、玉石珠宝更值钱，其中就包括了飞花楼的地契。

柳随风这才明白，飞花楼幕后的老板其实就是将军。

只是他不知道为什么青阳帮要躲在后面，以青阳帮的实力，就算拥有飞花楼也并不是一件奇怪的事情。是不是财富积累到一定程度，反而更要避免树大招风？

他静静地想了想，忽然就理解了，永远不要把没有必要的秘密告诉别人，这不但是对自己的保护，也是对别人的保护。

第二层的绢帛则是一份份协议，江湖中四大钱庄、八大金银行还有五十七家遍布全国的当铺商行的原始股份契约，这些股份现在用银子都买不到，更不用估算它潜在的财富价值到底有多少。

他见过满天星的财富，现在和将军的财富比较起来，就像“土老财”进了皇库，显得是多么的可笑，谁也不会想到青阳帮居然有这么深的根。

要把这样的根挖出来，就像跟江湖中所有的财权势力作对。

这简直就是一件荒诞可笑的事情。

他取下了案架最上方的青羊，这跟青阳帮里看到的青羊符造型颇为相像，但是这一只青羊不但颔下多了一缕胡须，头顶两角，而且用的玉质更温润柔和，在火光的映射下，更显得栩栩如生。

柳随风知道，这只青羊符一定就是传说的青阳王财富的钥匙，而且一定是真的。

若是将军的财富就有如此之多，那么青阳王的宝藏又该有多少？

谁能够想象？

他拿着青羊符，沉思了一会儿，忽然哈哈大笑起来。

他现在已经觉得安心。

这个地洞就是将军最大的秘密，一个人如果连最后的秘密都泄露出去，那么这个人就像是折断翅膀的雄鹰，失去爪牙的猛虎，不但没有能力，而且没有退路。

这样的人还有什么令人恐惧的地方？

就算将军还活着，也只是没有窝的老鼠，永远只能活在黑暗之中。

而他有这笔财富，已经足以完成所有的梦想。

现实中所有的梦想都要依靠财富的依托，所有力量的血液都离不开财富。

他本来还有所担心，担心之前的力量还是太弱，之后的变化会更出乎意料，现在他已经没有顾忌了。

想到这里，他拿起青羊符和飞花楼的地契，沿着玉阶重新爬上洞口。

颜建梅已经醒转过来，穿好衣服坐在桌子旁边。

她的眼角还留有泪痕，但是眼神却已经没有哀伤，只有冰冷。

江湖儿女都知道，不管做什么选择，犯什么错误，都必须要走下去，要活下去。

悲哀的确不适合用来做逃避的借口。

看见柳随风从地道上来，她只是幽幽地问道：“你嫌弃我，我不怪你；你利用我，我也无话可说。但是你承诺过我和蒋玉庆，总得给承龙一个富贵吧？”

柳随风笑笑，女人只有在认清现实以后，才会变得无比顺从，他道：“当然，我会在指定的时候和指定的地方给你们一场富贵。我说的话从来都算数。”

这种慷慨是因为他现在心情很好，一个人心情好的时候，总是会比以前大方一些。

他拍了拍手，项少杰立刻出现在门口，躬身候命。

“把蒋夫人和蒋承龙送走，另外再派一组人封锁这个洞口，不论谁上来，都格杀勿论。无论谁下去，格杀勿论。”

项少杰弯了弯腰，表示听从，现在他的命令比将军更有效。

颜建梅看了他一眼，却没有动。

柳随风笑了笑，道：“其实蒋玉庆的安排是正确的，对蒋承龙宠溺多一分，就是害他多一分，有些人适合做荒野的野兽，有些人却适合关在笼子里等死。你倘若还不明白这个道理，我就把我的决定收回去。”

这句话不是威胁，柳随风对没价值的人一向不用威胁。

他已经决定从现在开始，对待任何事情都要有风度，都要冷静，因为现在他不但有足够的财富，还是江南第一大帮的帮主。

颜建梅果然乖乖听话，没再说什么。外面已经进来一组弩箭手，把洞口的位置封锁住……

柳随风走出屋子，天色还很阴冷，但是冰雨却已经停了，在阴霾的天空，仿佛有云开日出的感觉。

属于他的阳光已经到来，他还有很多事情没有做，斗志已经开始燃烧。

竹林里隐藏的暗哨和隐约的明哨现在都已经属于他，而且这只是他力量中极小的一部分……

江南六大帮派还不知道将军失踪的消息，所以他要想个很好的法子来安抚他们，然后再悄悄地把刀递过去……

朱棠虽然是现阶段的盟友，但形势总是会变的，不同的阶段要做不同的事情，顺势而变才是唯一正确的方法，学不会利用，就混不好江湖……

山洞里的财富如何使用，更是需要好好筹划的事情……

他已经开始振奋起来。

他的目光忽然看到不远处站立着的随时候命的项少杰，无论是谁，都看不出这么沉稳坚毅的人居然是他安排里最重要的棋子。

他招了招手，叫项少杰过来，问道："蒋玉庆的那些暗卫呢?"

项少杰道："按照您的吩咐，全部都死了。"

"怎么死的?"

"他们吃了人生中最后一顿饱饭，却不知道饭菜里有无色无味的剧毒，所以饭吃完，人也全部倒了下去。"

柳随风笑了笑，这些暗卫一定想不到，在将军竹林里的安排也会出问题，所以毫无戒备。

他甚至觉得有些惋惜，无论是谁，都看得出这些人很厉害、很忠诚，可惜却不能被他所用。

所幸他现在不缺时间，也不缺财富，有了这两点，就更不会缺人。

他又问道："尸体呢?"

项少杰道："正在暗中处理，"他解释一句，"因为不能让太多人知道，所以费时稍微长了点。"

柳随风笑笑道："很好!"

项少杰躬了躬身。

柳随风忽然又问道："张秀也死了?"

项少杰低下头道："是。"

他的回答还是简洁有效，表明他还是一个很有能力的人。

柳随风笑道："我当然知道她已经死了，这件事情原本就是我交代你去做的，你做得很好。"

项少杰又一躬身。

柳随风接着忽然脸一板，喝道："可是我叫你杀了她，却没有叫你奸了她。"

项少杰大骇，惊道："属下……属下不明白。"

柳随风冷冷地道："若是想把事情做得更干净些，下次就千万记住坑挖深一些。"

"你虽然有些实力，可是野心却太大了，今天你会占有我的女人，明天就一定会惦记我的位置。你说，我留你还有何用?"

项少杰心里更加惊慌，霎时凌空跃起、拔剑，迅疾向柳随风虚掷而出，但是双腿却用力往后蹬起，收腹弯腰，宛如一张大弓倒绷，人向后窜了出去。

他当然知道柳随风的武功，正面搏杀简直就是送死。他只希望这一剑能阻挡一会儿，让他有机会逃出竹林。

所幸他的轻功一向不弱，只要能跃上竹梢，就还有机会。

他刚刚飞到一半的时候，心口忽然一痛，几点寒芒已经射入胸膛。

他快，但是柳随风的暗器更快。

直到他摔下去的时候，眼睛还睁得大大的，死不瞑目。

他的内心充满了悔恨，一个连结发妻子都可以不要的人，又怎么能够信任？

竹林里的其他人远远看到，都脸露惊惧之色。

柳随风淡淡地道：“就把他的尸体埋在这里，记住坑一定要挖得很深。”

现在他的命令不但比蒋玉庆更直接、更有效，手下的人处理事情的时候也更利落。

柳随风觉得很满意，杀鸡儆猴虽然有时候让属下恐惧，但却是一种更好的管理方式，这种方式当然是从满天星的身上学来的。

江湖道义和宽仁，就像男人身上的手帕，刀把上的花纹，除了装饰之外并没有什么用处。

将军毫无疑问就是犯了这样的错误。

一个人犯了错误，就自然要为错误付出代价。

而他一向很善于学习新东西，只有一个不断学习的人，才能一直往前走，并且越走越好。

他忽然觉得，将军绝不是因他而死，而是被这个时代淘汰了。

被时代淘汰的人虽然悲哀，却绝不应该被怜悯。

四七

江边的酒坊

深夜，江边小镇的一个酒坊。

酒坊还没打烊，但是酒坊的老板和伙计都已经不在，每当这个客人来的时候，他就要求他们早点回家。

因为他出手够阔绰，每一次付的银子足够买十间这样的酒坊，而他的要求又特别简单，除了两大壶温好的劣酒之外，就不会再有其他要求。

这样的主顾虽然奇怪了点，但能赚这么多银子的买卖并不多见，所以老板和伙计不但很听话，而且还很懂得保守秘密。

灯光下一个人的闷酒当然并不好喝，可是这个人却悠然惬意，仿佛坐在最华丽的皇宫里品着最贵的珍酿。

桌子的另一边还有一壶酒和一个酒杯，显然在等待另外一个人。

只要是有价值的等待，不管什么时候，要多久，都不会让一个人厌烦。

灯光照射在他的脸上，这个人的面容不但英俊、温和，而且还洋溢着一种说不出的自信。

从今天开始，他脸上的这种骄傲就一直藏在眸子深处，只有喝酒的时候才能让它像野兽一样释放出来。

不过他还得学会控制住自己，一个人自律的空间越大，往往意味着自由的空间就越大。

当然也因为他是柳随风。今天之后，这个名字在江湖中的地位，就会像将军一样，站在最顶尖的位置。

夜阑人静，忽然传来快马奔跑的声音。

这声音来得好快，一盏茶的工夫就已来到门口，马上的骑士蒙着面，身形矫健地跃下马，毫不拖泥带水。骏马勒缰停住，居然毫无嘶叫，显然是万中无一的千里良驶。

骑士走进酒坊，柳随风抬起头看着他，微微一笑道："这里已经没有外人，朱星主大可放下心来。"

蒙面骑士没有说话，却已经摘下面巾，露出一张中年面孔，浓眉方脸，锦衣华服，自带一种不怒自威的气势。

果然是朱棠。

他沉声问道："怎么样？"

柳随风当然知道他要问什么，笑道："很好。"

朱棠追问一句："到底有多好？"

柳随风道："你想要有多好就有多好。"

朱棠吁了一口气，像是放下心中的石头，又道：“蒋玉庆死了？”

柳随风道：“不知道，也许是吧。”

朱棠脸色微变，显然这并不是一个好消息。

柳随风接着道：“就算他没死，也再扑腾不了了，因为他已经失去了一切，就像一只脱了毛的凤凰，再也不可能飞起来。”

他脸上又忍不住露出了微笑。

朱棠没有再问，看到柳随风的坦然，他脸上的神情也已经放松，他走到桌边坐下来，自顾自倒了一杯酒，举杯，然后一饮而尽。

柳随风微笑着看着他，忽然问道：“你就不怕我在酒里下了毒？”

朱棠道：“你不会，我们之间若是连这点信任都没有的话，怎么能做如此大事？”

柳随风哈哈大笑：“和朱星主合作果然很愉快，你连夜赶了二百里路，一定渴得很，莫要客气，多喝两杯。”

朱棠果然很听话，自斟自饮，一口气又喝了三杯。

柳随风眼里的赞赏之色更浓，待他喝完，问道：“你那边进行得怎么样？”

朱棠沉吟了一会儿，道：“不好。”

柳随风道：“为什么？”

朱棠微微皱眉，道：“因为满天星不会以诚待人。”

不会以诚待人，往往很难让人看清底细，不知深浅，也意味着很难取得绝对的信任。

柳随风当然也知道这个道理，所以道：“不急。”

朱棠沉吟着，道：“不过我也有了十分之七的把握，只是在等待发动的时机。”

多留出一些预测，自然就能多一些准备，朱棠做事情一向很稳妥。

柳随风却已宽心，他们当初所做的事情，连百分之一的机会都没有，现在却有了百分之七十，这本身已经是一种成功。

他瞥了瞥地上的一个大包裹，里面是八十七件衣服和八十七双手，也是八十七条性命。

“机会总会有的，比如说这些人。”

朱棠也看到了这个包裹，问道：“这是什么？”

“这是蒋玉庆的暗卫，也是他最后一批力量，按照计划，他们要在三天后发起对落星坞的进攻。满天星一定料想不到这股力量的存在。”柳随风悠悠地道，“当然，现在他们都已经死了，这是他们活过的证据。”

“活过的证据？”

“只要是存在过的力量，不管怎么消失，都会在他们的双手上留下痕迹。这种痕迹当然可以做很多文章。”

高手能从一个人的手上看到足够多的东西，甚至包括这个人的命运。

朱棠的眼神已经亮了：“你的意思是，这股力量利用得好的话，总是会消耗一部分满天星的力量的。”

柳随风道：“他力量消耗越多，自然就越虚弱，他越虚弱，我们才会有更大的机会。”

朱棠沉思一会儿，道："就算我拿这批力量去跟满天星邀功，他也只会对我更信任。"

柳随风道："那当然悉听朱兄尊便。"

朱棠哈哈大笑，道："我就知道跟柳兄合作，不管是吃肉喝汤，一定都会想到我。"

柳随风道："我只盼今后朱兄吃肉喝汤的时候，也莫要忘了我。"

朱棠又笑，道："那是自然。"

两个人的酒杯又交碰在一起，又连干了三杯。

酒还是劣酒，但是他们都好像喝着世界上最醇美的佳酿。

朱棠喝完后，道："我现在要回去了。"

柳随风道："好，我等着朱兄的好消息。"

朱棠点了点头，提起包裹，走了出去。

门外马蹄声响起，声音渐渐远去了。

他走得干脆利落，毫不拖泥带水，因为多留一刻，就有可能多一分暴露的危险。

他和柳随风都是极度谨慎的人，没有必要的风险从来就不应该去尝试，就如高手的出招，只要能达到目的，多一分的力气都是浪费。

连夜跑了两百里路，只为了这几杯酒，以朱棠的个性，只怕江湖中任何人都想不到他会利用这样一个夜晚，悄悄地出现在江南江边一个不知名的小酒馆，然后与柳随风会见。

因为做这样大的谋划，他们都不敢相信其他人，只有亲自见面，才能加强双方进一步的信任。

柳随风还坐在灯下，酒还没有喝完，他却陷入了沉思。

他跟朱棠的合作，就像两只刺猬相互依偎取暖，冬天一旦过去，就一定会分开。

现在他的春天已经到来了。

这意味着他比朱棠要快一点点，有更多的时间收集朱棠的弱点，了解他的缺陷。

这也会是一个漫长的过程，他现在并不急。

四八

欲望的奴隶

仇宿终于踏进了竹林。

他曾无数次想象该怎么走进这片竹林该，用什么样的方式，带多少人，又该用什么心情来面对将军。

唯一没有想到的就是，他居然是被请过来的。

请他的人当然就是柳随风。

可是真正踏上了竹林的土地的时候，他的心情反而特别平静，平静地就像走进了自家的院子。

花坛的菊花已经衰败，枯枝峥嵘，仇宿在花坛边静静地站立着。

柳随风笑道：“我一直都不明白蒋玉庆为什么喜欢菊花，这种花的颜色未免太单调了些，而且又开在冬天要来的时候，是不是老人才特别喜欢菊花？”

现在陪伴在仇宿身边的，当然是他，也只有他。

仇宿淡淡一笑道：“我知道，因为这种花天生就带杀气。”

自从进来以后，他对这里每一个细节都很感兴趣，每一个地方都看得很仔细，就像久别的游子回到了家中一样。

为什么菊花带着天生的杀气？

柳随风一怔，看见仇宿已经走进了将军的卧室。

卧室里的家具很简单，一个已经脱漆的衣柜和书架并立在墙边，旁边靠着一个洗脸架，唯一贵重的是桌子，梨花木的桌子不但坚硬、沉重，不易摇动，在上面还摆着齐全的笔墨纸砚，看得出主人在闲暇的时候，喜欢舞文弄墨。床上的被褥已经被搬走，硬木板的床上，空留着进入地洞的洞口。

仇宿按了按床板的硬度，忽然叹了口气，道：“我现在才相信，蒋玉庆的个性果然很强硬。这么些年来，看来谁都没有改变他，还是睡着和军队时一样硬的床。”

从一个人的习惯往往看得出一个人的个性，这个道理很多人懂，却往往不会留意。

柳随风在一旁道：“如果不是跟随他多年的人，一定以为他很孤僻、很穷，也很吝啬，这么硬的床，就算乡下老头子也不一定睡得习惯。”

仇宿默默地想了一会儿，没有说话。

他们进入了地洞。

地洞的火把已经点亮，只是里面的金银财宝都已经被搬走，青羊玉符也不见踪影，案架也全部都消失，甚至连存在的痕迹都已经看不出来。

谁都看得出来这里原本并不空荡。

仇宿皱着眉头，问道："这里原来放着什么?"

柳随风很老实地回答道："我也并不清楚，我下来的时候就是这样，也许蒋玉庆在这里放了一些他认为值得的东西，可是现在都随着他的失踪成了秘密。"

他当然不会向仇宿坦露这里的财富以及青阳符。

仇宿看了他一眼。

柳随风脸色不变，反而露出深思的神色，把目光看向了那条河。

仇宿的目光果然看向了那条河，河水也许很深，虽然流得湍急，却静得毫无声音。

他用手探了探水温，问道："蒋玉庆就是从这里消失的?"

柳随风道："是，他中了我的如意针后，就从这里消失不见了。这里肯定有一条船，还有一个船夫，接应到蒋玉庆之后，就迅速地划船离开。否则以这样的水温，他滑下来，要么被毒死，要么被淹死。"

仇宿借着火把的亮光，仔细看着河边遗留下的痕迹。过了一会儿，缓缓道："不错，的确有一条船，船上一定还有个人。"

柳随风道："只是我们都不知道，他什么时候安排了一条这样的退路，竟然连一点风声都走漏不出来。而且安排的是谁、什么样的人，我居然完全都不知道。”

直到现在，他仍然对这样的安排感到莫名的恐惧。

仇宿冷笑道：“我早说过，把秘密告诉不应当知道的人，不但没必要，简直就是愚蠢。男人如果变得像女人一样多嘴多舌，一定会有祸害。”

他凝视着河流前方无尽的黑暗，又问道：“你一定也安排过人往前面探查吧？”

柳随风道：“是。”

他接着道：“我的人顺流走了三十里，然后就发现暗河的出口汇入到青阳河，一入青阳河，就再也找不到任何线索。”

仇宿道：“这三十里路程中，是否有什么遗漏的痕迹？”

柳随风摇了摇头，道：“没有。我现在唯一可以确定的是，蒋玉庆通过青阳河，应该消失在江湖里了。我现在只希望他说得没错，如意针的毒天下无药可解，否则接下来的二十年里，我睡觉一定睡不踏实。”

二十年以后，蒋玉庆当然会老，更有可能死。

仇宿沉思着，问道：“你现在打算怎么办？”

这个本来应该是柳随风的问题，他却很诚恳地回答道：“除了青阳帮的人手之外，我也想通过江湖悬赏，用一大笔钱暗暗搜集蒋玉庆的消息，至于有没有结果，那都并不重要。如果能取蒋玉庆的性命，那当然最好。”

“哦？”

柳随风继续说道：“除了七杀之外，我也需要天狼的力量，只有委托给江湖中的这两大组织，我才能够放心。”

用刺客组织来调查将军的下落，才能在最小的范围内不泄露秘密。

仇宿淡淡道：“这原本就是我们一致的目标，再说七杀组织对你已经没有秘密，我比你更想要蒋玉庆的性命，更何况现在我们还有飞花楼的力量，但是天狼组织……”他沉吟了一会儿，“虽然他们与七杀齐名，但是却远比七杀神秘，我并不能联系上他们，不过想想办法，总是可以联系上的。”

柳随风露出微笑，道：“我等的就是这句话。只要蒋玉庆还在江湖，就不可能逃脱这两大组织的搜捕和追杀。”

他脸上露出一种奇怪的笑容，好像已经看到了结果，笑道：“我有时候觉得蒋玉庆也够可悲的，就算他活着，但是连一个安全的容身之处都没有，一个可以信任的人都没有，走到哪里，都要防备被不同的人刺杀，吃饭的时候怕被毒死，睡觉的时候怕被砍死，这样活着，一定比死了还更难受。”

仇宿道：“如果七杀组织先找到蒋玉庆的话，不一定要当场刺杀他，而是把他带回来见见我。”

柳随风道：“哦，为什么？难道你们之间的恩怨一定要当面才能了断吗？”

仇宿道：“除此之外，我要从他的口中问出青羊符的下落。”

柳随风忽然勉强笑了笑，道：“我也很奇怪，为什么把这里都翻遍了，居然还找不到青羊符？”

仇宿道："我当然知道你没有找到，否则你一定会告诉我。因为天底下除了我、唐猛和蒋玉庆之外，就再也没有人知道该如何打开它的秘密了。"

柳随风又笑，道："一有它的消息，我就第一时间告知你。"

仇宿又看了他一眼，淡淡道："我等你的消息。我们先上去吧。"

外面的天气还是这么阴冷，花坛和竹林一片萧索，风吹过，残败的枝叶瑟瑟发抖，仿佛抵挡不住即将来临的冬天。

仇宿背负着手，看着这片景象，沉默不语。

他忽然问站在身后、仿佛也带着心事的柳随风，道："你知道我进来之后，最大的触动是什么吗?"

"是什么?"

"床。"

"因为蒋玉庆在床上安排的那条退路?"

仇宿摇了摇头，道："不是。"

他又叹了口气，看着天边，仿佛在看很久很久以前的过去，道："那张床让我想到了以前在军队时的生活。我记得那时候蒋玉庆说过一句话，他说，活在当下，其实我们都是一群被驯教着的奴隶。"

柳随风道："驯教着的奴隶?"

他不明白。

仇宿道："是啊！你享受过权力带来的欲望，拥有了越来越多的权力之后，你就变成了权力的奴隶；你享受过财富带来的快感，拥有了巨大的财富之后，你就会变成财富的奴隶。无论是权力或者财富，都是欲望在一步一步地引诱我们，让我们变成它的奴隶而已。总有一天，你活着并不是为自己活着，而是为了欲望活着。到那时，你就成了欲望的奴隶，再也不是自己。”

柳随风不解地道：“这话真荒谬，欲望不都是自己的吗？那自己当然也还是自己。”

他并不笨，忽然醒悟过来，道：“我明白了，因为欲望都是一样的，但自我却并不一样。”

人活着的意义，有时候仅仅代表某种程度上自己能控制欲望的程度的不同而已。

能理解这个道理的人，往往都是万中无一的人。

仇宿意味深长地回头看了他一眼，道：“你能懂这个道理，我感觉很欣慰。”

柳随风眉头紧紧地锁了起来，他深思着，他当然明白仇宿说这句话，并不是表面上这么简单，更有深深的告诫。

那他究竟想告诫什么？

仇宿仿佛没有看到他的表情，又道：“所以那张床让我想到，这几十年来，蒋玉庆其实一直在和命运抗争，他并不愿意做欲望的奴隶。就算他找到了青阳符的宝藏，就算他创建了青阳帮，就算他的权势如日中天，但他仍然睡硬床，过着简朴的生活，像穷苦的时候一样乐于助人，也像普通战士一样勇于担当。他以为控制住欲望，就能做欲望的主人。只不过他这样，还是过于着相了，这何尝还不是另一种驯教的奴隶？”

柳随风垂首道：“是。”

他忽然对仇宿充满了尊敬，只有像他这么智慧的老人，才能在很短的时间里，一眼就看穿将军的过去，这样的人，对未来也一定很有远见。

这一席话，忽然之间就改变了他的主意，他已经决定，要把青羊符拿出来与仇宿共享。

不是因为只有仇宿才知道打开它的秘密，而是因为若是他沉迷于私心的财富和权力的诱惑，就很容易就变成欲望的奴隶。

他一定要做自己命运的主人。

四九

该来的来了

海边，一望无际的大海。

海水温柔得就像情人的眼波，浪花调皮得就像爱人的手指。

付唐拥着秦足青，坐在沙滩上看着即将沉入黑夜的大海。

他们已经结束一天的劳作，现在心满意足地开始享受劳累后的休憩。

这样的日子虽然平淡，但是却绝不平凡，因为他们都用热烈的心情来迎接每一天。

只要心情是热烈的，那么每一天都会显得这么愉悦。

即使握剑的手已经粗糙，纤细的指头已经起茧。

有时候，天气恶劣，两个人还能在小木屋里喝一壶酒。

风光独有，又岂能无酒？

山脚下有一间小木屋，是他们俩亲手搭建的，简单、粗陋、结实，有时在暴风雨里似乎摇摇欲坠，却又顽强地挺立着。

外界的风雨不管怎么肆虐，都已经被隔绝在小木屋外；不管大海如何咆哮，都成了凭窗远眺的风景。

付唐终于知道，原来所谓的满足，就是内心不再空虚、不再寂寞，不再感觉无所依靠。

而并不是拥有多好的武功、让人艳羡的财富以及高不可及的地位。

这世界上大多数人并不懂得这一切，所以他们只会越来越不满足，一步步沦为欲望的奴隶。

若是不懂得珍惜，就永远无法得到满足；若不懂得感恩，就永远无法知足。

付唐只盼着这样的生活可以一直到老，一直到老得都动不了，就在海滩上用洁白的细沙把他们都掩埋起来，然后让海浪静静地使他们窒息，海风轻轻从他们身边吹过，就像在低低吟唱着生命的挽歌。

他的内心偶尔会闪过一丝乌云，因为他知道虽然已经脱离了仇宿的视线，但却无法摆脱他的阴影。

有时候太安逸、太满足的生活反而让人放大对危险的恐惧。

仇宿绝不会容忍背叛，这是他一贯的风格。

“你若背叛我，我有足够的手段让你生死不如，悔恨自己为什么要来到这个世上。”

这是很久以前他很小的时候，仇宿说的话。

仇宿并不是个喜欢说废话的人，他的每一句话都很认真。

付唐当然知道这不是恐吓，而是一道永远悬在他心头的阴影，作为仇宿一手带大的孩子，他深知仇宿的手段也许只会比想象中的更恐怖、更可怕。

不过他努力让自己不再去想。

若是要学会忘记，就一定要有耐心；若是想要逃避，就一定要逃得足够远。

他已经开始忘记很多事情，也逃得很远。

再说和现在相比，一切都已不重要。重要的是现在每活一天，他都感觉自己是活着的，而不是行尸走肉。

这种感觉实在很奇妙，只有经历过的人才能感觉到。只要一感觉到它，就忍不住感动得热泪盈眶，只有用心过、辛劳过、努力过，才能触摸到这种感觉。

明明白白地活着的确是件太美好、太奇妙、太幸运的事情。

他忽然搂紧了怀中的女子，柔声道：“开始起风了，你先回去吧。”

秦足青抬起头问道：“你呢?”

付唐笑笑，道：“我想一个人静一静，我沿海边走走，一会儿就回家找你。”

秦足青“嗯”了一声，站起身，然后朝山脚下的小木屋走去。

付唐一直目送她进了屋子，然后才沿着沙滩往反方向走去。

黑夜已经降临，但是月光皎洁，将沙滩照得一片雪白。远处，有个小黑点一动不动地站着，如果不注意看，很容易就会忽略。

这个黑点是一个人影，在月光下负手而立，静静地看着大海。他仿佛知道付唐一定会过来，一定会来见他。

如果在以前，付唐一定还会把他当作小弟弟看待，因为他青涩、仗义，不懂世情，喝酒打架的时候还喜欢拼命。

现在他就算普普通通地站着，都已经显得很沉稳、很安定，不再急躁，平静得就像海边的礁石。

小武！

付唐假装亲热地笑笑道：“你怎么来了？”

小武道：“你应该早就知道我已经来了。”

付唐收起笑容，沉默了一会儿，道：“是。”

他忽然发现自己变得很虚伪。

“你什么时候发现我在跟踪你的？”小武问道。

“三天以前的清晨。”

小武转过头，道：“我还以为我已经够隐蔽了，但是没想到刚刚跟在你身后就被你发现了。”

“这不是你的原因，而是因为我太小心，你如果知道我以前的职业，就应该知道我不得不小心一些。”

“我知道。因为这次我过来，本就是仇宿安排的，他已经告诉了一些该告诉我的事情。”

仇宿，这个名字终于出现了。

付唐的心仿佛被紧紧地揪了一把，然后才慢慢地被松开。

但是他仍不禁问道：“可是你怎么会结识仇宿？”

小武道：“仇宿就是七杀组织的创建人。现在七杀组织和飞花楼已经结盟。我听命于扈三娘，也听命于他。”

这句话包含了足够多的秘密。

但最大的秘密却是仇宿创建了七杀。

付唐禁不住喃喃道：“这怎么可能？”

小武道：“千真万确，扈三娘这么精明的人都相信他，大概就不会是假的。”

付唐想到之前将军猜测他与七杀的关系，忽然有所领悟。

仇宿善于保守自己的秘密，问题是仇宿的力量越大，他就越恐惧。

小武果然继续说道：“这次过来，除了飞花楼的人之外，仇宿还另外加派了十个人，十个看上去都很恐怖的高手，他说，如果你们愿意回来，就带回去，如果你们不愿意回来，也带回去。”

后一句“带回去”的意思，是人还是尸体都已不重要。

付唐听出了里面的意思，反问道：“我们？”

小武道：“当然包含秦足青，仇宿怎么可能会放过她。”

付唐沉默了一会儿，道：“这是我个人的事情，跟青青没有任何关系。这只是我跟仇宿的恩怨，实在没有必要连累她，我现在就可以跟你回去，但是不要牵连她。”

小武叹了口气，道：“你总以为事情是这么简单，就好像人心总是这么单纯一样。”

付唐抬起头看看他，道：“你做不到?”

小武道：“我如果来了，就做不到，我如果做得到，我就不会来。”

这本就是他的个性，如果他要做，就一定会全力以赴，所以他才来，才一定要完成仇宿的交待。

付唐当然懂，他摇头苦笑，脸色变得和月色一样苍白。

他不可能束手就擒，却也没有想好该怎么动手。

小武似笑非笑地看着他，忽然悠悠地又道：“不过，今天晚上我没有带人，也没有带刀。若是兄弟要在这种场合下动手动脚，我会很意外，也会很难过。”

付唐忍不住又望了他一眼。看到小武亮晶晶的眼睛，这双眼睛笑吟吟，比月光还明亮，比月光还温暖。

小武接着道：“很多事情总会过去，很多人也会改变，只怕我们再也不能回到以前一起喝酒的日子。不过若是做过一日的兄弟，就应该一辈子都是兄弟。否则我怎么对得起自己?”

一阵感动从胸口直冲上来，付唐不禁问道：“为什么？仇宿并不是一个好交待的人。”

小武笑道：“我也并不是一个很无能的人。我们当然还是兄弟。”

兄弟这两个字，不但比朋友的分量更重，而且有一股一般人不了解的血气在里面。

这种血气，甚至比生命还更重要。

就好像有一天他也会离开秦足青，却是为了独自去承受更大的痛苦一样。

牺牲有时候往往是一种幸福，而不是一种苦难。

他忍不住低下头，喃喃道："我……我很好……"

小武笑道："我自然知道你很好。如果你过得不好，过得不幸福，我三天前就该动手了。"

他忍不住又说道："我这个人有个缺点，就是特别见不得兄弟不好，如果不好的话，还不如早点送他去死，又何必要活着再受煎熬?"

付唐心中暖意更甚，却说不出话来。

小武叹了一口气，道："不过我所能做的实在很有限。一个人如果连自己都靠不住的话，只会过得越来越不好。所以我今天过来，只是想要告诉你，这个地方不能再待了，你们要想想办法。"

付唐知道，他说得有道理。

他回头看看山脚下的木屋，这栋木屋虽然小，虽然简陋，却能为他遮风挡雨，好像成了他的依靠。

他苦笑道："我还能躲去哪里？天下之大，却再无容身之处。"

小武道："七杀组织要比你想象中的更恐怖，不管你躲去哪里，都一定会被他们找到。"

付唐苦涩之色更甚，道："这样的组织就像一条毒蛇、一群黄蜂，只要被他们缠上了，就像附骨之蛆，一辈子都逃不了，躲不开。可笑的是我还曾经嘲讽过他们的无能，以为他们只能一直藏在黑暗里。”

以前他看到七杀刺杀将军的时候，感觉不以为然，但是当这道阴影笼罩在他头顶的时候，他才发现自己的脆弱，因为只要是一个人，就没有办法逃脱这种阴影。

就好像个体永远难以抵挡命运的凶厄一样。

“那你打算怎么办？”

“我还能怎么办？我还能再躲远一些，再藏得隐蔽一些？”

付唐的脸上已经露出了无奈之色。

小武淡淡道：“你这样会很累。”

付唐叹了口气，道：“我知道会很累，却只是希望这样的日子能多过一天，就多过一天，莫要辜负了这一天的美好。”

小武转过身看着前面黑漆漆的大海，在月光下，目光所及之处海波轻轻荡漾，看似温柔，但是越远的地方就越黑暗，越不着边际，他忽然问道：“你还记得我曾经问过你江湖是什么样子吗？”

付唐道：“我当然记得，我说过有人的地方才是江湖，有恩怨的地方就是江湖，只要我们在，就无法逃避。”

小武指着大海，道：“这个江湖就如同这片大海，倘若你自己不奋发前行，就一定会被海流推着走，直到被卷入你控制不了的漩涡。只有努力改变，顽强拼搏，你才有机会靠岸，才能有机会远离它。”

付唐道：“道理总是这样，懂的人多，做的人少。只是我这艘船已经有太多牵挂、太多顾虑。”

他懂得小武想要说些什么，只不过他已经不想回去，也不想抗争。

对抗仇宿和七杀并不仅仅需要力量，更需要勇气。

能感觉到满足的人，往往牵挂很多，牵挂多了，勇气就会很少。

能感觉到幸福的人，往往没有贪图，贪图少了，力量也会很小。

他情愿让自己像鸵鸟、像蜗牛一样，蜷缩在自己的一方天地。

小武静静地看着他，过了一会儿继续道：“以前的你不是这样子的，现在你变了，变得苟且和将就，你活着有什么意思?”

付唐反问道：“那么活着该有什么意思?”

小武道：“这个问题的答案我没有办法告诉你，每一个人的回答都会不一样。不过我知道，像你这么活着，只会越漂越远，一直漂下去并不是最好的选择。”

漂下去的结果就是抵达海洋最黑暗的中心，那里一定会有更猛烈的风暴在酝酿。付唐当然知道这个道理。

活着本来就是一件很不容易的事情。

付唐点了点头，道：“我知道。”

他说的这句话，就是他的决定。

小武叹口气，道：“好吧。”

他知道付唐一定会有自己的主意。

说完他转过身，沿着沙滩往另一边走去，已经打算离开。

付唐愣了愣，问道："你就走了?"

小武头也不回，说："我走了。因为我不想做你的鞭子。"

他本来的确想做朋友的鞭子，督促朋友改变，不要滑入风暴的至暗处，但是付唐什么都理解，什么都知道，也做了选择。

他不想，更不忍。

五〇

真正的鞭子

火，大火。

在半山腰砍柴的他看到火光的时候，就已经知道起火的地方正好就是小木屋。

付唐一阵风一样冲下山，来到小木屋旁边，火势已经很凶猛，任何人都知道，大火到了这个时候，已经没法扑救，而且也快要烧到了尽头。

秦足青双手抱膝，坐在不远处的沙地上，静静地看着这场大火，好像一点都不焦急，一点都不心痛。

付唐怔了怔，问道："怎么了……?"

秦足青道："这把火本来就是我点的，是我亲手把这个家烧掉了。”

付唐又愣了愣，迟疑着道：“为什么？”

秦足青叹了口气，静静地看着他，道：“自从我和你在一起之后，你晚上都要做噩梦，醒来后就一身汗水，虽然你不说，但是我知道你内心里一定充满了惶恐。这种情况在上次小武走了之后，就更加厉害了，甚至你晚上会忽然惊醒，忽然翻身坐起，甚至在睡梦中乱说胡话。你一直在担心报复会来，只是不知道这种报复什么时候会来。只是你以为永远不说，我就真看不出来吗？”

付唐竟然无言以对。

潜伏的报复永远比当面的刀枪更可怕。

他的确因此感到恐惧、紧张、害怕。

秦足青叹了口气，说道：“若是我们一直活在这样的阴影下，你说我会幸福吗？”

付唐懂她的意思，如果他都不幸福，她又怎么会幸福。

他嗫嚅着，却终于一句话都没有说出来。

“我只是想让这平凡的日子过得久一些，总比在飘摇的江湖里待着更好。”

“我只是觉得现在的日子已经很让人满足、很惬意，我和你在一起很幸福。”

“暴风雨总要来的，可抵挡风雨也应该是男人的事情，我愿意为你做牺牲。”

他虽然没有开口，但是秦足青却一定懂得他的意思。

有些话在爱人之间，本来就没必要说出口。

秦足青道："我们既然在一起，当然就应该要同甘共苦，恩爱不疑，不管什么样的困难，都应该一起去面对，去接受。"

付唐低下头，沉默着。

"我可以陪你吃苦，陪你粗茶淡饭，甚至陪你一起去死，但是有一点我不能陪你，就是没有勇气地活着。"

"如果只是为了没有勇气地活着，其实那一天你就不应该救我，不应该让我爱上你，也不该让我和你一起来到这个海边。"

大海的确能够洗去很多东西，但是只能洗掉过去，却永远不会带来将来。

每一个人的将来都还是要靠自己去努力。

委曲求全其实也是一种软弱，有时候反而比真正的怯弱更加可恨，更加耻辱。

付唐心有所动，忽然问道："你怎么知道小武？他来找过你？"

难道秦足青才是他的鞭子？

秦足青的脸色平静如水，道："那不重要。"

她既没有承认，也没有否认。不过付唐知道，那的确不重要。

不过秦足青也继续说了下去："重要的是从那一天之后，你以为自己要担当、要隐瞒、要善意地欺骗我，可我何尝不也是要这么做？从那一天之后，我们的生活就有距离，我们的感情就有隔阂，我们的爱就有欺瞒，我跟你一样，这样的日子已经过得太辛苦、太累了。我不想这么委屈地活下去。"

付唐竟又无言以对。

"所以我一把火烧掉这间屋子，就算里面的东西都很珍贵，就算它珍藏着我最美好的回忆。但是我不愿意它像蜗牛的壳一样，让我们背着、藏着、躲着，让它羁绊我们的将来，让我们更加痛苦。”

大火已经开始逐渐熄灭，付唐还依稀能看到里面的锅碗瓢盆，在燃烧着最后的热情。

这里面所有的物件，都是他们当初亲手一点一点慢慢置办起来的。

可是他也实在没有理由去责怪面前这个性格坚强的女子。

他苦笑：“我还能怎么办?”

秦足青道：“如果这个人在我们未来的生活里像荆棘一样，你就把它斩断；如果它是天空中的乌云，你就把它撕碎。这样才是我的男人。”

就好像他们刚刚来到这里，把荆棘除掉，砍倒大树，搭建起来的小木屋一样。

他笑容更深、更苦：“这谈何容易？你也许不会知道一个组织的力量会有多大。更何况仇宿还是一手把我带大、教我武功的人。”

他可以不怕将军、不怕满天星，不怕江湖中任何一个组织和个人，甚至不怕死，但是他对仇宿却有一种天生的畏惧，就好像老鼠怕猫、小鸟怕蛇一样。

人在这个江湖，岂非就跟动物一样？既有天敌，也有朋友。

秦足青走过去抱住他，没有再说话。

她的身躯柔软，脸上却有清泪流淌。

虽然他们在一起的时间并不长，但是他却知道她的意思。她在恨自己，恨自己不能给予他更多的勇气和信心。

但是她并不想给他压力，并不想他去冒险。

活着又是为了什么？相爱又是为了什么？

付唐痛苦地闭起了眼睛，眼角也渗出了泪水。

“我希望我的夫君正直、善良、光明磊落以及尽他所能的勇敢。”

这是以前秦足青对他说的话，直到和他在一起。

她其实并没有奢求太多，甚至连抱怨都已经没有。

但是在一起后，他何尝真正勇敢过？

何尝又能给她真正的幸福？

真正的人生总是无时无刻充满着痛苦的抉择。

付唐忽然说道：“我决定了，我要去找仇宿，不管怎么样，我都会把答复带回来给你。如果他是我们未来的阴影，迟早要见的话，那么先去见见他说不定并不是什么坏事。”

秦足青抬起头，泪眼婆娑地看着他。

他无比深情地看着怀里的这张脸，淡淡地道：“但是也许我会死，也许我不会再回来。”

他平淡的口气恰恰反映了他内心的坚定，至于用什么样的法子，其实他自己也毫无头绪，只知道自己一定得去面对。

秦足青展颜勉强笑道：“我想和你一起去。”

她的眼神也同样坚定。

“你不能去。”

“为什么?”

“因为我都还没想好怎么跟他见面，再说你若过去，只会增加我的负担。”

“那我就在这里等你。你一定要回来。”

付唐点点头：“我一定回来，就算爬我也会爬回来。”

秦足青又抱紧了他，道：“你去找仇宿之前，我倒是觉得有个人可以给你帮助。你不妨先去见见他。”

付唐道：“小武吗?”

秦足青摇了摇头，道：“不是。是将军。”

将军，这个名字曾经让他涌起那么不可抗拒的恐惧，就像天上的太阳。

付唐苦笑：“他就算没有忘记我，却也一定记恨我。”

他怎能忘记那一次的刺杀?

秦足青道：“现在当然不一样了，因为你是他的女婿。”

女婿这个词，有一种陌生的亲切感。

这种亲切感很温暖、很安定，好像血脉忽然紧紧地联系在了一起，莫名地就变得亲近起来。

他想了想，点点头，道：“好。”

秦足青道：“莫忘了回去一定要先去见见他，我们现在已经是一家人了。”

付唐道：“我回去一定先去见他。”

秦足青又道：“如果你有什么困难，有什么解决不了的事情，不要忘了告诉他，多问问他的意见。如果他问起我的情况，就告诉他我很好、很幸福。等这件事情了结了，我就和你一起回去看他。”

“好。”

秦足青呆呆地想了想，忽然眼圈又红，她问道：“你什么时候出发？”

她言下充满了不舍之意。

付唐道：“我现在就出发。”

面对已经决定要做的事情，他又变得冷静、干脆，虽然心中万般不舍。

秦足青忽然又抱紧了他。抱得那么紧，就好像是此生最后一次的拥抱。

付唐也抱紧她。

大火渐渐熄灭，遗留下淡淡的白色灰烬。

五一

夜里见的鬼

离青阳城东二十多里远的地方，有个吕家庄。

这个村庄背靠惜母山，面朝青阳河，人口却并不多，一共不到五户人家。

二十多年以前，这里本来就是河边的一片荒地，直到吕中信到来以后才完全改变。

他开荒、盖房、渔猎、修筑渡口，并且把自己的庄园建在村子里依山傍水最好的地段。

勤劳付出的人理应得到更多，后来搬迁过来的人并无异议，即便他在自己宽敞的院子门口又重新修了一个属于他的渡口。

现在吕中信已经快五十岁了，但是他的女儿却还只有五岁。

因为他结婚实在太迟，一直到基业都已经安稳以后，他才感觉到了成家的必要。

这个时候他恰好遇见了傅芳。

傅芳原本美丽、任性，也很骄傲，这样的女人在年轻的时候都会有很多过去，往往这种任性而骄傲的美丽并不长久。

在过往最落寞的时候，她恰好来到了吕家庄，恰好遇见了吕中信，恰好发生了一段旖旎的感情。

所以他们就顺理成章地走到了一起。

现在这种生活过得安稳、甜蜜、温馨，让傅芳很知足，非常容易感受到平淡的喜悦和久劳之后的幸福。

吕中信对她当然很好，女儿也非常伶俐可爱。

唯一感到不足的是，吕中信年轻的时候喜欢造船、种花、拜佛，年纪大了，反而越来越眷恋年轻时的热情。

院子河边停泊的乌帆船，就连最喜欢的女儿都不能上船玩，院子里种的每一株花，吕中信都要亲手修剪，看着它们一季季地长大，屋子后面靠山建立的佛堂，更是连傅芳都不能进去。

男人的嗜好也是一种情趣，只要引导得好，就能变得健康。傅芳和他生活的日子已经不算太短，一个再笨的女人，只要和一个男人生活了七年之后，一定都会变得很聪明、很讨巧。

冬天已经来了，这日天色有些阴冷，中午下过一场小雨之后，夜晚好像还要再下。

傅芳抱着女儿，让她学着哼唱童谣，吕中信坐在屋檐下，每天晚上，他都喜欢泡一壶淡茶，静静地看着院子里的花丛。

灯光下的花丛已经枯萎，在冬天的夜色里显得残败不堪，今天被冷雨一打，更显萧索。

但是这些花丛就像丰收之后的果实，只要看到它们，就足以让劳动过、付出过的人惬意骄傲。

吕中信也一直觉得很满足，每到夜晚的这个时刻，就是他人生中觉得最幸福的时光。

忽然花丛最当中的一株残花开始摇晃，跟着摇晃越来越大，然后花株倒下，不甚明亮的光线中，一个人头从地里冒了出来。

这个人头探头左右打量了一下，然后整个人才从地里钻了出来。他的动作笨拙、小心翼翼，因为他的身上还背着另外一个老人。

傅芳从来没有见过这么怪异的事情，更怪异的是，灯光下这个冒出来的人居然长得跟她丈夫一模一样，除了一张像死人一样惨白的脸之外，模样、身高、眼睛都毫无差异，就像一个模子里刻出来的。

他从地里出来以后，动作就变得敏捷、利落，双眼扫向她的时候，带着说不出的精明、敏锐，这一眼扫过之后，他的目光已经看向了别的地方。

这就像一个晚上出现的鬼，吓得她不但自己捂住了嘴，把刚刚的尖叫声吞了回去，也把孩子的嘴捂紧了。

传说中的鬼无法看见人，却能听见尖叫声里的恐惧。

她忍不住去看她的丈夫，却发现吕中信脸色严峻，居然毫不奇怪，反而迎上前去，帮助那人把背负的老人小心地放下来。

老人落地以后，就自己站了起来，脸上虽然略有痛苦之色，却站得很直。

吕中信却已经跪伏在地，眼角隐约有泪光闪动，低声叫道："将军。"

这个老人就是将军。

他对吕中信点了点头，眼光中已有温暖之色，低声道："中信，已经有二十三年没有再见你了。"

吕中信连磕了三个头，哽咽着道："即使咫尺天涯，中信却一直不敢忘了将军的嘱托。"

将军受完他这一礼，叹道："以后莫再要拜我，你知道我其实并不喜欢这样。"

他的脸上又露出痛苦之色，显然身体内的伤势又在发作，能让将军显露出痛苦，这样的伤必然很厉害。

吕中信恨恨道："是谁把您老人家害成这样的？"

将军没有回答，又叹了口气，他的眼睛看向傅芳和女儿，忽然对她们露出笑容，点头示意，道："这些年来本就辛苦你了，想不到最后还是要来麻烦你。”

傅芳抱紧了女儿，却不知道这个好像和丈夫很熟的人为什么要说这些年来很辛苦，她道：“我们……过得……很好。”

她忍不住又偷偷地瞟了一眼，看了看那个从地下冒出的皮肤惨白的“鬼”。

吕中信垂下头道：“这些年来，属下原本以为不会再有今天，所以该享的福都已经享过了。此生倒也没有什么缺憾。”

将军叹道：“我没想到你已经成家，也有了孩子。只是，只是这样，怕会太为难于你。”

吕中信勉强笑笑，道：“我倒一直想要个男孩，这样长大以后，我就能找个理由，让他入青阳城里去侍奉您。只是天不如愿，偏偏是个要娇生惯养的女孩。”

只有他才知道将军的意思，一个人若是从幸福跌到不幸之中，往往要比原本的孤寂更辛苦，也更难受，就好像那些习惯了安稳平静的人，再遭受颠沛流离，往往更加痛苦。

将军深沉地看了他一眼，转开话题问道：“安排还妥当吗?”

吕中信道：“属下一直不敢忘废。密室中的粮食和草药每旬都会更换，机关安好，财富也从来没有动过。”

将军点了点头，道：“很好，我果然没有看错你。你带我过去。”

他虽然没有多说，但是这种赞赏已让吕中信露出欣慰之色，他立即上前搀扶着将军往屋子后面的佛堂走去。

背负着将军过来的鬼目送着将军离开时，忽然跪倒在地不停地磕头，喉咙里发出一阵低低的嘶叫声。

傅芳才知道这个跟她丈夫一模一样的人居然是个哑巴，不会说话。

将军身形顿了一顿，他虽然没有回头，却好像知道他在干什么，但只是伤感地叹了口气，却没有回头看一眼，也没有停留。

这个人就一直这样跪伏着，一直等到吕中信回来。

吕中信叹道："起来吧，我都已经安排好了。"

这个人站了起来，但是眼角的泪水已经淌下。

没有人知道他为什么要流泪？为什么要悲伤？

吕中信故作轻松地笑笑，把傅芳和孩子拉过来，道："我来给你们介绍一下，这是我孪生的弟弟，叫作吕中义。芷儿乖，快叫叔叔！"

那个人眼角泪痕未干，却勉强牵动嘴角，笑了笑。

他笑起来委实比不笑难看很多。傅芳才知道，即使两个一模一样的人，若是情绪不一样，笑容也会差距这么大。

小女孩终于开始不再害怕，奶声奶气地问道："爹爹，这个叔叔为什么不会说话呀？"

吕中信弯腰抱紧了女孩，道："叔叔原本会说话的，可是他为了一个人，在地底下等了二十多年，慢慢习惯了沉默，变得不会说话了。"

他的声音已经哽咽，好像对弟弟的痛苦感同身受一样。

因为他知道，吕中义若是一直等待，他反而没那么痛苦，若是等到了要等的那个人，反而才是他痛苦的开始。

这本身是不是一种不幸？

女孩道：“这么说，只要让他多开口练习，就像我唱童谣一样，就一定会说话，以后都不会这么闷啦？”

吕中信道：“当然，只是要看叔叔愿不愿意。你以后长大了，一定要记得，永远要尊重别人，因为有些人的缺陷不是天生的，一定会有他的理由……”

他本来还想告诉女儿，这种理由不管可恨还是可悲，都一定值得怜悯，一定值得同情。

你若是善待别人，世界自然也会对你温柔以待。

可是他忽然哽咽难受，说不下去。

女孩懂事地点了点头。吕中信松开她，把她的手交到傅芳手里，道：“芷儿乖，已经很晚了，叫妈妈做点宵夜吃，爹爹把叔叔送走以后，一会儿就回来陪你们一起吃。”

女孩拍着手掌欢叫着，拉着傅芳的手往屋里走，她这个年纪，原本就没有什么烦恼，没有什么恐惧，只有对这世界满满的好奇、新鲜感。

吕中信看着她们进去，眼神似乎有些痴了。好一会儿才转过头问道：“你没有忘记吧？”

吕中义眼神坚定地点了点头。

“我们过去吧，船就在前面。”吕中信道。

乌帆船的确就在渡口，黑暗中竖起的白帆就如一面旗帜。

五二

中信的故事

吕中信回来的时候，面条刚刚做好。他殷勤地从厨房里把面条一碗一碗地端出来，吹冷面汤，招呼她们快吃。

男人这么殷勤的时候一定心怀鬼胎，特别是刚刚经历过这么诡异的事情。所以等小孩吃完了上床睡觉后，傅芳就板起脸，问道：“现在你总要告诉我这一切是怎么回事了？”

吕中信苦笑，点了点头。

“你从哪里冒出了个孪生的弟弟？”

“他一直就是我的弟弟。”

“怎么我从来没有听你说过？”

“因为他下定决心要去做一件事情，我本来以为这辈子再也不会见到他了。所以也就从来没有跟你提起过。”

“他要去做什么事情？怎么又会忽然在这个时候冒出来？”

从地底下冒出来，又发生在深夜，的确太不可思议，太恐怖了。

吕中信没有回答她，自顾自地说道：“从前的他可比我优秀、能干，不但有一手好花艺，而且游泳时就像浪里白条一样，制船和驾船的手艺方圆百里之内也找不到第二个。那个时候呀，他血气方刚、勤奋勇敢，比我这个哥哥可强太多了。可是我从来都不嫉妒他，因为我们两个长得这么像，别人有时候总会把我当成他，甚至我都慢慢变得像他一样，变得正直、光明磊落。那个时候啊，提亲的人都踩破了家里的门槛，附近的姑娘就没有不喜欢我们的。”

傅芳果然被吸引住了，问道：“后来呢？”

“后来我们才知道，正直和光明磊落都是要付出足够的代价的，只不过那时候我们还太年轻、太幼稚。我们因为打抱不平，惹了一个势力强大的仇家。他杀了我们的父母、我们的邻居、我们的朋友，还到处追杀我们，有几次甚至都快要抓到我们了，却又故意留口子放我们离开，就像猫戏弄老鼠一样，要把所有与我们有关系的人都斩尽杀绝。我们逃啊逃啊，逃到一个地方就绝望一次。那个时候，我们愤怒、怨恨，恨这个世界为什么这么不公平，没有正理公义，只要谁有势力，就可以不讲道理、为所欲为、颠倒黑白。”

傅芳没有再问，静静地听着吕中信讲述他的故事，他仿佛陷入到回忆当中，眉宇之间有压抑不住的痛苦，无论是谁，经历过这些事情，继续活着都比死去更痛苦。

“后来仇家终于戏弄够了，他找到我们，一群人把刀架在了我们的脖子上，那种戏谑得意的表情我真的一辈子都忘不掉。那时也是冬天，风吹着，就好像要吹进骨子里一样冷。那一刻很奇怪，我们忽然间竟不再愤怒，只感到深深的悲哀和绝望。逃亡实在太累，已经一点点地磨掉了我们的希望，就算仇家找不到我们，我们也没有再逃的勇气了，实在不想再活下去。你知道那种绝望吗？就像在沙漠里坚持到最后，终于快要放弃一样，我们对这个世界已经死心了。”

“后来将军恰好救了我们，他不但救了我们，还帮我们报了仇，跟我们说‘要多一些爱，这个世界缺少的永远不是对别人的恨，而是对别人的爱。这个江湖虽然有些肮脏，但是却不会没有希望；这个世道虽然不够太平，却不能没有公道，看到人性的黑暗后就更应该拥抱人性的光明。’再后来，虽然他没有要求我们，可我们两兄弟却决定为他效力、为他卖命。”

傅芳这才明白，她的丈夫为什么总是充满了爱，充满了对生活的希望，只是没有人知道，他的心曾经充满了对这个世界的怨恨。她忍不住道：“将军是我们一家人的恩人。”

吕中信道：“所以弟弟他一直待在将军卧室地底的暗河上，如果有一天，将军有了危险，这条路就是他最后的退路。他为此在船上等待了二十五年三个月零八天，每一天我都帮他数着。我们都不希望有一天将军会用到这条路，可是心里有时候却反而盼望着，希望能有机会向将军证明我们的忠诚。”

傅芳问道：“那你呢？”

吕中信道：“暗河在地下千折百转，但是有一个隐蔽的出口就在花坛当中。这个屋子后的佛堂桌子上有一对铁制的烛架，只要旋转烛架，就会出现一条地道，这条地道通往惜母山的心腹地带，那里有一个很大很大的山洞，埋藏着前朝青阳王的宝藏。我的任务就是守在这里，把这个财富看守好。如果有意外的话，只要把烛架毁掉，这个地道就会崩塌，别人就再也找不到进去的路了。”

傅芳沉默了一会儿，问道：“那将军现在就躲在地道里？”

吕中信道：“地道当中当然还有密室。”

他又跟着解释道：“密室里也有个机关，能摧毁外部的机关，只有待在里面的人，才能决定是否要让外面的人进去，这个机关本来打造得就很巧妙。”

现在这个控制机关的人就是将军，让他来掌控本就是情理之义。

傅芳看了他一眼，又问道：“那笔宝藏一定有非常多的财富喽？”

吕中信道：“将军虽然用了部分的财富创建了青阳帮，但是这些年来，青阳帮已经赚了很多很多的钱，他不但把原来的财富还了回去，还增加了一部分。他说，财富原本就是为了创造价值的，创造了以后，就应该把它还回去，留给以后有机缘的人再用。”

这个想法有些奇怪，但是傅芳却偏偏理解了。也许有些人对财富并不那么热衷，一类是已经脱离了金钱沼泽的人，另一类就好像她的丈夫，已经死过一次。

傅芳小心翼翼地问道：“要不我们偷偷地拿一点，然后带着芷儿离开这里，去一个谁也找不到的地方？”

吕中信看向她，女人有时候就是如此短视，但他没有任何嫌弃，眼神里反而有种说不出爱怜。

他的目光已经说明了他的态度。

他接着道："我们以为这个时刻永远不会到来，但是我依然每月两次更换密室里的粮食和草药。不管何时，将军一定会为自己留一条后路，这条后路也许就是他最后的退路。也许他可以让自己死，却一定不会怀疑自己用的人。"

傅芳想了想，的确是这样，将军来到吕家庄之后，就只是接受安排，从不怀疑。

这种人也许就是因为太相信人了，所以才落得如此下场，居然也不懂得吸取教训。

可是她却没有想过，人与人之间如果连信任都没有的话，岂不是更悲哀？

吕中信又接着道："渡口的那艘乌帆船，全部都是用板胶和木钉拼装起来的，没用一颗铁钉。船上载了火油和硝石，这艘船只能在水上停留七天时间，七天以后，船如果不解体的话，也可以用火烧掉，不用铁钉就不会留下任何痕迹。弟弟因为水性好，再潜游到任何地方，重新做人，他的任务就算完成了。顺着青阳河往东去，两天的航程就能入海，这样，即使追杀将军的人再怎么厉害，在茫茫大海里也会找不到方向。"

这个计划不但严谨，而且毫无破绽，因为吕中义不但水性很好，而且驾驶的快船没有人能够追得上，等敌人追上的时候，一定都已经晚了。

傅芳问道："那你的任务呢？"

吕中信道："我的任务很简单，就是把将军送进密室。地道内部也有个机关，可以控制外面的烛架，将军可以选择毁灭或者不毁灭地道，如果他毁灭地道，这笔财富就永远不会有人可以进去看得到。只是可惜……只是可惜……”

他低下头，忽然眼角渗出了泪花。

傅芳道：“可惜什么？”

吕中信抹了抹泪水，道：“只是可惜，我实在不应该遇见你，跟你结为了夫妻，生下了芷儿，这一切原本并不在计划之内的。”

不在计划之内的变化就是变数，一个完整无缺的计划，出现任何一个变数都可能导致计划的失败。

这个道理傅芳当然也懂。

她只是安慰吕中信道：“不要紧，芷儿还小，什么都不懂，我也一定会帮你保守秘密，我们现在一样可以离开。”

吕中信道：“青阳帮是江南第一大帮，能把将军逼到这种地步的人，一定非常非常厉害，厉害得超过了我们的想象，他们一定会无所不用其极地来寻找我们，撬开我们的嘴巴，逼出我们的秘密。”

傅芳义气凛然地道：“就算死我也不会说出去的。”

“如果他们用芷儿威胁你呢？”

傅芳忽然无言，她发现保守秘密其实是件非常困难的事情。吕中信能在她面前坚守七年不露口风，她实在无法想象这个男人是可怕多一些，还是可恨多一些。

现在她只想离那些未知的敌人远一些，越远越好，于是她拉着吕中信的胳膊，摇晃着道：“中信，那我们赶快走啊，还留在这里做什么?”

吕中信目光看着桌上残留的汤碗，摇了摇头，惨然笑了笑，道:“已经来不及了。”

面很好吃，特别是惊吓后更容易肚子饿，所以傅芳母女将面吃得很干净。

傅芳骇然松开，道:“你在面里下了毒?”

吕中信没有回答这个问题，反而柔声道:“结发为夫妻，恩爱两不疑，欢娱在今夕，嬿婉及良时。这些年跟你在一起，心里压着这么大的负担又不能对你说，总感觉对你不住。但是你对我的好，我总是都记得，即使我在这件事情上对将军犯了错误，但是也从来不觉得后悔。”

犯了错误就需要弥补，这个道理傅芳也懂。

她只觉得天旋地转，一阵眩晕，她哭道:“可是……可是你怎么能这么狠心……把芷儿也一起带走?”

她并不知道，如果一个男人对她坦白所有的事情的话，往往意味着一种彻底的决绝。

要么是对过去的决绝，要么是对将来的决绝。

假如她知道的话，是不是就不会再去追问男人的秘密?是不是就会永远让男人把他的秘密锁到心里去?

吕中信苦笑，腹中的绞痛怎么比得上心中的绞痛，他的泪水已经淌下，但是却已经不能抱怨。

如果将军不是恰好在芷儿面前出现，如果他没有生下女儿，如果他没有结婚，假如他没有遇见傅芳……

可惜人生并没有如果。

他只能怪自己贪图安逸，所以才把不该连累的人连累进来。从见到将军的那一眼起，他就已经没有了选择。

因为只有死人才能保守住秘密。

这是一个江湖中人都知道的道理。

五三

完整的句号

天色微亮的时候，乌帆船已经顺水走出至少一百里地。

这个速度当然很快，快得可以让一般的人充满骄傲。

可是吕中义心中却开始发慌，变得紧张。

他原本以为自己很熟悉这条河流，按照计划，可以在两天就抵达入海口。

但是他犯了一个错误，就是他已经二十年没有再走这条航线了。

当初的深水变成了浅滩，当初的转弯出现了分岔，当初的地标也都已经变化。

一切都有了变化，但是他脑子里的那条河流还停留在记忆当中。

他不能多问别人，不是因为他不能开口说话，而是因为他怕别人会怀疑。

一个像他这样的人当然会引起足够的好奇。

任何一丝丝的疏忽都可能导致整个计划的失败。

失败就意味着风险，风险就是危险。

他已经好几次从岔河口倒退出来，分辨方向之后再重新开船。

黑夜降临，他更加不敢睡觉，他不但要快，还因为夜晚的方向比白天更明晰。

他只希望自己能尽快入海，哪怕只是早一刻，都能减少将军一分的危险。

他感激将军，就像感激自己的父母一样。

没有人可以想象得到他对将军的感情，就像没有人想象得到他如何在黑暗的河流里孤独地等候了二十多年。

大海茫茫，乌帆船在深蓝的海水随波荡漾，海浪轻柔得就像在轻拍怀抱里的孩子。天地之间，只有他和孤零零的一艘船。

他还是比预定的时间晚了半天来到目的地。

他的后方毫无动静，平静得就好像这片大海。

可是他恨自己，充满了自责，往往越是看不见的危险才是真正的危险。

一个男人做事情必须要有自己的担当，这原本是将军教他的话，可是现在他却辜负了这种信任。

他在二十五年以前，就已经决定把这条命卖给将军了。

他早就决定不会展开新生。

有些人虽然活着，却好像已经消失；有些人虽然消失了，但是却好像以另一种状态还在活着。

他最大的愿望就是在将军心中活过，只要活过，他就没有遗憾。

他也没有奢望能活多久，能活着，有人信任过他，托付于他，他就已经感觉到了满足。

这是一种道义，还是一种情谊？

他的泪水又开始流淌，这次却不会有人知道他并不是因为悲伤，而是因为欢喜。

他走进船舱，把衣服一件一件脱下来，叠得整整齐齐，然后开始往身上涂抹火油，直到厚厚的一层，只露出两只眼睛。

在点火以前，他走上船头，面向西方又跪伏下去，磕头。

他拜得很认真，就像虔诚的信徒敬拜神明一样。

将军就是他的神明。

没有人看得到这种认真。

但是上天一定看得到，也听得到他对将军的祝福。

船还在很快地往东行驶。

然后开始起火，越来越大，慢慢地消失在不断环叠的海浪中间。

没有人会再知道这个人、这个秘密，所有追寻的人到了这里，都会以为将军即便没死，也流亡海外。

这才是这个计划最完整的句号。

五四

玉符的秘密

冬天的清晨，薄雾，青阳城外的小径。

柳随风将马速放慢下来，虽然他赶了一夜的路，但是神态反而变得更悠闲，更从容不迫，好像早起出门锻炼的人。

马力当然要歇一歇，更重要的是他忽然想到将军的一句话，越是强大的时候，越要表现你的谦恭；越是紧急的时候，越要表现你的从容，这就是风度。

他一向都是个很有风度的人。

一辆漆黑而普通的马车从后面追上来，一只手从车窗里伸出来，一个声音慵懒地说道："拿来。"

这只手纤细白皙，五指如葱，声音更是柔媚入骨，好像清晨没睡醒的女子，光听到这个声音，已经可以让无数男人梦中都忘不掉。

这个声音当然就是扈三娘。

柳随风微微一笑，下马，然后钻入车厢之中。

只有进入车厢，才会发现里面绝不普通，奢华、精致，在武林中绝对找不到有第二架这样的马车。

车厢里有两个人，一个是扈三娘，另一个是仇宿。

扈三娘的手继续伸过来，道："拿来。"

柳随风从怀里掏出飞花楼的地契文书，递了过去，笑道："我的信用一向很有效，而且通常都不会迟到。"

扈三娘的眼角立刻发出了光，就像薄雾中的星星。

她当然知道这份文书一定是真的，但是依旧忍不住细细抚摸，一个字一个字甄别。

她从来没有想到过，她的人生梦想会这么轻而易举地实现，仅仅只是在某个人的一递手之间。而她为了这个梦想，已经足足等了十年。

这个世道有时候的确太不公平。

仇宿淡淡道："我们终于坐在了一起。"

在他看来，他们能坐在一起，是一件理所当然的事情，只不过时间早晚而已。

柳随风点点头，道："能坐在一起的确很不容易。"

扈三娘的笑容已经变得娇媚，无论哪个女人，在满足的时候都会显得格外美丽，她笑道："能坐在这里，我可真庆幸当初押宝的这一注押对了。看来跟什么样的人在一起真的很重要。"

仇宿道："未来还很长，路当然也会越走越顺。"

他转头看向柳随风，道："青羊符呢？"

仇宿这句话出乎了柳随风的意料，他看了看扈三娘，再望向仇宿，迟疑着道："现在？在这里？"

这么重大的秘密并不适合让扈三娘知道。

仇宿摇了摇头，道："扈三娘不是外人，我并不介意她知道这个秘密。在没有拿到青阳王的宝藏之前，只要是靠得住的力量，多一分也是好的。"

扈三娘望着柳随风，咯咯地笑了起来。

柳随风沉吟着点了点头，道："好吧。"

他从腰间解下布袋，递给仇宿，道："您看看！"

他对仇宿已经充满了尊重，仇宿想要让人知道某个秘密，就一定会有他的想法和主意。

仇宿打开布袋，里面露出的青羊昂首奋蹄，头顶的双角弯如半弦月，一缕胡子栩栩如生，就算在不甚明亮的车厢内，也看得出玉质温良水润，不是凡品。

他用力揪住青羊的胡子，对柳随风道："过来帮我一下，左手把青羊的两只角抓住向内拗，右手捆住它的前蹄，慢慢加力。"

柳随风听话照做，仇宿跟着在底座一旋，底座居然被旋开，露出一个暗格。

暗格很小，小得就像青羊的肚脐。只是没有人想得到，居然要用如此暴力的手段才能看到青羊符底座的秘密。

仇宿缓缓道："如果不是知道方法，不是力度刚刚好，暗格永远不会打开，只会越锁越死，再也打不开。"

他一边说着，一边把暗格里揉成一小团的绢帛取了出来，展开。

是一张地图。

但是展开以后才发现，这张地图只剩下了一半，一条红线标明的路径上，上半部已经被截断了，下半部分的地形依稀可以看出，正好是青阳城的郊外。

扈三娘盯着地图越看越熟悉，忽然惊叫一声："这断点的地方不正是我们现在走的这条路吗？"

柳随风对青阳城附近本不陌生，经她一提醒，忽然惊觉，这条路果然就是地图上画的红线小路。

这种诡异的事情忽然让他们脊背冰凉，感叹世事如此巧合，如此神奇。

但是为什么地图的上半部分会消失不见？

是谁会把价值连城的藏宝地图无情地分割开？

仇宿根本就不相信这种巧合，他的眼光看向了柳随风。

柳随风回过神，摇了摇头，道："我不知道为什么会这样。"

仇宿问道："蒋玉庆逃走的时候做的？"

柳随风又摇了摇头，道："他逃的时候已经半死不活，再说地洞里这么黑暗，他如果要拿走，直接把青阳符带走就好了，又何必这么折腾，撕了半幅地图后再离开？"

这话极有道理。

那剩下半张地图去了哪里？

没有那半张地图，这半张地图就等于废纸。现在，找到剩下的半幅地图才是关键所在。

仇宿沉吟着，思考着。

扈三娘仔细端详着地图，道："地图的截口不是很新，也不是很旧。”

不是很新的意思就是时间不会太短，不是很旧的意思就是时间不会太长，女人总是要仔细些。

仇宿忽然心思一动，问道：“蒋玉庆早就做了这样的准备，那他留了什么后事交代你没有？”

柳随风思索着，道：“他本来就没有确定自己能不能回来，不过他倒是交代要让颜建梅和蒋承龙以后足够富贵，这算是后事吗？”

马车还在平稳地向前驶着，但是车厢里一片沉默，一切就像静止了一样。

仇宿也在沉默地思考着，过了好一会儿，他忽然露出了微笑，道：“我知道了。”

柳随风道：“什么？”

仇宿缓缓道：“蒋玉庆有个习惯，他认为人总是比东西要靠得住，他相信人心，觉得活人比死人更能保守住秘密，也能做更多的事情。在他看来，这本来就是一种道义。”

柳随风道：“这本就是他的弱点之一。”

仇宿道：“所以地图一定是他撕开的，因为他一定要把真正的后手留给自己交代的人。就算别人能够把青羊符抢过去，但是如果学不会善待人心的话，就永远无法知道地图的另外一部分在哪里。”

扈三娘也醒悟过来，笑道：“可是他做梦都不会想到，越是周全细致的安排，往往越会把人性的弱点暴露出来。这个弱点已经把他暴露了。”

柳随风想到那天，颜建梅早就在将军的房间里，早就知道他和将军的对话，在此之前，将军一定也对她有所交代，有所安排。

仇宿拍了拍他的肩膀，笑道："所以另一半的地图一定就在颜建梅那里，如果你对她好一些的话，她原本会把这秘密告诉你的。"

柳随风道："可是她从来没有告诉我这些，哪怕一丝口风都没有透露过。"

仇宿道："你还不懂女人，这世界上所有的女人都是这样，哪怕是对她最亲近的人，躺在最舒服的床上，女人都一定会保留一个属于自己的秘密。"

女人通常都没有安全感，没有安全感的女人一定都会留点属于自己的秘密。

柳随风露出一丝苦笑，道："我本来以为她已经再没有价值了，她现在巴不得我多死几次，只怕死也不肯再交出地图了。"

女人有多爱一个人，就有可能多恨一个人，这是人之常情。

仇宿看着他道："这本来就是蒋玉庆担心的事情，他做事情一定会留一条后路，就是为了防止你以后可能对颜建梅不好。不过我相信你总会有办法的。"

柳随风又苦笑。

扈三娘忽然道："我倒是知道不少女人的弱点。"

"哦?"

"若是想让一个女人得到满足，当然要不断给她希望和惊喜，虽然她永远都不会真正满足。不过若想让一个女人绝望，却也容易得很。"

柳随风道："扈楼主不妨说来听听。"

扈三娘道："就是千万莫要给她希望，千万莫要让她以为可以讨价还价，这样，她就会连最后一点希望也会放弃掉，到了那个时候，自然是你想要什么，她就愿意做什么。"

柳随风问道："这话怎么说？"

扈三娘悠悠地道："颜建梅也许连死都不怕，却一定会怕一个人。"

柳随风已有所悟，道："蒋承龙？"

扈三娘微微一笑道："不错。"

她是颜建梅最好的闺蜜，知道的事情当然很多很多。

柳随风已经露出了微笑，女人对付女人，好像总是能一下抓住彼此的弱点。

他笑道："我就知道女人的办法总是要比男人多的。"

扈三娘眼波流转，又道："我还能做很多事情，不过却还有个小小的要求。"

柳随风道："不妨说出来听听。"

扈三娘放下飞花楼的地契，道："我只希望寻找青阳王宝藏的队伍里莫要少了我。我当然也希望今后的路可以和你们一起走得更稳妥些，也更远些。"

柳随风故作惊讶地问道："你不是只要飞花楼就已经足够了？"

扈三娘道："这世界上有哪个人会嫌弃财富多的？我现在只觉得飞花楼太渺小了，渺小到我自己都恨自己，为什么胸怀不能再大一些？"

提这种要求本来有些过分，但是一个贪婪的人，根本就不知道什么叫作过分。

她只知道错过了这次机会，她一定会后悔得肠子都青掉。

一个成功的女人，一定就是善于抓住机会的女人。

柳随风和仇宿对视了一眼。

仇宿微微点头，道："可以，我不介意多一份力量。"

柳随风微微一笑，道："我当然也不会有任何意见。"

三只手紧紧地叠在了一起。

五五
迟到的来客

天色微亮的时候，付唐走进了竹林里。

竹林很安静，安静得就好像荒郊僻野中的一片林子，只是一片林子。

所有的暗哨和明岗都已消失，再也看不到过来求助的人群。

将军再也不在屋子里了。

风吹过，枯叶萧索地落下，铺满了小径，好像在诉说这里的故事已经结束，人都已经离去。

花丛的花都已经败落，屋子里的家具已开始蒙尘。

付唐一直往前走，他当然知道在不久以前，这里发生过很多的故事，就像江湖中每一天都要发生的故事一样，慢慢就会冷却，被新的故事掩盖。

他虽然不知道这些故事的细节，却知道它们一定和将军有关，而且对将军来说，并不是些很奇妙、很美好的故事，因为像将军这样的老人，不是一个随便改变态度和生活习惯的人。

所以他更加审慎、小心，也更加仔细地打量每一个地方的痕迹，想从这些痕迹里找到他想要的答案。

他围绕着竹林搜索了好几圈，连花坛和屋顶都没有放过，在花坛东侧，他甚至看到了当初躺过的暗洞。

现在所有的布置都已经荒弃，所有的人也都已经不见。

走到最里头的将军的卧室的时候，他看到露出的地洞。

他沉思了一会儿，然后从腰间抽出火折子，沿着地洞走了下去，一直走到地洞深处。

洞壁上的火把还留着，点亮后空荡的山洞呈现在眼前，人处在这样的空荡之中，忽然会莫名的寂寞和孤独。

付唐蹲下来，仔细检查每一个脚印和磕碰过的痕迹，脑子里已经勾勒出了画面。

他好像已经看到了，曾有很多训练有素、武功不错的人来过这里，他们的目的就是为了搬空这里的东西，东西很重，所以压痕很深，搬运的时候磕碰的痕迹就更多。

只有金银才会这么重，才会需要这么多人，才会被藏在山洞里。

他的目光已经转向了那条地下河，伸手探了探，河水冰冷刺骨，好像沿着无尽的黑暗向前奔流着。这条河流当然也不是为了搬运的方便，因为搬运的痕迹是从洞中延续到洞外的。

那这条河流的作用是什么？为什么搬运的人不借助河流的力量，而要费力地从洞口运出去？

火折子的光还是太微弱，让他看不到河水到底通向哪里。

但是他已经看出这里有过一艘船，和一个等待着的人，而且这艘船等了很久，所以岸边磨出的痕迹非常明显，甚至长了青苔，这个人还是活人，因为他也留下了过往生活的痕迹。

“因为现在不一样了，你是将军的女婿。”秦足青的话在耳边响起。

他从来没有感觉到一个身份会让他如此安心，如此亲切，如此温暖。

现在没有人知道将军的下落，或许他会很危险，会需要帮助，或许这只是他的猜测。

但是只有站在一起去面对选择，不管是幸运还是厄运，不管是困难还是幸福，这才是亲人。

有家的那段生活，已经教会了他太多，也让他懂得了什么是活着的意义。

如果需要，他当然愿意为了将军去死。

他站在原地仔细地思考着。

•
•
•

他知道只有尽快沿着这些痕迹找到将军，他才可能会有答案。

很多年以前，仇宿就夸过他，认为他是天底下最善于追踪的人，没有之一。

因为每一个细节都逃不过他的眼睛，每一个伪装都骗不了他的心思。

一个好的杀手连追踪都不会的话，就一定不懂得怎么逃跑。

而他每一次任务完成之后都伪装得很好，逃得很巧妙，若是想要不被别人找到痕迹，就一定要比别人更善于布置痕迹。

他看着河流周围，船和人都已经不在了，却一定是沿着河流而下的。

他们去了哪里？这个人是不是将军？

他慢慢地蹚下河里，深吸一口气，沿着水流方向摸索着一点一点地慢慢前进。

河水冰冷刺骨，却所幸并不如想象中的那么深。

•

•

•

他从吕中信院子的花坛中间钻了出来，然后打量四周。

要找到这个出口其实并不容易，因为它本就隐藏在地下河无数转弯的陡壁之间。

也只有付唐这样的追踪高手才能找到出口。

可是这里同样冷清，没有任何声音，也看不到任何人。

院子寂寂，花丛枝枯叶落，好像跟天气一样阴郁。

直到他走进房子里的时候，才看到横躺在床上的三具尸体。

一对夫妻，还有他们的女儿。

男主人胸口插着短匕首，女主人和女儿都被人用重手法击断了颈骨，唯一奇怪的是，他们三个人死前的神态都非常安详。

这种安详更透露出一种莫名的诡异。

男主人脸上甚至露出一丝浅笑，既像满足后的安慰，又像对世间不公平的嘲讽。

付唐走过去，仔细检查他们的尸体。

若是一般人看见这样的惨状，只会觉得深深的恐惧，还有深深的悲哀。

无论是谁，都看得出这本来是一个和睦美满的家庭，只是因为飞来横祸，一家人惨死家中。

这个秘密一定和将军有关，只是他们再也无法告诉后人，将军到底怎么样了。

凶手连五岁的小女孩都不放过，想隐藏的秘密一定很重要，所以才如此毫无人性。

付唐站起身，然后用最短的时间检查了这里的每一个房间，包括房屋后面靠山建立的佛堂。

他没有找到任何看上去有价值的线索。

连他这样的高手都找不到线索，自然就是没有线索。

然后他在村子里外兜了一圈，却意外地发现，这个村子虽然只有五户人家，二十三个人，但是平时的关系却很疏离，住的地方也隔得很远。

每一户人家都对外界漠不关心，当付唐这样的陌生人过来询问的时候，都充满了戒备。

他们对悲剧毫不知情，在他们眼里，这还是一个值得称赞的幸福家庭，即使主人家好长时间不露面也并不觉得奇怪。

每一个家庭的幸福往往被人忽视，只有不幸才会被人重视。

是不是因为这样，才让凶手可以毫无顾忌地实施他的计划，残忍地杀害了这家人？

付唐回来的时候，目光已经看向了院子前的渡口，若有所思。

弄到一条船当然很容易，他已经打算顺流一直追下去。

要想跑得更快，当然要顺流而下。

在临近启程的时候，他花了一点时间，收拾了一下这个曾经温馨幸福的家，在花丛中挖了个大坑，把吕中信一家三口都掩埋到花丛地下。

勇于牺牲的人一定希望死得其所，希望自己还能化作肥料，做最后的奉献，明年这里的花也许会开得更鲜艳，更旺盛。

•
•
•

五天之后，快马声蹄，付唐又回到这座小村庄。

他顺流追了三天时间，沿途的人虽然见过一艘奇怪的船和一个奇怪的人，但是入海以后，这艘船就消失了，好像从来没有在这个世界上存在过。

他在海边生活过，当然知道要再入海去追寻这样一条船已是不可能了。

他忽然意识到自己遗漏了些什么，所以又快马赶回了吕家庄。

他再次来到吕中信的院子里，四处打量。

院子还是寂寂，残花还是败落，看上去并没有很奇怪的地方。

他进了房间，仔细地敲打着每一处的墙壁，研究着每一个可能会被遗忘的角落。

他最后来到靠山建立的佛堂之中。

这座佛堂并没有什么奇怪之处，当中摆着佛龛，弥勒坐在中央，房子朴素而简陋，却看得出曾经的主人很虔诚，因为每一个地方都擦得非常干净，非常光亮。

香案前台上的红烛已经燃尽，檀香已经成灰，但是烛架却依然还很光洁，很崭新。

付唐的手一搭上烛架，就感觉到了不对，因为一般的烛架都是用熟铜打造的，这样更方便、更轻巧，但是这个烛架却是生铁铸就，仿佛和香案已经融为一体。

吕中信虽然虔诚，却还不至于给自己找这么大的麻烦。

他抓握住左边的烛架，好奇地摇了摇。

就在这个时候，靠着山边的墙壁突然扎扎作响，然后从中裂开。

墙壁后面居然是一个小房间，一个老人四肢张开、趴在床上，仰着头，正好看着他。

五六

再见将军时

这个老人就是将军。

他的脸色憔悴、苍白，身形瘦弱，在这样冷的天气里，只穿着一件灰色内衣，脊背已经被汗水打湿。

但是他的眼神闪动，却有欣喜之意。

他看见付唐，脸上露出微笑道："你来了！"

这句话虽然平淡，却有说不出的亲近。付唐只觉得一股热血冲上胸膛，几乎落泪。

无论是谁，看到将军这个情形，都知道他现在不仅很苦，而且很悲惨。

可是他的笑容却依然温暖。

不管什么时候，一个人都莫要让痛苦掩盖了希望，如果你不坚强，世界上没有人能代替你坚强。

所以不管经历了什么苦难，从将军的脸上都看不出颓废、悲观、绝望，在这一点上，将军无疑把自己控制得很好。

往往只有伟大的人，才能把自己的辛苦埋葬掉，勇敢而坚强地正视明天。

付唐哽咽道："是，我……来迟了。"

他恨自己为什么不能早一步到来。

将军当然看得出来，付唐过来，不是为了寻求他的帮助，而是过来陪他一起死的。

若他有苦，就接过去；若他有难，就一起分担。

而他们上一次见面的时候，付唐手中的剑还差点废了他的手。

这样的情谊是如此奇怪，又是如此难得，但是对于江湖中人来说，这样的情形又如此常见。

所以他又笑了笑，问："你怎么找到这里来的？"

付唐道："我顺流追了三天后，沿途的人都很少看见我形容的那艘船和那个人，我才意识到自己可能错了。特别是那艘船的目的好像非常清晰，就是奔着大海去的。"

将军道："因为想要在大海里寻找到方向并不是一件容易的事情。"

付唐道："虽然有道理，可我想到吕中信一家人的死，实在有太多疑点，不把这些疑点解开，让我追到大海里的局也许就是个迷魂阵。"

将军垂下头，道："我也实在没想到中信这孩子会做得这么决绝，却已经来不及阻止。"

当时他受了很重的伤，就算他知道吕中信这么做的原因，然而接受这样的结果也是件很难的事情。

付唐叹道："可是他的死却毫无价值，明明一家人都是中毒而死，却要伪装成被人害死，这种画蛇添足落在高手的眼里，就是无法掩饰的破绽。他明明生活得知足美满，却偏偏要在家里建个佛堂。”

一个生活幸福的人，对虚无的寄托一定很少。只有对现实不满或者过于空虚，才会迷信。

这个道理只要有心，就很容易推敲出来。

所有的成功都需要一个一个完美的细节累积起来，吕中信他们的心思还不够缜密，还不足以承担这个计划的安排。

将军叹道：“我相信他的忠诚，却忘记他的能力了。不过他还是很好。”

吕中信作为计划里潜伏的暗棋，平日里与蒋玉庆并没有来往。他原本以为自己再也用不到这条退路，所以也并没有太过在意。

现在的江湖，人心变得太快，世道变得太险恶，像吕中信这样的人，牺牲的意义的确要大过实际的利益，虽然看上去好像并不值得。

所谓的不值得，就是付出和结果并不相称，无关原则，也无关环境。

可付唐却点了点头，认同着道：“他们的确都很好。已经比很多人好太多了。信任人的确比利用人更重要，即便那个人做错了。”

倘若不是这样，也许这个江湖早就不像江湖了。

将军听到这话，不由微微笑了起来，他重新看了一眼付唐，笑道：“能听到你这句话，就不枉我再见你一场了。”

付唐问道：“仇宿，还是柳随风？”

他自从知道仇宿是七杀组织的创建人之后，很多事情就已经能够推敲出来，满天星也许只是一个诱因，没有这个诱因，青阳帮内部就不可能发生变化，柳随风就不可能篡位。

将军点了点头，道："还有一个扈三娘。也许她现在不仅仅只要飞花楼，可能还想从青阳王的宝藏里分一杯羹。"

将军本不介意把宝藏的事情告诉付唐，可是付唐并没有再问这件事情，像他这种已经死过几次的人，本来对财富就不感兴趣，他冷笑道："我只是奇怪，是什么让他们走在一起，而且还能这么紧密？"

将军道："或许是利益，或许是野心，也或许是对这个江湖生存法则的理解。在获得足够的利益满足他们个人的欲望之前，他们的同盟应该会很坚固、很顽强，不过那已经不重要了。"

过去的确已经不再重要，该发生的都已经发生了，故事的主角已经发生变化，人若活着，就得要接受现实。

将军坐了起来，额头的汗水再次渗出，脸上又露出痛苦之色，付唐想要走进去，将军摇了摇手，表示拒绝。他勉强笑笑，问道："青青还好吗？"

付唐道："我们都很好，只是好日子总是过得太快。我们一直在想什么时候可以接你一起过去，远离江湖，过过平淡的生活，"他勉强笑笑道，"现在好了，总算有机会了。"

他低下头，他不能告诉将军自己重出江湖的真正目的，只有隐瞒下去。

他本来是希望能获得将军的帮助的，却没想到将军反而更需要他的帮助。

为什么苦难总是要接二连三？为什么人生就不能多点幸运？

将军沉默半刻，道："我本已亏欠她太多，怎么能再给你们添麻烦？"

付唐勉强笑笑道："我们总归是一家人。一家人就千万不要再提亏欠的话。"

将军又露出笑容道："不错，我们是一家人。"

"一家人"这个词在这种时候显得很亲切，也很感伤。

五七

推测的真相

酒还是波斯美酒，杯子也是翡翠玉杯，但是喝酒的人却并不开心。

仇宿的手指在桌上无意识地轻轻敲着，问道："还是没有什么进展吗？"

柳随风摇头道："没有。"

扈三娘补充道："我没有想到，颜建梅的嘴巴会这么硬，她甚至根本就没听说还有半张地图，也并不知道青阳符。"

他们坐在水月轩里，个个都略锁眉头。

柳随风苦笑道："我们用尽了法子。"

他能承认用尽法子，确实是已经把所有的办法都用上了。

这个过程自然艰难而残酷。

可是依然找不到答案，甚至让他们怀疑是不是仇宿的推测出了错误。

也许颜建梅根本就不是另外半张地图的接手人。

扈三娘道："这些天来，我只确认了一件事情，她一定不知道地图，也并不知道青阳王的宝藏的事情。"

她说得很肯定，像她这样的女人这么肯定另一个女人的话，就表示事实的确如此。

仇宿问道："那她说了什么？"

柳随风沉吟着道："她倒是承认，将军之前告诉过她，如果有一天遇到困难，或者过不下去的话，就去惜母山下吕家庄，找一个叫作吕中信的人，他会有安排。不过严格来说，这并不算是一条线索，颜建梅无论去哪里，总是能找到落脚和安顿的地方。"

扈三娘道："将军的江湖朋友那么多，无论去投靠谁，都是一条出路。"

柳随风又苦笑道："我没有放弃这条线索，所以也派人去找过，但是回来的人报告说，吕中信前段日子遇盗抢劫，不但家中的财物被劫走，一家三口还都死了，我们连抓回来拷问的机会都没有。"

死了的人自然不能开口说话。

仇宿道："蒋玉庆为什么不安排她去投靠其余六大帮派，为什么要指定一个小人物？"

扈三娘道："也许他已不愿颜建梅再介入江湖的恩怨，也许他知道，如果和满天星的争斗失败的话，其余六大帮派也危在旦夕。”

柳随风道：“我后来又派人去吕中信的屋子里查过，依旧毫无线索。”

第二次去的人肯定会比第一次更精明，再没有收获的话，就证明那个地方基本已经没有搜寻的意义。

仇宿沉吟着，陷入了思考，没有再说话。

这个时候，窗外飞进一只鸽子，落在仇宿的肩膀上，他从鸽子脚上的信哨里取出一张纸条。

纸条上有字，但却看不到是什么内容。

仇宿看完以后，思索了一会，然后他走到地图前，看着，又仔细思考着。

过了一会儿，他慢慢问柳随风道：“那条地下河你一定也派人找过吧？”

柳随风道：“是，但是并没有什么发现。”

仇宿问道：“你的人是坐船顺流下去找的？还是一寸一寸搜索下去的？”

柳随风笑了，道：“蒋玉庆是坐船逃的，我的人当然要坐船才能追得上。”

仇宿道：“若要认真做一件事情，就千万莫要贪图舒服，莫要坐在船上去追踪别人，否则他们一定会错过很多机会。”

柳随风迟疑着问道：“地下河的河道有秘密？我再安排人去一次。”

仇宿摇摇头道：“你已经犯过一次错误了。你的第二个错误就是没有亲自去吕家庄，你若亲自过去了，自然就能发现那个地点恰好就在暗河的地面上，这不可能是一种巧合。”

柳随风叹道：“这段时间我实在太忙，有太多的事情要处理了。”

这段时间他确实很忙。

扈三娘问道：“难道有什么新的发现？”

仇宿道：“是，因为我已经知道蒋玉庆到底是怎样安排的了。”

“哦？”柳随风和扈三娘眼里已经发出了光。

仇宿道：“剩下的半张地图本就是蒋玉庆的圈套，他故意设下这个圈套，当然有两种目的。第一，他让随风得到青阳符后，只会对颜建梅更好、更周到。因为按照常理，人们都会想当然以为剩下的地图在她那里，但是其实她并不知道。可她越是这样，别人只会对她更好。”

柳随风拍手赞道：“不错，越是得不到，才会越珍惜，这本就是人性的弱点。”

仇宿继续道：“第二，蒋玉庆始终把人看得比物更重要，地图只是一块布而已，是死物，并没有他选定的人可靠，所以就算万一有什么变故，她一样可以凭借吕中信这个人找到将军要给她的东西。”

这个东西当然就是青阳王的宝藏。

柳随风目光闪动，接着道：“我们只知道颜建梅，却不知道吕中信，就算同时找到了他们在一起，吕中信也一定是个很可靠、很能保守秘密的人。”

扈三娘若有所思地道：“一般人的焦点肯定会放在地图上，会花所有的力气去寻找地图，却忘记了这张图本就是蒋玉庆用过的图，他想要再怎么用，自然能比我们想得更多。”

柳随风道：“最能保守秘密的人当然是死人，所以吕中信才这么巧合地死去了。他的死一定有问题。”

他的推测已经很接近真相。

这个世界本就没有这么多无缘无故的死亡，也没有这么多巧合。

他们越想越觉得有道理，这个道理的基础并不是常理，而是对将军人性的判断。这的确是个很巧妙的计划，这个计划无论从哪一点来看，都让人匪夷所思，却又理所当然。

颜建梅是将军最重要的人，这样的人的重要性，当然不能永远依靠在将军身上，那么就必须让她自己变得重要起来，要怎么变得重要，当然就是让所有人都以为下半张地图在她身上。

而那半张地图甚至有可能被将军烧毁掉，但是那有什么要紧，因为青羊符的秘密普天之下本就只有他和他安排的人才会知道。

这个世界最能保守的秘密，本就是需要物和人的巧妙结合。

扈三娘忍不住叹道：“好巧妙的算计！好巧妙的安排！好幸运的人！”

她忍不住有些嫉妒颜建梅，有些人能心安理得地接受别人对她的好，却不一定需要原因，就好像运气和出身一样。

柳随风问道：“您是怎么发现的？”

仇宿递过从信鸽上取下的纸条，给他看。上面只有短短的几个字：

吕家村，付唐。

仇宿道："付唐出现在吕家庄，绝不可能只是巧合。我这个徒弟，是天底下最会追踪的高手，他为什么会出现在吕中信家？为什么会停留？当然不会是将军事前跟他有过交待，也不可能是他得到了那张地图。"

柳随风道："所以他一定找到了我们没有找到的线索，一定看到了我们没有看到的秘密。"

扈三娘已经霍地站了起来，道："那还等什么？我们赶紧过去啊！"

仇宿点点头，道："这个地方并不远，已经有人在那里盯着了。"他抬头看了看天色，又道："虽然天快要黑了，但我们还是要做些准备工作。因为我猜测蒋玉庆很可能就躲在那里。"

太阳距离山头不到两竿距离，冬天的天色总是黑得比较早。

五八

奇怪的暗号

一家人在苦厄的时候相遇，的确是件很感伤的事情。

将军侧头往旁边的一根铁管看了看，道："一个人犯的错误，最好的方法是自己去弥补，自己去修正。我犯了识人不明的错误，却还没到山穷水尽的地步，所以暂时还不需要离开青阳城。”

付唐问道：“那接下来您要怎么办？”

将军道：“我虽然看错了一些人，但是也交了一些好朋友。现在江南六大帮派里面，总还有几个是我的生死之交，只要把消息传递给他们，他们就不会袖手旁观，一定会过来接应我。”

“我该怎么做？”

“我需要一个人去帮我联系他们，让他们尽快率帮中最精锐的人手赶过来这里。我现在最需要的就是人手。”

付唐毫不犹豫地道：“好，我去。只是他们未必会信任我。”

将军道：“很多年以前，我和他们就有个约定，若是真正到了紧要关头，无论派谁过去，只要能说出我们约定的暗号，他们自然能够明白，就会赶来。”

“是什么样的暗号？”

“其实很简单，这个暗号是一个数字，七个大写的七字。只要在六大帮能看见的地方写上这个数字，他们自然会明白。”

付唐忍不住问道：“就这么简单？”

将军笑笑，道：“当然可以多写几遍，多写几个地方，以防他们疏漏掉，没有看到。”

付唐道：“可是，如果他们不愿意来，完全可以装聋作哑，装作看不见。”

“他们一定会来。”

将军仿佛看出了付唐的迟疑之色，解释道：“这是很久以前他们跟我的约定，等有一天你也会明白，江湖里最好的出路，就是还有几个好朋友、好兄弟。信诺其实也是一种财富，并且远远比金银财宝更有价值。”

这句话很早以前将军也对他说过，将军这么说，就一定有自己的判断和决定。

付唐心里默念几遍，道：“嗯，好吧，我记住了。”

将军道：“若是记住了，就赶快去。务必万事小心，我就在这里盼着你快回来。”

付唐看了看将军微微颤抖的身体，又迟疑着道：“但是您的伤势……”

将军又侧头往墙壁上的铁管看了看，催促道：“我没事，我还要一炷香的功夫，就能把如意针的毒全部排出来。你若决定了，就赶快行动，外面天色马上就要黑了。”

天色的确已经暗淡，冬天的夜晚总是来得特别早。

付唐点了点头，道：“好！”

将军道：“你旋转左边的烛台，就可以把暗门关闭起来，我躲在这里，就不会被人发现。”

付唐依言照做，墙壁毫无声响地开始合拢，他最后一眼看到将军，眉头又开始微微紧锁，好像又有忍不住的苦痛侵袭上来。

•
•
•

暗门关上以后，付唐在佛堂里绕着走了一圈，把可能遗留下的痕迹都消除掉。

倘若来的人也是个追踪的高手，就不能让他从这间房间里再找到任何痕迹。

所以他清除得很慢，很仔细，很严谨。

他实在不知道这次去要多久，会不会很顺利，所以每一个动作都很小心、很谨慎，想尽量考虑得更周到一些。

他做得越多，将军的安全无疑就多一分；自从成了一家人，他跟将军就紧紧联系在一起。

但是他的运气很不好。刚刚收拾完来到院子里的时候，天色已经昏黑了，大门忽然被踹开，一大群人拥了进来。

当中三个人正是仇宿、柳随风、扈三娘。

小武、无名都跟在后面，另外还有三四十个带着不同武器的随从，进门以后，他们就分散到院落里不同的地方警戒查看，这些人无疑都是七杀、飞花楼和柳随风的亲信精锐。

小武看见他，扭过头去，不与他对视。

似乎还叹了口气。

他实在不想在这样的场合看见付唐。

颜建梅和一个衣衫褴褛的年轻男子被押在后面，这个男子以前付唐也见过，那时他站在秦足青的身边，是那么意气勃发、风度翩翩。

现在却委顿得就像霜打的茄子，不但毫无神采，眉目之间还充满着惶恐。

柳随风见到付唐，忍不住哈哈大笑，道："付兄，好久不见！"

无论是谁，都已经知道这个局面并不太妙。

付唐沉声问道：“你们怎么会来这里？”

他的心和他的声音一样已经沉了下去。

柳随风没有回答，却道：“付兄来到这里，却也不跟我打声招呼，以后江湖中人未免要说我小气了。”他的眼睛看向四周，好像在仔细打量每一个地方，一边随口问道：“蒋玉庆也在这里吗？”

付唐道：“当然不在。”

柳随风又问：“青阳王的宝藏呢？”

付唐道：“我根本就不明白你在说什么。”

柳随风笑着对仇宿道：“付兄追踪功夫天下第一，可是这撒谎的功夫却实在不怎么样，只要看见你这表情，就知道此地无银三百两。”

看到付唐不易察觉的窘迫，他忽然一下变得很开心、很得意。

仇宿一边打量，一边道：“我们的确应该早点来这里，看到这里的院子和房屋，就知道这绝不是一个白手起家的人住的地方。建筑和风水其实都是很好的学问，一般人并不能做出这样的布局，这本身就很可疑。”

他从头到尾看都没有看付唐一眼，好像他已经是个死人。

扈三娘娇笑道：“这么说，我们距离青阳王的宝藏又更进一步了。”

仇宿道：“不错，它既不可能在水里，又不可能在地下，唯一的可能就是在山里。”

他的眼光已经看向了院子后面的佛堂，以及后面的大山。

柳随风也在点头，他们带来的人里，本来就有专攻机关的行家。

只要肯花时间，它就不可能再是一个秘密。

现在他们当然不会缺时间，也不会缺人。

一切好像都很顺利、很幸运。

付唐从腰间缓缓地抽出了剑，剑明亮而锋利，宛如一泓秋水，又凝如冬日寒霜。

不管他们如何猜测，他现在只想把自己的心蜷缩起来，让它冰冷、让它坚硬，变得像岩石一样坚不可摧。

一个杀手，只有在他的心最冷和最硬的时候，他的剑才能最快、最锋利。

他现在已经不去想之后该怎么办，他只知道，这一刻只要他站在这里，就一定会阻止他们。

不管用剑、身体或是生命，他都不会退缩。

他只希望他能尽所有的勇敢，来做这最后的努力。

他本就决定和将军一起死的。

当一个刺客面对面地迎接对手的时候，本身就已经注定了是一种悲哀。

付唐内心刚刚泛起的一点点孤寂感，很快就被冰冷抹掉。

冬日已没，寒意正浓，夜色开始弥漫天地。

柳随风见状不禁悠然一笑道：“付兄，你觉得就凭你那两手剑法，可以跟我们抗衡吗？这里随便叫上三五个人，都可以轻易制服你。”

他带来的人无一不是好手，所以他当然有这种自信，也有这种骄傲。

付唐道：“你不妨试试。”

柳随风叹了口气，道：“为什么这世界不识时务的人总是这么多？为什么总有些不知好歹的人喜欢添麻烦呢？”

付唐冷笑道：“子非鱼，又焉知鱼之苦。”

不知苦，往往就不知生。

柳随风又叹口气，道：“总有些人不到黄河心不死，不看到结果就不知道自己有多蠢。”

对于大多数人来说，结果的确才是最重要的。

付唐沉默，不再说话，他的剑已经握紧。

他已不愿浪费力气。

他已经做好准备，最后一次的准备。

五九

致命的威胁

螳臂当车是一种如此愚蠢的行为，可是又好像有一种说不出的悲壮。

一个人若是真的认真去做一件事情，是极其可怕的，哪怕寻死也是一样。

气氛忽然出现微微的凝滞。

仇宿看了看站在身后的无名，忽然道：“你去，用你的剑。”

无名抱剑不动，淡淡道：“最后一次？”

仇宿道：“不错，最后一次。”

无名静静想了一会儿，点头道：“好。”

他似乎连一个多余的字都不愿意说。

付唐忽然想到，以前仇宿也对他说过同样的话，他冷笑道：“我也曾经为你出手，结果你一样没有放过我。”

仇宿悠然道：“对你来说当然无效，因为你永远都不会想到，我为什么一定要费尽苦心把你培养出来，然后用你的剑刺进蒋玉庆的心脏，既然他活成了见不得光的老鼠，我也就没有必要再留着无名这把剑送他了。”

为了增加这个概率，他甚至牺牲了七杀组织里最优秀的死士。

付唐心念一动，问道：“他是我的什么人？”

仇宿道：“这当然是一个秘密。”

他忽然露出一种快意而狰狞的笑容，这个秘密显然勾起了他很久以前的回忆。

是什么样的秘密？是什么样的回忆？

他当然不会告诉任何人，因为秘密只有放在自己心上的时候，才最有价值。

他又道：“这一定勾起了你足够的好奇心，但是不管你活着还是死了，这个秘密都不会被你知道，将来有一天，蒋玉庆也会像你这样带着疑问、带着遗憾地死在我面前。”

无名已经站在付唐的面前，抱着剑。

没有风，却寒意渐生！

因为无名的气机已经开始变得凌厉。

高手的心意若动，剑意就自然动。

付唐静静地看着他，道：“一定要动手?”

无名点点头，道：“是。”

话音刚落，剑已出匣。

付唐终于知道最快的剑是什么样子了，宛如灵光闪现，宛如白芒乍露。

它几乎快得像光，像闪电，快得像脑子里恍惚闪过的念头。

就算他冷静如冰，也看不到这一剑的痕迹。

就算他凝神如玉，也映不到这一剑的影子。

就在他刚刚回神的时刻，无名的剑已经收回去了。

一缕长发慢慢从付唐额头上飘落。刚刚那一剑，无名在须臾之间，削去了他的长发，却没造成丝毫其他伤害。

无名似乎微笑了一下。

他的笑容就好像他的剑法一样微光乍现，随即消失不见，他的面容还是如此清冷。

这个笑容却让付唐冰冷的心一阵温暖。他知道这是无名回报的一种方式。

他在无名面前，几乎连一丝挣扎还手的机会都没有。

没有人知道这样绝世的剑法到底是怎样练成的，也不会有人知道这样的绝世高手，内心到底是什么样的想法。

无名向仇宿弯了弯腰，行了个礼，随即不再做任何解释，扬长而去。

同行的人没有一个人敢阻止他，纷纷让开道路。

这一剑的光华委实让太多人吃惊、敬畏、仰视。

这样快的剑，已不是人间所可以见。

仇宿的脸色变了变，却没有开口阻止。

他甚至没有问无名为什么要这么做，在这样的高手面前，解释似乎是一件很滑稽的事情。

他就这样看着无名走出院门，消失不见。

柳随风斜眼看着，忽然叹道："虽然他不是我们的朋友，也幸好他不是我们的敌人。"

有个这样的敌人当然很恐怖，让人内心很不安稳。

仇宿的眼光收回来，静静地看着付唐，道："看来你的运气好像不错。"

付唐没有说话，退到佛堂门口，低头垂目，横侧静立，他握着的剑，挡在身前。

运气好不好，对于一个好的剑客来说没有意义，就好像对即将赴死的人来说一样没有意义。

剑已出鞘，在昏暗的光线中，似乎有一种夺目的、妖魅的光芒，他心如止水，在环伺的人群里，似乎有一种令人压抑的恐惧的沉默。

他已经把全身摆在一个最好的触发位置，刚刚无名的剑虽然没有伤害到他，却像一股外力，把他全身的状态压到最顺、最紧、最容易迸发的地步。

就好像一根弹簧压到了极致一样。

谁都看得出来，要越过付唐这道门槛，一定要付出代价。

只不过谁都不知道这个代价有多大，就连仇宿也不知道。

因为一个人若是要拼命，就有可能埋葬整个世界。

柳随风忽然笑了，道："越来越有意思了，蒋玉庆在笼络人心上确实有太多值得我们学习的地方。"

扈三娘娇笑，点了点头，道："不错，这招很厉害，常常超出意料之外，却又在情理之中。"

柳随风道："只不过一个人的力量还是太单薄了，就像一根树枝，怎么可能当作阻挡洪水的堤坝？"

扈三娘道："只可惜很多人看不清大势，总把自己看得太重要。"

也许她曾经懂得"尽力而为"这四个字，不过当人越来越现实的时候，就会发现取巧的路子有很多，就往往会忘记这个道理。

柳随风道："虽然他现在挡在这里，却不知道我们有足够的耐心，可以一直等下去。"

扈三娘道："大不了就等一个晚上呗！他总会渴、总会饿、总会没有力气，到时候甚至都不用我们出手。"

柳随风道："所以现在我们完全没有必要牺牲手下人，长他的士气，他一定很希望我们这样做。"

扈三娘道："他当然也不会进攻，他如果进攻，气势就完全改变，最多只能像发疯的狗一样多咬几口，却不能伤人。"

他们两个一唱一和，显然只是想泄掉付唐的气势。

如果没有气势，他就绝不会像现在这样充满威胁。

付唐没有说话，仿佛没有听到，仿佛心如死水，目光垂在剑尖上。

他只希望能多守一刻，多一刻，将军或许就安全一分，就能多一分逃出去的机会。

拖延也许是个很傻的办法，却又好像是个很有效的办法。

他知道自己不能进攻，现在他恰好倚门而立，不用顾虑后背的危险。若是进攻，就把后背也卖给了敌人。

越是沉不住气，吃亏的越是自己，越是慌张，损失往往越大。

所以他很平静，心也很冷。

无所顾忌往往就是无所畏惧。

柳随风看着他，忽然叹了口气，他拍了拍手。

人群分开，两个随从押着一个女人走了出来。

这个女人全身被捆绑着，嘴巴被封住，不能说话。

可是她的眼睛里，却好像已经说出了千言万语，种种柔情。

她只是这么痴痴地看着付唐，好像天地间的所有事情已经不再重要，她亦不再关心。

这个女人，哪怕只是一个背影，都已经足够让付唐的心神颤抖。

秦足青！

柳随风叹道："我本来不想用这么卑鄙的手段来威胁一个人，可若是你还要像狗一样挡在这里的话，我就当着你的面把她的手指一根一根地割下来。"

付唐的手开始微微颤抖起来。

他当然看得懂秦足青的眼神，这种眼神就像她的心意。

她怎么出现在这里已经不再重要，但是他已经明白她的心意。她是来陪他一起死的，就好像他见到将军的情形一样。

好像冥冥中有一种看不见的纽带把他们的命运联结在一起，可以共苦难，也可以共生死；可以共相依，也可以共相忘。

不管他做什么决定，最后用什么样的方式，他知道她都义无反顾，不会怪他、怨他、恨他。

做出这样的抉择比生死抉择更难，也比抛弃和坚守更难。

付唐目中已有不尽的痛苦之色。

这个时候，小武忽然动了，他的位置离秦足青并不远，说话之间，他已经悄悄靠近看守秦足青的两个守卫。

他的武器是拳头，又快、又准、又狠。

一只拳头砸在其中一个守卫的太阳穴上，他连哼都没哼一声，便软绵绵地倒下，另一只拳头刚挥出，打算落在守卫的胸口上，然后再反肘击他的小腹，此招必使其倒下。

没有人能忍受这样的疼痛，这是无数次打架的经验告诉他的。

可是小武没有想到，他的另一只拳头刚刚挥出的时候，仇宿忽然反身，凌空抽腿，快如闪电般的一脚狠狠地踢在他的胸口。

这是所有人第一次看见仇宿的武功，快、准、狠，甚至来不及升起抗拒的念头，小武就已经倒下。

这一踢的力量也是如此巨大，有人甚至听到了小武胸骨的断裂声，然后他就斜飞三丈远，头一歪，躺在地上不再动弹。

仇宿冷冷一笑，对扈三娘说：“如果你还要像十八岁怀春的少女一样迷恋这个人，最好现在就退出，我绝不允许第二次的背叛。”

小武这样的人当然不值得他再花力气、费口舌。

扈三娘咬咬牙，顿足大声道：“以后这个人是生是死，跟我再没有任何关系，我倒是希望你这一脚已经把他踢死了。”

话虽这么说，她眼睛忍不住又瞟了小武最后一眼，收回来的时候心里已经决定，以后就当这个人已经死去，再莫要沾上任何关系，莫要再犯错误。

女人一旦矫情，就容易犯错误，更何况她并不是第一次犯这样的错误。

“哐啷”一声，付唐手中的剑已经落在地上，他的脸上露出苦笑。

他虽然感动于小武的举动，但是想想却好像很悲哀。

无法抗拒的悲哀。

就好像他自己一样，原来不管自己做杀手多久，成功多少次，他的内心还是太软弱、太善良、太容易发热。

他并不是一个绝情、冷酷到底的人。

这是他的剑法无法精进的原因，也是他骨子里感到厌倦的原因。

所有无能变成了现实里痛苦的一种悲凉，也是无力挣扎的一种绝望。

剑落地，头垂下，他已经放弃。

柳随风笑笑，挥了挥手，身边两个人立刻上前，将付唐牢牢地捆起来，然后回头看了看。

柳随风沉吟一会，道："留着他，说不定还有用处。"

一大群人潮水一般从付唐身边经过，走进了佛堂。

另外两个人推搡着他和秦足青，跟在最后面进入佛堂。

付唐和秦足青对视一眼，虽然身不由己，两人眉目之间，却有了欣喜。

只要能在一起就是喜悦，只要能在一起，又怎么会怕命运的种种不幸？

柳随风忽然回过头，冷冷地道："把这个女人扔到院子里。我看不惯他们眉目传情。"

六〇
人去了哪里

佛堂很大，容纳这么多人都不觉得拥挤，原本很冷清的地方，忽然一下变得热闹起来。

天色已暗，随行的人已经有人点亮了红烛和火把。

柳随风带来的人果然有精通机关的行家，不到一炷香的时间，他们已经找到了佛龛面前。

两个人小心翼翼地上前，一人一左一右旋动烛架。

付唐紧张得心都提到嗓子眼，脸色灰白。

没有任何人可以阻挡他们找到将军了，除非有奇迹发生。

两道靠山的墙壁悄无声息地向两边滑开，慢慢裂出两个洞口，这个机关不管过了多久，使用了多少次，都很好用、很精巧。

左边的洞口是一个密室，右边的洞口是一个过道，过道幽深黑暗，却不知道通向哪里。

密室还是那间密室，并不大，角落里放着杂物，只有简陋的一张床，空气中弥漫着中草药的味道，一眼就能看到底。

但是密室里却空无一人。

付唐满心疑惑，就在不久以前，他清晰地记得将军就躺在床上，身着单衣，汗水涔涔，伤势并未痊愈。

床还是那张床，但是人却已经不见。

他怎么会消失不见？

他去了哪里？

柳随风一直在留意付唐的表情，这种惊讶他当然看在眼里，可是他却误解了付唐的意思，不无得意地笑道：“这条密道一定就是通往青阳王宝藏的路吧？”

付唐不动声色，冷冷地道：“你可以试试，可是你不打算寻找将军了？”

柳随风道：“中了如意针的人通常都不能活很久。再说，我找到青阳王的宝藏之后，感到恐惧的应该是他。”

找到宝藏之后，柳随风的势力就会更大，也会很富有。只怕江湖中无数人都想逢迎他，取悦他，会千方百计想要将军的头颅。这个江湖本就如此现实，一个人若是变成了老鼠，那么其他人就一定不会介意把自己变成猫。

落井下石本来就是人性之一。

到那个时候，只怕将军的处境会更悲惨。

付唐过了一会儿才道："难道你就不怕江南六大帮派来找你的麻烦？"

柳随风笑得更从容、更得意，道："他们大概更怕我去找他们的麻烦。"

这话又很有道理，特别是从柳随风这样的人嘴里说出来的时候，让人无法辩驳。

付唐又无言。

仇宿用火把仔细地检查着通道口，留心查看每一个痕迹，过了一会儿站起来，道："这条的确是通往青阳王宝藏的通道。"

他的语气充满了肯定。

扈三娘问道："我现在唯一担心的是，宝藏还在里面吗？会不会有人捷足先登，把里面的财宝都搬走了？"

仇宿道："应该不会。这里的机关只有维护的痕迹，搬运的痕迹却都是旧痕，如果没有财宝的话，就没必要维护；如果都搬走了的话，也一定会有新痕。"

作为付唐的师傅，他的观察力也并不差。

柳随风道："不管怎么样，进去看看就自然都会明白。"

仇宿点点头道："是，我们的确要进去。"

但是谁先进去？

先进去的人当然最早知道秘密，后进去的人当然会比较吃亏。

柳随风和扈三娘对视一眼，最后目光又看向了仇宿。

扈三娘试探着道："要么我们一起进去？"

仇宿道："不行，不管怎么样，我们都要留个人在外面看守。万一里面是条死路，门口就是唯一的退路。"

他沉吟着看了看两人，道："随风在外面守着，我和三娘先进去。"

柳随风的眼光闪动，似有不舍，又似在犹豫。

但是他很快就点头道："甚好，我就守在这里等候你们的好消息。"

•
•
•

佛堂里少了一大半人以后，忽然就变得冷清起来。

只剩下火把偶尔爆出的噼啪的声音。

柳随风沿着屋子到处走走看看，他显然对这笔财富能藏在这样的地方充满了好奇。

不过他心情很好，所以一边看，一边随意地对付唐道："付兄，咱们聊聊？"

付唐扭开脸，道："我没有什么和你好聊的。"

柳随风道："为什么？"

他显然好像也已经知道答案，接着又道：“这个世界向来以成败论英雄，别人只会看你成不成功，并不会计较你用什么手段取得成功。江湖规则本来对大家都是一样的公平，其实并没有什么对错。”

付唐冷笑道：“就因为这样，所以才可以不择手段?”

柳随风笑笑，道：“大多数人其实连手段都没有，更没有选择的权利。”

付唐道：“我真奇怪，怎么仇宿会跟你这样的人合作？凡是以利益交往的朋友，就跟用钱买的感情一样，总有一天会被出卖掉。”

柳随风又笑，道：“他当然不会，因为像我这样的人，除了身份特殊之外，还有足够的利用价值。付兄千万要记得，若想要跟一个人合作得很长久的话，就莫要让自己成为没有价值的人。若是你不努力，就必然会被人抛弃，没有属于自己的秘密也一样，就不会有存在的意义。”

付唐道：“形势总是会变的，也总会遇见一些意外，你就真这么放心?”

柳随风的笑意更浓，道：“我知道你想让我们之间产生隔阂，分裂、反目，可是你一定会失望，因为他知道我肯定不会，我也知道他不会。”

付唐问道：“哦，为什么?”

柳随风道：“因为他是个老人，不管他再怎么强大，有一个敌人总躲不过去，那就是时间，他总会老，总要死，所以到了这个时候，他就不会再像年轻人一样善变了。”

老人的确不大愿意改变，也都很固执，因为他们知道属于自己的时间并不多，选择改变的机会也不多了。

柳随风无疑是个很了解老人的人，就好像他了解张啸天一样。

付唐道：“那又有什么关系？”

柳随风道：“不愿意改变的人往往都比较安全。更何况他不但有力量，而且充满了智慧。我们之间的合作可以很长久、很亲密。”

他悠悠地道：“当然，最重要的是，他没有孩子。”

没有孩子的老人就没有继承的希望，也正是这个原因，不管将军给他多大的机会，多大的权势，只要蒋承文和蒋承武还在，他就永远要屈居人下。

这才是促使他下定决心跟仇宿合作的原因。

付唐沉默着，佛龛上的弥勒佛在火光中咧嘴憨笑，好像看破了这世界的黑暗和不平，超然自得。

好一会儿，他才苦涩地道：“你这样的人，日后一定很悲哀，不会有好下场。”

柳随风道：“也许，不过那是以后的事，也说不定我会比你想象中的更好。”

上坡走的路虽然难走一些，但是任何路只要顺风走，感觉都会比较愉悦。

他接着又道：“你们总把这个世界看得太简单，以为人心总是很单纯，道义总是很理想，却不知道，江湖里只有尔虞我诈、相互利用，彼此之间的价值才能像楼梯一样越架越高。这也是我一直不认同蒋玉庆的一点，明明现实要你做个婊子，却偏偏总想为后人立个牌坊，该贪婪的时候，却偏偏要像个君子。否则青阳帮怎么会在他手里折腾了二十年，还是和当初一样没有改变?”

付唐道：“你比他聪明，却聪明得过头了。”

柳随风仿佛没有听出话里的嘲讽之意，悠然道：“我当然比他聪明，也比他有手段，他这样的人，应该被时代淘汰掉，否则这个江湖怎么可能进步?”

这个时候，他已经走进密室里面，皱了皱鼻子，这个房间充满了草药的味道，这实在很奇怪。

他忍不住自言自语地道：“我闻到了麝膏、参茸、冰片，还有米斛……嗯，就是米斛的味道，看来就连待在这里的守卫都很富有。”

米斛是天下九大仙草之首，能闻出来并不容易。

他本是暗器高手，鼻子一向不错。

只是这个人为什么会离开？不过这个问题好像已经不重要了。

现在东西都摆放得井井有条，连床上的被子都已经叠好，显然刚刚走的人很有闲暇，一点都不慌张。

柳随风看到了那根床边的铁管，好奇地走上去敲了敲，居然也是生铁铸就的，而且还能转动。

他探头往里面看了看。

付唐看着他，这根管子的确很突兀，建在床边，就像睡觉的时候在床头放了把明晃晃的利刃一样，很不自在。

在他走之前，将军一直不时看看这根铁管。

铁管里到底有什么秘密？

六一

密室的秘密

付唐忽有所悟，越想越明白，终于忍不住哈哈大笑起来。

柳随风回身皱眉道：“你笑什么？”

付唐止住笑，但是心情一下变得很愉悦，他道：“你知不知道，刚刚我在这里看见了谁？”

“谁？”

“将军。”

柳随风有点不相信地反问道：“蒋玉庆？”

付唐道：“不错。”

柳随风沉吟道：“他去了哪里？莫非躲到青阳王的宝藏里去了？他还想着逃跑前拿一批宝贝再走？”

付唐道：“我虽然不知道他在哪里，但是我知道他走的时候不但心情不错，而且还一定对你们的行动了如指掌。”

他越想越开心，笑得越来越大声，继续道：“我这才发现他老人家实在很厉害，实在很了不起。”

柳随风又皱了皱眉头，道：“何以见得?”

付唐道：“你如果不相信的话，不妨再仔细看看那根铁管，我想那根铁管一定是空心的，而且可以看到外面的情形。”

柳随风哂笑一声，凑到铁管跟前。他用手扶住铁管的时候，才发现铁管还能够旋转，看到不同的角度。

付唐道：“这根铁管是个很巧妙的机关，虽然埋在山壁里，但是里面一定有可以折射光线的镜子，这样在密室里的人就可以随时看到外面到底发生了什么事情。”

柳随风看着看着，脸色已经变了。

付唐道：“如果我不是知道将军之前就在这里，我一定也会认为将军走投无路，就像被逼进了死胡同的老鼠，只有等死。”

柳随风没有说话，他一向不回答对他不利的问题。

付唐悠悠地道：“你如果再仔细找找，就能发现这间密室里，一定还会有个供他走出去的洞口。不管这洞口通向哪里，但它一定不会是条死路。”

柳随风从外面的随从手里夺过一支火把，然后再进密室，这个洞口果然很容易发现，很容易找到，简直就是密室墙后伪装的一扇门。

他沉吟了一会儿，走了出来，却并没有叫人沿着洞口去看看到底通向哪里。

如果什么事情都已经被对手算计到，那么这件事情还不如不做。可是不派人跟进去，他心里却充满了不安。他现在才发现，事情也许并不如他想象的那么简单，也不如他想象中的那么尽在掌握。

他迟疑着。

付唐大笑：“哈哈，你已经开始慌了。”

柳随风道：“哦?”

付唐道：“你一定很想派个人进去看看这门洞到底通往哪里，却又害怕被别人牵着鼻子走，因为将军认为你一定会派人探查，可是你偏偏却不愿意这么做。”

柳随风故作轻松地笑了笑，道：“你说的也许有道理，我现在却把洞口封住，不管通向哪里，入口已经是条死路。”

他拍了拍手，两个人已经拿着工具走了进去。

付唐冷冷一笑，道：“也许将军也算定了你会这么做呢?你这样做只是掩耳盗铃、自欺欺人罢了。”

柳随风愣住。

付唐又道：“我现在才知道为什么我进来的时候，只是轻轻碰到烛架，就能打开机关，见到将军，密室里面应该本就有一个可以控制外面的机关。他本来不一定是为了等我的，结果见我来了，便跟我见了一面。他的伤势一定快要痊愈了，但是因为不想让我知道这个秘密，所以就不让我上前查看，他为什么不想让我知道，当然不想让我多一些负担，他一定已经有能力去解决他自己的事情，他当然也看到你们跟了进来，带了多少人，只要知道你们的安排，再采取针对性的行动就一定非常有效。哈哈，要你们落入这样的陷阱并不容易。”

付唐越想越开心，道："不过我是一个变数，所以他一直催促着让我快走。我如果走得早一点，也许就不会遇上你们，因为这本来就是他想亲自解决的事情，并不想别人帮忙。只要他能解决的麻烦，就一定不想麻烦别人。"

那个时候天色的确没有黑，从密室里能很清楚地看到外面。

柳随风道："你别忘了，你现在还在我们手上。"

付唐笑道："我这样的人本来就无所谓，本来只是江湖里的无名小卒，就算他利用我，该开心的应该是我。"

能被将军利用，或许真的是一件值得庆幸、值得开心的事情。

柳随风道："故弄玄虚，虚张声势，蒋玉庆只不过临死前故意这样，他就算死在某个没人发现的角落，也要让我们提心吊胆，害怕他会回来报复，可是我绝不会，绝不会遂了他的心愿。"

他的语气已经不如之前那么充满信心了。

付唐道："你当然可以这么想，说不定将军就是要你这样想的。"

他的语气很轻松，因为他发现这一切实在很有趣。

柳随风勉强笑道："就算蒋玉庆还活着，也不过是一只过街的老鼠，没什么大不了。他既没有势力，也没有钱，扑腾不了什么浪花。"

付唐忽然神秘地笑笑，他对柳随风道："你过来，我告诉你一个秘密。"

柳随风道："什么？"

付唐道："你就不好奇，将军见我一面，有没有交代我什么吗?”

柳随风问道:“我的确有些好奇他交代了你什么?”

他显得特别老实,他有求于人的时候,一向都很诚恳。

付唐悠悠地道:“他当然交代了一些特别重要的事情,比如怎么跟六大帮联系,比如怎么召集人手……我现在才想明白,为什么青阳河这条水路刚好一直蜿蜒着经过五大帮的所在地?这并不是巧合,而是很早以前就计划好的安排,这种阵型就像一字长蛇阵,无论哪个地方出了危难,其他的地方都很方便地可以救援。吕中义经过这些地方的时候,说不定就已经留下了将军要他留下的线索。”

柳随风忍不住问道:“风高浪急,他怎么留?”

付唐道:“那当然很简单,比如把帆索盘成数字,比如到岸边留下痕迹,比如沿河流随意撒一些写了暗号的纸,这本来就不需要很特别的法子,但是将军的朋友一定会派人留意这样的信号,知道这是将军的江湖召集令。”

这本来就不是他想得到的办法,现在他已经很确定这个消息一定能够传出去。

柳随风冷笑一声,忽然回过神来,道:“哦,也许,你的猜测很有意思,我差点就被你套了进去,差点就信了这么荒唐的鬼话。”

付唐悠悠地道:“聚如一团火,散如满天星,有些情义本来就不是像你这样的人能懂得的。”

这个时候,密道传来一阵脚步声,仇宿和扈三娘带着人走了出来。

柳随风的眼光转向他们，问道：“怎么样？”

扈三娘已经抢着回答了，她的脸在火光下兴奋得就像红色的苹果：“里面真的是青阳王的宝藏，好多好多的财宝，光是金子都堆得看不到头，更不用提那些奇珍异宝了。只不过，只不过……”

柳随风道：“只不过什么？”

扈三娘道：“只不过那些财富都锁在一扇铁扇门后面，我们只能看到，却进不去，所以我们又出来了，快带些帮手和工具撬开它。”

柳随风松了口气，道：“看得见的障碍就不叫障碍。”

他的心情莫名地轻松起来了。

仇宿脸色沉峻，没有说话，他张开手，火光下，他的掌心有几根细细的金针。

金针细如牛毛，在火光下却闪烁着一种诡异的绿色光芒。

柳随风大惊叫道：“如意针？”

仇宿缓缓道：“我没有看错，果然就是你的如意针。”

柳随风急问道：“你在哪里发现的？”

仇宿道：“它就挂在铁栅栏当中，一共有三根。”

柳随风道：“三根？这三根针应该在蒋玉庆的脊柱里。”

他的脸色已经变得苍白。

仇宿道：“你确定自己没有记错？”

柳随风道：“如意针制作工艺实在太难，所以我从未在其他人身上用过。”

他们面面相觑，很显然，本应蓬针在身的人不但摆脱了它的危险，而且还有闲暇把它挂在他们都能找到的地方。

而且他确定他们一定能够找到。

这是一种怎样的从容和自信？

六二

六大帮聚首

外面的天色漆黑如墨，好像连手指都看不清楚。

柳随风才发现他安排在外面警戒的哨卡居然不点火把，而且也没有任何讯息传来。这本来就是一个极为异常的信号，可是他之前居然毫无察觉。

因为他之前已经太兴奋、太得意，人在得意的时候，总是容易疏忽。

院子外有二十四个钩枪手，院子里有十二个刀镰手，这已经是一股不小的力量。但是能悄无声息地把这股力量解决掉的人，又该是怎样的可怕？

仿佛为了配合他的惊惧，院子里看不清的黑暗里传出两声惨呼，但是呼声短促，一响即断，仿佛被人忽然间就拧断了脖子。

柳随风向门外一窜，看着好像要疾掠出去，但是在半空中又忽然抽回，这个姿势如果在平时有说不出的曼妙优美，现在看上去却多少有些狼狈。

外面的黑暗仿佛笼罩着说不尽的风险，他已经没有必要再像以前一样冒险了。

他刚刚落地回到房内，低声吩咐身边的随从：“你出去看看。”

他的命令仍然有效。这个人不敢不听从。

院子里忽然响起一个男子响亮的声音，道：“柳帮主既然嫌黑看不清，大伙就把火把点起来。”

院子里呼啦啦地点起了一片火把，火光下，柳随风他们才看清，院子里已经站满了人，围墙上也骑满了弓弩手，数不清到底有多少。

站在前面是六个锦衣华服的人，虽然都已经步入老年，但是气势凌人，不怒自威。

柳随风当然都认得他们，只要还在江南的地盘上混，就不会不知道这六个人。

因为他们每一个人在江湖中都声名显赫，每一个人在江南都位高权重。

每一个人在创建帮派之前，都是江湖中出名的武功高手，能创建出这样的帮派，也都是靠着自己一手一脚打出来的天下。

没有人敢质疑他们，也没有人轻易会去挑战他们，因为他们联合起来的话，比武林中任何一股势力都要强大。

金枪帮的帮主李自在。

猛龙帮的帮主龙翔天。

玲珑帮的帮主齐玲珑。

锦华帮的帮主贺知郎。

名剑堂的帮主赵风亭。

朝风门的门主许如意。

柳随风脸上的笑容已经变成欢笑，他走上前施礼，道：“李世伯、龙世伯、齐世伯、贺世伯、赵世伯、许世伯，怎么你们都过来了？”

他的风度一向都很好，礼节更是周到殷勤，看上去就像喜不自禁的样子。

李自在冷冷一哼，道：“蒋玉庆呢？”

柳随风道：“将军他老人家发生了意外，我也正在带人追查他的下落。”他一边暗暗打量着他们，一边继续问：“难道不是将军他老人家召集大家过来这里的吗？”

站在中间精瘦的龙翔天说道：“他留下暗号，叫我们过来这里集合，却见不到人，让我们也不知道该怎么办。”

柳随风心中暗喜，却愁眉苦脸地叹了口气，道：“我何尝不是先来一步，却暂时没有任何消息。”

他的表情不但真实诚恳，好像还带着深深的失望。

付唐在一边大叫：“柳随风……”

他话还没有出口，就已经被旁边的人捂紧了嘴巴。

李自在的目光一转，问道：“这个人是谁？”

柳随风恭谨地道：“这个人只不过是一个见不得光的刺客，我也一直怀疑他跟将军的失踪有关，所以抓了过来问问清楚。”

龙翔天道：“听听他到底想说些什么却也无妨。”

柳随风道：“一个刺客的话本就不可信，更何况他就是条疯狗，我只怕他见谁都要咬一口，未免要污了众位世伯的耳朵。”

他又沉吟了一会儿，道：“再说，当前最重要的事情，是要找到将军的消息，众世伯不妨进屋里详细谋划。”

他一边说，一边让开。仇宿和扈三娘对视一眼，明白了柳随风的意思。

如果能把六个大帮的帮主引诱进屋子里，斩草先除根，擒贼先擒王，这无疑对他们掌控局面更加有利。

这时忽然一阵哈哈的大笑声传来。人群分开，一个老人从人群里走了出来——“柳随风，我发现二十年不见，你真的越来越会说谎，越来越会说大话，连脸都不会红，连良心都可以不要了。”

这个人身形魁梧，红面白须，虽然已经老了，走路的姿态却大马金刀，自带一种霸气。

仇宿见到这个人，脸色已经变了，悄悄地往旁边挪了挪，躲在人群的背后。

柳随风当然也认识这个人，他的脸色也在变，笑容却变得更好、更亲切，他叫道：“易经天伯伯？”

但是他的声音有一种颤抖，好像遇见了小时候的长辈，表现得又欢喜又惧怕。

付唐旋即知道了这个老人是谁，潜川龙易经天，江湖中已经很久没有他的消息了。

年轻人都已经不知道他曾经是将军最好也是最可靠的朋友，甚至也已经忘记他曾是将军出生入死的兄弟。

这个老人“哼”了一声，却没有理会他，对着仇宿说：“赵如荣，你出来，我早就看到你了。”

仇宿默不做声，身形反而躲得更里面，他一直不习惯把自己暴露在人多的地方。

这个老人继续道："七杀与天狼一直是江湖中最隐秘的两大杀手组织，你不是一直想知道天狼的组织人到底是谁吗?"

柳随风颤声问："难道是你?"

易经天道："不错。二十五年前，我奉将军的命令组织天狼，成为青阳帮暗地里的力量，这支队伍的年轻人到了三十岁以后，只要不忘道义，不忘初心，就可以成为青阳帮的暗卫，也可以选择自己的自由。天狼组织从来都不会成为一个让年轻人失望的组织，也绝不会成为一个禁锢和利用年轻人的组织。"

他挺起胸膛大声地说："杀手又怎么了？只要做的事情是行侠除恶，维持公道，就算身份是黑暗的，隐藏得神秘一些，内心一样光明正大。"

他说得理直气壮，好像在说天经地义的事情。

付唐虽然不能说话，但是心中的热血已经沸腾。

只要内心光明，那么身份又有什么重要?

只要动机坦荡，那么手段又有什么重要?

只要本性磊落，那么结果又有什么重要?

他好像忽然懂得了做人的道理。

人活着的意义，有时候并不在于他人的非议，也不在于他人的结论。

而是自己内心的光明。

有光明，才能看到让自己活着的意义。

“我希望我的爱人正直、善良、光明磊落以及尽他所能的勇敢。”

他想到秦足青说过的这句话，忽然充满感动。

也许他并不能做惊天动地的大事情，也不是顶天立地的大英雄，却一定会尽可能地善良、勇敢。

江湖中有很多人也许就是这样做的，都一直在默默无闻，但却一直在匡扶自己内心的正义，这种正义也许很微弱，但是却一定有无数人像小草迎接春天一样顽强地生长。

只要正义不死，这片江湖就是光明的。

柳随风的脸色已经一变再变，他忽然已经明白那天见的暗卫到底是怎么回事。

无论是谁，要培养一支这样的队伍都是极不容易的。

正是因为这种极不容易，他才一直相信这是将军最后的力量。

但是他本可以沿着这个细节一直追溯上去，彻底了解这支力量是如何建立的，它绝不可能凭空冒出来，也不可能无缘无故地跟随将军。

也许他早就能发现天狼这个组织就是将军的暗棋，是将军潜在水底最深处的真正力量。

但是他没有做，因为他觉得自己已经成功了，已经把一切掌控，已经把能踢开的障碍都踢开了，所以他让项少杰把他们全杀了，埋葬了。

这股力量不管再怎么强大，再怎么来历不明，只要埋葬了，就会化作尘土，将不被人知道。

但是他忘记了，只要存在过的，就一定会有痕迹，就好像人活着，过去也一定无法抹去。

现在他唯一的侥幸就是将军还没有和他们取得联系，他还有机会。

所以他脸上还是带着苦笑，只是笑容变得干涩，道："当下最重要的，莫过于要找到将军他老人家……"

"我在这里。"

一个平静的声音在黑暗中响起，人们把目光投向他的时候，火光已经照亮了他的脸。

他的脸已经苍老，满是皱纹，每一道皱纹都像隐藏着人生的痛苦和艰辛、无数的故事。

他的声音平淡，如果不注意的话，他在人群中就像一个普通的老人。

没有特别，只有平凡。

可是每一个了解他的人，都知道他是多么的不平凡。

他一直就静静地站在那里。

六三

最后的结局

付唐望向他的时候，正好看到了站在他身边的秦足青。

四目相对，就好像已经道尽了千言万语。

他的热泪已经满眶，再也忍不住悄然滑下。

将军也在静静地看着他，点了点头，说道：“你很好。”

这句话虽然也很平淡，却包含了一切。

柳随风好像已经丧失了力气，他只要听到这个声音，就能知道是谁。

将军看向了他，仿佛有说不出的怜悯、悲哀、鄙夷，他叹息着道：“你本来可以不用这么急的。我虽然决定了去突袭满天星，但是这个计划最核心的一环就是利用天狼组织从后山出发，进行斩首行动，同时再从正面突破。只不过这个秘密实在没有必要对你坦白。”

只有不说的计划才是秘密，真正的秘密的确没有必要让不相关的人知道。

每一个人看向付唐的眼光都充满温暖，易经天的眼光更是如此，他解释道：“原本暗卫的队伍在江北要与我们碰头，但是他们没有过江北，就已经牺牲了。按照计划，如果有了变化，我们就一刻不停留地赶过来这里和将军汇合。他已经预料到，没有人会舍得放弃青阳王的财富，而且有能力改变这个计划的人，就一定有能力找到这里。”

他跟着又道：“到了这里，我们要做的事情也很简单，就是等。”

等虽然是一个笨法子，却是一个很有效的法子。

等待已经足够让他们看清所有的事情，也让他们做好足够的准备。

因为他们的敌人发现青阳王宝藏秘密的时候，一定会志得意满，一定会疏于防备，也一定不会让更多的人知道这样的秘密，所以带的人马一定不会很多。

柳随风差点一口鲜血喷出来，他原来已经无比接近成功了，事到如今还是差了最后一步。

就像仇宿和扈三娘已经看到青阳王的宝藏但是却隔了一扇门一样。

这一步已经是咫尺天涯。

将军又看着扈三娘，叹了口气道："我本已将飞花楼托付给你，你若是不满足，大可以说出来，没有必要这样做。人渴望财富并不是件坏事情，但是如果把自己变成了金钱的奴隶，变得不再像自己的话，就还不如不要的好。"

每个人都有欲望、有野心，但是每一个人也都应该有自己的底线，有自己的原则和分寸。

这是做人的道理。

扈三娘脸色苍白，没有血色，但是她反而站了出来，挺起胸膛，问："将军既然知道一个女人并不容易，那么你想把我怎么样？"

将军道："我知道你不容易，但是你最大的错误就是不应该出卖颜建梅。你明知道她经不住诱惑，又何苦为难她？有些事情并不能做，如果做了，就必须要付出相应的代价。"

扈三娘道："什么代价？莫要忘了，这些年是我一手撑起了飞花楼，没有功劳也有苦劳。我为青阳帮做的这些又何尝不是代价？"

将军笑笑，却没有说话。

他当然明白扈三娘在这样的情形下是希望能够获得宽容和怜悯的。

只是这种对话已经不在一个水平线上。

所以他没有再理会，没有理会的意思就是彻底放弃了与她争辩。

但是龙翔天的脾气却最是火爆，凡是面对看不顺眼的事情，他就易怒。

他一怒，就直接冲上去，拳头已经重击出去。

他只想用拳头，把这个贱人的嘴巴捶烂。

对那些过于高估自己的人，只有把他们打落到泥土里，他们才能反省到自己的错误。

他做事情一向都比将军更直接。

扈三娘身边抢出两个人，挡在身前，但是连哼都来不及哼一声，就已被龙翔天打飞出去。

他的拳头原本在江湖中就以“快准狠”闻名。

拳头再挥起的时候，扈三娘身边已经多了一个人，同样用拳头接住了龙翔天的拳头。

然后所有的人都听到一种令人牙酸的声音，那个人虽然年轻，虽然也是以拳头做武器，

但是他挡在面前的时候，身上的伤势已经很重。

所以他的拳头虽然快，却不够重，虽然准，却不够狠。

然后他的拳头被龙翔天的拳头打裂，爆开。

光是听到这种声音，就已经感受到血肉的痛苦。

这个人居然是小武。

龙翔天停了下来，无论是谁，要做这样的事情都很有勇气、很了不起，值得敬佩。

小武回头对扈三娘勉强笑笑，道：“他们不知道你的不容易，可是我知道，只要我在，他们就不能伤害你。”

他手臂已经垂下，血在流淌，谁都看得出来，他在拼命，无论谁要取扈三娘的命，就一定要先取他的命。

扈三娘愣住，她颤声问道：“你为什么要这么做？”

小武道：“因为我想做，所以就做了。”

他的口气好像还是很冷漠。

扈三娘又问：“可是……可是你之前为什么要和我们对着干？”

小武看看付唐，道：“因为我不想选择。”

一般人也许并不明白他的意思，可是扈三娘懂得：如果朋友有危难，他就帮助朋友；如果爱人有危难，他就帮助爱人。

他并不是一个喜欢做选择的男人。

但是只要做了选择，他就一定全力以赴。

扈三娘的眼泪已经落下：“你……你……”

小武道：“当然，我也是因为喜欢你。”

男人如果喜欢一个女人，不管她做错了什么，就一定会帮她扛起来。

这本来就是小武的个性。

扈三娘抱着小武，瘫坐在地上，泪如雨下，她终于发现，她之所以贪婪、不满足，就是因为内心里一直都没有安全感。

她从不信任任何人，也更学不会怎么去爱别人。

就算拥有了青阳王的宝藏，她知道自己仍旧不安全，仍旧充满欲望，仍旧会很贪婪。

她一定还会想要更多，想让自己变得更富有，要一直爬到她想象不到的尽头去。

女人其实要的非常简单，只要内心安全，有所依靠，就已经足够。

只是自己明白得太迟。

没有人比她更加悔恨。

她慢慢闭上眼睛，脸上露出了一丝惨然的微笑。

龙翔天的拳头再次挥起。

将军一直静静地看着，忽然道：“放了他们两个，让他们走吧。”

只要能感受到良善和爱的人，将军一定都会再给他们一次机会。

这本来也是将军的个性。

付唐忽然又觉得将军伟大，一个人的心胸只有装得下整个世界，而不是只装下自己，才可以让别人感觉到宽容。

柳随风忽然倒跃，落在付唐的身边，他的手中已经多了一蓬金针。

如意针。

这蓬针现在抵在付唐的脖子上。

柳随风看着将军，道：“你知道，如果如意针刺入脖子，就算神仙也救不回来。”

将军点了点头，道："不错，连我也没有办法。"

柳随风道："那你还想要这个人的命吗？"

将军居然又点了点头，道："想。"

柳随风脸部狰狞，道："如果你不想他死的话，最好就和我们谈谈条件。"

将军淡淡地道："你敢？"

将军继续道："你心里一定在想，什么时候你的性命变得要用一个杀手来做交换了？就算你比任何人都在意自己的性命，但是你也一定会恨自己为什么会这么没有志气、这么苟且；更何况你在我面前毫无信心，又怎么能够和我再谈条件？"

柳随风忽然觉得满嘴发苦，脸上的笑容僵住了。

一个人站在高处的确风光，但若是跌落下来，这种滋味并不好受。

甚至会变得连自己都不认识自己。

仇宿忽然站出来，道："那倒也未必，因为这个人的身份其实很特殊。"

将军道："哦？"

仇宿道："他是我一手带大的孩子，我当然知道他是谁。至于他是什么身份，我只告诉你，若你不救他，你一定会后悔，会恨自己一辈子。"

将军道："可是就算我问了你，你一样也不会回答我吧。"

仇宿道："不错，这个秘密我死也不会说，不会让任何人知道。"

他的面目狰狞起来，却又充满着兴奋和得意的笑容。

因为只要想想这样的秘密，他就会兴奋，就会得意，谁都不会想到这个计划是多么的巧妙，多么的不可思议。

将军沉默了半晌，问道："赵如荣，我们的恩怨有很多年了吧？"

"不错，三十三年又四个月了，每一年，每一天，我都恨你恨得咬牙切齿，寝食不安。"

将军道："秦振的事情之后，我知道有人一直在算计我，只是我从来没有想到会是你。"

仇宿仰天大笑："你知道又如何？我就是要让你知道，从你接到青羊符那一刻起，就有人在算计你，但是你永远都不会知道是谁。我就是要让你在怀疑、恐惧、不安中去接受结果，我就是要让你生不如死、妻离子散、家破人亡。"

这种明明知道却无力抗拒的阴谋，比明枪更绝望，比暗箭更难防。

将军又沉默了一会儿，道："是，我怎么也没想到背叛我的是我最亲近的人，不管是随风也好，建梅也好，他们都是我至亲的亲人，就算我死，也不愿怀疑到他们身上。"

若是对至亲的人都充满了防备，活着又有什么意思？

这句话将军说得无比酸涩，火光之中，他的身影看上去已经无比萧索、无比落寞。

仇宿道："就算你今天胜了我又如何？我何尝不也是胜利者？"

他的脸已经变得狰狞可怖，但是谁都看得出来他内心无尽的快意。

江湖的恩怨本就如此，何尝有过纯粹的胜利者或失败者。

“这么多年，你一直都盼望和我做个了断，今天我会满足你的愿望，我知道你的武功也到了宗师境界。”将军叹了口气道：“你不是一直想看看青阳王的宝藏到底有什么吗？等我带你进去，我们两个人在那里做个了结，不管谁走出来，这段恩怨都算结束；不管是天狼还是七杀组织的人，都不得再纠缠我们之间的恩怨。”

易经天急道：“将军！”

现在局面已经完全掌控，将军的确没有必要再去冒这样的风险。

仇宿并不是一个好对付的人。

将军摇了摇头，道：“这是我的决定。”

将军的决定一向不容置疑。

仇宿狞笑道：“好，你可千万不要后悔。”

将军接着道：“其实你以为的秘密对我来说并不重要。因为你的世界如果只是自己，你就只能看到自己，但是如果你能看到外面的世界，你才能感受到真正的光明。”他看了看付唐，道：“就算他是慕容雪的孩子，就算他流淌着我的血，对我来说也并不重要，因为总有一天你会理解我，血脉并不是至亲最重要的凭据，只要他正直、善良、光明磊落以及尽他所能地勇敢，他就是我的亲人，他就是我的孩子。”

只有老人们才知道慕容雪是谁，那是将军的亡妻。

但是将军的话已经说得很明白，血脉和基因并不是他对后辈亲近与爱最重要的依据。

而是因为他们有共同的道义、共同的信念、共同的勇气，就好像蒋承文和蒋承龙之间的区别一样。

不管是哪个后辈，将军都爱他们，把他们当作自己的儿子，就像把自己的儿子当作后辈一样。

仇宿又愣住。

从来没有人会这样想，有这样想法的人是不是傻子？哪有父母会忽视自己的血脉？会不要自己的孩子？

付唐忽然又泪落，他想到了那些暗卫，无数牺牲过的年轻人。

他们一直很热血，很勇敢，很有希望。

也许这才是天狼和青阳帮长青的原因。

将军看着仇宿，继续道："这些年来，你变得太多了，变得只爱自己，不会爱别人；变得只有自己，不会有别人。在我看来，这是很可悲的一件事情。"

他沉默了一会儿，忽然吟道："朔气传金柝，寒光照铁衣，将军十死生，壮士万里归。不恋生与名，不求王与候。但求归故乡，故乡可安好？解我百战衣，温我平生酒，吾子正当幼，吾妻执我手……"

这本是他们之前军营兄弟齐唱的军歌，特别是喝醉酒的时候，更是意气纵横，笑傲睥睨。那个时候，人生多么畅快，青春多么肆意。

现在一切都已经变了，变得面目全非，变得世道沧桑。

没有人再会理解当初他们那一代人的热血和青春，会理解他们的牺牲与光荣，再想知道后面无数的曲折和故事了。

将军似乎用手抹了抹眼角的泪花，他抬起手的时候，对柳随风道："你赢了，放了他，你走。"

他连看都懒得再看柳随风一眼，就好像知道他一定会这么做一样。

因为他知道柳随风不会再有任何余地来拒绝他。

已经有人走上前，把付唐身上的绳索解开。

付唐做的第一件事情，就是和秦足青紧紧地拥抱在一起。

没有人知道这样的拥抱有多珍贵。

只有那些爱过、痛过、别离过、经历过生死的恋人们才会知道，世界上不会有任何东西比这拥抱更珍贵。

六四

背叛者的死

江边，深夜，小酒馆。

酒馆的掌柜和伙计都已不在，也的确没有人会留意他们这样的小角色去了哪里。

一个锦衣华服的中年壮汉坐在灯下，若有所思地在浅酌小饮。

桌子上有两盅酒、两副碗筷，对面的位置还空着。

远处传来急促的马蹄声，停在酒馆外面。

柳随风揭开酒馆的布帘，带着寒意走了进来。

他看到朱棠的时候，脸上露出了见到亲人般的微笑，道："朱兄。"

朱棠道："坐，喝酒解解乏。"

柳随风的确累了，当下也不客气，坐下来倒满。

朱棠举起杯，道："此杯正是为了庆祝柳兄前来江北相聚，从此我们两兄弟并肩携手，再展宏图。"

柳随风呵呵一笑，一口干尽，道："今后还须仰仗朱兄了。"

酒虽然粗劣，甚至还有杂味，但是却并不影响气氛开始变得温暖，人开始变得热血。

柳随风重重地放下酒杯，道："蒋玉庆一定后悔放过我，不是每个人都能像我一样，武功既高，谋算又好。我将来一定要让他后悔。"

朱棠不动声色，他当然已经看得出柳随风已经醉了。

一个人若是醉了，最好让他宣泄，否则痛苦就会变得更深。

心情不好的人总是特别容易醉。

柳随风还在笑，但是声音却已经嘶哑，道："我毕竟还是武林中年轻一代的翘楚，没有人比我更优秀，也没有人强过我。将来我一定会把所有看不起我的人都踩在脚下。"

酒也特别容易给人信心。

朱棠已经开始在摇头。

柳随风抓住他的肩头，问道："莫非朱兄还不肯相信？"

朱棠甩开他的手，淡淡道："不是，不过你以后不会再有机会了。"

柳随风一愣，问：“为什么？”

朱棠道：“因为酒里有牵机毒，你喝得太多，已经开始发作。”

柳随风的肚子果然剧痛起来，不一会儿已经痛得倒在地上，但他的眼睛还死死地盯着朱棠。

他怎么都想不明白，怎么能够甘心？

朱棠皱皱眉头，道：“你一定想知道为什么。因为我从来没有背叛过满天星，我所有的行动都是经过他的同意的，当然，黄金满的力量膨胀得太快，又有野心，我们早就想要除掉他，而你是正好递过来的一把刀。”

“我们当然不会介意用青阳帮的力量来除掉他，当然也不会介意你消耗掉青阳帮的力量，无论哪一种方式，只要对满天星有利的，我们都欢迎。”

柳随风喘着气，嘴角开始溢血，身体在痛苦地抽搐，他忍着痛问道：“可我……有能力……我也能……为你们做事情。”

他怎么也想不明白，像他这么优秀的人居然也会被人嫌弃。

朱棠掏出毛巾擦了擦手，站起来道：“没有忠诚的能力其实毫无价值。”

他已经掀开酒帘，走了出去，再也没有看柳随风一眼。

像柳随风这般活着的时候风度这么好的一个人，死得竟如此难看，太不堪入目，就像暴尸路边的野狗。

因为柳随风的死相实在太难看，朱棠决定还是让青阳帮去收拾。

也许青阳帮正乐意这样做。

六五

幸福的意义

青阳城外，竹林里。

小径还是深幽，房子却已经修缮好，花坛也焕发新的生机，黑色的泥土里已经冒出嫩芽。

冬天已经过去了，春天要临近了。

付唐和秦足青走在小径里，忽然心生感慨。

不管这片土地要埋葬多少恩怨，多少仇恨，多少纠缠，但是春天总是会来的。

所有的希望都会萌芽，所有的光明终将来临，所有的正义必然得到伸张。

这就是江湖。

他们已经远远地看到了将军站在屋子前迎接他们。

将军微笑着问："要走了？"

他的语气虽然平淡，眼里有着沧桑，脸上的皱纹就像沟壑，像是述说着每一个发生过的故事。

但是他还像标枪一样站得挺直。

有些人也许只会死去，却绝不会老。

付唐低头道："是，我们要走了。"

将军笑笑道："这样也好，记得照顾好青青，如果她回来告你的状，我就打烂你的屁股。"

秦足青已经忍不住掩嘴而笑。

付唐却很认真地回答道："我一定会对她好。只是您以后未免……未免会太寂寞……"

将军道："我虽然老了，却还比较壮实，只要你们想回来看看，就随时回来。"

付唐沉默，那一天晚上，将军和仇宿走进山洞，走出来的却是将军。

他有时候就像一只老狐狸，有时候就像一只老虎，但是他却绝不是一只老鼠，也不是一只兔子。

只要他能勇敢面对的事情，就一定会有一个好的结局。

他从来都没有让相信他的人失望过。

"那满天星呢？"

将军道："虽然我元气大伤，但是满天星也不好过，在没有足够的把握之前，我们只能互相提防，不会轻举妄动。他现在对我的实力越不了解，反而就会越怕。"

他笑笑："再说易经天还在帮我，在江湖中，一向都是逆水行舟，不进则退。往往只有你的敌人才让你变得更强大。"

他望着北方，眼中迸发出不屈的光芒。

不管怎么样，江湖中的挑战就是需要逼迫你用尽力气，不再后退。

“只是我们……”

付唐惭愧自己不能留下来帮忙。

将军伸手拍拍他的肩膀，道：“既然决定要脱离江湖，就莫要想得太多，生活其实是件很简单的事情，因为只要你觉得它简单，它就简单，简单得只是一杯淡水、一碗清面。而生存却是一件非常困难的事情，因为人若是生存着，就得不断去满足欲望，说不定会把你变成牛、变成马，变得畜生不如。”

他忽然又笑笑，道：“当然，不管去到哪里，你都是我的孩子，我只希望你能一直幸福，莫要忘了，幸福其实也是件很简单的事情，因为只要你能看到它，它就一定能看到你。”

他的语气已经变得亲切，他当然完全明白付唐的心意。

直到现在，仇宿一定也没有将那个秘密吐露出来。

但无论是将军也好，付唐也好，他们都知道，这一点并不重要。

重要的是他们的心在一起，信念在一个方向上。

他永远都是将军的孩子。

而对一个孩子最好的爱，当然就是给他们足够的尊重，让他们去选择自己的幸福生活。

付唐忍不住悄悄落泪。

早春的风虽然寒冷，但是吹过竹林的时候，却让无数的竹叶唱起了欢快的歌。

将军负手站立，看着竹林，忽然问道：“你知道我为什么要住在这里吗?”

他这样问，当然不会是因为这里藏匿着青阳王宝藏的线索。

付唐用手抹去泪水，道:“因为这里有很久以前的故事? 还是有不一样的人?”

将军道:“是啊，在青阳帮创建之前有十三位兄弟，这里埋着其中的六位。当初只有一棵竹子，谁知道五年后，竟然长成了一片竹林。我搬过来的时候，就提醒自己，永远莫要忘记了兄弟情义、正直是非、我们当初创立时的初心。”

付唐问道:“其他六位是龙翔天他们?”

将军点了点头，却不再说话。

看上去，他也许很孤独、很落寞、很憔悴。

但是付唐知道，就好像这片竹林一样，只要一脉相承，哪怕只是一根竹子，都一定会越来越旺盛，越来越茂密，最终一定会把青翠铺满大地。

因为他们的根永远都在一起。

他想想，忽然感觉振奋了起来。

这世间总是还有很多美好在等待着他，值得期盼。

就好像每个人心中的希望一样。

秦足青在旁边道:“你知道前两天我见到谁了吗?”

她是对付唐说的。

付唐摇了摇头。

“我看见了小七，他和飞花楼以前的一个歌女在一起，虽然住得很简陋，穿得很普通，生活也很平淡，但是无论是谁都可以看得出来，他们一直都在笑，过得很好、很开心，所以……”

“所以什么？”

“所以我就没有告诉你，也没有去打扰他们，因为生活就是这样，幸福也是这样。”

这是另外一个故事，就好像小武的故事一样，江湖中不会再有他们的消息，生活中也不会再留意到他们，就好像江湖中无数平凡的人们一样。

但是没有人会说他们生活得不幸福，只有他们自己才能感觉到自己的幸福。

真正的幸福绝不是口耳相传、被人看得见的快乐。

这就是活着的意义。

这就是幸福。

这就是人生。

将军微笑着，他转过头，对着两个年轻人说道：“总有一天，你们也会明白，不管这时日怎么变，只要能够有相爱的人静静陪伴，就是世间最大的值得。所以我要问你们，你们幸福吗？”

付唐看看将军，最后目光定格在秦足青身上。

后者眉目如黛，笑脸如花，仿佛就像他想说的一样，不管以后岁月如何，都一定会不离不弃，生死相依。

最后两个人异口同声地说：“我们太幸福了。”

噢，是的，只有那些经历过苦痛折磨的人才有资格这样说，并且告诉自己：我们太幸福了！

结束语

一

终于把书写完了，实在不容易！

写完之后，很感慨、很激动，也很有成就感，感觉到自己终于做了一件一直想做的事情，并且把它做成了。

这从某种意义上来说，是一种坚持的幸福，有一种温暖的感动，也有一种忍耐的光荣。

二

写这本书，其实是源自酒后朋友的一句气话，听我说想写书听了将近 10 年，却连一个字都没有见到。

什么时候能让他看到结果？

他讥笑，许是他老？ 许是他死？

写本自己的书，这曾是年少时的誓言，现在已经变成了成人的谎言，过去的时间越长，耻辱的丰碑就越坚实。

让我实在愧对，实在羞颜，实在无地自容。

在成长的过程里，我们善于遗忘；在成熟的结果里，我们善于抛弃；在成人的世界里，也总是趋利避害，善于懒惰。 所有在年少时的憧憬，都变成长大后梦中的呓语，当我们变得越来越物质的时候，在某种程度上，往往意味着我们的精神世界也越来越狭隘。

也许有一天，我们的童真、纯善、初心，都会如这身体的物化一样，变作了土、变作了灰，要阡陌随流，要微弱如萤。

这是何其可悲的一件事情！

三

于是便开始在某日的警醒里忽然觉悟，总觉得人生里所有的不甘都是一种被压抑的愤怒，这种愤怒被欲望的火点烧着，就有燎原般的难受。

倘若说人生是一场负重的前行，那我不愿再背弃。

倘若说活着是一种淡忘的修行，那我宁愿再着相。

但是该写什么样类型的书呢？

我又该讲一个怎样的故事呢？

我忘不了少时的意气，也忘不了稚嫩的梦想，更忘不了那一颗曾想上青云的初心，当我追溯时光，静思过往，沉淀那些被定格的尘俗往事，我想到了那些欢笑、那些怨恨、那些离索的愁绪、那些不平的惆怅……

我忽然感觉到一片柔软的疼痛，在内心的最深处，似乎总有一点不忍触碰的地方，让我们世情悲哀，让我们泪流满面，也让我们柔韧坚强。这个地方是如此深邃，仿佛藏匿在最黑暗的角落；这个地方又是如此浅薄，仿佛随时让我们看到光明；这个地方也是如此的奇怪，明明感性无知，却偏偏理智而清明。

我终于明白那是内心里的童真和善良，在俗世尘事的风雨中飘摇成长，在利益的角斗中故步自封，在欲望和野心的贪图中濯莲不妖。不管这世道怎么变，它都是我们生存并活着的最闪光的地方。

所以我想把这人性在尘世的斗争中写出来。

我想写一个故事，能看到它，感受到它，能被它温暖，也被它鞭策一往无前。在斑斓的尘世中，各种不同人性的面具逐一登场，会让我们无所适从，迷惘彷徨，在这个越来越发达的物质社会里，每一个利益的纷争都能直接勾引所谓的梦想，财富的门槛决定着外表的光鲜，也决定着欲望的摄取和满足，甚至包括你的尊严。

所以这是一个关于财富的故事。

四

但是财富永远无法造就你的幸福。

它可能会牵强附会你的幸福指数，正如在数字世界中，所有的色相都可以由数字进行创造，变得快乐；它可能会堆砌你的幸福感觉，正如在现实的压迫中，所有的放纵都是源自心念的贪婪如意，变得自由；它也可能会粉饰你的幸福伪象，正如在欲望的动荡中，所有的多巴胺和内酚酞都是源自身体的直接刺激，变得满足。

我的确很想讲一讲幸福是什么。

所以这也是一个关于幸福的故事。

五

幸福到底是什么？

但是这个问题我给不了答案，只是希望自己能指引出一个方向，前行的路需要你自己走，需要你自己去探索，需要你自己去寻觅，就如你将会看到不同的路、不同的人、不同的境遇，每一笔在人生中的浓墨重彩，都带有寓意的影子。

每一个人成长经历不一样，对幸福的领悟就会不一样；每一个人的需求不一样，感知到的幸福就会不一样；每一个人的柔软不一样，砥砺的脆弱和坚强就会不一样。

游子的幸福在于相遇，离人的幸福在于相见，恋人的幸福在于相思……每一个人在渴望幸福的过程里，都一定会找到它相同的一些因子。

正如我在书中所写，只有经历过苦痛折磨的人，才能感受到内心的淡然安宁。

正如我在书中所说，你要明白为什么活着，才能找到属于自己的幸福。

正如我在书中所描述，幸福绝不是口口相传，也不是人所皆见的快乐。

正如我想要讲的故事，在等待中的幸福，永远要比它到来的时候更美丽。

无论你在多么黑暗的地方，无论经历多么困苦的遭遇，无论当下有多么的绝望难受，你都莫要忘了你的等待、你的坚持，因为幸福真的很简单，只要你看得到它，它就一定能看到你。

每个人又何尝不是都在等待？ 正如我在书里写的那样，学不会等待的人，就一定学不会收获。

只要你的希望在，你的光明就在，你活着，就一定很有意义，也一定会很有意思。

当全世界都会辜负你的时候，你也一定不会辜负你自己。

你自己就是世界！

六

无论我借用什么样的人物角色，无论我铺垫什么样的故事桥段，无论我添赋什么样的感情色彩，我希望这本书反映的情怀，夏老师会允许我用武侠的故事进行表达： 正直、善良、光明磊落以及尽我所能的勇敢。

如果把人生做成加法，除了 0 到 1 是由父母给予无法改变之外，所有的 1 我都将铭刻、珍惜、记怀，没有这些分子，我将无法活着或者到达今后的高度。

我以这本书向她致敬，正如铭记着做人的道理，行己为人，恪守道义。

感谢你们！ 祝福你们！